W0208072

DAVID GIBBINS

David Gibbins est docteur en archéologie à Cambridge. Passionné de plongée, il fait autorité dans le domaine des civilisations disparues. Il s'est inspiré de la légende et des données scientifiques concernant l'Atlantide pour écrire son premier roman, *Atlantis* (2005), vendu à 200 000 exemplaires en France. Ce succès sera suivi de bien d'autres best-sellers, où l'on retrouve son héros culte, l'archéologue Jack Howard : *Le Chandelier d'or* (2006), *Le Dernier Évangile* (2008), *Tigres de guerre* (2009), *Le Masque de Troie* (2011), *Pharaon* (2013), *Pyramide* (2014), *Testament* (2017) et *Inquisition* (2018). Une suite d'*Atlantis* a vu le jour, avec les romans *Les Dieux d'Atlantis* (2012) et *L'Héritage d'Atlantis* (2023). Tous ses titres sont repris chez Pocket.

Retrouvez toute l'actualité de l'auteur sur :
www.davidgibbins.com

L'HÉRITAGE D'ATLANTIS

ÉGALEMENT CHEZ POCKET

LES ENQUÊTES DE L'ARCHÉOLOGUE JACK HOWARD

ATLANTIS

LES DIEUX D'ATLANTIS

L'HÉRITAGE D'ATLANTIS

DAVID GIBBINS

L'HÉRITAGE D'ATLANTIS

Traduit de l'anglais
par Jean-François Merle

LES ESCALES
NOIRES

Titre original :
ATLANTIS LEGACY

Édition française publiée par :

ISBN : 978-2-266-33315-3
Dépôt légal : novembre 2024

Prologue

Égypte, 1334 avant J.-C.

La barge funéraire glissait en silence sur les eaux du Nil au gré du courant qui l'emportait vers les pyramides à l'ouest, dans la nuit de la cité royale de Memphis. Craignant d'avoir été suivis, les deux hommes à bord épiaient l'obscurité à l'affût du miroitement révélateur d'une rame derrière eux. Ils savaient qu'ils avaient commis un crime contre la déesse en pénétrant par effraction dans le temple et en volant le corps qui reposait à présent entre eux sur le banc. Avec la voile ferlée et le mât baissé, le bateau était invisible depuis le désert alentour, même si les paysans qui travaillaient sur des canaux d'irrigation pouvaient signaler son passage. Les deux hommes commencèrent à mieux respirer à l'approche du tunnel qui conduisait aux pyramides, car, une fois à l'intérieur, rien ne pourrait les empêcher d'atteindre leur destination : un lieu de sépulture digne de leur maître, un tombeau secret creusé dans la pierre par le labeur d'innombrables esclaves des années durant, loin du temple de Memphis où les prêtres avaient accompli leur horrible rituel final.

L'homme à la barre mit le cap sur la berge. Un énorme crocodile passa à côté de la barge, le lent balaiement de sa queue créa un sillage à la surface de l'eau. Il accompagnait les deux hommes depuis le temple dédié au dieu-crocodile Sobek juste après Memphis. Il leur était apparu comme un protecteur, même s'ils savaient qu'il les dévorerait aussitôt s'ils tombaient à l'eau. Le batelier balança par-dessus bord la carcasse d'une petite chèvre prise parmi les charognes que toutes les embarcations gardaient à bord pour cet usage, et observa le reptile happer le morceau de viande qui disparut dans un bouillonnement. Le crocodile allait à présent les laisser et retourner vers le nord, à l'endroit où les esclaves des carrières trop épuisés étaient attachés et jetés à l'eau, véritable banquet pour toutes les créatures sacrées du fleuve.

À la proue, le compagnon du batelier scrutait la berge à la recherche des blocs de pierre signalant l'entrée du tunnel, sans pouvoir encore les distinguer. Il portait sur le poignet une marque d'esclave, le hiéroglyphe d'un homme voûté, et, autour du cou, le sacro-saint symbole du pharaon, un disque en or du dieu Aton aux bras tendus figurant les rayons du soleil. Cependant, lorsqu'il approchait la main de sa tunique, ce n'était pas ce pendentif qu'il empoignait mais un second, une étoile à six branches, emblème de Yahvé, le dieu de son peuple. C'était lui qui avait convaincu le pharaon que les deux divinités n'en faisaient qu'une, que les disciples d'Aton et ceux de Yahvé seraient plus forts s'ils s'unissaient. C'était là le suprême sacrilège qui avait suscité la rage des grands prêtres d'Isis, les Hemnetertepi. Ils s'étaient furtivement introduits dans la chambre royale alors qu'Akhenaton était alité et souffrant, ils l'avaient emporté dans leur temple en lisière de Memphis, et avaient procédé sur lui à l'ignoble rituel d'Akhet-Rê, l'embaumement d'un être vivant.

Il baissa le regard sur la forme emmaillotée dans un linceul qui gisait sur le banc au centre de l'embarcation. Il ne percevait plus son souffle et, le cœur battant la chamade, il se précipita d'un pas mal assuré. *Le pharaon ne pouvait pas mourir maintenant.* Il se pencha sur le trou dans le lin qui ouvrait sur la bouche, approcha l'oreille et sentit un mince filet d'air tiède. Il respirait, à peine mais il respirait. Il fallait le conduire le plus rapidement possible dans la chambre souterraine. Les bandelettes de tissu qui enserraient étroitement le corps étaient tachées de rouge et de jaune, le rouge du sang et le jaune du liquide d'embaumement. Les prêtres savaient exactement quels organes enlever pour préserver le souffle vital : les yeux, la langue, un poumon, un rein, le lobe frontal du cerveau par le nez. Ils lui avaient fait absorber un poison tiré d'une araignée qui l'avait paralysé sans entraver la perception de la douleur, et ce fut un visage déformé par la souffrance qu'ils figèrent pour l'éternité en l'enveloppant de lin. Ils avaient rejoué la mort d'Osiris, puis la tentative réussie d'Isis pour lui redonner vie, agrémentée, pour le plaisir de la divinité, du rituel d'Akhet-Rê – en utilisant l'esprit de vie de la moitié extraite afin d'offrir à son frère et consort virilité et énergie, qualités nécessaires à l'époux de la reine des dieux.

L'esclave et ses compagnons avaient forcé les portes du temple et avaient découvert le pharaon après que le cérémonial eut été achevé. Ils auraient fait acte de miséricorde en plongeant la lame d'un coutelas dans son cœur pour abréger ses souffrances. Cependant ils avaient fait le serment, alors que le pharaon était malade depuis de longues semaines et avant que les prêtres d'Isis ne l'enlèvent, de l'emmener mourir en ce lieu qu'il avait préparé pour son ascension vers Aton, le dieu-soleil. Le tuer dans le temple aurait condamné son âme à une réclusion éternelle dans un au-delà sous la férule des divinités qu'il avait méprisées et insultées.

Mais l'esclave avait une autre raison de vouloir garder le pharaon vivant, de le conduire dans un endroit où il pourrait espérer l'entendre murmurer ses dernières paroles. Avant de s'aliter, sachant que le voile d'une maladie fatale était sur lui, il avait passé des mois, enfermé dans sa bibliothèque, dépositaire d'un savoir ancestral, à chercher fiévreusement des réponses parmi les rouleaux de papyrus et les tablettes qu'il avait fait venir de tous les temples du pays. Par un prêtre de Saïs, dans le delta du Nil, il avait eu vent de rumeurs d'une cité antique engloutie par la mer, d'un peuple qui s'en était échappé et avait fait voile vers le sud. Il désespérait de jamais pouvoir convertir l'Égypte au culte d'Aton, de réussir à desserrer l'emprise des prêtres de l'ordre ancien, et l'histoire venant de Saïs était devenue une obsession, le rêve d'un endroit neuf où ses disciples pourraient repartir du bon pied. Il avait toujours su que le temps lui était compté, que frapperait bientôt le mal qui l'avait affecté toute sa vie, celui qui avait attiré les quolibets de ses ennemis sur son visage allongé et ses membres difformes. Il serait incapable de guider les siens lui-même, et il avait placé sa confiance dans l'esclave hébreu et son peuple. Mais cela ne suffisait pas, il avait besoin d'une route à suivre, de balises, du nom de l'endroit. Pour l'esclave et ses semblables, c'était devenu la Terre promise. Ils avaient consenti à subir le joug de leurs maîtres égyptiens jusqu'à ce que le pharaon les libère de leur servitude et leur permette d'entreprendre leur quête.

Akhenaton avait vainement étudié tout ce qu'on lui avait apporté. Il avait lancé son filet plus loin en envoyant des présents d'or et d'épices aux monarques des pays étrangers avec des promesses d'alliance et de coopération commerciale. De l'île de Caphtor au nord, où l'on adorait le taureau, lui étaient parvenues de vieilles pierres portant d'étranges symboles, l'un d'eux identique à celui que le prêtre de Saïs avait dessiné devant lui. Depuis le pays des deux fleuves à l'est, puisées dans les archives vénérables de Babylone, étaient arrivées des tablettes d'argile. Elles racontaient l'histoire de Gilgamesh et faisaient mention d'un envahissement par les flots dans les temps anciens et de l'exode qui s'ensuivit. Révélations alléchantes, mais pas encore assez pour le pharaon qui désespérait de jamais trouver ce qu'il cherchait avec tant d'obstination.

L'extraordinaire vint du temple d'Isis à Memphis. Le pharaon envoya alors une missive à l'esclave pour qu'il vienne sur-le-champ depuis la cité nouvelle d'Akhetaton, que son peuple œuvrait à édifier. En expulsant les prêtres de l'édifice sacré, Akhenaton avait eu accès au Saint des Saints et à un secret gardé depuis que les premiers prêtres portaient le masque de faucon d'Horus et vénéraient la déesse comme la divinité souveraine d'Égypte, plus puissante même que le soleil. Une tablette antique révélait la venue d'hommes du Nord, grands et barbus, et dont le chef, Shamash, tirait son nom de celui du dieu-soleil de leur cité engloutie. Il fut subjugué, voyant en Shamash son bien-aimé Aton. En compagnie de l'esclave hébreu, il avait découvert le lieu où ce peuple avait débarqué après sa traversée de la Grande Mer du milieu et tous deux avaient extrait des sables une colonne qu'il avait érigée pour rendre grâce de sa survie. Le pharaon avait fixé sur le pilier une plaque portant ses propres symboles sous l'emblème de Shamash, et le site devint un sanctuaire voué à Aton, la divinité qui lui apporterait le salut. La révélation avait affermi sa résolution, il se voyait comme celui qui allait fusionner avec Aton et déverser sa lumière bienfaisante sur un monde nouveau plongeant, il le savait à présent, ses racines dans la civilisation la plus ancienne et la plus pure de toutes.

Ils en avaient appris davantage d'un prêtre du temple qui avait parlé sous la torture. Shamash et ses compagnons étaient porteurs de tout un savoir en architecture, métallurgie et agriculture ; ils avaient alors rebâti leur société sur le modèle de celle que les crues avaient submergée. Et ils avaient apporté autre chose avec eux, une chose susceptible de satisfaire le plus grand rêve de l'humanité et par là même de menacer l'existence des dieux. On l'appelait l'orichalque, extrait des profondeurs d'un volcan en activité non loin de la cité disparue. Il avait donné à Shamash et aux siens la faculté de vivre plus longtemps que ce que l'on pouvait concevoir, et cette longévité de plusieurs générations humaines leur avait permis de voir réalisés les monuments dont ils avaient entrepris la construction, et d'être quasiment vénérés à l'égal des dieux.

Il était impossible de consommer l'orichalque sans danger et ceux qui s'y étaient essayés étaient morts dans d'atroces souffrances. Pour les prêtres d'Isis, il était devenu aussi sacré que craint et il fallait à tout prix le camoufler, car il mettait en péril leur pouvoir et celui de leur divinité. L'orichalque promettait la vie éternelle, éliminait la maladie, rajeunissait, donnait l'espoir à l'humanité tout entière. Pour les disciples d'Isis, ceux qui cherchaient l'immortalité méritaient le châtiment de demeurer à demi vivants dans l'au-delà et de se repentir d'avoir empiété sur le domaine de la reine des dieux d'Égypte. Elle était la seule à pouvoir accorder la fertilité aux humains et à la terre, et son immortalité était assurée par un clergé à son service.

Les grands prêtres avaient ordonné de dissimuler l'orichalque dans le saint des saints du temple d'Isis à Memphis, sous la statue de la déesse dont l'autorité sur les hommes serait ainsi assurée. Mais quand ils apprirent qu'Akhenaton avait demandé que les temples soient ouverts, ils le transportèrent dans une nouvelle cachette ; ils le placèrent dans un coffret en pierre et l'expédièrent sur une île à la localisation secrète par un navire faisant le commerce d'étain avec les pays au-delà des limites occidentales de la Grande Mer du milieu. Selon le prêtre, les contours de l'île avaient été dessinés par les rares rescapés de l'expédition qui en connaissaient l'emplacement, le papyrus contenant ces informations demeurait entre les mains des prêtres d'Isis malgré les tentatives du pharaon de leur arracher le secret.

L'orichalque promettait au pharaon de réaliser son rêve, de le libérer du joug de sa maladie et de faire de lui un dieu vivant, un être qui n'aurait pas besoin d'attendre pour prendre position au côté d'Aton. Cependant, la poussière soulevée dans les archives signa sa perte en infectant ses poumons, elle le renvoya dans son lit à Memphis, faible et aux portes de la mort. Les prêtres d'Isis profitèrent des quelques mois durant lesquels le pharaon avait détourné le regard des affaires de son pays pour sortir de leur exil, s'infiltrer dans Memphis et de nouveau se rassembler dans les sous-sols de leurs temples pour préparer leur vengeance. Ils commencèrent par profaner les symboles d'Aton, brûler et dégrader les façades de ses lieux de culte, défigurer les statues du pharaon. Même l'épouse d'Akhenaton, Néfertiti, grande prêtresse d'Isis, s'était levée contre lui quand elle avait su qu'il avait profané le temple de la déesse et compris ce qu'il avait découvert. Le temps que l'esclave atteigne Memphis, les prêtres avaient enlevé le pharaon, et la partie semblait jouée. Il n'avait pu que rejoindre Toutankhaton, le fils du pharaon, et ses plus fidèles partisans afin de porter secours au corps à moitié momifié, et prier pour un miracle de Yahvé, tenant son symbole à six branches entre ses doigts, sous sa tunique, tout le long de son périple nocturne sur les eaux du Nil.

Il scrutait la berge dans l'obscurité. Il aperçut les blocs de pierre et les désigna d'un geste au batelier. Il était venu une seule fois dans ce lieu, sous la pyramide, jusqu'à la chambre percée dans le roc où le pharaon entreposait la somme de ses connaissances. Ce serait là son futur tombeau. L'esclave avait aidé le monarque à déchiffrer les manuscrits en vieil hébreu et avait évoqué pour la première fois Yahvé. Il se souvenait des ouvriers qui taillaient la paroi de pierre afin d'agrandir la salle et des fioles en albâtre que les contremaîtres gardaient sous la main, une potion qui revigorait les travailleurs quand l'air se faisait irrespirable. S'il pouvait utiliser ce remède pour ranimer le pharaon, même pour un court moment, dans l'espoir d'entendre ses paroles. Il pria que le monarque n'ait pas oublié et que les embaumeurs aient laissé assez de cerveau intact pour qu'il soit en état de lui confier ce dont il avait besoin afin de guider son peuple vers une contrée de confiance. Il pourrait y répandre alors la parole d'un dieu unique, libéré du joug des vieilles croyances et de la superstition.

L'embarcation buta du nez sur un quai bas. On devinait à l'ouest les silhouettes spectrales des pyramides dans le désert, si énormes et surnaturelles qu'on avait peine à imaginer qu'elles étaient le fruit du labeur des hommes. L'esclave sauta sur la rive, empoigna l'amarre de la proue et retint la barge tandis que le courant la faisait virer de bord, puis il tira sur le cordage, une main après l'autre, jusqu'à ce qu'elle soit le long du quai. Le batelier le suivit, s'accroupit devant un rocher et passa la main dans une ouverture percée dans la berge, une manœuvre qu'il avait réalisée maintes fois, quand il conduisait le pharaon souhaitant se retirer dans son antre de savoir. Il tira sur un levier et le rivage parut s'ouvrir devant les deux hommes. Un énorme bloc de pierre roula sur le côté et révéla un second quai et l'amorce d'un tunnel. Ils unirent leurs efforts pour rapprocher le canot du quai et l'amarrèrent à une bitte en pierre.

De l'intérieur, le batelier actionna de nouveau le levier et le rocher reprit sa place, les plongeant dans une obscurité complète. Il sortit une torche d'un râtelier près de l'entrée, un bâton en bois enveloppé de chiffons imbibés de naphte, l'huile qui affleurait dans le désert. Il battit son briquet à silex et enflamma le tissu qui crépita en éclairant l'espace. Les flammes allaient durer et permettre aux deux hommes de s'orienter jusqu'à leur destination. À la lumière du flambeau, l'esclave avisa une embarcation plus petite amarrée à l'entrée du tunnel et assez grande pour qu'ils y prennent place avec leur chargement. Ils transférèrent la forme enveloppée de lin de la barge au nouveau bateau et la déposèrent sur le banc central.

L'esclave vérifia anxieusement qu'il subsistait un filet de souffle avant de s'adresser à son compagnon.

« J'ai réussi à sauver Akhenaton quand il était enfant grâce aux remèdes de mon peuple. Il faudra m'autoriser à les utiliser quand nous parviendrons à la chambre.

— Toutankhaton m'a donné des instructions. Aide-moi plutôt à faire avancer le canot dans le tunnel. La route est encore longue, nous n'avons plus beaucoup de temps. »

Chacun prit place à une extrémité de la barque et ils entreprirent de tirer sur une corde qui courait le long de la paroi, une main après l'autre. Les seuls sons que l'esclave percevait étaient celui de leur souffle et les crépitements de la torche, ils se répercutaient dans les profondeurs du tunnel comme si leur embarcation faisait partie d'un convoi. Ils tournèrent à un angle et le tunnel se fit plus étroit encore en passant à travers une roche dure que les ouvriers avaient manifestement eu du mal à percer. L'eau leur arrivait aux genoux, les deux hommes sortirent du bateau qu'ils guidèrent, l'un devant pour tirer, l'autre derrière pour pousser, en baissant la tête sous la voûte rocheuse. La flamme de la torche vacilla et fut près de mourir. Pris d'un étourdissement, l'esclave s'arrêta et inspira profondément. Puis la lumière revint quand ils passèrent sous un conduit de ventilation. Quelques minutes plus tard, ils atteignirent un nouveau quai taillé dans la pierre sur un côté du boyau. Le batelier saisit la torche et se plaça devant un rocher identique à celui de l'entrée avant de glisser la main dans une ouverture latérale. La porte bougea lentement à cause du poids de la pierre, le temps que les poulies se mettent en mouvement. L'esclave se joignit à son compagnon, forçant sur ses jambes, et il fut bientôt en nage. Puis ils attendirent que le rocher termine sa rotation et s'ouvre sur la chambre.

Il se remémora sa précédente visite en ce lieu. En compagnie du pharaon, il avait observé le déchargement des barges. Pas d'or ni de pierreries ici, à l'inverse des tombes de la vallée des Rois – il se souvenait d'avoir vu, dans son enfance, la procession de chariots chargés de richesses qui se dirigeait vers la sépulture de Thoutmôsis, le grand-père du pharaon. Les bocaux en albâtre alignés dans cette chambre ne contenaient pas d'organes embaumés ni de présents aux dieux mais des trésors d'une autre nature, des rouleaux de papyrus, des tablettes en argile et des pierres gravées. Et le pharaon n'allait pas les emporter dans l'au-delà, ils resteraient ici en attendant que le peuple d'Égypte soit assez mature pour se repaître des rayons d'Aton et recevoir l'enseignement des ancêtres. Le pharaon quitterait son siège à côté d'Aton et réaliserait la prophétie du peuple de l'esclave : le fils de Yahvé descendrait un jour sur la terre et le guiderait.

Le batelier plaça la torche dans une jarre et les deux hommes hissèrent leur précieux chargement hors du canot. Dans la lumière vacillante, ils virent les bocaux alignés sur tout le pourtour de la chambre et, au centre, un bloc de pierre blanche polie sur lequel étaient gravés les rayons d'Aton irradiant le sol tout autour. Ils déposèrent le corps sur l'autel et se reculèrent. Le batelier tira son poignard, une dague courbe à la lame en obsidienne. À présent qu'Akhenaton était dans l'endroit légitime, ils pouvaient le délivrer de ses tourments. Auparavant, l'esclave avait désespérément besoin d'un court instant avec lui. Il avança d'un pas, le cœur battant à tout rompre, mais son compagnon s'interposa avant de retrousser une manche et de montrer son avant-bras. On distinguait deux marques de piqûre parmi les veines de son poignet et tout autour la chair était violette et enflée.

« Je t'ai dit que nous n'avions pas beaucoup de temps, dit l'homme d'une voix rauque. Le venin du serpent de la mer Érythrée est à action lente, il laisse plusieurs heures devant soi, mais il est toujours mortel. Ce qui me permet de mener ma tâche à bien, et pas plus. Les hommes qui ont participé au sauvetage du pharaon ont pris un poison qui agit plus rapidement, et Toutankhaton a promis de faire de même. Notre pacte avec le pharaon était qu'après sa mort aucun de ceux qui connaissaient cet endroit ne reste en vie, afin de préserver de toute intrusion le site de sa résurrection. »

L'esclave déglutit avec peine, la bouche sèche.

« Je dois conduire mon peuple en lieu sûr. Vers la Terre promise. C'est le pacte que, moi, j'ai passé avec le pharaon.

— Je ne sais rien de tout ça. Soumets-toi à moi maintenant, j'agirai vite et sans douleur. J'ai une longue pratique. C'était mon rôle de m'assurer que les esclaves et les maçons qui ont façonné cet endroit ne sortent pas vivants du tunnel. Ce n'est pas la première fois que le crocodile a suivi mon bateau jusqu'ici. »

Le batelier empoigna sa dague et se tourna vers l'esclave pétrifié qui ne savait plus quoi faire. Les yeux de l'homme étaient injectés de sang, la sueur ruisselait sur son visage. Le poison agissait plus vite qu'il n'avait prévu. Il tituba en avant et fendit l'air de sa lame, puis il tourna sur lui-même et s'effondra sur le sol avant de se mettre à genoux et de s'élancer de nouveau. L'esclave le saisit par les poignets et pesa de toutes ses forces pour écarter de lui le poignard. Le batelier frissonna violemment et tomba face contre terre. L'esclave s'éloigna d'un bond et observa avec horreur la pointe du poignard apparaître dans le dos de l'homme, qui émit un gargouillis tandis que le sang s'échappait de sa bouche, un sang que le poison teintait de noir. Puis il s'immobilisa, les yeux grands ouverts.

L'esclave resta interdit un instant, les mains tremblantes. Puis il perçut un grondement sourd. Le dernier geste du batelier avant de sortir son poignard avait été d'activer la fermeture et le rocher roulait lentement sur lui-même. Il se précipita et introduisit la main dans la cavité à la recherche de la poignée qui commandait le mécanisme, mais il ne trouva rien. Il se souvint qu'on lui avait expliqué le fonctionnement de l'appareillage quand il était venu. Après son ultime activation, la poignée devait être décrochée et disparaître dans les profondeurs, afin de garantir l'inviolabilité du tombeau. Et le batelier avait déclenché le mouvement de la porte pour s'assurer que nul ne sorte de la salle au cas où l'un d'eux en réchappait, qu'il ait échoué avec son poignard ou que le poison soit inopérant. Il serait enfermé pour l'éternité.

L'esclave avait peu de temps devant lui. Il se saisit de la torche et s'approcha de la silhouette enveloppée de lin avant de faire volte-face et de se ruer sur les étagères où s'alignaient les jarres, devant l'emplacement où, dans son souvenir, se trouvait la fiole que le contremaître utilisait pour ranimer les ouvriers. Il se lança à sa recherche avec frénésie, bousculant les récipients, les balayant du bras, et mit enfin la main dessus. Il retourna auprès du corps et fourra la torche dans un support à côté de l'autel. Dans la lumière tremblotante, le pharaon paraissait plus étiré en longueur, plus surnaturel. L'esclave se pencha sur son visage, réprima un mouvement de recul en voyant la matière cervicale coagulée dans le nez du monarque et en respirant l'odeur de sang mêlée à celle du liquide d'embaumement. Il déboucha la fiole d'albâtre et en versa le contenu dans le trou au-dessus de la bouche du pharaon. La dose était bien supérieure à la normale, il le savait, car il avait pu constater les effets d'une cuillerée sur les ouvriers, mais c'était sa seule chance.

Tout à coup, Akhenaton toussa et produisit un bruit horrible, un râle qui se prolongeait. L'esclave s'approcha encore, répétant encore et encore le nom du pharaon, et colla son oreille sur le lin. La bouche était réduite à une cavité sanguinolente où subsistait un tronçon de langue, et les paroles qui en sortirent étaient à peine audibles. Il se concentra du mieux qu'il put, s'efforçant de graver dans sa mémoire les mots qu'il entendait, puis il se redressa et jeta un coup d'œil derrière lui sur l'entrée. L'ouverture était à présent réduite à la longueur d'un bras. Il se hâta de repérer sur le corps l'endroit où se situait la main droite et il entreprit de la dégager en arrachant les bandelettes. Cela faisait maintenant des semaines que les membres du pharaon étaient emmaillotés, ils étaient noirs et putréfiés, les prêtres qui avaient procédé au rite d'Akhet-Rê ne les avaient pas amputés.

Sous les bandages, le poing droit serrait le seul objet du temple qui datait du temps de Shamash. Le prêtre qu'ils avaient torturé leur avait indiqué où se trouvait la clé du coffret en pierre qui contenait l'orichalque, un joyau apporté par Shamash voici des millénaires, et qui portait le symbole de son ancienne cité. Les disciples d'Isis avaient gardé le joyau et expédié au loin le coffret, garantie supplémentaire pour que personne ne soit capable de l'ouvrir. Akhenaton avait revendiqué le bijou comme un dû, et, sachant sa fin proche, avait ordonné qu'on le lui attache à la main. S'il ne pouvait posséder l'orichalque, s'il lui était interdit de jouir de l'immortalité sur cette terre, alors le bijou serait son sésame pour l'au-delà que lui promettaient ses visions d'Aton. À présent, c'était à l'esclave de succomber à la tentation, de convoiter l'orichalque, de le réclamer comme dû afin de guider son peuple vers la Terre promise.

Le joyau était serré dans le poing du pharaon, luminescent même sous la faible lumière, et l'esclave s'acharna fébrilement sur les doigts pour leur faire lâcher prise. La maladie avait calcifié les articulations, de plus le poison qui circulait dans ses veines les avait rigidifiées. Il tira de toutes ses forces, les jointures craquèrent et il s'empara de la pierrerie. Elle était d'une couleur extraordinaire, d'un bleu de lapis-lazuli avec des reflets d'un vert profond qu'il n'avait jamais vu jusqu'alors. Il la fit rouler dans sa main et examina les symboles. Gravée sur une face, une suite de lignes parallèles partait à angle droit d'une autre ligne plus longue, et exactement le même motif ornait l'autre face. On aurait dit un hiéroglyphe, mais il savait l'inscription bien trop ancienne pour ça. Il songea au mot que le pharaon venait de murmurer encore et encore. *Était-ce possible ?*

La porte émit un nouveau grincement, le rocher roula en laissant à l'esclave tout juste l'espace pour s'y glisser. Le pharaon remuait à présent, il se tordait et tressautait comme une bête dans les convulsions de l'agonie, essayant de se libérer des bandes qui l'enserraient tandis que la drogue produisait son plein effet et irriguait le corps d'une énergie surnaturelle. Le supplice de la paralysie se transformait en une abomination plus insupportable encore. L'esclave lança un coup d'œil sur le poignard planté dans le cadavre du batelier. Il n'avait plus le temps. Il saisit la torche et l'approcha de la momie qui s'embrasa, et observa le feu lécher les bandes de lin, attisé par le liquide d'embaumement volatil. Il tourna les talons et courut vers la sortie, la torche dans une main, le joyau dans l'autre. Il y parvenait quand il trébucha et tomba, le joyau s'échappa de ses doigts. Il tenta désespérément de le rattraper, mais la pierre précieuse roula vers un conduit de ventilation.

Il réussit à se sauver à l'ultime seconde en rampant, et son regard capta derrière lui une vision d'horreur : le pharaon avait roulé hors de l'autel et, dans un tourbillon de flammes, s'efforçait de se dresser, il paraissait vouloir le suivre. Puis le rocher prit sa place première et l'esclave se retrouva seul dans le tunnel comme si rien de tout cela n'était arrivé. Le bateau l'attendait, mais la torche faiblissait et crépitait en jetant ses derniers feux.

Il ferma les yeux et s'adossa contre le roc, essayant de reprendre son souffle. Il avait exécuté la dernière volonté que lui avait murmurée le pharaon, lui donner le coup de grâce. Dans peu de temps, Akhenaton allait s'élever hors de son tombeau jusqu'au ciel où il prendrait sa place légitime dans l'orbe orgueilleux d'Aton. Cependant, en amenant le pharaon dans sa tombe et par son geste de compassion, l'esclave avait profané le rite d'Akhet-Rê, et ce faisant s'était fourré dans un guêpier périlleux pour lui et ceux qui viendraient à le suivre. Les prêtres que l'hérésie du pharaon avait mis en rage et qui criaient vengeance seraient rapides à comprendre qu'il avait survécu et feraient tout ce qui était en leur pouvoir pour le traquer. Toutankhaton, le fils du pharaon, ne tiendrait pas sa promesse de s'empoisonner et serait prompt à avouer tout ce qu'il savait. Le courroux des Hemnetertepi s'abattrait sur quiconque souscrirait à la quête d'Akhenaton dans sa promesse d'immortalité. La seule issue qui restait à l'esclave était la fuite, aussi loin que possible, vers un endroit hors d'Égypte où son peuple serait en sécurité et où il lui donnerait les moyens de parer toute éventualité de vengeance.

Et le pharaon avait lui aussi tenu parole. L'espérance en Aton, l'espérance d'un dieu unique, était l'espérance d'un retour dans le monde d'avant les dieux, d'avant les prêtres et les rois qui rêvaient de vie éternelle, d'avant les divinités que les hommes forgeaient à leur propre image. Durant son agonie, dans ses derniers instants de tourment et d'horreur, le pharaon n'avait pour unique pensée que la quête qui avait consumé son existence, qui lui avait presque apporté ce qu'il désirait. L'esclave avait certes perdu le joyau, mais il n'avait pas oublié le mot que le monarque avait murmuré à son oreille. Il le répétait à présent, à peine capable d'y croire, et l'écho se répercutait dans le tunnel telle l'exhalation d'un passé trop lointain pour qu'on puisse le concevoir : *Atlantide*.

PREMIÈRE PARTIE

1

Égypte, plateau de Gizeh, de nos jours

« Jack. Tu ne devineras jamais ce que je viens de trouver. De l'or. De l'or *massif.* »

Jack Howard respirait fort dans le détendeur, le cœur battant la chamade, et il leva les yeux sur le plongeur qui se profilait à la surface dix mètres au-dessus. De tous les endroits extraordinaires que Costas et lui avaient fréquentés au cours des années, des puits sacrés des Mayas aux égouts de la Rome antique, celui-là tenait la vedette. *Ils plongeaient sous la pyramide de Gizeh !* Il actionna l'intercom d'une pichenette sur le côté de son casque en essayant de contenir son excitation.

« Bien reçu. J'ai atteint le fond de la fosse. »

La voix de Costas crachota dans ses oreilles.

« Je descends. »

Jack regarda vers le haut à travers le rideau de bulles crachées par le détendeur, en évitant de fixer le rayon de soleil qui brillait par un conduit de ventilation. Il se remettait à peine de sa dégringolade dans le puits depuis la chambre mortuaire, et il vérifia en quelques gestes que son équipement était correctement en place. Ce n'était pas de l'or que Costas et lui espéraient trouver en venant ici, mais la preuve qu'une image gravée sur un temple vieux de trois mille ans dans le désert du Soudan était en réalité la carte de cet endroit. Ils étaient entrés par un chemin détourné, un canal souterrain oublié partant du Nil. Ils virent des choses extraordinaires, des objets qui n'avaient rien à envier à ceux du tombeau de Toutânkhamon. Ils avaient découvert la momie du pharaon gisant sur le sol comme s'il était revenu à la vie et s'était débattu, vision horrible qu'on aurait crue sortie des studios de Hollywood. Mais surtout, ils avaient trouvé les vases canopes et des écrits, des milliers, une bibliothèque, un lieu où la sagesse des anciens était protégée des vicissitudes de la religion et des querelles dynastiques, entreposée là par un pharaon hérétique qui savait que les jours de sa doctrine d'un dieu unique, sa conception nouvelle du monde, étaient comptés. La seule échappatoire avait été de mettre à l'abri la somme des connaissances qu'il avait collectées à destination d'une humanité future qui serait guidée par la raison, la science et le sens commun.

Tomber sur le conduit de ventilation sous la chambre funéraire avait déjà été une chance incroyable, mais quand Jack aperçut dans la pénombre le miroitement de l'eau au fond, au même niveau que le Nil distant de quelque trois kilomètres à l'est, il comprit qu'ils avaient décroché la timbale. Il observa la vase de la mare et les parois de granit qui l'entouraient. S'il avait vu juste, si le risque qu'ils prenaient payait, alors ces murs pouvaient dissimuler un trésor bien plus précieux que de l'or, que tout ce qu'ils avaient pu dénicher jusqu'à présent.

Jack avisa la silhouette familière de son ami, bras et jambes écartées, qui descendait à son effrayante allure habituelle. Dans l'espace exigu du puits, il n'avait pas la place de s'écarter et il se prépara à l'impact. Un instant plus tard, Costas lui rentrait dedans, provoquant un enchevêtrement de membres et de tuyaux. Le masque de Costas, à quelques centimètres du sien, présentait un angle bizarre et était à moitié rempli d'eau, mais les yeux de son ami pétillaient quand il pressa la commande de l'intercom.

« Voilà ce que j'appelle une descente non contrôlée.

— Tu parles, grogna Jack, en se dégageant avant de vérifier de nouveau son équipement. La première fois que nous avons plongé ensemble, tu es parti en chute libre. Vingt ans plus tard, c'est la même rengaine.

— D'habitude, je gonfle mon gilet stabilisateur et je m'arrête avant d'avoir touché le fond. Mais aujourd'hui, je suis lesté d'un poids inattendu. »

Jack se remémora l'enthousiasme dans la voix de Costas et se déplaça dans le rayon de lumière.

« Sur quoi es-tu tombé ?

— Tends les mains et ferme les yeux. »

Jack sentit qu'on plaçait un objet pesant entre ses doigts. Il ouvrit les paupières et eut un hoquet de surprise. Il fut un instant hypnotisé par l'éclat de l'or, mais l'archéologue posé reprit le dessus et il leva l'objet au niveau de son œil pour l'examiner avec soin. D'une longueur de deux mains, il avait la forme d'une croix terminée par une boucle.

« C'est un ânkh, déclara-t-il. Le symbole de la vie pour les Égyptiens de l'Antiquité.

— C'est pourquoi j'étais aussi excité, dit Costas. Maurice m'en a montré un identique pas plus tard qu'hier au Musée égyptien du Caire, qui venait du tombeau de Toutânkhamon.

— Et moi qui croyais que tu ne t'intéressais qu'aux submersibles et aux appareils télécommandés.

— J'ai tout compris de l'égyptologie, rétorqua Costas. Il me suffit de voir ce qui met Maurice en transe. Ce n'est pas une question de théorie, mais d'objets. En l'occurrence, d'or.

— Ma foi, il y a de l'or dans celui-là, et pas qu'un peu, dit Jack en soupesant l'ânkh. Au jugé, au moins un kilo. L'ânkh de Toutânkhamon n'est qu'un boîtier en bois plaqué or, même s'il porte des hiéroglyphes.

— Retourne-le. »

Jack s'exécuta, inclinant la surface de l'ânkh dans le rayon de lumière pour mieux voir. Il sursauta : Costas avait raison. À première vue, les inscriptions ressemblaient à celles qui figuraient sur l'ânkh de Toutânkhamon, des cartouches de hiéroglyphes surmontés de disques solaires et bordés par un *uræus*, le cobra dressé symbole de l'origine divine de l'autorité du pharaon. Aucun doute, ils étaient en présence d'un objet de nature royale. C'est cependant une autre figure qui fit battre le cœur de Jack : dans la boucle de l'ânkh était dessiné un arc, le soleil, d'où partaient les rayons, chacun terminé par une main. Dans les cartouches apparaissait non pas le nom de Toutânkhamon mais celui de l'homme dont on savait à présent qu'il avait été son père, le pharaon hérétique qui avait rejeté le culte ancestral pour imposer le sien, le pharaon dont la vision avait été partagée par un esclave du nom de Moïse qui avait emporté sa croyance dans la patrie de ses ancêtres, sur les rives de la Grande Mer du milieu au-delà de l'embouchure du Nil.

« Incroyable, dit Jack, éberlué. *Le disque solaire d'Aton !*

— C'est le motif que nous avons vu gravé dans le temple submergé du Soudan. Voilà le type que nous cherchons.

— Akhenaton, dit Jack, en tournant l'objet dans ses mains, le cerveau en ébullition. Où l'as-tu trouvé précisément ?

— Sous la corniche au sommet du puits. Lorsque tu as sauté dans la fosse, une pierre descellée a été délogée. L'ânkh était en dessous, dans une alvéole creusée dans le roc. Un peu comme une clé sous le paillasson.

— L'ânkh de Toutânkhamon était un étui pour un miroir, déclara Jack en pensant tout haut. L'ânkh lui-même pourrait symboliser le miroir, par métaphore, suggérant que l'après-vie est le reflet de la vie. Mais je ne suis pas sûr que ça nous aide beaucoup. »

Costas avait porté le regard au-delà de Jack, puis il le tourna vers son ami, une étincelle dans l'œil.

« Ce n'est pas une métaphore, Jack. Parfois, ça sert d'être ingénieur. De penser de façon pragmatique. Observe autour de toi. »

Jack pivota sur lui-même en examinant ce que lui montrait Costas. *Bien sûr*. Il le distinguait à peine, mais un pavé rocheux émergeait des sédiments au fond du puits, la surface inclinée. Le rayon de soleil qui traversait l'eau provenait d'un conduit d'aération situé dans les hauteurs de la pyramide, réfléchi par des dalles de basalte soigneusement polies jusque dans la chambre funéraire. Ce devait être l'une d'elles qu'il voyait sous ses pieds, sa face brillante couverte de vase. Un flux d'adrénaline le traversa. Les choses commençaient à s'emboîter. Maurice avait mis au jour et dégagé le puits sous la chambre funéraire seulement la veille ; quelques heures avant que Jack et Costas ne se mettent à l'eau, il avait repéré le conduit d'aération, une partie d'un ingénieux système qui, outre la ventilation, permettait de diriger la lumière du soleil à l'intérieur de la pyramide. Une simulation de Jacob Lanowski, le génie en informatique, avait attisé leur enthousiasme. Elle montrait que dans certaines conditions d'heure et de date, la position du soleil faisait que les dalles de basalte dirigeaient le rayon lumineux vers un réseau souterrain bien plus important que la seule chambre funéraire. Jack en était à présent certain. *Il existait quelque chose là-dessous*.

La veille au soir, ils avaient discuté avec Maurice de sa découverte, attendant fébrilement le retour d'Aïcha, l'épouse égyptienne de Maurice, de l'Institut d'archéologie sous-marine d'Alexandrie avec la camionnette où était camouflé leur équipement de plongée, en espérant que le laissez-passer du directeur des Antiquités leur donne accès au plateau. C'était à la grâce de Dieu qu'ils se trouvaient en Égypte, et l'heure tournait. Trois semaines auparavant, le nouveau régime du Caire avait interdit la zone des pyramides aux touristes, sous l'influence de radicaux infiltrés dans le département des Antiquités, ils avaient commencé à fermer les sites préislamiques. La science archéologique s'éteignait comme les lumières d'un réseau électrique défaillant et ils se doutaient que ce n'était plus qu'une question de temps avant que les pyramides ne soient englouties par l'obscurité qui envahissait le pays.

Seule la présence de graffitis en arabe médiéval dans la chambre funéraire avait empêché les extrémistes d'en dynamiter l'entrée. Maurice avait souligné l'importance de ces inscriptions afin d'obtenir la permission de poursuivre quelques jours de plus ses recherches dans la pyramide et de consigner ses récentes découvertes. Le directeur lui devait une faveur, et il conservait un certain poids face à ceux qui voulaient le mettre dehors. Maurice prenait néanmoins un risque considérable en introduisant en fraude Jack et Costas sur le plateau. Ils avaient déjà été expulsés du Soudan par le seigneur de la guerre qui contrôlait la région, et Jack s'était rendu indésirable en Égypte en critiquant publiquement la junte au pouvoir d'avoir fermé le Musée égyptien du Caire et permis son pillage. Jack savait que si Costas et lui étaient surpris à Gizeh, non seulement ils seraient aussitôt chassés du pays, mais Maurice verrait sa carrière de trente années d'égyptologie, sa passion de toute une vie, s'interrompre ignominieusement. C'était la fin de l'archéologie en Égypte, et Jack priait le ciel pour que les risques qu'ils prenaient soient payants, que ce qu'ils avaient découvert aujourd'hui permette à Maurice de terminer son travail, en considérant qu'il avait déployé des efforts insensés pour mettre au jour les trésors enfouis du pays. C'était une opportunité unique de démontrer que son hypothèse était juste.

La discussion que tous les trois avaient tenue la veille au soir dans la lumière vacillante de la chambre royale avait été animée, alimentée par l'inquiétude sur l'avenir du pays. Des idées qui en temps ordinaire mettaient des mois à mûrir avaient jailli en l'espace de quelques heures. Maurice avait été le premier à suggérer que la pyramide, bâtie au IIIe millénaire avant J.-C. pour le pharaon Mykérinos, pouvait avoir été transformée mille ans plus tard par Akhenaton pour en faire le centre du culte d'Aton, le dieu-soleil. Maurice avait été impressionné par le dessin gravé du temple soudanais que Jack lui avait fait parvenir quelques semaines plus tôt. On y voyait la carte des trois pyramides de Gizeh avec une ligne qui allait du Nil à la pyramide de Mykérinos. Ils avaient supposé que l'image d'Aton qui coiffait le plan faisait partie intégrante de celui-ci.

C'est alors que Maurice avait trouvé, sur la pierre qui bouchait le conduit d'aération de la chambre funéraire, des hiéroglyphes qui montraient qu'elle avait été installée au temps d'Akhenaton. On avait pris grand soin, peut-être les disciples d'Aton, d'effacer tout indice menant à cette pièce, sachant que, après la mort du pharaon, les tenants de l'ancienne religion uniraient leurs efforts pour faire disparaître tout ce qui pouvait évoquer son règne. L'absence de la moindre référence à un lieu de culte sous la pyramide dans les archives tendait à prouver que l'effort de préservation du site avait bel et bien porté ses fruits, que ce qui gisait dans les profondeurs était resté intact et hors de portée des pillards jusqu'à aujourd'hui. Auquel cas, et à supposer qu'ils soient en présence du légendaire endroit où Akhenaton avait amassé le savoir, ils étaient à l'aube de la découverte archéologique la plus sensationnelle de tous les temps.

La présence de l'eau sous la chambre funéraire avait été mise en évidence par Maurice quand il avait dégagé le conduit d'aération, après qu'il avait remarqué que le rayon de soleil frappait une certaine pierre sur le sol. Il avait renvoyé ses ouvriers égyptiens car il pouvait se trouver parmi eux des espions au service des extrémistes, et, à eux trois, ils avaient retiré la pierre du conduit grâce à une poulie et une roue à rochet que Maurice avait apportées. Quand Jack vit ce qu'il y avait là-dessous, quand il distingua le miroitement à la surface de l'eau, il sut que son instinct ne l'avait pas trompé. Et à présent qu'il était dans l'eau, son excitation croissait à mesure que le nuage de sédiments retombait : la dalle de basalte sous ses pieds était orientée vers le côté du puits face au flanc est de la pyramide, en direction du Nil.

Il se laissa choir au fond de la fosse et essuya la vase qui maculait la pierre. Le trait de lumière venant du haut se refléta sur sa surface, d'abord indistinctement à travers la poussière en suspension, puis avec l'intensité d'une puissante lampe. Alors que trois des parois du puits étaient taillées dans la roche, celle vers laquelle pointait la lumière était faite de blocs de granit ajustés avec soin. Il porta le regard sur le côté opposé et attendit que la vase se redépose pour examiner une ligne gravée dans la pierre qu'il avait repérée. Elle partait de la surface et descendait le long du conduit, passait sur le miroir de basalte et courait vers le mur maçonné. Le trait s'arrêtait sur le sol de la fosse et se terminait par la silhouette d'une main à l'index tendu dans la même direction que le rayon lumineux. La main était dessinée à l'image de celles qui irradiaient de la représentation d'Aton. Jack tendit le bras, posa la paume sur la surface polie et froide de la dalle et fut soudain parcouru par le frisson du passé.

« Ça alors, dit-il, c'est trop fort. Ce n'est pas tous les jours que le doigt de Dieu indique la direction d'un trésor. »

Costas se laissa flotter jusqu'à lui, examinant la lumière qui jouait sur le plat du rocher, puis le miroir de basalte.

« Quelque chose ne va pas, dit-il. Compte tenu de ce que nous savons des architectes égyptiens, on devrait s'attendre à ce que le reflet sur la pierre pointe vers le centre du mur, or il est dévié vers la gauche. Comme si on n'avait pas pris en compte l'indice de réfraction de l'eau. C'est une erreur que les Égyptiens n'auraient pas commise.

— Que veux-tu dire ?

— Que ce puits était au sec quand la dalle de basalte a été installée. Il devait l'être une bonne partie de l'année, quand le Nil n'était pas en crue. Ce qui correspond aux données du paléoenvironnement établies par les géologues pour le IIe millénaire avant notre ère, l'époque d'Akhenaton. Le conduit est inondé aujourd'hui à cause du niveau plus élevé de l'eau dû au barrage d'Assouan construit dans les années 1960.

— Ce qui signifie que tout ce qui s'étend sous le plateau de Gizeh était également au sec au temps d'Akhenaton, au moins une bonne partie de l'année et peut-être en totalité pour les salles disposées plus en hauteur.

— Ce qui signifie aussi que le rayon lumineux, ici diffusé dans l'eau, était incomparablement plus puissant, suffisant pour éclairer un grand réseau souterrain grâce à un système de miroirs comme celui-là. Une vraie ville lumière. »

Le pouls de Jack s'accéléra. *Une ville lumière*. Costas avait repris les mots déchiffrés sur les hiéroglyphes placés sous le croquis des pyramides dans le temple au Soudan. Ils avaient alors cru à une idée éthérée, faisant peut-être référence à une cité mythique de l'au-delà, mais à présent ils prenaient du sens en désignant un endroit concret, aussi concret que les énormes blocs de granit en face de lui qui formaient un mur leur interdisant d'explorer ce qu'il y avait derrière. Il se retourna sur le miroir, les méninges en action, et plongea jusqu'à lui, l'ânkh dans une main tandis qu'il essuyait la surface de basalte de l'autre. Son casque s'y reflétait, forme surnaturelle d'un demi-dieu égyptien, à côté du halo luisant de l'ânkh.

Lui étaient revenues en mémoire les paroles de Costas quand il avait décrit l'objet et la niche où il se trouvait. *Comme une clé sous le paillasson*. Il alluma sa lampe frontale et balaya la dalle polie en quête d'indices. Il jeta un coup d'œil sur son manomètre. Les bouteilles de cinq litres qu'ils utilisaient avaient été faciles à dissimuler dans la camionnette et à transporter dans la pyramide, mais elles ne leur laissaient qu'une demi-heure d'autonomie. Sa respiration s'était accélérée quand il s'était débattu pour se dégager de Costas, il ne lui restait que dix minutes d'air. La frustration monta en lui. Il s'éloigna de la pierre en se demandant s'ils devaient tenter de sortir l'ânkh à l'extérieur, au risque que les extrémistes mettent la main dessus si d'aventure ils étaient arrêtés, ou s'il était préférable de le cacher sur place à l'intention d'un archéologue futur assez chanceux de pouvoir travailler en des temps où l'Égypte et ses trésors seraient de nouveau ouverts à l'exploration.

« Bingo, dit Costas.
— De quoi ?
— Sans plaisanter, bingo. »

Costas se tenait au fond du puits et dégageait la vase de la dalle de basalte. Il leva les yeux et planta son index dans le sédiment.

« Regarde-moi ça. »

Jack plongea dans un nuage de bulles irisées et se plaça à côté de son ami. À l'endroit que celui-ci avait nettoyé, il vit que la pierre avait été biseautée sur une vingtaine de centimètres en hauteur à la jointure avec le sol. Au centre apparaissait un creux à la silhouette caractéristique.

« Incroyable ! » s'écria Jack.

Exactement la forme de l'ânkh.

Costas fouilla dans sa ceinture porte-outils en toile, vestige délabré de son bleu de travail préféré qui avait fondu autour de lui au cours d'une expédition dans un volcan sous-marin quelques années auparavant. Il ne s'en séparait pas quand il plongeait, et elle lui était souvent utile. Il sortit ce qui ressemblait à une petite burette de graissage.

« L'orifice est encrassé, dit-il. Laisse-moi une seconde ou deux pour que je l'éclaircisse. Ensuite, nous pourrons enfiler la clé dans la serrure et la porte du trésor s'ouvrira sous nos yeux, comme au cinéma. »

Il dégoupilla le mini-flacon aérosol et appuya sur la manette pour libérer un jet d'eau sous pression et, après deux coups d'essai, le dirigea sur la niche et déblaya la saleté qui l'encombrait. *Comme au cinéma.* Jack rêva un court instant qu'ils se trouvaient dans un film, que les dangers qu'ils affrontaient dans le monde extérieur étaient une simple fiction. Son excitation fut tempérée par un moment de malaise, un sentiment d'insécurité qu'il avait rarement connu, même dans les situations les plus délicates. Il fallait qu'il reprenne confiance en son aptitude à combattre l'adversité, en son courage, sa ténacité, en ceux de Costas et de leur équipe, afin d'obtenir le résultat tant espéré. Il refusait de s'incliner devant les forces obscures qui les suivaient à la trace depuis le Soudan et qui menaçaient, outre leur quête, toute exploration archéologique au cœur du monde antique.

Costas s'écarta et Jack put observer plus nettement la cavité.

« Pourvu que ça fonctionne, il ne nous reste que cinq minutes d'air », dit Jack en tendant l'ânkh à son ami.

Costas l'introduisit dans l'alvéole et appuya dessus. L'ânkh disparut d'un coup, comme avalé, et Jack devina une secousse dans l'eau. Il se retourna et vit que la pierre au centre du mur était descendue d'un mètre, libérant un passage large de deux, suffisamment pour permettre au faisceau lumineux d'y pénétrer. Ils s'approchèrent et jetèrent un coup d'œil par l'ouverture.

« Tu as vu juste pour la réfraction de la lumière dans l'eau, dit Jack. Le rayon éclaire la partie gauche du tunnel sur une dizaine de mètres alors qu'il est conçu pour taper au centre. »

Costas passa la tête dans l'entrebâillement et activa sa lampe frontale. Il se recula aussitôt dans un tourbillon de bulles.

« Un de mes pires cauchemars, dit-il. Un crocodile. »

Jack prit sa place et regarda à son tour. Pile en face de lui, un crocodile grandeur nature sculpté dans le roc le dévisageait, mâchoire béante. En dessous était gravé le cartouche contenant le hiéroglyphe d'Akhenaton et le symbole d'Aton irradiant. Il se retira et reprit sa place à côté de Costas.

« C'est incroyable, et en même temps étrange. Sobek, le dieu-crocodile, fait partie des divinités ancestrales qu'Akhenaton a supprimées. Bizarre de le voir ici.

— Peut-être est-il de la main de ceux qui ont construit le tunnel. C'était un conduit pour l'air et la lumière, d'accord ? Peu de chances que les prêtres d'Aton soient venus s'y balader. Les ouvriers devaient emprunter le Nil pour se rendre ici et ils ont cherché à se protéger. Les crocodiles représentaient le principal danger du fleuve. »

Ce que Jack avait vu était stupéfiant. Ils avaient déjà établi que l'eau dans laquelle ils baignaient était celle du Nil, à plus de trois kilomètres à l'est. Ils savaient que les Égyptiens avaient creusé des canaux sous les pyramides et avaient même installé un port. Mais personne jusqu'alors n'avait supposé que des extensions secrètes existaient sous le plateau. Et Jack en connaissait à présent le responsable : Akhenaton, le pharaon de l'Ancien Testament, dont la vision d'un dieu unique pouvait avoir laissé un héritage plus important que toutes les richesses de l'Égypte ancienne réunies. Le scientifique en Jack savait qu'il devait se montrer prudent dans son jugement, attendre de pouvoir constater de ses propres yeux. Mais l'aventurier en lui, l'explorateur, reconnaissait l'excitation familière qui courait dans ses veines, produit d'un instinct développé durant des années de recherches. Il *savait* que quelque chose se trouvait là derrière.

« Ne me dis pas que tu vas me pousser à entrer dans ce conduit, n'est-ce pas, Jack ?

— Il est trop étroit. Tu resterais coincé. Et je pense que la véritable entrée se trouve au bout du tunnel, sur le Nil. C'est là qu'il nous faudra enquêter la prochaine fois.

— S'il y a une prochaine fois. »

Jack glissa à nouveau le regard à l'intérieur. Il avait aperçu quelque chose qui gisait au-delà du crocodile, et il régla sa lampe frontale au maximum de son intensité. La lumière fit briller un objet d'un éclat bleu, avec peut-être une nuance de vert. Il ne pouvait en définir la forme, même s'il distinguait une inscription, possiblement un hiéroglyphe.

« Il y a quelque chose sur le sol, une pierre polie ou un bijou. Hors de notre portée.

— Pas de problème. »

Costas sortit d'une poche de sa ceinture un petit appareil de la taille d'un téléphone portable.

« Little Joey 5. Mon dernier nano-drone.

— J'aurais dû m'en douter. »

Costas libéra le drone qui pénétra dans le boyau. Il réapparut moins de trente secondes plus tard et Costas ôta une puce de sa base.

« Une vision complète du crocodile et de l'objet. Nous devrions pouvoir en prendre connaissance à notre retour à bord du *Seaquest*.

— Si nous y retournons un jour, dit Jack. De toute façon, nous ne pourrons pas échapper à une fouille minutieuse et à la confiscation de nos affaires. Little Joey, pour commencer.

— Pas cette fois. Ses quatre prédécesseurs ont été sacrifiés au nom de la science. »

Jack commençait à avoir des difficultés à respirer.

« J'en ai peur. Et ma bouteille se vide. Il faut remonter. »

Costas resta pensif un instant, puis il enleva masque et détendeur, mit la puce dans sa bouche et l'avala. Il replaça son masque et purgea l'eau qui l'encombrait avant de mettre Little Joey en marche et de le réexpédier dans le tunnel. Il nagea prestement vers la cavité dans laquelle l'ânkh avait disparu et y plongea la main.

« L'ouverture devrait se fermer en délogeant l'ânkh, j'espère que je vais avoir le temps d'y arriver. Comme ça, les sales types ne vont pas y fourrer leur nez et nous serons sûrs que personne d'autre ne verra cet endroit. »

Il tendait le bras le plus profondément qu'il pouvait. Soudain, le bruit d'une série de coups envahit le conduit et Jack leva les yeux. Il s'agissait d'un SOS en morse émanant de Maurice et d'Aïcha, le signal convenu indiquant que les autorités égyptiennes étaient à l'approche. Des flashs de lumière à la surface de l'eau montraient qu'elles étaient déjà là. Jack tirait fort sur son détendeur, sachant qu'il lui restait peu d'inspirations. Tout à coup, Costas bondit en arrière, l'ânkh dans la main, et la pierre reprit lentement sa place d'origine. Sans perdre de temps, il remonta et introduisit l'ânkh dans son logement avant de prévenir Jack qu'il manquait d'air et qu'il regagnait la surface. Jack resta plus longtemps, la bouteille vide mais sa dernière inspiration bloquée, subjugué par ce qu'il venait de voir tandis que l'ouverture se réduisait. Au moment où Costas avait retiré l'ânkh, le rayon lumineux s'était reflété sur l'or et avait éclairé le joyau d'une façon particulière, révélant une inscription parfaitement lisible sur le côté. Il fut ramené une quinzaine d'années en arrière, à la découverte qui avait lancé sa carrière d'archéologue sous-marin, à une expédition que Maurice et Aïcha avaient menée dans le désert égyptien, à une plongée avec Costas au cœur d'une cité engloutie qui avait levé le voile sur un des plus grands mythes de tous les temps.

Il observa le mur de pierres devant lui. Il n'avait jamais abandonné une quête, il n'allait pas commencer aujourd'hui. Quelle que fût la vision médiévale de l'enfer qui menaçait d'envahir le pays, une chose était certaine : *il reviendrait*.

2

Au large de la péninsule de Lizard,
sud-ouest de l'Angleterre, 6 octobre 1667

Le capitaine Giovanni Lorenzo Viviano s'arc-bouta tandis que le navire piquait violemment du nez, faisant glisser sa bouteille d'encre sur la table devant lui. Il sécha au buvard la lettre qu'il venait de rédiger, la plia et inscrivit le nom de son patron, Francesco Maria Sauli. Les chances que son courrier parvienne à Gênes étaient minces, mais il avait rempli ses obligations en rendant compte de leur avancement. Il se recula sur son siège, l'oreille tendue vers les craquements et grognements du bois, vers les vibrations de la bôme qui se répercutaient sur la coque chaque fois que les lames géantes de l'Atlantique frappaient la poupe. Le navire avait fait des envieux parmi les capitaines qui stationnaient à Texel, une île proche d'Amsterdam, où ils attendaient la fin de l'hiver : près de huit cents tonnes, armé de cinquante canons, assez pour défier les pirates en Méditerranée et les corsaires anglais de la Manche. Toutefois, il sortait tout juste des chantiers navals d'Amsterdam et n'avait jamais pris la mer, la structure n'avait pas eu la possibilité de se mettre en place. Viviano connaissait le bruit que produisait dans un coup de vent une coque bien conçue et ajustée, et celui qu'il entendait n'y ressemblait pas. Il tremblait chaque fois que le navire tanguait en vibrant. De surcroît, il devait affronter la pire tempête qu'il ait connue, en se reposant entièrement sur les chaînes des ancres pour leur éviter d'être entraînés dans une mort certaine vers les récifs menaçants de la côte devant lui.

La dureté de l'hiver qui avait retenu les bateaux au mouillage à Amsterdam, pris dans la glace des mois durant, n'expliquait pas à elle seule le retard accumulé. Il avait fallu presque une année pour embarquer la marchandise, plus de cent cinquante chargements auprès d'une soixantaine de négociants, le tout à destination de l'Espagne et de Gênes. Viviano n'avait jamais eu à traiter une cargaison aussi diversifiée : des lingots de métal, du bois exotique du Brésil, de Guinée et du Japon, des quantités de balles de cannelle, de poivre et de clous de girofle, tout cela livré à Amsterdam par les navires de la Compagnie néerlandaise des Indes orientales, une quantité équivalente de tissus précieux de Bruges et de Leiden, des centaines de pièces de cuir de Russie, et toutes sortes de produits manufacturés, allant de canons de fusil, de bougeoirs et d'agrafes à des livres, des plumes et des crayons, et même, pour le client très spécifique d'un marchand génois une souricière sophistiquée à plusieurs portes.

Une telle variété de produits avait rencontré d'inévitables problèmes et retards. Cinquante mille livres d'acier suédois, à charger en premier pour le lestage, avaient été retournées à cause d'un défaut de fabrication, et le métal avait dû être refondu. Trente lingots de plomb de trois cents livres, prise légitime d'un corsaire hollandais et vendue aux enchères, avaient été soupçonnés de contrebande par un douanier sourcilleux et laborieusement déchargés pour qu'il vérifie leurs poinçons. Un peintre flamand du nom de Van Rijn – à la très haute opinion de lui-même, de l'avis de Viviano –, qui avait reçu commande d'un aristocrate espagnol pour une scène de l'Annonciation, tergiversait en exigeant des sommes toujours plus exorbitantes et finit par livrer son œuvre au moment où le départ ne pouvait plus attendre. Et il y avait eu le libraire Johannes Blaeu, un bon ami, qui s'était arraché les cheveux à attendre que le savant jésuite Kircher eût achevé la rédaction de son dernier chef-d'œuvre avant de l'expédier depuis Rome à l'imprimeur Janssonius d'Amsterdam, puis de transporter en toute hâte le stock de livres à peine secs sur le quai – que Johannes en personne avait fébrilement emballés dans cette même cabine, honorant de justesse la commande d'un second amateur espagnol. Et tout à l'avenant. Quand le navire avait levé l'ancre et quitté Texel, il avait l'esprit truffé de chiffres et de données, de montants en ducats et en pièces de huit, de poids, de volumes, de quantité de tonneaux, de barriques, de ballots, si bien qu'il avait vécu les premiers jours de la traversée dans une sorte d'hébétude inhabituelle. Elle avait fini par se dissiper et avait été remplacée par l'euphorie d'être enfin en mer et à l'idée de la petite fortune qu'il allait empocher après paiement du fret par les négociants, dans les ports espagnols puis en Italie, au terme de son expédition.

Les choses avaient changé quatre semaines auparavant. Les vents, tout d'abord favorables, avaient permis une traversée rapide de la Manche, mais ils avaient tourné, rendant difficile leur progression vers le sud. Après des jours de vains efforts, refuge fut trouvé dans le port de Falmouth, en Cornouailles, protégé du vent par la péninsule de Lizard. La fin septembre approchait, Viviano devenait de plus en plus nerveux et impatient de reprendre la route avant les tempêtes automnales. Aussitôt que le vent tourna à l'est, il tenta une sortie en passant au large des récifs dangereux à l'extrémité de la péninsule et mit le cap sur le golfe de Gascogne. Mais dès le lendemain un vent de sud-sud-ouest se mit à souffler avec férocité, l'obligeant à rebrousser chemin et à chercher un abri. Le navire était trop loin à l'ouest pour contourner la péninsule et retrouver son havre de Falmouth, si bien que le capitaine avait jeté l'ancre dans un petit mouillage au large d'une localité du nom de Mullion. Cela faisait deux jours à présent qu'il stationnait sous le couvert d'une petite île et priait pour que le vent change de direction et cesse de se déchaîner contre le navire. Il lui suffisait de l'écouter et de sentir les vibrations pour comprendre que ses prières resteraient lettre morte.

Il tendit le bras et saisit la petite statuette défraîchie du Christ en croix qu'il avait souvent eue entre les mains ces deux derniers jours. Il l'avait récupérée dans une barrique de rebuts de laiton qui faisait partie des derniers chargements à être embarqués du quai d'Amsterdam, avant que le navire ne longe l'affleurement sableux à Pampen, dépasse son ancien mouillage de Texel et fasse voile vers la haute mer. L'assistant zélé du négociant avait coupé les membres de la statuette qu'il avait réduite en pièces, comme il l'avait fait pour toute la ferraille afin de remplir le tonneau au maximum de sa capacité. Les calvinistes hollandais manifestaient peu de respect pour l'art religieux de l'Église catholique, et, durant les décennies qu'avait duré la guerre opposant l'Espagne aux Provinces-Unies, ils avaient consciencieusement nettoyé les églises de tout ce qui pouvait rappeler la papauté. Même si la paix était rétablie et les entraves au culte catholique levées, se porter au secours de la statuette était apparu à Viviano comme un geste de rébellion, et la mutilation qu'elle avait subie donnait de la passion du Christ une image plus puissante encore. Il la baisa, murmura une dévotion de son cru. Il n'était pas responsable devant Dieu des marchandises à son bord, quoi que certains négociants puissent penser. Chacun des connaissements qu'il signait remettait à la grâce de Dieu la sécurité de la traversée et admettait qu'Il puisse décider que le navire succombe aux périls de la mer. En revanche, il n'en allait pas de même des passagers, et il était de son devoir, en tant que capitaine, de faire tout son possible, avec l'aide de Dieu, pour les garder sains et saufs. Si sa ferveur religieuse toute personnelle participait au salut des âmes, dans cette vie ou la suivante, la sienne incluse, alors il aurait rempli son contrat envers les humains et le Seigneur.

« *Capitan.* »

Un homme trempé par les embruns se dressait dans l'encadrement de la porte, tenant dans sa main un plomb de sonde. C'était un des marins anglais recrutés à Amsterdam venant d'un navire capturé par un corsaire hollandais, ce même navire avait transporté les lingots de plomb qui lestaient la cale sous leurs pieds. Le métal, à l'origine destiné à la fabrication de balles pour la marine anglaise, faisait à présent partie de la cargaison la plus riche qu'on ait jamais vue voguer de Hollande jusqu'en Italie. Viviano se cramponna contre la houle et leva un regard impatient sur le nouveau venu.

« Eh bien, qu'y a-t-il ? »

Le marin pénétra dans la cabine et lui montra le plomb de sonde. Le capitaine vit que le creux à la base, enduit de poix pour recueillir un échantillon du fond marin, était rempli d'un sable épais et grossier.

« Je connais ces eaux, *capitan*, dit-il en exagérant son accent anglais sur le mot italien. C'est du sable sur une grande profondeur d'ici à la côte. Malgré ses deux ancres, le navire ne tiendra pas longtemps face au vent de sud-ouest. Et même s'il tombe, le gros temps persistera et pourrait empirer. Chaque vague nous rapproche du rivage en faisant glisser les ancres dans le fond sableux. »

Viviano dévisagea l'homme d'équipage.

« Et alors ? Que proposez-vous ? »

Le marin baissa le fil à plomb et se retint au chambranle de la porte.

« Nous nous dirigeons vers les falaises, elles sont maintenant à moins d'un demi-mille et offrent une crique sableuse d'un côté comme de l'autre. Ce serait une erreur de penser qu'on pourrait lever l'ancre, hisser les voiles et faire route vers l'une d'elles en espérant nous y échouer. À gauche, il y a un éperon rocheux qui éventrerait la coque, et à droite, le courant nous entraînerait vers le nord, si bien que, même avec pleine voile et en s'arc-boutant sur la barre, jamais le bateau n'atteindrait la plage. Il serait projeté sur les récifs.

— Par conséquent, autant continuer de placer notre confiance dans nos ancres, et prier la Providence. »

L'homme secoua la tête.

« Les ancres ne tiendront pas. Le sable est épais, comme vous voyez, et donc meuble. Et personne n'a jamais réchappé à un naufrage sur ces falaises. *Personne.*

— Et les chaloupes ? »

L'Anglais lança un regard perçant sur Viviano avant d'acquiescer.

« J'ai dissimulé mon identité, sans quoi j'aurais sans doute été retenu prisonnier par les Hollandais. J'étais le capitaine du *James and Rebecca*, le navire d'où proviennent les lingots de plomb. Je connais la souffrance que l'on éprouve devant la perte de son navire et les pensées qui vous habitent en ce moment à l'idée de prendre les chaloupes. Mais je vous assure que vous n'avez pas d'autre choix. »

Viviano pinça les lèvres et ferma un instant les yeux. Il savait que le marin avait raison. Cela faisait des heures qu'il retournait le problème dans son esprit. Il ouvrit les paupières et prit une profonde inspiration.

« Nous pourrions rallier la crique à droite de la falaise ? »

L'homme secoua de nouveau la tête.

« Il y a peu de profondeur à l'approche, les vagues sont très hautes. Les chaloupes seraient submergées, et nous n'aurions aucun moyen de revenir au navire pour embarquer les passagers restants. Il faudrait plutôt nous diriger vers la crique en prenant plus sur la droite, sous le couvert de l'île. Avec le vent qui a viré de sud-sud-ouest à sud-ouest, l'île ne protégerait pas le navire mais elle protégerait les barques en les mettant à l'abri du vent. Tels que nous sommes positionnés, nous aurions moins de cent toises à parcourir en pleine mer avant de trouver le répit. L'équipage est solide, la tentative est possible. Mais à chaque seconde qui passe, la fenêtre se referme. Encore cinquante toises de dérive des ancres et nous serons trop loin au nord-est et trop proches des falaises. Les hommes auraient à ramer contre le vent.

— Alors nous n'avons pas de temps à perdre. Je descends prévenir les passagers. Rassemblez l'équipage et libérez les chaloupes. Nous choisirons ensemble les meilleurs rameurs.

— Il y a un autre danger, dit l'homme. Le seigneur de la région et les siens se montreraient bienveillants et pleins de sollicitude, mais il s'écoulerait des heures avant qu'ils viennent à notre secours, et la population des environs pourrait ne pas avoir le même sens moral. Les gens d'ici subsistent grâce aux naufrages, et la rumeur d'un riche Génois échoué pourrait aiguiser leur appétit. Je doute que la poudre de vos pistolets reste sèche, et vous auriez tout intérêt d'embarquer dans les chaloupes des dagues et des épées.

— Je vais charger le quartier-maître de s'en occuper. Et merci, *capitan*.

— Il n'y a qu'un seul *capitan* tant que vous êtes à bord. Je vais continuer à suivre vos ordres. »

L'homme fit un geste de la tête et s'esquiva prestement. Viviano attendit que le navire se redresse avant de traverser en hâte sa cabine pour s'approcher de son coffre. Signal inquiétant, au tangage sous la houle s'ajoutaient à présent le roulis et la gîte qui forçaient plus encore sur les chaînes des ancres. Il ouvrit la malle, fouilla parmi les vêtements et les parures, et sortit deux lourdes bourses de ducats en or qu'il fourra dans les poches de son pourpoint. Il allait abandonner là la réserve de pièces de huit en argent du navire, mais l'or était sa possession personnelle et il en aurait un besoin vital dans les jours à venir, d'abord pour aller voir son agent à Londres, ensuite pour rallier Gênes, enfin pour payer l'équipage. Il tira une magnifique cape en fine étoffe de Liège et hésita en se revoyant vingt ans en arrière, une nuit noire dans le golfe de Gascogne, sur un autre bateau, au cours d'un autre naufrage. C'était son premier embarquement comme mousse, et il avait appris que les vêtements épais si utiles pour se protéger du froid se gorgeaient d'eau et précipitaient la noyade. Si les gens dont avait parlé le capitaine anglais vivaient en effet dans les parages, de l'or dans une main et une dague dans l'autre pourraient les dissuader de tout pillage et les encourager à recueillir les rescapés.

Il songea aux paroles du capitaine et fouilla de nouveau dans sa malle. Il en sortit un superbe pistolet à silex de fabrication allemande qu'il gardait chargé en permanence. L'arme faisait partie d'une paire, mais son pourpoint ne pouvait raisonnablement en contenir qu'une seule. Le percuteur, de conception récente, était supposé maintenir au sec la poudre d'amorce, il enroula néanmoins le pistolet dans un bas de soie comme protection supplémentaire. L'armurier avait fait de son mieux pour assurer l'imperméabilité du mécanisme, mais il n'avait sans doute pas envisagé que son objet d'art puisse se retrouver au cœur d'une tempête dans l'Atlantique nord.

Il glissa l'arme sous son vêtement et feuilleta rapidement les papiers rangés dans le couvercle. Il jeta un coup d'œil sur la patente délivrée à Amsterdam certifiant que la peste était absente de son navire et fut étreint par un sentiment de vide familier. La peste avait ravagé Londres l'année précédente et Gênes auparavant, emportant sa femme, son jeune fils et des milliers d'autres. Il semblait que la Providence avait décidé une fois encore d'assouvir sa vengeance à l'encontre des humains, comme elle l'avait fait en Égypte dans les temps anciens, que les péchés d'avarice et de cupidité dont il s'était rendu coupable avaient détourné de lui le regard de Dieu. Le soulagement de se trouver en mer loin de l'agitation de la foule sur le quai avait chassé pendant quelques jours cette pensée de son esprit et la tempête s'était chargée de la lui rappeler. Il prit une profonde inspiration, délaissa le certificat pour s'emparer de celui qu'il cherchait, le sauf-conduit du roi d'Angleterre, Charles II, qui lui garantissait le passage dans la Manche sans être arraisonné par les bâtiments de guerre anglais. Il pourrait s'avérer nécessaire de prouver son identité afin de réclamer la propriété de toute cargaison récupérée ou échouée, de montrer qu'il était génois et pas hollandais. Il roula la feuille de vélin qu'il serra du mieux qu'il put, l'enveloppa dans une seconde feuille de protection et la rangea à côté du pistolet. Il boutonna son pourpoint et se mit un bas de soie autour du cou pour que le gros de l'eau ne coule pas dans ses vêtements.

Il se souvint d'une nuit quelques mois auparavant où, dans cette même cabine, son ami Antonio Basso lui avait offert les deux pistolets. Antonio faisait partie de ceux qui enviaient à Viviano son navire et ses canons, et il avait déclaré sur le ton de la plaisanterie qu'il n'aurait guère besoin des pistolets sur un bateau armé comme un galion. Antonio n'aurait pu se douter de leur utilité, non contre les pirates mais contre des pilleurs d'épaves de la côte de Cornouailles. Peu avant de quitter Amsterdam, Viviano avait appris que le navire d'Antonio, le *Sacrificio d'Abram*, avait été capturé par les Anglais, sa cargaison bradée et son ami lui-même gravement malade à Londres où la peste sévissait, probablement mort à présent. Antonio avait pris le risque de prendre la mer sans sauf-conduit, alors que la guerre de l'Angleterre contre les Provinces-Unies faisait rage, et il avait espéré éviter les Anglais en affrontant le gros temps par l'Écosse et l'Irlande. Il était tombé sur une escadre anglaise au large de Galway et, sans passeport, en provenance d'Amsterdam, il n'avait aucune chance de prouver aux autorités britanniques sa nationalité. Le navire comme sa cargaison furent saisis comme prise de guerre. Et les deux capitaines, sirotant leur verre de vin ce soir-là, étaient loin d'imaginer le funeste destin qui allait s'abattre sur eux avant que l'année ne s'achève, et sur leur précieuse marchandise supposée assurer leur fortune et celle de nombreux négociants.

Le navire fit une nouvelle embardée, plus violente cette fois, et Viviano sentit la membrure craquer et tirer sur les ancres. Si les chaînes lâchaient – une hypothèse dont le capitaine anglais et lui avaient conscience mais qu'ils n'avaient pas évoquée –, alors tout ce qui resterait à bord serait perdu. Il balaya du regard une dernière fois sa cabine avant de sortir. Il descendit sous le pont principal puis dans la cale où il avait installé les passagers le temps de la tempête. Il les retrouva piteusement recroquevillés sur les barriques et les ballots. Ils étaient vingt-cinq : les familles de deux négociants qui rentraient d'Amsterdam à Gênes, dont le plus jeune membre avait à peine 5 ans, et une douzaine d'Anglais, des hommes et des femmes, embarqués à Falmouth et en route pour la colonie de Tanger en Afrique du Nord. L'un d'eux était le secrétaire d'un haut fonctionnaire de l'Amirauté, Samuel Pepys, dont Viviano avait fait la connaissance deux ans auparavant. Avec son ami Antonio, il avait passé une soirée mémorable en sa compagnie dans les tavernes de Fleet Street à Londres. À l'image de son patron, le secrétaire était volubile, et il vint à l'esprit de Viviano que sa proximité avec Pepys pourrait se révéler utile en cas de réclamation auprès de la Haute Cour d'Amirauté à propos de ce qui pourrait subsister de la cargaison. Le bonhomme, sujet au mal de mer, était à présent plié en deux, secoué de nausées, au-dessus d'un ballot de soie du sieur Tensini. Lequel Tensini semblait se désintéresser du sort de son précieux tissu irrémédiablement maculé par le contenu de l'estomac de l'Anglais, préoccupation futile dans les circonstances actuelles.

Viviano s'arrima à la base du grand mât et cria pour se faire entendre.

« Il faut vous rendre sur le pont, tout de suite. » Il faisait de grands gestes en montrant le haut à l'intention des passagers anglais qui ne comprenaient pas l'italien.

« Tout le monde va embarquer sur les chaloupes pour rejoindre la terre ferme. »

Tensini, un homme corpulent trop vêtu, émergea d'entre ses bagages, encombré de sacoches et de musettes, ayant manifestement anticipé un départ précipité.

« Reviendrons-nous à bord ? » demanda-t-il.

Viviano pinça les lèvres et secoua la tête.

« Emportez ce que vous pouvez facilement garder sur vous. De l'argent, des bijoux, rien d'autre. »

Le secrétaire de l'Amirauté se hissa péniblement du ballot et tituba vers Viviano qui le retint de tomber avant de le guider vers l'échelle en retenant un haut-le-cœur devant l'odeur de vomi.

« Tout ce qu'on veut pourvu que ça se termine », dit l'homme en anglais d'une voix rauque.

À ce moment-là, une violente détonation, comme un coup de canon, retentit dans la cale et une femme poussa un cri. Une fissure large de plusieurs pouces venait d'apparaître sur la coque à bâbord, juste en dessous de la ligne de flottaison, aspergeant et détrempant marchandises et humains. Ce que Viviano craignait plus encore que la rupture des chaînes des ancres, c'était que l'effort de la tension ne déchire le navire lui-même. Celui-ci avait beau être impressionnant en taille et en puissance de feu, avoir été construit avec une rapidité satisfaisante pour les négociants qui le finançaient, demeurait le grief émis par les capitaines italiens : ils jugeaient que les bateaux hollandais n'étaient pas de la même qualité que les génois, et qu'investir dans des bâtiments bon marché était une fausse économie. Une voie d'eau s'était d'ailleurs déclarée alors que le navire croisait dans le Zuiderzee et Viviano avait dû rebrousser chemin pour effectuer les réparations à Amsterdam, ce qui avait reporté son départ à la fin de l'été, l'obligeant à affronter l'océan alors que la saison des orages automnaux commençait. À présent, avec la coque qui volait en éclats, le destin du bateau était scellé, qu'il coule à cet endroit ou qu'il aille se briser sur les rochers. Dieu, dans son infinie sagesse, avait décrété que le premier et unique voyage du *Santo Christo di Castello* arrivait à son terme.

Un nouveau craquement sinistre se fit entendre, provenant cette fois de la base du grand mât. Viviano aida les derniers passagers à grimper à l'échelle, puis il resta seul un moment devant sa cargaison condamnée, à observer les inscriptions étiquetées sur les barriques et peintes sur les ballots, songeant à tous les négociants qui seraient affectés par la perte. Il porta le regard sur la chambre forte à côté du grand mât, réfléchit un instant et s'en approcha d'un pas déterminé en marchant sur les paquets déjà saturés d'eau de mer. La chambre forte, qui se trouvait au-dessus de la cale sur le pont-batterie, était destinée à garder sous clé les biens de valeur ou fragiles, privilège pour lequel un supplément était facturé.

Il sortit une clé de sa ceinture, déverrouilla la porte et entra en luttant contre les embardées du navire. La pièce était remplie du sol au plafond de malles et de caisses, témoignage de la confiance des négociants qui croyaient que le choix du *Santo Christo di Castello* était un pari sans risque pour la plus précieuse de leurs marchandises, car sa taille et ses canons le rendaient moins vulnérable à la capture. L'affaire avait promis d'être profitable pour Viviano, et la pensée des honoraires qu'il ne percevrait pas le rendait malade. Mais l'heure n'était pas aux lamentations. Une seule chose l'intéressait dans cet endroit. Il écarta deux tonneaux contenant une paire de globes issus de l'atelier de Blaeu, l'un représentant les Cieux, l'autre la Terre. Au-dessus était stocké le tableau qui avait tant tardé à être livré, et il ne put s'empêcher de ressentir une pointe de satisfaction malsaine à l'idée que l'œuvre ne verrait jamais la lumière du jour, juste retour pour l'arrogance de l'artiste dont le nom, R. Van Rijn, s'affichait sur l'emballage. Au-delà, une caisse contenait une collection complète de l'*Atlas maior* de Johannes Blaeu, l'ouvrage le plus cher jamais publié. Et au-delà encore se trouvait son objectif, un fût abritant les livres du père Kircher, ceux-là mêmes qui avaient poussé Johannes au désespoir et qui avaient été la dernière marchandise à être embarquée avant de mettre les voiles.

Il mit la main sur un marteau et un ciseau parmi les outils abandonnés dans le local et entreprit de desceller le couvercle dans l'obscurité. Le *Mundus subterraneus* apparaissait au sommet, dégageant une forte odeur d'encre, mais ce n'était pas ça qu'il cherchait. Un document, une simple page de vélin dans un étui en cuir, était inséré sur le flanc. L'imprimeur Janssonius l'avait sorti de ses presses quelques jours avant le départ et Johannes avait ajouté des annotations de son cru, le fruit de son vaste savoir en géographie, perfectionné au contact des marins qui avaient contribué à l'élaboration de son *Atlas maior* et de ses globes nautiques. Il avait été imprimé en un seul exemplaire, et il était à présent dans les mains de Viviano.

Il examina le vélin, avec en mémoire ce que lui avait dit Sauli de Kircher la première fois qu'il lui en avait parlé. C'était à Gênes, peu de temps avant que Viviano ne se rende à Amsterdam pour superviser la construction du *Santo Christo di Castello*. Sauli lui avait demandé de s'occuper personnellement des tableaux et des livres qu'il avait commandés, de récupérer les toiles chez l'artiste et de s'assurer que son nom soit en haut de la liste pour le *Mundus subterraneus* quand il sortirait des presses. Il y avait cependant autre chose, une chose secrète. Sauli éprouvait pour Kircher une profonde admiration et il avait financé ses fouilles des ruines du temple d'Isis à Rome. Lorsque Kircher avait découvert ce que Sauli pensait être la copie romaine d'une carte égyptienne de l'Atlantide, tous deux s'étaient mis d'accord pour monter une expédition à sa recherche. Ils avaient mis Blaeu et Janssonius dans la confidence, puisqu'ils allaient reproduire et relier la carte, ainsi que Cornelissen, un commerçant génois installé à Cadix qui était en affaires à Lisbonne avec les îles que Kircher avait repérées. Viviano était la cheville ouvrière de l'opération, à lui revenait la tâche de porter le croquis de Kircher à Amsterdam et d'en transmettre la copie à Janssonius. Il avait promis à Sauli qu'il protégerait le document par-dessus tout, y compris ses tableaux. D'autres le convoitaient, les membres d'un étrange clergé qui, selon Kircher, se vouaient toujours au culte de la déesse Isis, et qui avaient manifestement jugé que son territoire à Rome avait été profané par les fouilles. Et à présent, pour honorer son serment, il prenait une décision qu'aucun capitaine ne devrait avoir à prendre, celle de placer le sauvetage d'un bien matériel avant son devoir de rester avec son navire et ses passagers jusqu'au bout, et il savait que, s'il devait en réchapper, il devrait en porter la croix jusqu'à la fin de ses jours.

Puis il s'empara de l'ouvrage ; sur la couverture, l'écriture précise de Johannes dessinait des caractères imprimés. Il l'ouvrit sur le croquis de la carte à main levée qui avait provoqué son émerveillement la première fois qu'il l'avait vu. Ce qu'il montrait ne signifiait peut-être rien, une simple élucubration de Kircher, réputé pour chevaucher allègrement la frontière entre science et imaginaire. Pourtant, Sauli avait été convaincu, de même que Johannes, dont Viviano respectait hautement l'opinion. Le plus gros volume, *Mundus subterraneus*, était sous-titré *Atlante*, du vieil italien pour *Atlas*. Le petit volume avait pour titre *Insula Orichalcum*, « l'île de l'Orichalque », d'un terme que Johannes prétendait tiré de textes grecs antiques. Mais en dessous apparaissait un mot qui ressemblait au sous-titre du premier, un mot que Viviano avait déjà rencontré dans un récit de Platon sur une civilisation disparue, un mot que tous les marins qui naviguaient dans les eaux non cartographiées de l'océan ne pouvaient entendre sans ressentir un frisson : *Atlantide*. S'il pouvait découvrir son emplacement, s'il pouvait en rapporter le fabuleux remède des anciens supposé guérir toutes les pestilences, alors connaîtrait-il une plus grande gloire que les Génois et les Portugais qui les premiers avaient contourné les caps, navigué autour de la terre. Il apporterait à une humanité accablée par la peste un trésor bien plus précieux que la somme des cargaisons de tous les bateaux qui avaient jamais sillonné les mers.

Le navire fit une embardée, un craquement assourdissant se fit de nouveau entendre et la coque vibra. Viviano se hâta d'ouvrir le *Mundus* à une page montrant une carte, sortit un crayon de graphite de sa poche de ceinture et griffonna quelques mots. Il ramassa plusieurs fines pièces de cuir et enveloppa l'ouvrage afin de le protéger au mieux de l'eau. Geste dérisoire compte tenu des circonstances, mais il songeait à son ami Johannes et aux efforts qu'il avait déployés pour que le livre soit imprimé à temps pour être embarqué. Au moins pourrait-il assurer, s'il en réchappait, qu'il avait fait tout ce qui était en son pouvoir pour sauvegarder l'ouvrage, en espérant un miracle et qu'il reste intact. Il remit le couvercle du tonneau en place et le cloua, entoura le calepin de plusieurs feuilles, déchira une bande d'un tissu qui protégeait les tableaux et l'enveloppa également avant de le fourrer dans son pourpoint à côté du pistolet. La secousse qui ébranla le navire se répercuta dans son corps et fut suivie d'un atroce bruit de déchirure qui courut de la proue à la poupe. Il était temps de partir.

Il pataugea sur les ballots vers l'échelle et sortit sur le pont principal. Il prit la tempête de plein fouet, la pluie balayait le sol autour de lui et l'eau dégoulinait sur son visage. Il distingua la silhouette de l'île à l'arrière, la masse sombre de la pointe de la péninsule à tribord et la ligne des falaises droit devant, tout cela dans un nuage d'écume. Le capitaine anglais s'approcha de lui, tenant son tricorne contre sa poitrine.

« Le vent a tourné de sud-ouest à plein ouest, il est contre nous maintenant, cria-t-il en mauvais italien.

Comme nous pouvions le craindre, nous ne profitons plus du couvert de l'île. »

Viviano se pencha vers lui en se cramponnant au bastingage.

« La coque est fendue sous la ligne de flottaison. Le navire prend l'eau rapidement. Et la base du grand mât a cédé.

— Les chaloupes ne peuvent embarquer que quatre-vingt-dix personnes, dit l'Anglais en secouant la tête, la mine sinistre. Ce qui correspond à l'équipage. Il n'y a pas de place pour les passagers.

— Alors il faudra que l'une d'elles revienne les chercher. J'y veillerai. »

L'homme pinça les lèvres en considérant les femmes et les enfants blottis contre le bastingage.

« S'il plaît à Dieu, *capitan*. S'il plaît à Dieu. »

Deux des trois canots de sauvetage avaient été mis à l'eau et faisaient à présent route vers la côte sous le commandement d'un officier. Le troisième se balançait dangereusement au-dessus des flots, rameurs et maître d'équipage déjà installés à bord. Celui-ci beugla un ordre, les hommes libérèrent le cordage et la chaloupe toucha l'eau à quelques pouces seulement de la coque. Le soudain changement d'équilibre provoqua la rupture du grand mât qui s'effondra sur le mât de misaine, formant un angle disgracieux, les espars et le gréement furent rejetés de côté et pendaient dans le vent. Viviano se pencha par-dessus bord et agita frénétiquement les bras en montrant le mât défait à l'officier de bord. Deux marins, l'un à l'avant de la chaloupe et l'autre à l'arrière, tirèrent sur la corde arrimée au garde-fou pour l'amener contre la coque et permettre aux membres d'équipage restants de la rejoindre par l'échelle de coupée. Le capitaine anglais fut le dernier à quitter le pont. Il prit place dans le canot et ménagea une place à côté de lui sur le banc.

« *Capitan !* hurla le maître d'équipage, peinant à se faire entendre dans la tempête. Montez à bord *pronto* ! »

Viviano avait pris sa décision. Il ne pouvait pas moralement abandonner les passagers à leur sort, cependant il servirait mieux leur intérêt en embarquant dans la chaloupe. Rester à bord du navire avec eux scellerait son sort comme le leur ; il ne pouvait compter que sur lui-même pour revenir les secourir. Il avait un bon équipage, mais il savait que ses hommes ne seraient pas disposés à affronter de nouveau les éléments déchaînés. Il avait besoin d'une douzaine de rameurs solides, il aurait la possibilité de les appâter avec de l'or le cas échéant. Il avait la certitude que le capitaine anglais se joindrait à lui, ainsi que les marins qui avaient sympathisé avec des compatriotes parmi les passagers. Il se dirigea vers Tensini qui sanglotait, avachi contre le bastingage, et se pencha à son oreille pour se faire entendre.

« Je vais rejoindre la chaloupe, cria-t-il. Et je reviendrai vous chercher, à la grâce de Dieu. Soyez courageux et priez. »

Ébouriffé, le visage ruisselant d'eau, Tensini était incapable de la moindre réponse et il tourna vers le capitaine des yeux vides. Viviano hésita un instant, puis il fouilla dans son pourpoint et sortit une petite figurine du Christ qu'il plaça dans la main du négociant. Enfin il tourna les talons, attrapa l'échelle de corde et s'engagea dessus, attendant qu'une lame ait soulevé le canot à sa hauteur pour sauter à la rencontre des bras tendus vers lui.

« Lâchez les cordes ! » cria le maître d'équipage aux hommes qui se tenaient à la proue et à la poupe, tandis que les rameurs éloignaient la chaloupe pour éviter que la coque ne la réduise en miettes. Une rame se brisa sous l'effort, projetant une éclisse sur le bras d'un marin qui hurla de douleur. Enfin le bateau prit le large, les hommes tiraient sur les rames de toutes leurs forces, le maître d'équipage était arc-bouté sur la barre pour maintenir l'embarcation dans le vent sans qu'elle tangue de gauche à droite. Encore cent toises et elle serait protégée du pire de la tempête par l'île et en mesure de contourner le cap de la péninsule pour se mettre à l'abri.

Viviano jeta un coup d'œil par-dessus son épaule vers le navire, à peine à un jet de pierre de distance. Le capitaine anglais suivit son regard, puis il secoua la tête. Tous deux savaient que les chances de pouvoir se porter au secours des passagers s'amenuisaient de seconde en seconde. Le vent avait encore forci, la houle était si violente que les vagues se bordaient d'écume. Le navire piqua du nez et le grand mât se détacha, emportant les espars et les voiles. Viviano comprit avec horreur ce qui allait se produire. La masse tombée à la surface de l'eau allait agir comme une ancre flottante, entraînant le bâtiment à angle droit des vagues et exerçant un effort intolérable sur les chaînes des ancres. Pendant un court moment, tandis que le gréement affaissé se tendait sous la pression des vagues, le navire sembla retrouver son équilibre, mais c'était une illusion. Deux énormes craquements retentirent quand les chaînes cédèrent, projetant leurs extrémités rompues dans le vent. La poupe fut soulevée par la houle à une hauteur telle que le gouvernail sous la quille apparut. Le navire se balança sur la crête de la lame, comme s'il hésitait entre la vie et la mort, puis il plongea en avant et disparut rapidement à la vue, emporté par la tempête vers la ligne noire des falaises qu'on devinait au loin à travers les embruns.

L'espace d'un instant, Viviano vit les visages hagards de détresse alignés qui regardaient sa chaloupe depuis le bastingage, et cette vision, il en avait conscience, serait gravée à jamais dans sa mémoire. Mais toute tentative de secourir ces gens serait vaine, il en prit son parti. Il tâta l'endroit de son pourpoint où il avait glissé le document et se rappela sa promesse à Sauli, il ne pouvait abandonner maintenant. Le vent gémissait et hurlait au-dessus de l'équipage, l'inondant d'écume à chaque vague. Ils n'étaient pas encore hors de danger. Viviano et le capitaine anglais saisirent chacun l'extrémité d'une rame et ajoutèrent leurs forces à celle des marins. La providence divine avait dévoilé son jeu, un jeu qui avait délibérément tourné à leur désavantage, et à présent il n'appartenait qu'à eux, simples mortels, de se battre pour leur salut.

3

Cornouailles, Angleterre, de nos jours

Jack Howard se leva de son bureau, s'étira et s'approcha de la fenêtre qui dominait le rivage boisé de l'estuaire de la Fal. Il contempla les reflets du soleil à la surface de l'eau. La Manche et, au-delà, l'océan Atlantique. Il se trouvait dans le salon du manoir de Cornouailles d'où ses ancêtres avaient la même vue, et où ils préparaient des expéditions dans des mers lointaines quand ils ne défendaient pas leurs côtes contre les menaces et les attaques des envahisseurs. C'était d'ici que John Howard était parti combattre l'Armada espagnole en 1588 à la tête d'un navire corsaire qui appartenait à son cousin Charles, lord-grand-amiral sous Élisabeth Ire. Depuis lors, les Howard s'étaient illustrés dans nombre d'engagements navals qui avaient marqué l'histoire de la Grande-Bretagne, du raid sur la Medway contre les Hollandais en 1667 au torpillage du *Bismarck* pendant la Seconde Guerre mondiale en passant par le Nil et Trafalgar avec Nelson. Ils avaient affronté des pirates dans les Caraïbes, pillé des trésors au nom de la Couronne, exploré le monde jusqu'à ses confins. Jack avait conscience de son héritage, surtout quand une nouvelle aventure se profilait. Il avait l'impression de poursuivre un long voyage de découvertes entrepris voilà des siècles au temps de la marine à voile, un voyage pour lequel la destination, la récompense, était toujours au-delà de l'horizon, un appel aussi pressant que les promesses de fortune et d'honneurs qui avaient animé ses ancêtres. Son instinct lui disait qu'il était sur la piste d'une affaire phénoménale, pensée qui le rongeait depuis que Costas et lui avaient aperçu le joyau sous la pyramide l'année précédente. Il se connaissait assez pour savoir qu'il n'allait pas laisser tomber.

Encore vingt ans auparavant, la demeure montrait une grandeur bien fanée, avec le grand salon transformé en atelier de peinture pour son père, mais depuis la création de l'Université maritime internationale (UMI), elle était le cœur d'un campus dynamique qui s'étendait des quais de l'estuaire au versant de la colline sur une surface plus vaste que le domaine d'origine. Les livres datant de l'époque de John Howard au XVIe siècle qui garnissaient la pièce jadis étaient aujourd'hui stockés dans une bibliothèque ultramoderne de l'autre côté de la cour, élément d'un complexe de bâtiments qui s'étalait jusqu'à la côte, au sein duquel se situaient le bureau d'études et les laboratoires de conservation.

Il pouvait voir, sur un site voisin du campus, l'échafaudage et les grues à l'endroit où prenait forme le musée dont l'achèvement était prévu pour cet été. Une fois ceci réalisé, la vision qu'avait Jack de l'UMI serait proche de ce qu'il avait imaginé. Le mécénat couvrait les frais de fonctionnement et autorisait le lancement de projets sans avoir à quémander un financement extérieur. C'était le grand public qui avait permis à l'ensemble de fonctionner, dont des amis investis dans l'UMI depuis qu'elle était à peine plus qu'un rêve. Jack considérait que le succès se mesurait par l'élan qui à présent irriguait le campus, avec de nombreuses opérations en cours pour lesquelles lui et son équipe de base agissaient comme conseillers. Ce qui lui donnait la possibilité de se concentrer sur des projets qui enflammaient son imagination, les mystères encore entiers qui l'avaient conduit à repousser les limites de l'exploration et à réaliser certaines des découvertes archéologiques majeures des dernières décennies, tout en portant le drapeau de l'UMI dans les mers les plus reculées et dans les nappes souterraines les plus profondes.

Il consulta sa montre et récapitula son planning de la journée. D'une minute à l'autre, il allait recevoir un groupe scolaire pour une rencontre de présentation dans la perspective de leur stage d'été sur le campus. Il avait apporté quelques objets qu'il leur présenterait et préparé un petit discours. Elsie, la responsable pédagogique, avait suggéré l'Atlantide comme sujet de départ, car les élèves avaient tous lu son livre et débordaient de questions. Après quoi il avait prévu de se rendre au magasin d'équipement vérifier son matériel de plongée, contrôle qu'il souhaitait réaliser en personne malgré l'assurance des techniciens que tout était en ordre et prêt à l'emploi. Il envisageait de plonger le lendemain, une première depuis près de quatre mois, les tempêtes automnales ayant mis un coup d'arrêt aux opérations, et il voulait s'assurer que tout roulerait sans surprise afin que la saison à venir débute au mieux.

Cela faisait bientôt un an que Costas et lui avaient été proprement expulsés d'Égypte après leur escapade sous la pyramide. Pendant plusieurs jours éprouvants à la suite de leur arrestation, ils avaient bien cru qu'on les enverrait purger une peine plus ou moins longue dans une des prisons les plus dures du pays, mais un ami plongeur qui travaillait au Foreign Office à Londres avait tiré quelques ficelles et un accord avait été conclu avec le gouvernement intégriste. La condition avait été que l'UMI réalise une étude à caractère écologique sur les marais salants du Nord-Sinaï, ce que Jack était d'autant plus prêt à assumer qu'il se voyait offrir l'opportunité de remettre un orteil en Égypte et de reprendre ses recherches archéologiques. Les autorités se contrefichaient de l'écologie dans le Nord-Sinaï, à l'instar de la plupart des régimes extrémistes, mais elles avaient conscience que le repli sur soi était néfaste pour l'économie du pays, et qu'un projet environnemental redorerait leur blason aux yeux de la communauté internationale.

Le résultat de la négociation avait donc été excellent compte tenu des circonstances, pourtant Jack avait été échaudé par son expérience. Il avait passé plusieurs jours au secret dans une geôle du ministère de l'Intérieur, sans savoir ce qu'il advenait de Costas, songeant à sa fille Rebecca et, ce qui ne lui était jamais arrivé, il s'était demandé si le prix à payer pour ses audaces n'était pas trop élevé. Si les médias avaient eu vent de son arrestation, la réputation de l'UMI aurait été compromise, ses collègues auraient rencontré des difficultés à obtenir les autorisations nécessaires auprès des gouvernements autoritaires. Il avait donc fait profil bas pendant six mois en se réfugiant dans sa cabane dans le nord du Canada pour écrire, tandis que Costas se consacrait à une propriété qu'il avait acquise dans les Caraïbes. Peu à peu, quand il apparut qu'aucune conséquence sérieuse ne se manifesterait, Jack s'était libéré de ses appréhensions et avait reporté son attention sur l'objet brillant qu'il avait entrevu ce jour-là sous le plateau de Gizeh. C'était devenu une obsession, il s'endormait avec lui, se réveillait avec lui. Il était hanté par la question de savoir comment le joyau s'était retrouvé sous la pyramide et il était bien résolu à trouver la réponse.

La porte s'ouvrit et Elsie passa la tête.

« C'est bon ? On peut entrer ? »

Jack leva le pouce et activa de son clavier l'écran disposé au fond de la pièce. Orientés par Elsie, les étudiants entrèrent et s'installèrent sur des chaises. Ils prirent place et levèrent sur leur hôte un regard expectatif. Ils furent plusieurs à sortir leur smartphone ou une tablette pour enregistrer ses paroles.

« Vous connaissez tous le docteur Howard, commença Elsie. Il a accepté de nous consacrer une demiheure dans le cadre de cette visite de présentation. Docteur Howard ?

— Appelez-moi Jack. Nous sommes heureux de vous accueillir ici, et félicitations à vous pour l'obtention de votre stage. Je suis impatient de m'entretenir avec chacun d'entre vous lorsque vous serez sur place cet été. En attendant, qui peut me dire ce qu'il voit à l'écran ? »

Une fille au fond de la pièce dressa le bras.

« C'est le symbole de l'Atlantide. Le hiéroglyphe figure parmi ceux que l'on a observés sur le disque de Phaistos, un disque en terre cuite de l'âge du bronze découvert en Crète, et sans doute bien plus ancien. On doit cette découverte à Maurice et à Aïcha Hiebermeyer, qui ont repéré le même dessin sur un fragment de papyrus utilisé comme bande d'embaumement sur une momie mise au jour dans l'oasis du Fayoum en Égypte. Le papyrus s'est révélé être un témoignage sur l'Atlantide recueilli par l'érudit grec Solon de la bouche d'un prêtre local, et dont il a livré par la suite une version partielle à son disciple le philosophe Platon. Jusqu'alors, les seules références à l'Atlantide étaient celles qui figurent dans le *Timée* et le *Critias* de Platon. Le déchiffrage de la bandelette et du disque de Phaistos vous ont conduit avec Costas Kazantzakis dans un site au sud de la mer Noire qui a été submergé quand une digue de terre sur le détroit du Bosphore a cédé au cours du VIe millénaire avant notre ère. La Méditerranée s'est alors engouffrée dans la mer Noire dont elle a élevé le niveau d'une grosse centaine de mètres. Vous avez découvert une cité néolithique identifiée comme l'Atlantide. Vous avez affronté un seigneur de la guerre qui exigeait sa part du butin, le père de votre amie Katya. Ce qui l'intéressait en réalité était les têtes nucléaires d'un sous-marin russe qui avait coulé à cet endroit. Oh, il y avait aussi un volcan en activité. La suite appartient à l'histoire.

— Eh bien, vous avez soigneusement révisé, dit Jack avec un sourire. L'un de vous souhaite-t-il ajouter quelque chose ? »

Un garçon au premier rang leva timidement la main.

« Cinq ans plus tard, Costas et vous avez entrepris des recherches sur les prêtres qui ont fui la ville vers l'ouest. Ce que vous avez découvert a confirmé votre théorie selon laquelle l'Atlantide est le berceau de notre civilisation. L'agriculture, les langues indo-européennes, la métallurgie se sont diffusées dans le monde entier à partir de ce qui est aujourd'hui la Turquie.

— Non seulement cela, mais également les sciences et la médecine, dit Jack. Ce qui est fascinant, depuis notre découverte, c'est que des travaux archéologiques ultérieurs ont montré que l'Atlantide n'était pas une singularité et que la cité faisait partie d'un ensemble bien plus important. »

Il appuya sur une touche de son clavier, faisant apparaître sur l'écran l'image d'une structure de pierres dans un chantier de fouilles.

« Voici ce que l'on suppose être un sanctuaire sur le site de Göbekli Tepe, en Anatolie du Sud-Est, en surplomb du berceau de la civilisation en Syrie et en Mésopotamie. C'est la plus ancienne structure mégalithique de ce type exhumée à ce jour, et bien plus sophistiquée que tout ce qui a été construit au cours des millénaires qui ont suivi. Elle remonte à trois mille ans avant la submersion de la mer Noire et à cinq mille ans avant Stonehenge. Si, quand j'avais votre âge, quelqu'un m'avait dit que l'on découvrirait des vestiges de ce genre vieux de dix mille ans, aux balbutiements de l'agriculture, alors que les humains vivaient encore pour la plupart dans des cavernes, j'aurais rigolé. L'idée de l'Atlantide n'était pas prise au sérieux. Pourtant, voyez où nous en sommes aujourd'hui. Et c'est le résultat de fouilles sérieuses avec des arguments scientifiques, pas le produit de l'imagination ou de spéculations. »

Un bras s'éleva.

« Mon père prétend que les plongeurs âgés refusent l'idée de la retraite. Quelles sont vos intentions ?

— Ma foi, je ne suis pas si vieux, répondit Jack en souriant, et je n'ai pas prévu de me retirer. Il faut en permanence se convaincre que les plus grandes découvertes sont à venir. J'ai toujours sur ma liste des trésors que je n'ai même pas commencé à rechercher.

— Reviendrez-vous à l'Atlantide ? »

Jack actionna le clavier et apparut sur l'écran une vue sous-marine d'un éperon rocheux marbré et nu.

« Voilà à quoi ressemble le site à présent, enseveli sous des tonnes de lave crachée lors d'une éruption volcanique. Ce qui m'intéresse désormais, c'est de comprendre où les rescapés ont migré et ce qu'ils ont emporté. Nous avons d'ores et déjà établi la preuve qu'un groupe a traversé l'Atlantique pour s'implanter aux Caraïbes. Nous avons détecté la présence de prêtres installés en Crète qui seraient à l'origine de la fameuse civilisation minoenne de l'âge du bronze. Si vous vous rendez sur le site de Cnossos, vous verrez des peintures murales de taureaux identiques à celles que nous avons observées dans l'Atlantide. »

Une forêt de mains se dressa et Jack en désigna une.

« Ce ne doit pas être facile de concilier vie de famille et explorations à travers le monde, dit la fille. Allez-vous un jour épouser Katya, ou Maria ? »

Elsie s'éclaircit la gorge, baissa les yeux et son sourire s'effaça. Jack avait l'habitude de ce genre de questions, rançon des livres et des films qui retraçaient sa carrière depuis des années.

« Katya dirige l'Institut de paléographie de Moscou et Maria est une enseignante de linguistique ancienne très occupée, en Espagne. Ce serait difficile à concilier pour elles aussi.

— Question suivante ? dit Elsie, qui avait retrouvé le sourire.

— Rebecca va-t-elle suivre votre chemin ? Elle est toujours avec Jeremy ?

— Ça, il faudrait lui demander. Elle travaille actuellement en Afrique de l'Est pour la Fondation Jacobovich. Vous n'ignorez pas qu'Ephraim est notre principal mécène, un vieux camarade de plongée du temps de mes études, qui a décidé de créer l'UMI alors que Costas et moi lui en avions soufflé l'idée près de vingt ans auparavant. Ce magnat de l'informatique investit des millions dans des programmes destinés à lutter contre la pauvreté et la famine, voilà à quoi Rebecca va consacrer son été. Elle seule décide de ce qu'elle souhaite faire plus tard. Elle a d'ores et déjà réalisé avec moi des découvertes étonnantes et elle conduit ses propres explorations d'épaves en solo.

— Vous avez toujours affaire à des sales types au cours de vos aventures. À quoi est-ce dû, à votre avis ?

— La nature humaine est ainsi faite. Costas appelle ça la fièvre de l'or. Pour chaque archéologue il y a un chasseur de trésors qui agit par cupidité.

— Vous-même êtes un chasseur de trésors, non ?

— Quiconque se prétendant archéologue et qui n'est pas excité par l'idée de tomber sur un trésor devrait changer de métier. Mais un trésor, ce n'est pas seulement l'or et les pierres précieuses. Un simple tesson de poterie a plus de valeur que l'or s'il nous permet d'éclairer le passé. »

Jack marqua une pause avant de poursuivre :

« Néanmoins, et c'est une préoccupation, le trafic d'antiquités a augmenté en même temps que progressait la technologie sous-marine : elle permet un accès plus aisé à des épaves gisant à des profondeurs abyssales dans des zones échappant à une quelconque juridiction nationale. La convention sur l'archéologie marine édictée par les Nations unies n'a de valeur que si l'on se donne les moyens de la faire respecter, et faire la police dans les eaux internationales n'est pas aisé. Les antiquités et autres œuvres d'art volées sont couramment utilisées par les organisations criminelles dans les transactions de contrebande pétrolière, comme présents entre barons de la drogue et seigneurs de guerre. J'ajoute un autre genre de sales types. Des organisations telles que l'Ahnenerbe des nazis, la Société pour la recherche sur l'héritage ancestral sous Hitler, ont des disciples contemporains qui veulent toujours démontrer la validité des théories raciales de leur idéologie. Ou encore des confréries aux racines immémoriales qui agissent comme les gardiennes de secrets séculaires qu'elles ont juré de ne jamais révéler. Ceux d'entre vous qui ont lu mes livres et vu les films le savent, nous avons eu à affronter cette engeance. Et nous en attendons d'autres.

— Jack, parlez-nous de votre dernière exploration. »

Jack s'approcha de son bureau, s'empara d'un plateau sur lequel étaient posés des objets et le plaça sur la table.

« Il s'agit d'un navire du nom de *Santo Christo di Castello*, mais nous l'appelons l'épave aux agrafes de Mullion, car il a coulé non loin de la ville de Mullion, à quelques kilomètres d'ici, et qu'il transportait des fibules en laiton que l'on trouve par milliers sur tout le site.

Le navire date de 1667, sous le règne de Charles II, et, parti d'Amsterdam, il a fait naufrage au cours de son voyage vers l'Espagne et l'Italie. Son capitaine a été obligé de retarder le moment de mettre les voiles pour terminer l'embarquement de sa cargaison et le *Santo Christo* n'a atteint les côtes de Cornouailles que début octobre cette année-là, il a été pris dans une tempête de sud-ouest et a été projeté contre les falaises. Le capitaine et plusieurs membres de l'équipage ont survécu, mais la plupart des passagers ont péri et la cargaison a été perdue, dispersée dans la mer ou gisant dans les profondeurs où nous avons découvert l'épave il y a quelques années. »

Il actionna une touche du clavier et l'image de l'Atlantide fut remplacée par une vue du site du naufrage dans la crique de Pol Glas avec l'île de Mullion en arrière-plan et l'Atlantique au-delà. Il saisit les objets du plateau et les passa un par un à Elsie pour qu'elle les fasse circuler dans les rangs.

« Voici la boucle d'une des fibules dont je parlais tout à l'heure, manufacturée à Amsterdam, un bien de valeur à l'époque. Les hommes et les femmes portaient des tenues élaborées et ces agrafes les maintenaient. L'objet suivant est un petit lingot rond de cuivre qui appartenait à un lot de métal brut. Et ce magnifique bougeoir en bronze date en réalité du XVe siècle, plus de deux cents ans avant le naufrage. Vous remarquerez qu'il est abîmé à la base, il fait partie d'un baril de ferrailles destinées à être fondues en Espagne pour recyclage. Nous avons trouvé des quantités de pièces de ce genre, des bougeoirs, des éléments de lustres, des candélabres, pour la plupart sans doute des accessoires ecclésiastiques provenant d'églises. Et voilà un charmant petit cygne en laiton qui semble avoir été l'ornement d'un lustre. »

La fille qui avait été la première à prendre la parole se manifesta de nouveau.

« Vous aviez déjà effectué des fouilles le long de la côte ouest de la péninsule de Lizard, n'est-ce pas ? J'ai lu vos deux derniers ouvrages. L'épave phénicienne de Church Cove, celle du *Schiedam* dans la baie de Jangyeryn de l'autre côté de la pointe. Et celle avec les pièces de huit en argent à Kynance Cove. En quoi l'épave aux agrafes de Mullion se distingue-t-elle des précédentes ?

— Décidément, vous avez bien révisé, répondit Jack avec un sourire. Chaque épave a son propre fascinant récit si on la replace dans un contexte historique plus large. On pourrait écrire une histoire du monde en, mettons, douze naufrages choisis, ceux qui témoignent de la technologie, de l'exploration, du commerce et de la société de l'époque, aussi bien qu'une histoire fondée sur les grands événements du passé.

— Vous-même pourriez l'écrire, dit la fille. Est-ce le sujet de votre prochain livre ?

— Bonne idée, en effet. J'aurais largement le choix parmi les fouilles que nous avons menées ces dernières années. Mais pour répondre à votre question, l'épave aux agrafes offre un remarquable aperçu sur le XVIIe siècle. Cette période me passionne car elle marque la transition entre le Moyen Âge et la modernité. Les conflits engendrés par la Réforme plongeaient l'Europe dans la tourmente en opposant catholiques et réformés. Les pièces en bronze qui circulent en ce moment sont le résultat d'une rafle des ornements par les protestants hollandais offusqués par le luxe ostentatoire des églises catholiques, elles ont été chargées dans une barrique et expédiées pour être fondues. Malgré les troubles et les guerres, l'époque est riche en découvertes, en science comme en exploration. Les navires des deux Compagnies des Indes orientales, l'anglaise et la néerlandaise, s'avançaient plus loin que les navigateurs qui les précédaient et ouvraient l'Europe aux cultures de l'Orient. Ce navire transportait des épices provenant d'un endroit aussi éloigné que les îles d'Indonésie, et il y a quelques jours à peine, notre labo a déterminé avec certitude que le cuivre est japonais. Incroyable, non ? La cargaison comprenait aussi du bois d'ébène issu des colonies espagnoles et portugaises des Amériques. Et Amsterdam, où le bateau a été construit, profitait des effets du Siècle d'or néerlandais, peut-être la période la plus riche artistiquement que le monde eût connue. Nous sommes quasiment certains que des tableaux de maître commandés par de riches Italiens faisaient partie des marchandises. »

Elsie récupéra les objets de démonstration et posa le plateau sur la table. Jack lança un coup d'œil sur la pendule et lui fit un signe de la tête. Une main se leva.

« Quand allons-nous faire la connaissance de Costas Kazantzakis ?

— Après un arrêt à la bibliothèque, la visite continue avec le laboratoire de conservation et le site du musée que nous bâtissons. Costas vous accueillera devant le bâtiment d'ingénierie, c'est là que les choses sérieuses commencent. Il y aura aussi un déjeuner à la cantine sur le chemin.

— Merci, Jack, dit Elsie.

— Je vous en prie. Je me réjouis de vous revoir bientôt. »

Les étudiants quittèrent la salle en file indienne et Jack retourna à ce qui l'occupait avant leur visite. Il s'installa à son bureau et observa l'image sur l'écran de son ordinateur. Elle lui avait été envoyée par Jeremy depuis les Archives nationales à Kew, où il poursuivait des recherches sur le *Santo Christo di Castello*. Sa meilleure découverte jusqu'alors était une lettre d'août 1666 dénichée parmi les documents officiels de l'administration du roi Charles II.

À Sa Majesté le Roi. Humble Requête de Giovanni Lorenzo Viviano de Gênes, capitaine du Vaisseau Santo Christo di Castello. *Humble Déclaration par le Requérant que ledit Vaisseau* Santo Christo di Castello *fut construit à Amsterdam pour son compte, dûment payé par lui-même, et pour le compte de Citoyens de la République de Gênes, dûment payé par eux-mêmes, comme le Certificat joint en fait foi. Ayant équipé ledit Vaisseau de 46 canons et de 90 marins, le Requérant est missionné par les susnommés Citoyens de Gênes pour charger diverses Marchandises à Amsterdam & pour en effectuer le transport par Lisbonne, Cadix & autres Ports de la côte d'Espagne jusqu'à Livourne & Gênes. L'Honorabilité du Requérant est attestée par une lettre des Autorités de la République de Gênes à Sa Majesté. Humble Prière par la Présente qu'il plaise à Sa Majesté d'accorder au Requérant un Passeport Royal pour ledit Vaisseau et son chargement assurant le passage d'Amsterdam aux ports susmentionnés sans Molestation.*

Il sortit le dossier que venait de lui envoyer une amie ayant cherché mention du *Santo Christo di Castello* dans les archives de la famille Sauli. Les Sauli étaient une importante famille de négociants dont un membre, Francesco Sauli, futur doge de Gênes, était le principal employeur de Viviano. Elle avait mis la main sur la lettre d'engagement de Viviano selon laquelle il avait pour mission de se rendre à Amsterdam pour superviser la construction du navire et de procéder à son chargement inaugural. Amsterdam n'était pas seulement le carrefour du commerce international, c'était aussi le centre d'importants chantiers navals qui bénéficiaient du savoir-faire des charpentiers de la Compagnie néerlandaise des Indes orientales. Peu importait le coût, les navires étaient construits selon les standards de la Compagnie : 16 toises en longueur, 36 canons en fer et 6 en bronze en sus de 18 pierriers à boîte.

L'armement coulait de source pour les navires marchands qui voguaient en Méditerranée et ailleurs à cette époque. Ils étaient sous la menace des pirates barbaresques lorsqu'ils franchissaient le détroit de Gibraltar et 1665 avait marqué le début de la Deuxième Guerre anglo-néerlandaise, un conflit essentiellement naval qui s'était poursuivi jusqu'à l'été 1667. Propriété d'un consortium génois et commandé par un capitaine de même origine, le *Santo Christo di Castello* était en principe neutre, mais de telles subtilités n'étaient guère prises en considération par les corsaires anglais avides de butins qui voyaient comme une proie tout ce qui sortait du port d'Amsterdam. Si elle était saisie, la cargaison serait vendue aux enchères à la première occasion, et le temps que la Haute Cour d'Amirauté juge l'affaire, les chances pour les négociants lésés d'être correctement dédommagés se réduisaient. Être lourdement armé supposait que les flibustiers plus modestes y réfléchissaient à deux fois avant d'attaquer, raison qui avait poussé la Compagnie des Indes orientales à se doter de vaisseaux imitant les galions de guerre.

Le lien avec la Compagnie des Indes orientales ne s'arrêtait pas là. Jack fit apparaître à l'écran une liste d'articles connus pour avoir été chargés sur le *Santo Christo di Castello*. Les connaissements à bord n'avaient pas survécu au naufrage, cependant les archives notariales d'Amsterdam possédaient la réclamation d'un commerçant demandant dédommagement pour sa marchandise perdue et des signalements de biens récupérés en Cornouailles au moment des faits. Les épices étaient ce que la cargaison contenait de plus précieux. Elles avaient été livrées à Amsterdam par la Compagnie depuis les îles d'Extrême-Orient, leur valeur considérablement majorée par les risques encourus lors du passage du cap de Bonne-Espérance et de la remontée de l'Atlantique. À l'arrivée, elles avaient été vendues à des marchands qui les avaient expédiées à leur tour par des navires tels que le *Santo Christo di Castello* vers la France, l'Espagne et l'Italie ou encore Constantinople et d'autres ports ottomans de la Méditerranée. Jack était sidéré par les prix qu'atteignaient les épices comme le poivre, la cannelle ou le clou de girofle quand elles avaient atteint leur destination, quasiment leur poids en or. La valeur du chargement de tissus et d'épices à lui seul avait été estimée par le vice-amiral de Cornouailles à plus de 50 000 livres de l'époque – plusieurs millions de livres d'aujourd'hui –, faisant du *Santo Christo di Castello* l'un des navires les plus richement chargés à avoir jamais fait naufrage sur les côtes de Cornouailles.

Jack passa à un autre document parmi les papiers administratifs officiels, le compte rendu d'un fonctionnaire de l'Amirauté à Falmouth, daté du 9 octobre 1667 :

Le Santo Christo di Castello*, nouvellement construit à Amsterdam, et dont la cargaison de tissus et d'épices est évaluée à 50 000 livres, a fait naufrage près de la péninsule de Lizard, entraînant la mort par noyade de vingt-cinq hommes et femmes ; le capitaine et l'équipage ont rejoint la côte par une chaloupe.*

Plus tard, le nombre de victimes fut réévalué et le sort du capitaine resta incertain. Viviano avait été retenu à Amsterdam avant de hisser les voiles et il avait attendu d'abord que se terminent les essais en mer du bâtiment sortant du chantier naval, essais différés à cause des glaces du terrible hiver 1666-1667, quand le Zuiderzee avait gelé, et plus longs que prévu, ensuite que les ultimes marchandises soient embarquées. Ces retards avaient contraint le navire d'affronter le mauvais temps automnal dans sa route par la Manche vers le golfe de Gascogne. Jack s'interrogea sur les raisons qui avaient poussé Viviano à surseoir au départ pour compléter son fret. C'était un marin très expérimenté, mandaté par des hommes d'affaires pour transporter une cargaison d'une valeur exceptionnelle et lui-même copropriétaire du navire. Ce qu'il attendait devait posséder à ses yeux une immense importance pour qu'il prenne le risque de naviguer par de telles conditions climatiques, un risque en définitive non payant. Le *Santo Christo di Castello* avait péniblement descendu la Manche contre le vent d'ouest, puis avait tenté sa chance en profitant d'une accalmie et avait quitté Falmouth pour faire voile vers l'Espagne, avant de terminer impitoyablement broyé sur les falaises de la péninsule de Lizard quelques jours plus tard.

Jeremy et lui étaient convenus de se partager la tâche. Jeremy était chargé de dénicher des éléments supplémentaires sur le fret embarqué à Amsterdam tandis que Jack fouillait dans les archives de Cornouailles pour trouver trace de marchandises récupérées. Même pour des vaisseaux de l'importance et de la valeur du *Santo Christo di Castello*, d'existence relativement récente, la documentation présentait des lacunes énormes, ce qui donnait à l'archéologie un rôle aussi essentiel dans la collecte d'informations que celui qu'elle tient pour une épave de l'Antiquité. Il leva les yeux sur l'image qu'il avait laissée sur le grand écran des falaises noyées d'embruns proches du lieu du naufrage, et il sentit son cœur s'accélérer en songeant au lendemain. Il avait appris par les rapports des plongeurs de la matinée que la mer sur le site était agitée, sans comparaison toutefois avec ce qu'il voyait sur la photo. C'était actuellement la période des grandes marées de printemps, avec des amplitudes de près de six mètres et le plus bas niveau en début d'après-midi. En étant sur place une heure avant la marée basse, il aurait la possibilité d'en tirer le maximum de bénéfice, car le site se trouverait alors à moins de dix mètres de profondeur, ce qui lui laisserait plus de temps pour ses recherches. Il s'étira, à la fois excité à la perspective de plonger et envahi par un sentiment cathartique de plénitude qui balayait en lui toute trace d'anxiété et de stress. Il avait beaucoup à faire tout au long de la journée, mais il savait qu'il ne tarderait pas à compter les heures le séparant du moment où il partirait pour le site. Il avait hâte d'être au lendemain.

4

Jack s'installa dans le kayak et s'adossa contre le siège en allongeant les jambes dans un espace ménagé au milieu de son équipement, puis il s'empara de la pagaie. Il jeta un dernier regard par-dessus son épaule vers la plage de galets de l'anse, afin de s'assurer qu'il n'avait rien oublié derrière lui. Il donna un premier coup de rame pour orienter la proue vers l'entrée du havre. En longeant la jetée en pierre, il sentit le poids de la houle et vit les vagues s'écraser sur la face extérieure de la digue. Devant lui, au-delà de l'île de Mullion, l'horizon était bordé de nuages noirs, tête d'un orage qui progressait lentement vers lui, mais pour l'instant le ciel était dégagé et l'eau était d'une pureté de cristal, les rayons du soleil se reflétaient sur le sable et les rochers à quelques mètres sous la surface.

Il croisa un bateau de pêche qui rentrait au port et salua l'homme en levant le bras, pouce dressé, et s'engagea sur sa droite devant la ligne sinueuse des récifs dentelés qui marquait la limite extérieure du cap. Au-delà, on trouvait à un kilomètre la baie de Polurrian et sa plage de sable, puis encore cinq cents mètres plus loin, les falaises devant lesquelles gisait le navire naufragé. Il fit une pause et profita du panorama, l'île de Mullion à présent derrière lui et au nord la côte de la péninsule de Lizard s'éloignant derrière les criques de Polurrian et de Gunwalloe, puis il se remit à pagayer énergiquement dans les eaux de la baie vers la crevasse dans la falaise qui abritait la crique de Pol Glas et le site de l'épave.

Il avait décidé de naviguer en solo par le kayak plutôt que de rejoindre le bateau d'études, car il voulait retracer la route qu'avait suivie le *Santo Christo di Castello* en cette nuit fatidique d'octobre 1667. Jack se doutait que le capitaine avait essayé de retenir le navire à l'abri de l'île de Mullion, non loin de sa position actuelle, qu'il avait jeté les ancres dans l'espoir qu'elles soient capables de résister à la tempête qui l'avait poussé à l'ouest. La protection qu'offrait l'île de Mullion paraissait sûre, mais il avait suffi que le vent tourne à peine pour attirer le bateau vers les eaux plus exposées de la baie et tirer sur les ancres accrochées au fond sableux. Jack savait que Viviano avait rejoint la terre ferme en chaloupe avec le gros de son équipage et qu'il avait débarqué à Mullion Cove, d'où Jack était parti un moment auparavant.

Il s'efforça de se mettre dans la peau de Viviano, de se représenter ses pensées alors que la mer était de plus en plus grosse. Il n'aurait jamais abandonné son navire, pas avec les négociants et leurs familles à bord et la cargaison dont dépendait son avenir, tant qu'il subsistait un espoir de tenir bon contre le vent. Il avait dû céder devant l'insistance des membres de son équipage et n'avoir eu d'autre choix que de les accompagner jusqu'à la côte avant de faire demi-tour pour tenter de donner aux passagers une chance de fuir un bateau qui semblait de toute façon condamné. C'était un pari que Viviano avait perdu. Jack imagina sa détresse et son impuissance devant le spectacle des chaînes qui lâchaient, de son navire en train de sombrer en dérivant vers Pol Glas, sans la moindre possibilité de porter secours aux malheureux à son bord. Le capitaine avait survécu au naufrage, mais pour un marin, perdre son bâtiment de cette manière signifiait la mort ; la culpabilité le marquerait à jamais, sa carrière et son avenir seraient compromis, désormais le restant de sa vie serait hanté par cette tragédie dont il se sentirait personnellement responsable.

Jack pénétra plus avant dans la baie, la grande langue de la plage de Polurrian sur sa droite et les falaises plus nettement visibles devant lui dressées au-dessus de la crique de Pol Glas. Il se remémora son excitation quand, deux ans auparavant, il avait pour la première fois posé les yeux sur l'épave. Depuis toutes ces années qu'il explorait des sites de naufrages autour du monde, il lui avait rarement été donné de se frotter à une cargaison aussi riche. Tout ce qu'il avait à sa disposition était un document alléchant de 1967 dans les archives de l'Amirauté signalant le témoignage d'un plongeur local ayant aperçu un canon à Pol Glas. Depuis, les lieux avaient été ensevelis par le sable et les galets, pour autant cette affaire était restée dans un coin de son esprit pendant qu'il se consacrait à d'autres projets.

L'opportunité d'entreprendre une prospection fut offerte par une pause dans les travaux menés en Méditerranée et par un violent coup de tabac hivernal qui avait déplacé le sable recouvrant de nombreuses épaves du littoral. Rebecca et Jack avaient plongé en apnée depuis Polurrian le printemps venu, suivant le chemin qu'avait pris le témoin du canon près d'un demi-siècle avant eux. L'eau était froide, mais aussi claire qu'elle l'était à présent, et ils avaient aisément distingué les ravines sableuses et les escarpements rocheux du fond marin non encore masqué par l'envahissement annuel des algues. Un peu avant l'entrée de Pol Glas, ils étaient passés au-dessus d'une grande crevasse contenant une concrétion de fer et des tuyaux de cuivre provenant du *Boyne*, un cargo qui avait sombré en 1873. Les épaves s'empilaient les unes sur les autres le long de la côte depuis que la marine à voile existait, donnant naissance à une couche d'artefacts à moitié dévoilés. Pour les uns il s'agissait d'un fatras sans queue ni tête, mais Jack y voyait comme une stratigraphie, le dessin chronologique de l'histoire de la navigation. Ne serait-ce qu'à Pol Glas, au moins deux autres naufrages avaient eu lieu depuis celui du *Santo Christo di Castello*, mais les vestiges avaient été dispersés par la violence de l'accident et les courants qui balayaient la baie à chaque tempête.

Rebecca et Jack avaient plongé dans la crique obscurcie par l'ombre des falaises qui donnait l'impression que les fonds étaient plus éloignés et menaçants qu'ils ne l'étaient en réalité. Jack avait été parcouru par le frisson d'excitation qu'il connaissait bien quand il approchait d'un nouveau site, excitation accompagnée d'une émotion respectueuse devant un endroit où tant avaient perdu la vie. Quelques semaines auparavant, il avait observé du haut de la falaise la marmite bouillonnante d'écume et d'embruns en contrebas, le mouvement de la houle allant et venant, et avait imaginé ce qu'avait pu être le calvaire d'êtres humains projetés sur ces récifs. En tant que plongeur, il éprouvait une profonde empathie pour les marins d'antan, car il avait subi les mêmes caprices du vent et de la marée, pris les mêmes risques à chacune de ses sorties en mer – les forces qui envoyaient les hommes à la mort étaient les mêmes pour un plongeur, y compris lorsque les conditions étaient favorables, et il avait senti la présence des malheureux naufragés ce matin-là, tandis que Rebecca et lui nageaient au pied des falaises acérées. Cette crique avait été un lieu sans retour pour beaucoup en cette nuit de 1667.

Ils n'avaient guère l'espoir de repérer quoi que ce soit de visible. Il y avait des années de cela, après que la rumeur de la découverte se fut répandue, des chasseurs de trésors avaient eu l'idée d'utiliser des explosifs pour tenter d'accéder à la cargaison. Ils n'avaient réussi qu'à provoquer un éboulement de la falaise et des tonnes de roches avaient bouché l'entrée de la crevasse, ce qui avait au moins eu le mérite de bloquer la dispersion des galets et de préserver l'essentiel de l'épave. C'est pourtant cet acte de vandalisme qui avait permis à Jack de retrouver le site. Et si le gros temps d'hiver avait poussé les galets à une extrémité de la ravine ? Rebecca avait été la première à plonger et à refaire surface en exultant, désignant une zone où elle avait aperçu des pierriers et des formes affleurer sur le fond. Jack avait suivi la direction et était tombé directement sur un canon, orange de rouille et la bouche pointée hors du sable. Certains objets avaient sur lui un effet électrisant : en Méditerranée, les amphores en terre cuite, conteneurs universels de l'Antiquité ; au large des Cornouailles,

les canons. En trouver un signifiait très certainement la présence d'une épave et le fond caillouteux montrait alors un visage différent. Son œil était exercé, un détail qu'il aurait ignoré précédemment devenait tout à coup digne d'intérêt.

Ce matin-là, il avait posé la main sur le fût du canon, comme pour s'assurer de sa réalité, puis, irrigué par un flux d'adrénaline, il avait regagné la surface en adressant un signe de triomphe à Rebecca. Quelques mètres plus loin, il avait vu un deuxième canon, puis un troisième. Ils avaient plongé et replongé, photographié chacun d'entre eux, pris des mesures avec leurs couteaux de plongée en guise de règles rudimentaires. C'est alors qu'une vision fascinante s'était dévoilée devant eux : le fond marin paraissait briller comme de l'or. Les galets avaient été balayés et révélaient une concrétion formée d'objets en bronze et en cuivre, dont des milliers de fibules en laiton. C'était extraordinairement exaltant : personne avant eux n'avait posé les yeux sur cette partie du site. Jack avait décrété que cette épave serait sa préoccupation unique au retour des beaux jours, qu'il allait plonger inlassablement tant qu'il n'en aurait pas tiré le maximum pour qu'elle raconte son histoire.

Jack songeait aux jours qui avaient suivi l'événement tout en dirigeant son kayak vers l'entrée de Pol Glas. Il avait sur-le-champ réuni une équipe de choc, dont Rebecca pour peu de temps avant la reprise des cours à la fac, et des plongeurs du cru affiliés à l'UMI qui avaient l'expérience des eaux de la côte ouest de la péninsule de Lizard. La météo incertaine l'avait empêché d'affréter un bateau de recherche de l'université, car il se serait retrouvé dans la même position vulnérable que celle qui avait précipité la fin du *Santo Christo di Castello*. Il avait monté une opération plus modeste et laborieuse, par l'utilisation d'un Zodiac depuis Mullion ou en plongeant directement du rivage à Polurrian après avoir descendu péniblement le chemin côtier avec l'équipement sur le dos. Les conditions climatiques ne leur étaient pas favorables – la prochaine tempête pouvait recouvrir de nouveau le site de galets –, ils s'étaient efforcés de remonter le plus d'objets qu'ils pouvaient en fouillant avec méthode la zone découverte lors de la plongée initiale.

Rebecca avait été la première à faire des trouvailles, un magnifique bougeoir et un fragment d'un lustre sophistiqué. À mesure que les artefacts de même nature apparaissaient, Jack s'était rendu compte qu'ils provenaient d'églises à une époque où les lieux de culte catholiques de Hollande étaient vidés de leurs ornements par les protestants qui les détruisaient et vendaient au poids de la ferraille. C'était là un aperçu du contexte de l'époque du naufrage, et il y avait peu de périodes de l'histoire qui le fascinait plus que le XVIIe siècle européen. Le site dévoilait exactement ce qu'il aspirait à trouver : des objets qui, outre leur intérêt en soi, offraient une fenêtre sur le passé, des perspectives nouvelles à approfondir.

Plus tard cet automne-là, alors que le mauvais temps s'installait et que les fouilles étaient interrompues, Jack s'était rendu à New York au Metropolitan Museum of Art pour examiner les tableaux de l'âge d'or de la peinture néerlandaise sur lesquels apparaissaient des objets similaires, manière commode et souvent unique d'établir une datation selon leur style, en particulier pour les ornements ecclésiastiques, dès lors que le tableau avait une origine connue. Sur un triptyque datant de 1427-1432 de l'atelier du maître flamand Robert Campin, il avait repéré un bénitier en forme de vasque identique à celui qu'il avait remonté quelques semaines plus tôt. C'est ainsi qu'il s'était aperçu qu'avaient été mises au jour des pièces vieilles de plus de deux siècles au moment du naufrage, les artefacts les plus anciens jamais découverts sur la côte ouest de l'Angleterre.

À présent, il s'approchait de la bouée portant le drapeau de l'UMI ancrée à l'entrée de la ravine et il regarda en direction d'un immeuble de Polurrian sur lequel était installée une caméra CCTV dirigée vers Pol Glas. Le campus de l'université était assez proche pour qu'une équipe de sécurité puisse intervenir en moins d'une heure si des visiteurs indélicats étaient repérés, et la mode des explosifs était Dieu merci révolue depuis belle lurette chez les pilleurs d'épaves. Il avait souhaité être seul avant l'arrivée du Zodiac et de l'équipe qui allait fermer le chantier de fouilles et récupérer le matériel en prévision du gros temps attendu dans la soirée. Il voulait revoir le site dans les mêmes conditions que celles de sa première plongée avec Rebecca et terminer d'explorer avant l'arrivée des collègues le secteur qu'il s'était réservé.

Les rochers à l'entrée étaient à fleur d'eau, apparaissant et disparaissant au gré des vagues. Il avait bien fait d'être là de bonne heure avant que la mer ne forcisse. Avec huit mètres de profondeur à marée basse, une vague importante en surface entraînait des turbulences qui entravaient les opérations de fouille dans la crevasse balayée par la houle. Il avait prévu de jeter l'ancre dans un point de la ravine protégé par des récifs formant un goulet qu'il devait franchir en prenant garde à ce que les flotteurs de son embarcation ne frottent pas contre une arête. Il pouvait voir l'amoncellement de roches là où une portion de la falaise s'était effondrée trois ans auparavant et au-dessus une barrière signalant la déviation du chemin côtier dont un tronçon avait été emporté. Chaque tempête qui lançait ses vagues contre les parois de pierre faisait craindre un nouvel éboulement, et suscitait un sentiment d'urgence au sein de l'équipe de fouilles.

Il pagaya le long du site vers le goulet et orienta le kayak vers l'ouverture, puis d'un coup de pagaie se glissa entre les récifs qui lui offraient tout juste l'espace pour passer. Il s'arrêta au milieu des eaux tranquilles du bassin et se laissa gentiment dériver, attendant un instant pour s'assurer qu'il pouvait jeter l'ancre comme il l'avait envisagé. Il balança sa pagaie attachée à sa ligne de retenue et s'agenouilla pour sortir les petites ancres grappins de chaque côté du kayak. La marée basse approchait, il allait plonger dans une mer étale, il n'avait pas à s'inquiéter de la tension des câbles à mesure que le niveau monterait.

Toujours à genoux, il s'avança au centre du bateau, enfila les bras dans sa tenue de plongée, remonta la fermeture Éclair dans son dos et secoua les épaules pour que le vêtement s'ajuste. Il préférait une combinaison humide à une étanche pour les plongées d'été en eau peu profonde, la température de l'eau était supportable pendant une heure ou deux. Il vérifia que son couteau était en place sur son mollet et mit sa montre de plongée autour de son poignet gauche, puis il souleva le bloc qu'il avait tenu entre ses jambes au cours de la traversée. Il contrôla l'ouverture des valves, gonfla le gilet stabilisateur pour assurer sa flottaison et fit rouler la bouteille dans la mer avant de l'accrocher par un mousqueton à un anneau sur le flanc d'un flotteur. Le bloc de douze litres et la bouteille de secours de trois litres lui donnaient le temps nécessaire, car la surface qu'il comptait explorer n'excédait pas un mètre carré et les galets seraient faciles à déblayer.

Il agrafa sa ceinture de lestage, ses palmes et se plaça perpendiculairement au kayak en amenant les pieds sur un flotteur à l'opposé de son équipement, afin de ne pas risquer de faire chavirer son embarcation quand il se mettrait à l'eau. Il s'attarda un instant, bercé par le léger balancement du bateau, à jouir de la fraîcheur de l'eau sur ses jambes après les efforts de la traversée et de la chaleur du soleil sur son dos. En chemin, il n'avait pas eu la possibilité de voir le fond marin à cause des reflets à la surface, mais à présent que le soleil était plus haut, il lui apparaissait clairement. Une petite méduse dansait en mêlant ses filaments aux hautes herbes et, à travers l'épaisseur troublée de l'eau, le fond rocheux et tapissé d'algues était visible. La réfraction et l'étrange lumière que les rayons diffusaient dans la mer marquaient la frontière entre l'atmosphère et l'océan, entre le monde qu'il s'apprêtait à quitter et celui qui était devenu son élément naturel, celui dans lequel, depuis qu'il avait appris à plonger, il avait connu ses expériences les plus passionnantes.

Il enfila sa capuche, ses gants et son masque avant de glisser dans l'eau et de remonter à côté de son bloc qu'il décrocha. Il se harnacha, assura les sangles et mit en place le second étage du détendeur. Il s'éloigna en direction du chantier de fouilles, passa par le goulet dans la crevasse, puis au-dessus d'un bloc rocheux proche de la surface, attendant qu'une vague le soulève pour le survoler. Au-delà, le relief était nivelé, tapissé de petits rochers, de galets et de langues de sable luisantes sous les rayons du soleil. Il vit le premier canon, orange de rouille, qui tranchait sur la roche claire, puis deux autres, martelés par les cailloux depuis des siècles et à peine identifiables. Enfin il avisa le bord de la zone dégagée en forme de cuvette et le récif qu'il avait rencontré à l'aller et qui marquait la limite avec la haute mer. La quasi-totalité des objets avaient été trouvés à l'intérieur de la crevasse, certains épars dans les galets et d'autres agglomérés dans un énorme bloc de métal qui s'étalait sur le fond, à l'endroit où le chargement de lingots de fer du navire s'était transformé en une concrétion qui avait amalgamé tout ce qui l'entourait. Une extrémité de cette masse était exposée au pied du récif et c'était là qu'il comptait mener son exploration. Les pièces que l'équipe avait découvertes ici avaient suscité en lui l'intuition que cette partie du site pourrait contenir des artefacts provenant de la cabine du capitaine. Il voulait fouiller à fond afin de vérifier qu'ils n'avaient rien délaissé.

Il s'approcha du point en surplomb du chantier et resta un moment à la surface sans bouger, apaisant sa respiration pour économiser l'air quand il aurait plongé. Il leva la tête au-dessus de la surface et aperçut au large le Zodiac de l'UMI qui approchait. Il avait devant lui au moins une demi-heure avant que les plongeurs ne soient sur place, c'était assez pour le travail qu'il souhaitait accomplir. Ensuite, ils seraient tous là autour de lui à procéder à la fermeture du chantier, disposant des sacs de sable sur les excavations découvertes afin de les protéger autant que possible des éléments. Il ôta son tuba et mit le détendeur dans sa bouche, il actionna l'inflateur de son gilet stabilisateur pour le purger de son air et il quitta la surface, soufflant par le nez pour équilibrer la pression pendant sa descente vers le fond. Il injecta de l'air dans son gilet pour rétablir la flottaison, nagea jusqu'à se placer à l'aplomb de la cavité, puis il le vida complètement. Il coinça ses jambes dans une anfractuosité du rocher derrière lui et se plaça en suspension juste au bord de la concrétion qui couvrait un périmètre non encore exploré.

Il examina la masse métallique, accompagné du seul bruit de son inspiration et des bulles de son expiration, en se balançant d'avant en arrière sous le léger mouvement de la houle. La surface de la concrétion était polie par les galets et miroitait, amalgame d'agrafes en laiton et d'autres objets, exactement comme Rebecca et lui l'avaient découverte au cours de leur plongée initiale. Remonter ces artefacts allait exiger marteaux piqueurs et explosifs, cependant ce qui l'intéressait à présent était ce qui était enfoui en dessous, dans l'épaisseur d'une cinquantaine de centimètres de sédiments piégés par l'agrégat en formation. Les objets que cette couche abritait, à l'abri de l'assaut des pierres, étaient en général mieux conservés, et il était possible de les dénicher en creusant en lisière du bloc métallique. Il s'éloigna de quelques mètres vers l'endroit où les outils étaient attachés et s'empara d'un seau avec lequel il entreprit de déblayer la cavité, en prenant soin de vérifier qu'aucun artefact ne se trouvait parmi les galets.

Les gros cailloux laissèrent la place à des graviers puis à du sable et c'est là qu'apparurent des fragments de lingots de cuivre, certains de la taille d'une main, la plupart bien plus petits. Il alla chercher un conteneur lesté dans lequel il déposa ses trouvailles. Quand il atteignit la roche sédimentaire argileuse, il commença à trouver des pièces plus pesantes prises dans les fissures. En l'espace de vingt minutes, il avait amassé plus de cinquante balles de mousquet et de pistolet en plomb ainsi que quelques projectiles de fort calibre pour des armes plus lourdes. Il époussetait délicatement le fond des fissures car les minuscules fragments qu'on pouvait y trouver étaient souvent les plus intéressants, et ses précautions furent récompensées par l'apparition d'un petit sceau en plomb servant à identifier les ballots de tissu. Il le débarbouilla de sa boue et l'examina : il portait des clés croisées, l'emblème de la ville de Leyde, un des principaux centres de manufacture drapière des Pays-Bas, d'où venaient plusieurs lots de la cargaison du navire. C'était là une trouvaille grisante, une petite fenêtre sur une industrie et son négoce au cœur du XVIIe siècle.

Il rangea le sceau dans le sac qu'il gardait dans la poche de son gilet pour les pièces les plus précieuses et se remit à l'ouvrage dans le trou qu'il avait creusé au bord de la concrétion, et, ce faisant, il vit poindre les pieds de deux bougeoirs encastrés dans la masse. Il leva les yeux, regarda autour de lui, et il fut un instant projeté dans la nef d'une immense cathédrale, avec ses chandeliers, ses lustres, ses ornements en suspension devant lui comme ils l'avaient été dans leur église d'origine, les parois de roche de la crevasse transformées en transepts et dans les alcôves les tissus et beaux atours qui faisaient partie de la cargaison, il en était persuadé. Reconstruire un navire et son chargement d'après son épave faisait appel à l'imagination, un jeu entre les hypothèses, les références à des expériences passées et les sources documentaires. Bien des choses laissaient à l'archéologue peu ou pas de traces, néanmoins des indices sérieux, tels que l'identification du bâtiment ou des archives consignant la marchandise perdue, lui permettaient à présent de les visualiser en esprit, elles surgissaient devant ses yeux comme un hologramme. La cathédrale devint la cale du vaisseau, il imaginait les ballots de drap, de soie, d'épices, la charpente, d'apparence si solide et aujourd'hui dissoute, et les articles les plus fragiles de tous, les tableaux, les livres, les cartes et les globes, qui devaient être gardés sous clé dans la chambre forte du capitaine, les protégeant ainsi de l'humidité, des infiltrations et des mains indélicates tant que le navire était à flot mais impuissante en cas de naufrage. Il ne trouverait plus rien de tout cela dans le lit de la ravine.

Il s'introduisit le plus loin possible sous la concrétion, jusqu'aux épaules, fouilla le sédiment, et ses doigts rencontrèrent un objet cylindrique et pesant qu'il tira avec précaution. C'était un poids de balance en laiton, à vue de nez d'une livre d'Amsterdam, la plus grosse pièce du genre que l'UMI ait jamais découverte, une prise exceptionnelle. En le penchant légèrement, il remarqua que le sommet avait été estampillé par les autorités hollandaises de régulation avec trois dates : 1662, 1663 et 1665. Il ne s'attendait pas à une marque aussi récente que cette dernière, 1665, dans un navire construit et armé entre 1665 et 1666 qui devait connaître son voyage inaugural cette année-là. Il avait déjà établi avec certitude que l'épave était le *Santo Christo di Castello*, il n'avait pas besoin de preuves supplémentaires, reste que sur un chantier de fouilles il était extrêmement rare de tomber sur un objet daté et c'était la démonstration éclatante qu'avec celui-ci ils avaient touché le gros lot.

Jack rangea le poids dans son sac et se glissa de nouveau dans la cavité. Cette fois, il exhuma un petit ciseau en bronze servant à détacher les cachets en cire scellant les lettres, un accessoire de bureau indispensable au XVIIe siècle. Encore un spécimen d'une grande rareté. Était-ce avec cet ustensile que Viviano ouvrait les courriers de son patron à Gênes et des négociants ou agents dont il transportait les marchandises ? C'était fort plausible : il avait vécu à bord, mouillé à Amsterdam, durant un long et terrible hiver avant de hisser les voiles, et sa cabine faisait office de bureau. Ses doigts avaient effleuré autre chose, il déterra une branche de compas de marine en laiton doré, élément essentiel pour mesurer les distances sur les cartes. Jack était à présent persuadé qu'il explorait ce qu'il restait de la cabine du capitaine. En tenant dans ses mains ces deux objets fascinants, le ciseau et le compas, il se sentait proche de Viviano, comme il l'avait été en touchant sa signature au bas de la requête envoyée au roi Charles II pour demander le libre accès dans ses eaux.

Il plaça ses deux trouvailles dans le sac avec le poids avant de jeter un coup d'œil à son manomètre et à son poignet sur l'ordinateur de plongée. L'aiguille avait presque atteint le rouge, montrant qu'il arrivait aux cinquante bars de sécurité. Il était resté plus d'une heure à fouiller, elle s'était écoulée en un clin d'œil. À si faible profondeur, il avait vingt minutes d'air devant lui, cependant il devait prendre le temps de rassembler ses outils et de procéder à une lente remontée afin d'embrasser du regard toute la surface du site. Il devait aussi conserver assez de réserve au cas où il aurait à redescendre pour libérer une ancre. Il s'élança à la verticale en injectant un peu d'air dans son gilet et mit en marche son appareil photo pour prendre des clichés de la cavité une fois la vase retombée. Il aperçut parmi les galets ce qui ressemblait à un fragment de lingot de cuivre, recouvert de vert-de-gris et à la forme irrégulière. Il s'interrogea un instant sur l'opportunité d'aller le chercher. Ils avaient d'ores et déjà récolté des milliers de pièces semblables, le labo de l'UMI avait largement assez de spécimens pour analyser le métal et déterminer son origine.

Son instinct d'archéologue prit le dessus et il plongea dans l'idée de sortir le morceau de cuivre et de le placer dans le conteneur lesté avec les autres, en laissant le soin au chef de chantier de l'emporter plus tard quand il viendrait récupérer les outils. Il interrompit son geste. Il ne s'agissait pas du tout d'un fragment de lingot mais d'une petite figurine en bronze. Il la retourna entre ses doigts et se rendit compte avec surprise qu'il tenait une minuscule statuette du Christ en croix. L'extrémité des bras et des jambes manquait mais la musculature du tronc et les traits du visage penché étaient préservés dans le moindre détail. Ce n'était pas un colifichet bon marché mais une œuvre d'art d'une exceptionnelle finesse provenant de l'atelier d'un artiste. Au cours de sa visite au Metropolitan Museum de New York avec

Rebecca et Jeremy, il avait repéré une pièce similaire, attribuée au sculpteur génois Guglielmo Della Porta et inspirée par le fameux Christ rédempteur de Michel-Ange que l'on peut admirer dans l'église de Santa Maria sopra Minerva à Rome. La figurine datait d'un bon siècle avant le naufrage, à l'époque de la Contre-Réforme dans la seconde moitié du XVIe siècle. Elle montrait un Christ apaisé et non un Christ souffrant, selon les instructions du concile de Trente qui préconisait une représentation du Seigneur attrayante afin de retenir les fidèles tentés par le protestantisme et de favoriser l'esprit de dévotion.

Au creux de sa paume, le Christ en bronze avait un aspect vulnérable et humain. Il prit sur-le-champ plusieurs photos de l'emplacement de sa trouvaille avec un canon en arrière-plan. Avait-elle également appartenu à Viviano, qui l'aurait délibérément laissée à bord avant d'accompagner son équipage à terre ? Le rude marin, qui devait savoir que Dieu accordait rarement ses faveurs en mer, avait-il compris que le navire et ses passagers auraient besoin de toute l'aide du monde ? Jack reprit ses esprits, avisa l'aiguille du manomètre franchement dans le rouge désormais et se hâta de fourrer la figurine dans son sac. Il ferma sa poche avec soin et rangea son appareil photo. Il était en train de remonter vers le lieu de mouillage de son canoë quand il vit le premier plongeur de l'équipe approcher dans un rideau de bulles. Il fit le signe *OK* en désignant son sac, leva le pouce pour indiquer qu'il regagnait la surface, et le nouveau venu lui rendit son *OK*. Jack se retourna une dernière fois et baissa les yeux pour contempler les galets et les canons. Le *Santo Christo di Castello* avait livré un nouveau secret, pour lui une découverte parmi les plus belles et les plus émouvantes de sa carrière, mais il était persuadé qu'il y en avait plus, beaucoup plus. Tandis qu'apparaissaient le câble de l'ancre et la silhouette du kayak, il savait qu'il ne cesserait pas ses recherches avant d'avoir obtenu du navire et de sa cargaison tout ce qu'il était possible d'en tirer.

5

Le lendemain aux aurores, Jack était dans son bureau du manoir, les papiers étalés autour de lui, un œil sur le temps à l'extérieur. La tempête qui menaçait avait éclaté avec rage au cours de la nuit, la pluie fouettant les fenêtres et martelant le toit dans un vacarme qui l'avait tenu éveillé. Il dérivait encore dans la ouate des souvenirs de son expédition de la veille tout en ressentant les effets du café corsé qu'il avait avalé aussitôt levé. Ainsi galvanisé, il était au meilleur de sa créativité et attendait avec impatience d'écouter ce que Jeremy allait lui raconter.

Il consulta sa montre, puis il s'approcha de la table au centre de la pièce et se pencha sur les cartes des Cornouailles au XVIIe siècle qu'il avait rapportées de la bibliothèque. On y voyait les domaines seigneuriaux, les divisions administratives, et il repéra quelques noms célèbres qui avaient marqué l'histoire de la région : Godolphin, Trelawny, Tremayne, Vyvyan, St. Aubyn. Le vice-amiral de Cornouailles du Sud à l'époque du *Santo Christo di Castello* était Francis Godolphin, mais il s'absentait souvent et avait délégué les opérations de sauvetage des bâtiments en perdition à des autochtones. C'était dans leurs rapports que l'on pouvait trouver des références au naufrage. Le seigneur de Winnianton, adjoint de Godolphin pour la péninsule de Lizard, avait pu se rendre sur les lieux accompagné de soldats dans les heures qui avaient suivi le drame et éloigné les pilleurs avant qu'ils n'aient fait main basse sur des biens revendiqués par la Couronne. D'ailleurs, ces rapports étaient sujets à caution, car les nobliaux du coin pouvaient se révéler eux-mêmes naufrageurs et tout à fait capables de récupérer des marchandises sans les déclarer. Un nom revenait souvent dans les documents, celui de William Paynter, dont le fief se trouvait à Penwith près de Land's End, la pointe extrême des Cornouailles. Paynter était un lieutenant de Godolphin parmi les plus fiables, accourant avec ses gardes sur les lieux de naufrage çà et là en Cornouailles malgré la distance à parcourir. Jack nota dans sa tête de demander copie de tous les documents relatifs au XVIIe siècle de la collection Paynter auprès des archives de Cornouailles. De toute façon, avec cette météo, pas question de plonger avant un bon moment, et la piste administrative était à même d'offrir des informations importantes sur le naufrage et les articles de la cargaison récupérés à l'époque.

La porte s'ouvrit et Jeremy entra, une sacoche d'ordinateur à l'épaule et entre les mains un gros livre entouré de papier bulle qu'il posa avec précaution sur la table. Jack lui servit une tasse de café et désigna l'ouvrage.

« Tu as pillé la bibliothèque, à ce que je vois.

— Avec menace d'excommunication. Le bibliothécaire m'a assuré que ce volume était l'un des plus précieux de notre fonds ancien. Une tache de café serait mortelle, pour moi aussi. »

Jack déplaça la tasse sur une desserte.

« De quoi s'agit-il ? Je me repaissais de ce genre de livres pendant mes années de lycée. Je devrais le connaître.

— Patience, tout sera révélé dans un instant, dit Jeremy, en sortant son ordinateur et en le plaçant à côté de l'ouvrage. Je peux lancer PowerPoint ? »

Jack fit descendre l'écran pendant que Jeremy s'affairait sur son portable.

« Tu as des nouvelles de Rebecca ? demanda Jack. Elle devait m'envoyer des photos du fort de Cape Coast au Ghana pour notre exposition au National Maritime Museum de Falmouth sur la Royal Navy et la traite négrière. L'inauguration est dans un mois.

— Elle a été retenue à l'aéroport. L'interrogatoire traditionnel des membres des organisations humanitaires pour déterminer s'ils ne seraient pas plutôt journalistes. Elle prend un avion d'Accra à Chypre et de là, le Lynx de l'UMI pour le *Sea Venture* au large du delta du Nil. Elle a l'intention de rejoindre Maurice Hiebermeyer et son équipe sur le Sinaï. Elle a pensé que prendre un vol direct pour Alexandrie pourrait présenter des risques.

— C'était mon avis, dit Jack. Si le lien avec moi était découvert, elle aurait droit à un interrogatoire d'un autre calibre que celui d'Accra. Même si notre expulsion remonte maintenant à un an et que nous avons conclu un accord avec le régime, il se trouvera bien quelques énergumènes à voir d'un mauvais œil les noms de Jack Howard et de son copain gréco-américain. »

La porte s'ouvrit à la volée et Costas se matérialisa, pas rasé et aussi hirsute que d'habitude.

« Qui a parlé de copain ? dit-il.

— C'est mieux qu'acolyte, non ? répondit Jack en souriant à son ami. C'est le terme qu'ont employé les journaux égyptiens pour te qualifier.

— Je m'en souviens, grommela Costas. Je ne leur pardonnerai jamais.

— Café ? »

Costas se pencha et ramassa, à l'extérieur du bureau, un grand gobelet en carton.

« J'ai mon *americano* de la cantine. Toujours parfait. »

Il s'assit pesamment derrière le projecteur et avala une lampée de café avant de regarder Jeremy.

« Ça va prendre combien de temps ? J'ai rendez-vous avec un ami.

— Mécanique ?

— Bien entendu. Little Joey 6. Il devient nerveux si je m'absente trop longtemps. »

Jeremy appuya sur une touche et apparut à l'écran l'image d'une gravure montrant un homme en costume ecclésiastique entouré de vignettes avec d'étranges symboles et des objets à côté d'un volcan en éruption. Il but une gorgée de café et posa les coudes sur la table.

« Que savez-vous du père Athanase Kircher ? »

Jack prit place et leva les yeux.

« Un jésuite érudit du XVIIe siècle et esprit universel originaire d'Allemagne mais qui a passé presque toute sa vie à Rome. Auteur prolifique sur tous les sujets imaginables. Une curiosité exubérante. Je suis tombé sur lui quand nous enquêtions sur l'Atlantide, car on trouve dans son ouvrage *Mundus subterraneus* une carte de l'Atlantide, une île qu'il situe dans l'Atlantique, en se fondant sur les textes de Platon ainsi que sur des sources égyptiennes de témoins oculaires. Nous avons écarté ses écrits quand Maurice et Aïcha ont découvert dans une nécropole le papyrus qui nous a conduits au véritable emplacement dans la mer Noire.

— Il figure dans *Le Nom de la rose* d'Umberto Eco, intervint Costas.

— Il a réfléchi à une grande théorie unificatrice du Tout, poursuivit Jack, à une époque où juger de la valeur du savoir procédait plus de l'art que de la science. Il a rassemblé tout ce qu'il a pu rafler comme matériau intellectuel à Rome, ainsi que des inscriptions, des manuscrits, des observations sur des phénomènes naturels, et il s'est efforcé de les corréler dans un système général de fonctionnement du monde. Il s'est beaucoup trompé et jusqu'à une date récente, il était largement discrédité. On a réévalué aujourd'hui son importance dans la manière qu'il a eue d'enflammer l'imagination et d'ouvrir la voie à l'embellie des sciences avec Newton et ses successeurs. Ses livres étaient les plus gros succès du siècle, indispensables dans la bibliothèque des personnes cultivées et approuvés par la Compagnie de Jésus, et donc diffusés dans ses missions autour du monde.

— Et un concepteur de machines, ajouta Costas. Des instruments modélisant les mécanismes du temps, de la gravité et de l'univers. J'ai participé à un essai de duplication en première année au MIT. Une sorte de Léonard de Vinci du XVIIe siècle.

— Quel rapport avec le *Santo Christo di Castello* ? demanda Jack.

— Tu m'as envoyé fouiller les Archives nationales pour trouver trace du naufrage et de la cargaison, répondit Jeremy. Il n'est pas répertorié, néanmoins je connaissais l'existence de documents non classés dans le fonds de la Haute Cour d'Amirauté relatifs à certains sinistres. L'administration y portait de l'intérêt dans le cas de marchandises de valeur pouvant revenir à la Couronne ou être restituées aux propriétaires qui les réclameraient. Le coup de chance est venu du deuxième carton que j'ai étudié. »

Il tapa sur une touche et l'image d'une lettre manuscrite apparut à l'écran.

« Ce courrier a été rédigé en Cornouailles en mars 1668 et était destiné à l'Amirauté. Le signataire se nomme William Paynter, un seigneur local.

— Tiens donc ! s'écria Jack, qui se leva et s'approcha de l'écran. Je viens justement de m'intéresser à son fief dans l'Ouest. Il était délégué par l'Amirauté pour les affaires de naufrage. »

Il lut à voix haute en interprétant la graphie du XVIIe siècle :

« William Paynter of Sitney du comté de Cornouailles déclare sous serment que dans le mois d'octobre 1667, plus précisément aux alentours du cinquième jour de ce mois, un navire du nom de *Santo Christo di Castello* a été réduit en pièces et emporté près de Mullion sur la côte ouest de la péninsule de Lizard, et beaucoup ont péri, toutefois Lorenzo Viviano qui en était le capitaine et quelques membres de son équipage ont rejoint la terre ferme et se sont efforcés de récupérer ce qu'ils pouvaient de la cargaison, afin de l'emporter ou d'en disposer sur place. Ils ne sont pas restés longtemps, le capitaine est parti deux ou trois jours après, le gros de l'équipage au bout d'une semaine, d'un mois tout au plus pour les derniers. Ils ont écoulé de la cannelle et du tissu qu'ils ont retrouvés durant leur séjour, puis ils ont abandonné et ont laissé tout le reste. Après leur départ, une quantité de fer et de plomb a été retirée de la mer, de la cannelle et des débris du navire, les mâts et autres biens. »

Jack marqua une pause et examina le texte.

« La suite serait trop longue à déchiffrer, mais en substance il est question du sort de la marchandise et de son état de conservation. Les articles renfloués ont été remis à Francis Godolphin, vice-amiral de Cornouailles et supérieur de Paynter. Je cite : "Certains sont entre d'autres mains et n'ont pas encore été restitués au vice-amiral." Il fait référence aux pilleurs d'épaves qui se sont servis avant l'arrivée des hommes de Godolphin. Et il apparaît que la marchandise récupérée par Godolphin était dans un triste état : "… la cannelle, les clous de girofle et le cuir de Russie abîmés par leur long séjour dans l'eau".

— On dirait que les propriétaires à Gênes et à Amsterdam ne se sont pas donné la peine de déposer réclamation, dit Jeremy. Ce qui est curieux, compte tenu de la valeur de la cargaison. Celle de la cannelle et des clous de girofle était fabuleuse. Les épices avaient été apportées de l'archipel des Moluques en Indonésie et livrées à Amsterdam par les marins de la Compagnie néerlandaise des Indes orientales. »

Costas termina son café et posa le gobelet.

« C'est d'autant plus curieux que Viviano a survécu. On pourrait croire qu'un capitaine dont la réputation et l'avenir sont en jeu ferait son possible pour que les négociants qui lui ont confié leur marchandise obtiennent réparation.

— Je n'ai plus trouvé nulle part mention de Viviano, déclara Jeremy. Comme s'il avait été effacé de l'histoire. Mais c'était une époque où la peste était encore active, un an après qu'elle avait dévasté Londres, et une constitution affaiblie par les péripéties d'un naufrage serait particulièrement vulnérable. On se débarrassait des cadavres des pestiférés sans cérémonie ni enregistrement de leur identité et sans distinction de rang ni de fortune. C'est mon hypothèse.

— Et Kircher dans tout ça ? demanda Jack.

— Après avoir découvert le courrier de Paynter, j'ai abouti dans une impasse. J'ai passé en revue les documents de l'Amirauté pour cette année-là, sans résultat. Et puis, après lecture de la lettre, j'en suis venu à me demander si le *Santo Christo di Castello* n'était pas une épine dans le pied de l'Amirauté, si les hommes du vice-amiral n'étaient pas intervenus trop tardivement pour empêcher les pilleurs de se saisir des marchandises les plus précieuses, raison pour laquelle ils n'avaient rapporté que des épices et des peaux gâtées. En 1668, de nouvelles affaires de naufrages étaient apparues, et le *Santo Christo di Castello* était déjà de la vieille histoire. J'étais sur le point de t'appeler quand j'ai croisé à la cantine la docteure Teresa Everett que je connais depuis mes études. Elle vient d'être nommée à la tête de l'atelier Archives des prises.

— Qu'est-ce que c'est ? demanda Costas.

— Un des projets les plus enthousiasmants de ces dernières années dans le domaine de la recherche historique. Les Archives nationales détiennent des documents provenant de plus de trente mille navires capturés comme prises de guerre par les Anglais, des années 1650 au début du XIXe siècle. Pour chacune, tous les papiers récoltés à bord étaient envoyés à la Haute Cour d'Amirauté afin de prouver la nationalité de la capture et la validité de la prise. On y trouve n'importe quoi, des courriers d'affaires à de la correspondance privée. L'UMI est depuis peu impliquée dans ce dossier grâce à un financement d'Ephraim Jacobovich destiné à une série d'études universitaires centrées sur les témoignages de naufrages à partir de cette masse documentaire. »

Jeremy projeta à l'écran la photo d'une pile de documents poussiéreux entassés sur une table devant un grand carton débordant de papiers.

« J'ai causé de mon problème à Teresa qui a eu une illumination. Il se trouve que les pièces en cours de numérisation proviennent d'un navire marchand génois parti d'Amsterdam du nom de *Sacrificio d'Abram*, capitaine : Antonio Basso. Il a embarqué son chargement exactement au même moment que le *Santo Christo di Castello*, au printemps 1667, en revanche le sien a été prêt plus tôt et Basso a décidé de lever les voiles sur-le-champ. C'était risqué, car la guerre anglo-néerlandaise était en cours, et même s'il était génois avec les papiers qui faisaient foi, tout navire sortant d'Amsterdam était une proie pour les Anglais. Il a navigué par le nord en contournant l'Écosse afin d'éviter le périlleux passage par la Manche, mais il a eu la malchance d'être capturé par une flottille anglaise en mer d'Irlande. La documentation a été remise à la Haute Cour d'Amirauté et elle est restée intacte aux Archives nationales, jusqu'au plus petit gribouillis. La photo à l'écran n'en montre que la moitié.

— Je crois que je vois où tu veux en venir, intervint Jack. Partage de marchandises. »

Jeremy hocha la tête avec enthousiasme.

« C'est la suggestion de Teresa. On a deux navires côte à côte dans le port qui chargent en même temps des produits pour le compte des mêmes riches commanditaires de Gênes représentés par les mêmes négociants et agents. Il n'était pas rare pour ceux-ci de répartir la cargaison entre plusieurs bateaux pour couvrir leurs arrières, et nous pensons que ce pourrait être le cas ici.

— Couvrir ses arrières avec un navire qui fait naufrage et un autre qui se fait capturer, dit Costas, c'est ce que j'appelle de la déveine.

— Nous avons un exemple brillant de pensée latérale de la part de Teresa, reprit Jeremy, ne pas seulement se focaliser sur l'histoire linéaire d'un navire en particulier mais faire un pas de côté, en quelque sorte, pour considérer un navire différent dont la trajectoire est parallèle. L'étude des papiers du *Sacrificio d'Abram* peut présenter des points communs entre sa cargaison et celle du *Santo Christo di Castello*.

— C'était hier ? s'étonna Jack.

— Deux heures avant la fermeture des portes des archives. Teresa m'a conduit en bas au labo où les documents sont dépouillés avant examen. Elle a rapidement mis la main sur les cartons du *Sacrificio d'Abram* et je m'y suis attaqué. C'était fantastique, j'avais l'impression que les quelques marches que j'avais descendues me plongeaient sur le site d'une épave, sachant qu'il en existe trente mille de même nature. Les papiers sont comparables aux objets que l'on remonte, une capsule temporelle livrant à chaque pagc des informations fascinantes sur une époque. Une liasse qui n'avait jamais été défaite était noire d'une poussière du XVIIe siècle. Je peux encore en sentir l'odeur sur mes mains ce matin.

— Et c'est là que Kircher entre en scène, dit Jack.

— Le carton contenait des documents relatifs à la construction du navire, les titres de propriété, des courriers entre Basso et ses commanditaires génois, les pièces de comptabilité pendant que le bateau était à quai, les certificats de salubrité décernés par toutes les autorités portuaires déclarant l'absence de peste à bord. Pour autant, la plupart concernaient la cargaison, dont plus d'une centaine de connaissements émanant de divers négociants ainsi qu'un registre plus détaillé établi par le secrétaire du capitaine. La variété et le volume des marchandises étaient impressionnants. Nous en avons eu un aperçu dans la lettre de Paynter, la cannelle, les clous de girofle, les cuirs de Russie parmi les articles les plus précieux, le fer et le plomb. Il y avait également du poivre, de l'indigo, du sucre, du bois d'ébène des Caraïbes, du tissu et de la soie des Indes, des fanons de baleine et de l'ivoire de morse d'Islande, du drap des Pays-Bas et une quantité de produits manufacturés. J'ajoute ce qui était une source importante d'exportation durant le Siècle d'or hollandais, les tableaux, les cartes et les livres.

— Je suppose que c'est là où tu voulais en venir, dit Jack.

— Je croyais que Kircher était basé à Rome, fit remarquer Costas.

— C'est vrai, mais l'imprimeur, Janssonius, était à Amsterdam. La plupart des livres importants étaient publiés aux Pays-Bas. Kircher soumettait ses manuscrits à ses supérieurs jésuites pour imprimatur, puis ils partaient aussitôt à Amsterdam chez l'éditeur. Le commerce maritime des livres sortant d'Amsterdam était florissant à l'époque, les caisses d'ouvrages étaient transportées non seulement en Europe, mais dans toutes les parties du monde colonisées ou celles où la Compagnie de Jésus possédait des missions, de la Nouvelle-France et la Nouvelle-Amsterdam à l'Amérique espagnole et au Brésil, et jusqu'en Extrême-Orient.

— Et alors, qu'est-ce que tu as ? demanda Jack.

— Prépare-toi à une surprise. »

6

Jeremy avala une gorgée de café et fit apparaître une nouvelle image sur l'écran. Elle montrait un formulaire imprimé que l'âge et la crasse avaient noirci et dont les espaces avaient été comblés à la main dans une écriture élégante et précise.

« Voici un bon de chargement, en italien, dit-il. Les connaissements étaient normalisés, pour l'essentiel des reçus ou des bons de livraison, et établis en double exemplaire, l'un pour le capitaine, l'autre pour le fournisseur. Ils portent systématiquement la marque du négociant qui est reproduite à l'encre ou au fer sur les ballots et les caisses pour permettre leur identification à l'arrivée. Sur cette photo, nous avons un CP surmonté d'une croix, le symbole des marchands Diego Cornelissen et Giovanni Battista Porrata de Cadix, ainsi que les noms de Benzi et Voet, les fournisseurs à Amsterdam, et à qui a été adressé ce reçu. La traduction donne à peu près cela :

“Je soussigné Antonio Basso, capitaine par la grâce de Dieu de mon navire, baptisé *Sacrificio d'Abram*, lequel est à présent à l'ancre dans le port de Tessel à Amsterdam, dans l'attente des premiers vents favorables que Dieu m'accordera pour une traversée jusqu'à Cadix et Gênes où je déchargerai, atteste et déclare avoir reçu et entreposé comme cargaison dans mon navire *uno cassettino con alcuni Libri e Carte* – une petite caisse de livres et de cartes –, que je me suis engagé à livrer à Vous, *menandomi Dio a buon salvamento con detta mia Nave* – plaise à Dieu d'accorder à mon navire une traversée sereine –, *Signori* Cornelissen et Porrata à Cadix ou leurs représentants, qui me régleront la somme de 2 ducats – de 12 réaux espagnols par ducat. Signé Antonio Basso, Amsterdam, 10 mai 1667."

— Une caisse de livres et de cartes, dit Jack. Intéressant. Si seulement nous avions le détail...

— Donc ce chargement était à bord du *Sacrificio d'Abram*, pas du *Santo Christo di Castello* », déclara Costas.

Jeremy approuva de la tête.

« Les livres étaient expédiés d'Amsterdam quotidiennement. C'était un commerce important dans les années 1660. Mais c'est en consultant le registre du capitaine, plus complet, que j'ai fait mouche. J'ai d'abord repéré le nom de Viviano et celui du *Santo Christo di Castello*. Ce qui apparaît sur les connaissements ne concerne souvent que la moitié de la cargaison, l'autre moitié revenant au *Santo Christo di Castello*. J'ai alors cherché dans le registre la rubrique de la caisse de livres et de cartes. »

Il tapa sur le clavier et un nouveau parchemin se matérialisa sur l'écran.

« Voilà ta réponse, Jack. Les titres de tous les ouvrages et leurs auteurs. Tu peux voir distinctement le nom en tête de liste. »

Jack observa de près la photo.

« Johannes Blaeu, dit-il. L'autre grand éditeur et imprimeur d'Amsterdam avec Janssonius. Blaeu est célèbre pour les douze volumes de son *Atlas maior*, l'ouvrage le plus coûteux publié au XVIIe siècle. Messieurs Benzi et Voet se sont d'évidence fournis auprès de Blaeu, lequel avait un accord avec Janssonius pour que les ouvrages de celui-ci soient proposés à ses clients.

— Sont répertoriés quinze livres et cinq cartes, reprit Jeremy. Les cartes se composent d'un planisphère général avec sa description, et des quatre parties du monde en six plans. Blaeu était un cartographe réputé. Il fournissait la Compagnie néerlandaise des Indes orientales en cartes et globes et il bénéficiait de ses rencontres avec des marins tels que Viviano et Basso qui, par leurs connaissances, lui permettaient des mises à jour permanentes. Ce sont cependant les livres qui ont suscité mon intérêt. »

Jack scruta la liste des titres.

« Nous y voilà. Kirker. C'est-à-dire Athanase Kircher.

— Bingo, ajouta Costas.

— Je vois aussi le nom de Kepler, dit Jack. Étonnant.

— Exact, répondit Jeremy. Et pas moins que son *Epitome astronomiae copernicanæ* de 1621, l'ouvrage qui a diffusé l'idée de l'héliocentrisme, jeté les bases de la physique moderne et inspiré Newton. On trouve aussi le *Pandosium sphæricum* d'Andrea Argoli de 1644, une cosmographie géocentrique désuète qu'accompagne une description de la circulation sanguine d'après le médecin hollandais Jan Van Wale. Les autres livres sont tous de Kircher et forment une étonnante collection de la quasi-totalité de ses grands textes : *Œdipus Ægyptiacus*, un essai d'interprétation des hiéroglyphes ; *Ars magna lucis et umbrae in mundo*, un traité sur la lumière dans lequel on trouve la description d'une lanterne magique ; *Musurgia universalis*, dans lequel Kircher veut montrer que l'harmonie musicale est le reflet des proportions de l'univers ; *Magnes, sive De arte magnetica*, sur le magnétisme ; *Obeliscus Pamphilius*, une étude de l'obélisque égyptien de la Piazza Navona à Rome ; *Mundus subterraneus*, célèbre pour sa tentative de localisation de l'Atlantide ; *Iter extaticum coeleste*, sur l'astronomie ; *Diatribe de prodigiosis crucibus*, une démystification des causes de l'apparition de croix mystérieuses à Naples ; et *Scrutinium physico-medicum contagiosae Luis*, un examen par microscope du sang de victimes de la peste.

— Le *Mundus subterraneus* date de 1665, si je me souviens bien, dit Jack. Il sortait de chez l'imprimeur.

— *Obelici Ægyptiaci*, publié en 1666, est encore plus récent. Il est sous-titré "*nuper inter Isaei Romani rudera effossi, interpretatio hieroglyphica*", qui signifie qu'il est fondé sur des recherches menées autour du temple d'Isis à Rome. Kircher était obsédé par les objets égyptiens mis au jour dans la zone du temple abandonné situé en face du Panthéon, et ce texte est le dernier qu'il a écrit sur les hiéroglyphes.

— Étonnant que ces livres aient été à bord quelques mois et parfois semaines après leur publication, fit remarquer Jack.

— Ils sont à cheval entre le Moyen Âge et la modernité, le modèle copernicien de l'univers voisine avec le modèle géocentré, et Kircher mélange mysticisme ésotérique et observations scientifiques. Ils sont un échantillon remarquable des ouvrages commercialisés et lus à un moment particulier de l'histoire, à l'orée de l'avènement des Lumières et de la révolution de la pensée scientifique.

— Maintenant, dit Jack, il n'est pas question de Viviano ni du *Santo Christo di Castello*.

— Tu n'as pas encore vu la suite du registre.

— Un nouveau document ?

— Non. Tu l'as sous les yeux. En pied de page, tu remarqueras un espace vierge. Il y avait du texte écrit au crayon, il a été effacé, gommé.

— Tu as réussi à le récupérer ?

— Tout d'abord, le contexte. Nous savons que le *Sacrificio d'Abram* a levé l'ancre début juin, tandis que le *Santo Christo di Castello* a subi des retards et n'a quitté Amsterdam qu'à la fin août.

— Viviano attendait des tableaux pour achever son chargement, ordre exprès de Sauli.

— Exact. Mais il y a autre chose. C'était peut-être un écran de fumée, un prétexte à servir aux négociants et aux agents qui devenaient de plus en plus nerveux devant les jours qui filaient et les conditions météorologiques incertaines qui pouvaient menacer l'expédition. Ce que tu vas découvrir laisse penser que le retard avait une cause bien plus importante et Sauli avait exigé qu'elle reste secrète. Le père Kircher avait un livre en préparation qui lui avait demandé du temps avant qu'il ne l'achève et l'envoie à Janssonius à Amsterdam. Mon hypothèse est que peu après que le secrétaire eut consigné les ouvrages et les cartes, un message de Blaeu a prévenu le capitaine d'un retard supplémentaire, et Basso a exprimé son ressentiment. Il n'était pas client privilégié de Sauli, au contraire de Viviano. Je pense que Sauli a demandé que la commande de Blaeu soit transférée à Viviano qui devait l'attendre. Tous les livres et les cartes dont vous avez vu la liste étaient à bord du *Santo Christo di Castello* quand il a fait naufrage en Cornouailles.

— Ainsi que le document secret de Kircher, ajouta Costas.

— Jeremy, montre-nous ce que tu as trouvé, dit Jack.

— J'ai distingué une très légère empreinte de quelques lettres. Teresa a obtenu qu'on lui confie momentanément la feuille du registre pour qu'elle soit examinée par spectro-imagerie au labo de l'UMI. Voici ce que ça a donné. »

L'image à l'écran montrait la même page dans une meilleure définition sur laquelle un texte manuscrit était visible dans la partie du bas.

« C'est l'écriture de Basso, dit Jack. Je la reconnais d'après la signature sur le connaissement. On dirait qu'il a ajouté un commentaire au crayon sur les livres et les cartes mais qu'il s'est ravisé et l'a effacé.

— Il y a quatre lignes de texte, reprit Jeremy. La graphie de Basso est plus difficile à déchiffrer que celle du secrétaire, néanmoins Teresa et moi en sommes venus à bout, il me semble. On lit que la susnommée petite caisse *con alcuni Libri e Carte* a rejoint le *Santo Christo di Castello* de Giovanni Lorenzo Viviano. Vous pouvez voir la marque de Viviano dans la marge, un V barré d'une croix. Mais il y a autre chose, la mention d'un article additionnel, *Carta con insula Orichalcum ex hieroglyphicis et description Solonis*, “Carte avec l'île de l'Orichalque d'après les hiéroglyphes et la description de Solon".

— Extraordinaire ! s'écria Jack. La légende qui accompagne la carte de l'Atlantide dans le *Mundus subterraneus* dit la même chose, sinon que les provenances égyptiennes sont plus spécifiquement ici des hiéroglyphes et qu'au lieu de Platon il cite sa source, Solon.

— Kircher était obsédé par les hiéroglyphes, dit Jeremy. On soupçonne que certaines inscriptions hiéroglyphiques auxquelles il accordait une grande importance aient été des faux datant de la Renaissance, si bien que sa référence à l'Égypte en plus de celle de Platon sur la carte n'a pas connu de suite. Pour autant, il se peut qu'elle dise le vrai.

— L'orichalque était le métal des Atlantes, non ? demanda Costas. Un alliage inconnu semblable au laiton ou au bronze, ou alors totalement mythique.

— C'est peut-être un euphémisme pour désigner l'Atlantide en évitant de la citer, dit Jeremy.

— Tout nous indique qu'il s'agit d'une affaire secrète, déclara Jack. En particulier le fait que ces lignes aient été écrites au crayon, puis gommées.

— C'est assez probable, dit Jeremy. Si tu regardes bien les derniers mots, tu lis "*sub mandatis a Sig. Francesco Sauli*", selon les instructions du *signor* Francesco Sauli, puis il cite de nouveau Cornelissen et Porrata à Cadix comme destinataires. Mentionner Sauli et pas ses agents à Amsterdam, Benzi et Voet, est très inhabituel. Tout passait entre les mains d'intermédiaires, négociants ou agents, dont les noms figurent sur les bons de chargement. C'était leur gagne-pain, leur chasse gardée. Quelle que soit cette *carta*, l'affaire a été arrangée par Sauli directement avec Kircher pour qu'il l'envoie à Amsterdam et pour qu'elle soit livrée à Cadix par Viviano. Le peu que nous savons du capitaine suggère qu'il était redevable à Sauli, qu'il était digne de confiance pour conduire la mission et garder le silence, notamment parce que Sauli l'avait tiré d'affaire après un précédent naufrage et lui avait évité la destitution. J'ajoute que cette carte semble être un exemplaire unique, et que Kircher ne la destinait pas à la publication. Elle n'a sans doute pas été envoyée à Janssonius mais directement à Blaeu, une autre connaissance de Sauli qui fournissait en livres et en cartes son palais à Gênes. Il s'est tramé quelque chose ici, impliquant ces quatre hommes, Kircher, Sauli, Blaeu et Viviano, ainsi que les deux mandataires à Cadix. Et d'une façon ou d'une autre, cela concerne une carte qui semble avoir été à bord du *Santo Christo di Castello* quand il a fait naufrage.

— Le *Mundus subterraneus* a été achevé seulement l'année précédente, intervint Costas. La carte pourrait être une révision qu'il voulait inclure dans le livre.

— Dans ce cas, pourquoi l'entourer de secret ? répliqua Jeremy. Pourquoi avoir effacé ce passage ? Si ça se trouve, Basso en savait assez pour se montrer prudent et l'écrire lui-même sans passer par son secrétaire, qui plus est au crayon, et ce serait Viviano en personne qui lui aurait demandé de le gommer.

— On peut imaginer que la carte n'est pas une révision, mais une version originale fondée sur les sources égyptiennes dont il est question, dit Jack. Et que la carte qui figure dans le *Mundus subterraneus* est volontairement vague et mensongère. Connaissant Kircher, éliminer de son livre toute référence à l'Atlantide sans tenir compte de ses découvertes l'aurait chagriné, en revanche il ne voulait pas donner le moyen à d'autres de la rechercher.

— Mais nous l'avons trouvée, l'Atlantide, dit Costas.

— Alors ce n'est pas l'Atlantide, plutôt un endroit où se sont réfugiés les rescapés, les prêtres et ceux qui ont fui la cité avant que le raz-de-marée ne la submerge, ou encore l'emplacement où quelque chose issu de l'Atlantide est caché, dit Jack. Jeremy, quels renseignements avons-nous sur les destinataires à Cadix ?

— Teresa et moi avons mené une enquête rapide. Cornelissen et Porrata étaient des hommes d'affaires néerlando-génois ayant pignon sur rue à Cadix. Ils opéraient en tant qu'intermédiaires commerciaux entre Amsterdam et l'Italie, et en tant qu'agents importateurs pour Cadix même. Deux points nous intéressent. Le premier est que Benzi et Voet, qui ont chargé les livres à Amsterdam, étaient les mandataires de Francesco Sauli, héritier d'une des plus importantes familles de Gênes, futur doge, et patron du capitaine Viviano. Le second est que l'activité d'importation de Cornelissen et Porrata ne concernait pas seulement les riches clients en Espagne, mais aussi les possessions espagnoles et portugaises dans l'Atlantique. En particulier les Canaries et les Açores, semble-t-il. Les ornements en argent de la cathédrale de Las Palmas aux Canaries, confectionnés dans les ateliers andalous, ont été fournis par Cornelissen et Porrata. Tous deux étaient également des marins aguerris qui se déplaçaient dans les îles avec leurs propres navires. »

Jack se recula sur son siège, mains sur la nuque.

« J'aimerais en savoir plus. Les contacts qu'ils avaient dans les îles, des détails sur leurs activités commerciales. Maria devrait pouvoir s'occuper des archives à Cadix. Pour ce qui est des hiéroglyphes, il faut que nous examinions à nouveau les sources de Kircher.

— Je suis dessus, dit Jeremy en hochant la tête.

— Et maintenant ? » demanda Costas.

Jack consulta ses messages sur son smartphone.

« J'ai calé une réunion cet après-midi. Je poursuis ma propre enquête sur le destin de Viviano et de son équipage.

— Pour ma part, je dois mettre en caisse un radar à pénétration de sol et préparer son expédition pour le Sinaï. Une demande expresse de Lanowski.

— Il est là-bas avec Maurice ? » s'enquit Jeremy.

Jack acquiesça.

« Ils en sont venus à former une véritable équipe. Pendant des années, personne n'a jamais rien su de la passion de Jacob pour l'Égypte ancienne. Pour nous, il n'était que notre génie de l'informatique texan à demeure. Maurice et lui sont quasiment inséparables.

— C'est une bonne chose qu'ils aient réussi à remettre le pied en Égypte, dit Jeremy.

— Leur position est précaire, dit Jack. Aux confins du désert du Sinaï. Le gouvernement égyptien les tolère parce qu'il s'agit d'une mission environnementale sous l'égide de l'UNESCO. L'archéologie et l'UMI sont toujours interdits de séjour après notre mésaventure sous la pyramide l'année dernière. Reste que nous faisons notre possible pour fournir le matériel nécessaire aux recherches et pour courber le dos devant les autorités. Une chose peut en entraîner une autre.

— Un radar à pénétration de sol est quelque peu exagéré pour étudier les tortues et les fleurs, déclara Costas. Ils doivent avoir déniché un truc.

— Prions pour qu'ils ne montrent pas trop ce qu'ils fabriquent réellement, dit Jack. Quand Jacob et Maurice sont concentrés sur quelque chose, le Déluge pourrait leur tomber dessus qu'ils ne s'en apercevraient pas. »

Costas se leva.

« Eh bien, comptez sur moi s'il faut plonger, à condition que ce ne soit pas profond ni sous la terre.

— Je croyais que c'était ta spécialité, dit Jeremy.

— À présent, ma spécialité est de réaliser mon programme de la journée pour pouvoir me détendre avec Little Joey 6.

— Comment va-t-il ? demanda Jack.

— Il faut que je modifie son réseau sonar. La vitesse à laquelle la technologie des drones progresse est stupéfiante. Au début de ma carrière, c'étaient d'authentiques sous-marins et maintenant je peux les glisser dans ma poche.

— Impeccable pour explorer les tunnels submergés sous les pyramides, dit Jeremy.

— Nous vivons d'espoir, dit Jack en se levant pour rejoindre Costas. Je dois faire un saut au labo de conservation pour voir ce que donne la figurine du Christ. Et j'aimerais ajouter une carte à l'envoi pour Lanowski. C'est l'anniversaire des quatre ans de mariage de Maurice et d'Aïcha. Un petit rappel qu'il n'est pas uniquement égyptologue mais aussi un mari et un père.

— Alors là, bonne chance, dit Jeremy. De toute façon, Aïcha est au moins son égale là-bas. Elle est égyptologue et en plus égyptienne. Elle a confié un jour à Rebecca que la seule manière de s'en sortir avec son père, Maurice et Costas était de se joindre à eux et se montrer à la hauteur sur leur propre terrain de jeu. C'est la prochaine génération, après tout. »

Jack adressa un clin d'œil à Costas.

« On dirait un défi.

— La génération présente a encore du potentiel. Du moment qu'il y a du rock sur la plage et du gin tonic à volonté.

— Qu'en est-il de ta propriété aux Caraïbes ? s'enquit Jeremy.

— Je l'ai achetée, et soudain quelque chose s'est produit. C'est toujours pareil. Viens plonger sous une pyramide, m'a dit Jack. Viens passer une semaine à l'isolement dans un centre de torture du Caire aurait été plus juste. Et depuis, je suis trop occupé ici. Little Joey, pour commencer. Quoi qu'il en soit, j'en fais une réserve naturelle, je l'ai acquise pour préserver quelques hectares de récifs coralliens, et il y a une plage minuscule tout juste assez grande pour y installer une glacière et un parasol. Pas de serpents ni d'araignées, c'est l'avantage.

— Je connaissais ton aversion des serpents. Les araignées, c'est nouveau, dit Jeremy.

— Seulement les grosses. Les velues.

— Ma foi, j'imagine que nous avons tous un côté sensible. Même le docteur Costas Kazantzakis. À plus tard, Jack. »

Costas et Jeremy quittèrent la pièce tandis que Jack examinait à nouveau la page manuscrite affichée à l'écran. *Insula Orichalcum.* Il réfléchit à ce qu'il avait dit à Costas à propos de rescapés de l'Atlantide. Presque huit mille ans après l'événement, une chose mystérieuse avait été expédiée par un éditeur d'Amsterdam et elle pouvait offrir une ouverture inédite sur cette histoire extraordinaire, un nouveau fil sur lequel tirer. Découvrir l'Atlantide avait été une réussite remarquable, en revanche retracer l'héritage de sa civilisation pour l'histoire du monde du Néolithique à nos jours était un travail de longue haleine. L'excitation s'était emparée de lui une fois encore, la même excitation qu'il avait ressentie il y a quelques années quand Maurice l'avait appelé du désert pour lui faire part de sa découverte dans la nécropole de la momie. Il jeta de nouveau un coup d'œil sur son téléphone en se demandant quelle révélation l'après-midi allait lui apporter. Il était temps de se mettre en route..

7

Le soir même, Jack se dirigeait le long de la crête des dunes vers l'église Saint-Guénolé située à Gunwalloe, derrière la pointe, à un peu moins de deux kilomètres au nord du site de l'épave. Sur sa gauche, la marée montante léchait la plage de Church Cove, les lignes de vagues ondulaient le long du littoral et sur les récifs. À l'ouest, l'horizon était orange dans la lumière du soleil couchant qui illuminait Land's End et l'océan au-delà. Gunwalloe et ses environs étaient pour Jack un territoire connu. Quelques années auparavant, une tempête avait déblayé le sable et révélé une épave phénicienne aux confins de Church Cove, modifiant la perception que l'on avait des premiers contacts du monde méditerranéen avec les Cornouailles. De l'autre côté du cap, dans la baie de Jangye-ryn, son équipe et lui avaient exhumé la carcasse du *Schiedam*, un navire hollandais capturé par des pirates berbères. Il avait par la suite été utilisé par les Anglais, en 1684, pour rapatrier les personnes et les biens de leur colonie de Tanger, qu'ils évacuaient. Ces deux chantiers avaient ramené Jack dans les eaux de sa jeunesse, là où il s'était initié à la plongée, et Rebecca à sa suite. Ç'avait été une expérience nouvelle, après des années passées à explorer des lieux exotiques et à travailler en solitaire, de faire de si belles découvertes à deux pas de chez lui, à moins d'une heure de l'UMI et de ses laboratoires de conservation ultramodernes. Le musée s'était enrichi en l'espace de quelques mois des pièces tirées des fonds marins locaux. L'épave aux agrafes offrait des perspectives similaires et il avait été emballé de voir exposées ses trouvailles de la veille.

Il franchit le cours d'eau qui serpentait dans la vallée marécageuse aboutissant à la baie et leva les yeux vers le ciel. Les nuages d'orage, menaçants quelques heures plus tôt, étaient à présent au-dessus de sa tête et, sous peu, le vent d'ouest allait agiter l'océan et la pluie balayer la côte. Il sentit sur sa joue une caresse froide et huma l'air salé venant du large. L'horizon dégagé au soleil couchant se couvrait de nuages, et Jack se dirigea avec les ultimes vestiges de lumière parmi les touffes d'herbe des dunes le long du chemin menant à l'église.

Il gravit une butte et s'accorda une pause pour contempler la vallée. Pendant des millénaires, des hommes avaient vécu là, entourés par les collines de chaque côté et par la mer, tirant péniblement leur subsistance de la pêche et de l'élevage de bovins et de moutons en lisière des marécages, totalement coupés du monde. Et puis, au VIe siècle de notre ère, un bouleversement était survenu. Un moine avait traversé la Manche, venant de Bretagne, à la recherche d'un endroit isolé où il pourrait se consacrer à Dieu. Il s'était creusé une niche dans la roche à l'arrière de la pointe, et avait formé une communauté pour le servir, lui et ses successeurs. Les gens avaient vécu durant des générations dans des cabanes précaires au milieu des dunes, jusqu'à ne plus pouvoir endurer les tempêtes et à déménager dans les villes avoisinantes. Pour autant, le lieu de culte était resté, au départ rien de plus qu'une grotte et un puits sacrés, puis un édifice en bois flotté, moellons et ardoise. Au moment de l'invasion des Normands et du Livre du Jugement dernier – le recensement de 1086 –, c'était une chapelle sur le domaine de Winnianton, pourvue d'un bénitier en pierre et bientôt de tous les attributs d'une église médiévale.

La bâtisse conservait un caractère d'étrangeté, regardant la mer plutôt que l'intérieur des terres, une particularité qui avait attiré Jack au premier regard quand il était enfant. Après le départ de la communauté servant le moine, l'endroit était resté désert, seule demeurait l'église à peine protégée des intempéries par le cap, dressée tel un pilier de la foi solitaire contre les forces de la nature. L'église Saint-Guénolé devint l'église des Vents, puis l'église des Marins naufragés. Sa congrégation se consacrait aux Frères de la mer, les marins rejetés sur le rivage en nombre croissant à mesure que la navigation se généralisait et que l'océan réclamait son tribut. Le diocèse prospérait en portant secours à quelques-uns et en administrant les derniers sacrements à beaucoup. Des siècles durant, les prêtres ont rempli les dunes des corps des naufragés, avant qu'une ordonnance de 1808 n'autorise leur inhumation en terre consacrée. Jack avait parfois l'impression que les âmes en peine ne trouvaient pas le repos, comme si le bruissement du vent sur le sable était le bruit de leurs pas, qu'elles se levaient pour se rassembler sur le rivage, scrutant anxieusement l'océan à la recherche de leurs camarades dont les corps n'avaient jamais été retrouvés.

Quelques minutes plus tard, il atteignit l'enclos paroissial et poussa le portillon. L'église était un curieux exemple de l'architecture du XIVe siècle, avec la nef centrale et le chœur de même dimension que les ailes et jouxtée par la tour du clocher, plus âgée d'au moins un siècle, qui se dressait au pied du versant de la péninsule. Il se baissa pour passer sous le porche et souleva le lourd loquet qui ouvrait la vieille porte en chêne. Il retrouva l'odeur de renfermé familière des églises anciennes en attendant que le détecteur de mouvement déclenche la lumière. Il posa la main sur le bénitier millénaire et porta le regard sur la pièce de bois installée contre le mur du fond de l'église. C'était l'œuvre d'art la plus remarquable de l'édifice, un retable de chêne sculpté d'enluminures de style perpendiculaire et montrant dans sa partie basse quatre peintures des apôtres.

Selon la tradition, ce panneau et un autre identique à la porte nord provenaient du *Santo António*, une caraque richement chargée appartenant au roi du Portugal qui avait coulé dans les parages sur sa route de Lisbonne à Anvers en 1527. Voici deux ans, Jack avait proposé aux autorités ecclésiastiques les compétences de l'UMI pour tenter de confirmer leur origine. On avait d'ores et déjà déterminé que le panneau n'était sans doute pas postérieur à la Réforme sous Henri VIII dans les années 1530, car l'Église, après la confiscation de ses biens, n'avait plus guère les moyens de s'offrir des ornements aussi sophistiqués. Le style perpendiculaire des enluminures était en vogue au début du XVIe siècle et Maria de Montijo, une collègue espagnole de Jack, avait repéré dans la péninsule Ibérique une représentation des apôtres très similaire dans l'art religieux de cette époque. Les résultats probants ne furent toutefois pas apportés par le style ni par l'histoire, mais par la science pure et dure. Le bois était du *Quercus faginea*, un chêne du Portugal, et l'analyse ADN démontra une origine ibérique. La dendrochronologie n'avait tout d'abord rien donné, car l'alignement des cernes subsistant dans les fines planches était trop court, puis un lien avait été trouvé avec le chêne de charpente venant d'une épave portugaise de 1520 découverte au large de l'Afrique de l'Ouest. Jack avait eu assez d'éléments en mains prouvant que les panneaux provenaient du *Santo António* pour faire imprimer un tableau d'information, installé à présent à côté de la pièce de chêne, et diligenter la restauration des peintures aujourd'hui protégées par une vitre étanche.

Il s'engagea dans l'allée centrale de la nef et consulta sa montre. Il avait vingt minutes devant lui avant son rendez-vous avec le curé. Il prit place sur un banc face au chœur. L'éclairage s'éteignit et il fut dans la pénombre, les seules sources de lumière provenaient du vitrail au-dessus de l'autel et d'un cierge à la flamme vacillante allumé par un précédent visiteur. Il sortit de sa poche un petit paquet enveloppé dans un papier bulle qu'il dépiauta avec précaution et dégagea la figurine du Christ en croix. Le labo de conservation avait éliminé le vert-de-gris et elle luisait d'un éclat d'or mat dans la lueur du cierge. Il la soupesa dans sa paume, caressa les bras tendus, les jambes, le dos lisse et doux, puis il la leva à la hauteur du vitrail pour la contempler en silhouette.

La figurine continuait de le sidérer, une de ses plus belles trouvailles sur une épave de cette époque. Il avait envoyé une photo à l'Institut Courtauld de Londres à l'attention d'un ancien camarade de Cambridge qui avait déterminé avec certitude qu'elle était l'œuvre de Guglielmo Della Porta, un artiste italien du XVIe siècle dont les sculptures pieuses s'inspiraient du Christ rédempteur de Michel-Ange. Le nettoyage avait révélé la blessure sur le flanc droit provoqué par la sainte lance après sa mort, d'après le récit des Évangiles. Malgré l'érosion, après plus de trois siècles et demi dans l'eau, on pouvait admirer la qualité du travail dans la finesse de la chevelure et des plis du pagne, dans la précision anatomique du torse émacié et de la musculature. C'était surtout le visage qui le fascinait, il montrait un Christ aux traits paisibles, sans souffrance, comme s'il dormait, selon les recommandations du concile de Trente. Entre les quelques années qui séparaient la réalisation des peintures et celle de la statuette, le monde avait changé irrévocablement, entrant dans un siècle de conflits à peine résolus au moment où le *Santo Christo di Castello* hissait les voiles au départ d'Amsterdam pour sa traversée fatale à la fin de l'été 1667.

Jack se demanda si la figurine était représentative de la foi du capitaine Viviano. Le concile de Trente avait insisté sur le caractère intime de la piété et sur le besoin qu'avait le peuple de développer une relation personnelle avec le Seigneur, une façon d'échapper à la dépendance vis-à-vis du clergé et par conséquent de répondre à une préoccupation de la Réforme. Les figurines du

Christ participaient de ce mouvement. La statuette avait-elle appartenu à Viviano ? L'étreignait-il aux heures tragiques, quand son navire était entraîné vers la côte ? Guglielmo Della Porta avait étudié à Rome auprès de Michel-Ange, mais son atelier principal était à Gênes, sa ville de résidence et celle du capitaine. Le précieux talisman était-il transmis de père en fils, acquis à l'époque de sa production au XVIe siècle et gardant sous son aura des générations de marins nommés Viviano jusqu'à cette nuit de 1667 où il avait détourné son regard bienveillant ?

Jack imaginait la scène finale, le vent qui hurlait à travers le gréement, les vagues qui frappaient la coque, les passagers cramponnés à leur rosaire en appelant à la providence divine – qui ne se montrerait sans doute pas, Viviano avait suffisamment l'expérience de la mer pour le savoir. Et si le Christ était à lui, il l'avait laissé à bord quand il avait quitté le navire, espérant peut-être par ce geste offrir aux malheureux qu'il abandonnait une protection contre le destin qui les emportait dans la crique de Pol Glas avec une chance infime de survivre.

Il songea aux dernières heures de Viviano à Amsterdam avant de prendre la mer. Il y avait là une énigme, un truc que Jack ne saisissait pas encore. On savait que le chargement contenait des toiles réalisées par un grand maître et que leur livraison tardive expliquait en partie le report du départ. Or, ce que Jeremy avait révélé concernant l'expédition des livres de Blaeu ajoutait une dimension à l'affaire. Et si, outre les tableaux, Viviano avait attendu quelque chose qui accompagnait la livraison de l'éditeur, quelque chose que son commanditaire Sauli à Gênes désirait bien plus que les deux chefs-d'œuvre ?

Il imagina le capitaine en ce mois d'août qui arpentait les rues animées d'Amsterdam, il mit ses pas dans les siens le long du chemin parcouru tant de fois entre le *Santo Christo di Castello* et l'atelier du peintre à l'autre bout de la ville. Viviano déplorait déjà plus d'un an de retard, à attendre que le chargement de la cargaison soit achevé et que le Zuiderzee soit de nouveau navigable après les glaces du terrible hiver 1666-1667, mais aussi que l'artiste cesse de tergiverser et remplisse ses obligations. Chaque jour qui passait rendait la traversée plus risquée, augmentait la probabilité d'affronter les vents du sud-ouest qui balayaient l'Atlantique et poussaient les bateaux sur les côtes anglaises, il devenait impératif de compléter la cargaison et d'appareiller aussitôt. Jack suivit en pensée le capitaine qui s'arrêtait dans la boutique de Blaeu pour s'enquérir du progrès de l'*Atlas maior*, dont il avait peut-être payé de sa poche les derniers acomptes, et avisant les caisses de livres que Sauli avait commandés. En traversant le canal à l'approche de l'atelier de l'artiste, Viviano avait-il retenu son souffle, dans l'espoir de recevoir enfin de bonnes nouvelles ? Avait-il aperçu, en jetant un coup d'œil par la fenêtre, les deux paquets emmaillotés et ficelés qui l'attendaient à côté de la porte ? Il ne lui resterait plus qu'à régler l'artiste et à s'entourer de deux matelots pour porter à bord les précieux chefs-d'œuvre.

Pourtant, au lieu de se réjouir de la conclusion de l'affaire et de regagner prestement son navire, Viviano, tel que Jack l'imaginait, se rendit en vitesse chez Blaeu pour que l'*Atlas maior* et les livres soient mis en caisse et embarqués. Mais y avait-il autre chose, quelque chose de beaucoup plus précieux que les tableaux et les atlas, quelque chose que Blaeu avait tenu secret jusqu'à ce qu'il soit certain que le navire était sur le point de hisser les voiles ? Avait-il reçu des instructions de Sauli de n'en révéler la nature qu'au dernier moment ? Viviano ne pouvait que supposer qu'il s'agissait d'un livre ou d'une carte et qu'Athanase Kircher était impliqué, sachant que son œuvre fascinait Sauli. Et six mois plus tard, au cœur de la tempête, tandis que le *Santo Christo di Castello* tanguait et était entraîné vers les récifs, que les voiles s'échappaient dans le vent et flottaient comme des spectres, que Viviano serrait entre ses doigts le corps du Christ et priait pour être jugé digne de se présenter devant les portes de saint Pierre, était-ce ce mystérieux objet qu'il avait choisi de sauver plutôt que les livres ou les toiles quand l'occasion lui avait été donnée de s'enfuir par la chaloupe et de rallier la terre ferme ?

La porte grinça et le détecteur de mouvement déclencha de nouveau l'éclairage. Un jeune homme en soutane remonta l'allée centrale. Jack se leva de son banc et lui tendit la main, que le prêtre serra.

« Je suis ravi de vous voir, Peter. En habit de cérémonie aujourd'hui ?

— Pour ce que je considère comme une réunion des frères de Saint-Guénolé. Cette tenue nous transporte directement au XVIIe siècle.

— Je m'y trouvais, justement », dit Jack.

Peter fit un geste vers le banc.

« Je ne veux pas vous déranger si vous avez besoin de plus de temps.

— J'étais en train de rêvasser.

— Les églises sont faites pour ça.

— Merci à vous d'avoir organisé cette rencontre aussi rapidement. J'ai hâte d'entendre ce que vous allez m'apprendre.

— Quand Jeremy a lancé l'appel, nous avons décidé qu'il était temps, d'autant que vous avez travaillé sur le *Santo Christo di Castello*. Nous avons le sentiment d'une dette après les efforts que vous avez déployés pour identifier les panneaux, et nous la réglons à présent.

— Vous connaissez bien Jeremy ?

— Nous avons fréquenté Oxford en même temps. Moi en théologie et lui qui terminait son doctorat de paléographie médiévale, nos chemins se croisaient autour de l'étude des documents ecclésiastiques du Moyen Âge. J'ai compris qu'il s'était rendu aux Archives nationales.

— Nous menons une enquête sur des traces écrites. Et d'intérêt archéologique. Une fois qu'un projet est lancé, il faut explorer sans délai toutes les pistes qui se présentent.

— Eh bien, ce que nous allons vous montrer va vous étonner. J'ai déverrouillé la porte de la tour et un frère nous attend là-bas. »

Jack ramassa la figurine du Christ en croix qu'il avait posée sur le banc à côté de lui.

« Au préalable, j'ai déniché dans l'épave un objet que j'aimerais vous montrer. »

8

Dix minutes plus tard, Jack se trouvait à l'extérieur devant la tour, un bâtiment détaché de l'église qui se dressait sur un flanc rocheux du promontoire, jadis rempart d'un fort à l'âge du fer. Il s'était muni de sa puissante lampe de plongée et il la dirigea le long de la rugueuse paroi de granit jusqu'à une fenêtre où entraient et sortaient des chauves-souris. La tour dans sa configuration actuelle datait du XIIIe siècle, elle avait été en partie bâtie en réutilisant les pierres d'une version plus ancienne construite avant la conquête normande. Ce qu'elle dissimulait aux regards, par sa nature même, fascinait Jack. Il n'y était jamais entré et il était conscient que l'opportunité qui lui était offerte aujourd'hui était rarement accordée à un profane par les autorités ecclésiastiques.

Il éteignit sa lampe et se dirigea vers l'entrée, se penchant pour passer sous la branche d'un if en surplomb du chemin. Ce faisant, il remarqua sur sa droite dans le sable des fragments d'ossements humains autour d'un terrier de lapin. À l'instar de la plupart des églises médiévales, y compris dans les petites paroisses, les tombes ici devaient se compter par milliers, les plus récentes signalées par des stèles qui s'enfonçaient dans des sépultures anciennes, et, comme ailleurs, les fossoyeurs avaient creusé des fosses pour accueillir les restes qu'ils exhumaient chaque fois qu'ils creusaient une nouvelle sépulture. Le réemploi permanent du sol signifiait que, contrairement à ce que les stèles bien ordonnées laissaient croire, le sous-sol était un remblai homogène d'ossements formant comme une strate géologique. Nombreuses étaient les dépouilles des victimes de la mer dont l'identité était inconnue, mais tous avaient eu droit à une inhumation chrétienne.

Peter se tenait à côté d'un homme dans l'ombre de la porte en arche. Derrière eux, le cadenas déverrouillé pendait au loquet. Peter avait montré la figurine du Christ à l'inconnu et la rendait à présent à Jack qui l'enveloppa avec soin et la rangea dans sa poche.

« Cet objet de piété a sa place ici, pas dans l'église, dans la tour. Le Christ de l'église des Marins naufragés. Vous allez comprendre pourquoi. »

Jack lança un regard dans les profondeurs obscures derrière la porte à moitié ouverte.

« Je vous suis reconnaissant de m'avoir amené ici. Je suis conscient de la rareté du privilège. »

Peter fit un geste vers l'homme, également en soutane et portant autour du cou une croix noire au liseré doré.

« Je vous présente le père Paolo Tensini, de la basilique Santa Maria Assunta de Gênes. »

Jack serra la main du prêtre. Il était plus âgé que Peter, sa chevelure clairsemée était blanche.

« C'est un plaisir de faire enfin votre connaissance, dit le père Tensini en souriant et en inclinant légèrement la tête. J'ai suivi avec beaucoup d'attention votre travail depuis que vous avez commencé à fouiller l'épave du *Santo Christo di Castello*.

— Je suis heureux que Peter vous ait montré une de nos plus belles trouvailles à ce jour, dit Jack, qui marqua une pause avant de poursuivre. Santa Maria Assunta. C'était à l'origine la chapelle de la famille Sauli, n'est-ce pas ? L'église de Francesco Sauli, doge de Gênes et employeur de Viviano. Et votre nom ne m'est pas inconnu.

— Vous pensez à Giovanni Tensini, le négociant génois qui a servi d'intermédiaire dans l'importation de tableaux pour l'église ainsi que de livres et des instruments scientifiques pour les collections de Sauli. C'est mon ancêtre direct.

— Incroyable, dit Jack. Ce ne peut pas être une coïncidence. »

Peter ouvrit la porte en grand.

« Suivez-nous à l'intérieur. Nous allons tout vous expliquer. »

Jack se courba pour franchir la porte, fit deux pas et se redressa. Dans la pénombre, il ne distingua que les cordes qui pendaient du clocher, accrochées à un anneau sur un côté. Peter se saisit du cadenas, ferma la porte qu'il verrouilla, puis il gratta une allumette et alluma deux cierges dans des bougeoirs muraux en bronze. Les flammes vacillèrent, hésitèrent, répandant une lueur lugubre autour d'elles. Jack distinguait l'intérieur de la tour qui s'élevait au-dessus de sa tête tel un puits de mine et les trois cloches dans la charpente. Peter s'assura que la porte était fermée avant de se tourner vers Jack.

« Personne ne peut nous entendre. Ce qui se dit entre ces murs est un secret que seuls nos frères partagent, et vous aujourd'hui. »

Jack prit une profonde inspiration, humant l'odeur d'humidité et le relent de goudron provenant des cordes, manifestement récupérées de navires échoués.

« Je suis honoré. Et je suis tout ouïe.

— Personne n'a jamais entendu ce que je vais vous raconter, dit Peter. Le capitaine Viviano a survécu au naufrage. »

Jack posa sur lui un regard stupéfait.

« Comment est-ce possible ? Jeremy n'a trouvé aucune trace de lui après le drame.

— La chaloupe a accosté à Mullion pendant que le *Santo Christo di Castello* luttait contre les vents à l'abri de l'île. Viviano avait l'intention de retourner au navire, mais le sort en a décidé autrement. Une bande de pilleurs d'épaves avait vu la tempête arriver et s'était groupée dans la crique. Un détachement d'hommes en armes dépêché par lord Godolphin, vice-amiral de Cornouailles, est intervenu à temps, et a contenu le groupe dans la baie. Mais là encore, problème. La mission de Godolphin était de récupérer dans le bateau échoué tout objet de valeur pour le roi. La guerre anglo-néerlandaise venait à peine de s'achever et Godolphin voyait d'un mauvais œil les navires venant d'Amsterdam. Un de ses frères avait été tué au cours de la bataille de la Medway et il avait des comptes à régler avec les Hollandais. Qui plus est, il était vigoureusement antipapiste et craignait une invasion imminente des Cornouailles par les Espagnols et les Français. Viviano était italien, donc catholique, peut-être était-il dans le viseur du seigneur.

— Il aurait sans doute été libéré rapidement, surtout si le doge de Gênes était intervenu auprès du roi Charles, poursuivit le père Tensini. Non sans préjudices.

Il aurait été dépouillé de toutes ses richesses sans espoir de restitution.

— Il était piégé par la tempête, les pilleurs d'épaves et les hommes de Godolphin, dit Jack. Sa position n'était pas confortable.

— Le salut est venu d'un lieutenant de Godolphin, un châtelain du coin nommé William Paynter, qui dirigeait le détachement. Il était catholique en secret et faisait partie du réseau qui soutenait Jacques, duc d'York, frère de Charles et futur roi Jacques II, qui s'était converti cette année-là. L'ostracisme envers les papistes poussait Paynter à porter assistance aux naufragés catholiques qui échouaient sur les côtes de Cornouailles. Et comme il vivait dans la région et qu'il était délégué par Godolphin pour se rendre au plus vite sur les lieux d'un naufrage, il parvenait souvent à escamoter les rescapés catholiques qu'il mêlait aux officiers et aux passagers avant l'arrivée des hommes du vice-amiral. Le clergé local était anglican, bien entendu, pour autant il passait outre et portait secours à ses frères chrétiens qui pouvaient être injustement traités. Les prêtres de Saint-Guénolé étaient de ceux-là.

— J'ai compris que le salut de Viviano avait été bref ?

— Paynter et ses hommes se sont hâtés et sont arrivés sur les lieux une heure avant Godolphin, répondit Peter. En revanche, ils se sont heurtés sur la plage aux pilleurs d'épaves et, dans la mêlée, Viviano a reçu une balle de pistolet en tentant de protéger ses gens. Il a survécu à la bagarre, mais la blessure s'est révélée fatale.

— Et votre ancêtre Giovanni Tensini ? demanda Jack à Paolo. Était-il à bord du *Santo Christo di Castello* ? »

Le prêtre acquiesça.

« Il faisait partie des passagers, avec sa femme et ses domestiques. Ils ont sombré avec le navire et leurs corps n'ont jamais été retrouvés. Aussitôt que la nouvelle a atteint Gênes, son fils aîné a pris la route par voie terrestre jusqu'à la Manche puis une galiote pour Falmouth. Il souhaitait rechercher les dépouilles pour leur offrir une sépulture chrétienne, cependant il était également investi par Francesco Sauli d'une mission. Le navire transportait quelque chose dont seuls son père et Viviano connaissaient l'existence, et il avait reçu instruction de tout faire pour mettre la main dessus.

— A-t-il réussi ? » s'enquit Jack.

Paolo secoua la tête.

« Il s'est fait tuer par des naufrageurs aux environs de Pol Glas. Je descends en droite ligne de son fils, qui était un enfant à l'époque. Le récit de la nuit du naufrage s'est transmis depuis de génération en génération, ainsi que le secret qui en forme le cœur, ce que Viviano a apporté avec lui ici même. »

Jack observa autour de lui.

« Est-ce que je me trompe en supposant que Viviano a été conduit dans cette tour après avoir été blessé ? »

Peter échangea un regard avec Paolo.

« Le moment est venu. »

Ils saisirent chacun une extrémité d'un panneau de bois adossé contre le mur. Ils le déplacèrent sur le côté, révélant une ouverture d'un mètre cinquante en hauteur et d'un mètre en largeur, et fermée par une porte. Peter sortit une clé de sa soutane et s'agenouilla pour la déverrouiller et l'ouvrir. Jack remarqua que les fondations de la tour s'enfonçaient dans le granit et que le passage était creusé dans la roche. Les deux prêtres se signèrent et se recueillirent quelques instants, tête baissée, puis Paolo ânonna une formule en italien :

« *Menandomi Dio a buon salvamento con detta mia Nave.*

— “Plaise à Dieu d’accorder à mon navire une traversée sereine”, murmura Jack. Ce sont les mots qui figurent sur les bons de chargement du *Santo Christo di Castello* que Jeremy a découverts aux Archives nationales. »

Peter le regarda par-dessus son épaule.

« C’est aussi ce que le capitaine n’arrêtait pas de répéter quand il a été amené ici. Le prêtre lui a mis un crucifix entre les mains, mais cela ne suffisait pas à le soulager. Il était inconsolable de la perte de ses passagers. Apparemment, la chaloupe qu’il avait prise était censée revenir chercher les personnes restées à bord, mais la chaîne d’ancre avait cédé et l’embarcation avait été entraînée vers les falaises. Viviano était monté dans la barque parce qu’il était seul capable de la piloter, mais normalement, comme tout bon capitaine, il n’aurait pas dû abandonner son navire avant que le dernier passager l’ait quitté. Le prêtre n’a pu que lui promettre de donner une sépulture chrétienne aux corps qui seraient repêchés.

— Il a remis au prêtre tout l’or qu’il avait sur lui, dit Paolo, pour la paroisse et pour couvrir les frais des inhumations. Il y avait assez d’or pour financer les obsèques des victimes de naufrages pour les deux siècles à venir.

— Et Viviano ? demanda Jack. Qu’est-il devenu ?

— Malgré les soins, il est mort deux jours plus tard, sans cesser de prononcer la phrase et sans lâcher le crucifix. Sa tombe fut anonyme pour éviter qu’elle ne soit profanée par quiconque pourrait penser qu'il avait été enterré avec quelque richesse. Le coin fourmillait de miséreux pour qui les biens récupérés des épaves et des corps rejetés par la mer étaient un moyen de survie.

— Il y a une autre raison, ajouta Paolo. La raison qui vous a conduit ici. Entrons. »

Les deux prêtres s'emparèrent chacun d'un bougeoir et ils se courbèrent pour se faufiler dans l'ouverture, Jack sur leurs talons. Les marques des pioches apparaissaient sur les parois du tunnel creusé dans la roche. Il flottait une odeur de terre et d'humus, différente de l'odeur de renfermé qui régnait dans l'église, les murs de granit étaient humides et froids. Jack déboucha du passage dans une chambre de quatre mètres sur quatre qui comportait des niches basses disposées de façon irrégulière. Sur le mur face à l'entrée, une croix avait été grossièrement taillée à même la paroi, d'aspect plus clair et moins rugueux que la roche qui l'entourait. Jack régla sa lampe torche pour obtenir un éclairage tamisé et atténuer le reflet avant d'examiner la croix de près.

« La pointe de la péninsule est schisteuse, dit-il. Ce qui fait que la croix a pu être sculptée sans trop de difficulté et polie avec du granit.

— Elle est réputée avoir été sculptée par saint Guénolé en personne au début du VIe siècle, dit Peter. Cette pièce était son ermitage, sa cellule monastique. Vous voyez, qu'il ait fondé l'église n'est pas une légende.

— Je n'en ai jamais douté, répondit Jack en baladant la lampe autour de lui. En revanche, je peux vous assurer que ce n'est pas lui qui a creusé cette chambre. C'est ce que les Cornouaillais appellent un *fogou* et les

Français un souterrain. Pour les archéologues, c'est une chambre funéraire. Elle date de l'âge du bronze, d'au moins trois mille ans. Nous connaissions l'existence de sépultures individuelles sur la pointe et on trouve des tumulus sur les collines des environs, cependant cet endroit ajoute une dimension nouvelle à l'histoire de ces lieux. Ce genre de tombeau était réservé à des notables de statut élevé, les châtelains de la péninsule. Il devait être riche en offrandes funéraires, peut-être déjà emportées quand Guénolé a découvert cet endroit.

— On raconte qu'il a trouvé un trésor et que l'or a servi à financer la première église, dit Peter. C'est fabuleux ! Vous sauriez confirmer son âge ?

— Nous pouvons effectuer une datation par luminescence qui nous indiquerait l'époque à laquelle la roche a été taillée, répondit Jack. L'UMI est dotée d'un laboratoire d'analyse ultramoderne. »

Paolo s'agenouilla devant une forme sombre logée dans une alcôve.

« Voilà ce qui vous a amené ici et que nous voulions vous montrer. »

Jack dirigea sa lampe vers le sol et vit les franges emmêlées d'une vieille peau de mouton sur laquelle était posé un coffret en bois.

« C'est ici que Paynter et le curé ont déposé Viviano, dit Peter. La tache sombre que vous voyez sur la peau de mouton est son sang. Tout est resté en l'état, sinon que ses biens ont été rangés dans le coffret.

— Je peux le voir ?

— Il contient une bible, un pistolet, un rosaire, quelques pièces de monnaie et cela, dit Peter en sortant de la cassette une bague en or. C'est une chevalière. Son initiale est gravée sur le chaton.

— Je la reconnais. La lettre V barrée d'une croix. Jeremy m'a montré la même marque sur les bons de chargement de ses marchandises personnelles et les ballots portaient cette signature à l'encre afin de les repérer facilement. Les négociants possédaient tous un sceau ou une chevalière comme celle-ci avec leur signature particulière. L'avoir entre les mains est très émouvant. Pas plus tard que ce matin, je tenais un compas de marine en laiton doré qui lui appartenait, j'en suis certain. Comme s'il était parmi nous maintenant, et pas trois siècles et demi en arrière. »

Paolo tira du coffret un long pistolct à silex. Le laiton de la platine et le chien étaient ternis par le temps et la rouille avait fusionné les éléments en fer. Il le tendit à Jack, qui le soupesa et l'examina de son œil d'expert.

« Giovanni Battista Gavezzani, lut-il en déchiffrant le nom de l'armurier sur la platine. Il était en activité à Gênes dans les années 1660, ce qui colle avec la date du naufrage. Vous constaterez qu'il a servi. Le chien est baissé, la batterie est levée, et la rouille est plus présente sur le bassinet. Les résidus de poudre noire sont hygroscopiques, ils absorbent l'humidité de l'air et favorisent la corrosion. Il demande à être nettoyé et restauré, sinon c'est une très belle pièce. »

Il rendit l'arme à Paolo qui la déposa avec précaution dans le coffret.

« Le coup de feu a été tiré au cours de l'échauffourée sur la plage, probablement à titre d'avertissement pour tenir les pilleurs d'épaves à distance avant l'arrivée de Paynter et de ses hommes.

— Viviano avait autre chose avec lui ?

— Ses assaillants ont dû essayer de le dépouiller une fois qu'il a été blessé et à terre, mais il serrait fermement contre lui quelque chose qu'il avait glissé dans son pourpoint, et Paynter et sa troupe sont intervenus avant qu'il n'en soit dépossédé. Il n'a pas desserré son étreinte avant que Paynter et le prêtre ne l'amènent ici et qu'il sache qu'il était entre de bonnes mains.

— De quoi s'agit-il, vous le savez ?

— Un livre mince, une plaquette enveloppée dans du vélin pour la protéger de l'eau. Quand Viviano a été installé, le curé est retourné sur la plage pour apporter son aide aux blessés après la bagarre. À son retour, Paynter n'était plus là. Ce que Viviano lui avait dit l'avait poussé à partir sur-le-champ pour mettre le paquet à l'abri. Dans ses derniers instants, Viviano répétait son mantra en italien et, soudain, il a attiré le prêtre vers lui et a murmuré ces mots en latin : *cave Hemnetertepi*, prenez garde aux Hemnetertepi. Le curé les a notés par la suite, sur la bible qui est dans le coffret. Viviano est mort juste après les avoir prononcés.

— Je peux voir ? »

Peter posa son cierge et retira du coffret une bible ancienne à la reliure en cuir élimée. Il l'ouvrit et montra à Jack l'inscription à l'encre presque effacée sur la page de titre. Jack l'examina, le cerveau en ébullition.

« Incroyable !

— Ça vous rappelle quelque chose ?

— Maurice Hiebermeyer, mon meilleur ami à l'école, a essayé de m'apprendre l'écriture hiéroglyphique et il m'en est resté des miettes. Hemnetertepi est le nom des prêtres sous le Nouvel Empire. Les grands prêtres, plus précisément. Et il est suivi d'un autre mot : *Isaia*, d'Isis. Par ses ultimes paroles, Viviano recommandait à votre prédécesseur de se méfier des grands prêtres d'Isis. *De l'Égypte ancienne !*

— Eh bien, voilà qui devrait vous intéresser. »

Paolo déplaça le coffret sur le côté, révélant une portion de paroi portant des inscriptions.

« Entre le départ de Paynter et le retour du curé, Viviano a gravé des symboles dans la pierre avec son couteau. Au XIXe siècle, quand on a commencé à déchiffrer les hiéroglyphes, le prêtre qui dirigeait cette paroisse s'est rendu au British Museum en pure perte pour chercher des signes similaires. Et depuis, jusqu'à aujourd'hui, personne n'a enquêté plus avant. On suppose que ce sont des hiéroglyphes, mais ils sont incompréhensibles. »

Paolo s'écarta et Jack prit sa place. Il s'allongea sur la peau de mouton à l'endroit où jadis gisait le capitaine. Il s'approcha de la paroi, lampe en main. Souffle coupé, il ne pouvait en croire ses yeux. Il ferma les paupières, puis les rouvrit. C'était toujours là. Une inscription identique à celle que Maurice avait trouvée sur un papyrus dans une nécropole de l'oasis du Fayoum et qui avait été à l'origine de la plus exceptionnelle série de découvertes de la carrière de Jack. Il l'observa jusqu'à ce qu'elle soit imprimée dans son esprit avant de s'asseoir et de regarder Paolo.

« Vous l'aviez déjà vue ?

— Ça me rappelait quelque chose, dit l'Italien, et j'ai vérifié sur la couverture de votre premier livre. C'est le même symbole que le docteur Hiebermeyer a déniché dans le désert, qui figure sur le disque de Phaistos de la Crète antique et que vous-même avez mis au jour dans la cité au fond de la mer Noire. Le symbole de l'Atlantide.

— Ce n'est pas tout, ajouta Peter. Viviano a dû remettre le paquet à Paynter, qui a disparu et que l'on n'a plus jamais revu.

— Sait-on où il est allé ?

— Un indice. Le lendemain, son cheval a été retrouvé errant du côté de la mine de Wheal Perran sur la péninsule. La mine était sur les terres de Paynter, elle a été creusée le long d'un filon d'étain et exploitée autant que la technologie de l'époque le permettait. La veine suivait une fissure naturelle de la roche et se continuait sous la mer. Paynter a sans doute considéré qu'elle offrait une cachette idéale, nous pensons qu'il s'y est rendu pour y dissimuler le paquet et qu'il lui est arrivé quelque chose. Peut-être un accident.

— Je connais l'endroit, dit Jack. La mine est l'une des rares à avoir conservé son appareillage intact, un terrible accident au XIXe siècle a entraîné sa fermeture. Personne n'est descendu au fond depuis.

— Et vous, irez-vous y voir ? »

Jack réfléchit quelques instants.

« Je sais à qui faire appel. Une de nos bonnes connaissances qui explore les mines de Cornouailles. Il se trouve qu'elle est à Wheal Perran ces dernières semaines. Les propriétaires actuels souhaitent ériger un monument commémoratif de la tragédie qui a emporté tant de mineurs, et ils ont demandé une reconnaissance des lieux. »

Jack suivit les deux prélats hors de la chambre et ils sortirent de la tour pour retrouver l'air libre et le sentier derrière l'église. Peter verrouilla le cadenas derrière eux, passa sous l'if et se dirigea vers la plage. Le vent s'était levé, les vagues s'écrasaient avec fracas et se retiraient dans un bruit de succion sur l'étendue de sable bordant la pointe. Jack stoppa à un embranchement quand il comprit que les deux hommes retournaient à la voiture de Peter.

« Je suis très reconnaissant de la confiance que vous me témoignez, déclara-t-il en leur serrant la main. Je ne manquerai pas de vous tenir informés aussitôt de ce que nous pourrons apprendre.

— Bonne chance », dit Peter.

Paolo s'inclina légèrement et tourna les talons. Jack fouilla dans sa poche et resta pensif un instant avant de s'éclaircir la gorge.

« Une dernière chose. J'ai un objet qui devrait rejoindre les possessions de Viviano.

— J'espérais que vous le proposeriez, dit Peter en hochant la tête.

— Je vais avoir besoin de le restaurer et de le stabiliser. Après quoi nous le scannerons au laser en haute définition, ce qui signifie que nous pourrons réaliser une copie par impression en 3D pour le musée. Je vous le rendrai et je saurai où se trouve l'original.

— Le Christ en croix de l'église des Marins naufragés, dit Peter. Ça sonne bien. »

Paolo se signa.

« *Menandomi Dio a buon salvamento con detta mia Nave.* »

Jack leva la main.

« À bientôt. J'ai un coup de fil à passer. »

DEUXIÈME PARTIE

9

Rome, de nos jours

L'homme en soutane passa devant la fontaine au centre de la place et se dirigea vers le portique de l'ancien temple romain, il s'arrêta comme chaque fois pour poser la main sur le granit frais d'une colonne d'angle, et leva les yeux sur la célèbre inscription du fronton : M.AGRIPPA.L.F.COS.TERTIVM.FECIT, « Marcus Agrippa, fils de Lucius, consul pour la troisième fois, le fit bâtir. » Les pierres des colonnes du Panthéon – « temple de tous les dieux » et depuis le VIIe siècle l'église Santa Maria Rotonda – avaient été extraites en Égypte et acheminées par bateau à Rome au moment de la reconstruction de la ville par l'empereur Hadrien au début du IIe siècle de notre ère. L'homme lança un regard derrière lui sur l'obélisque qui surmontait la fontaine de la place. Son œil s'attarda sur les hiéroglyphes fanés et s'arrêta sur le faucon couronné représentant Horus, une des plus anciennes divinités d'Égypte, dieu du soleil et du ciel, fils d'Isis et d'Osiris.

Il ferma les paupières et murmura une incantation, puis il leva la tête et observa la croix chrétienne qui se dressait au sommet. L'obélisque avait été apporté à Rome dans l'Antiquité et venait du temple de Rê à Héliopolis. Il datait du règne de Ramsès II au XIIIe siècle avant J.-C., un demi-millénaire avant que la première pierre de Rome ne soit posée. Athanase Kircher avait été le premier à s'intéresser aux hiéroglyphes, avant même la découverte du monument en 1665 dans les ruines du temple d'Isis sous les constructions médiévales jouxtant le Panthéon. Les membres de la congrégation de Kircher, les jésuites, et de la sienne, les dominicains, avaient érigé l'obélisque sur la place au cours du siècle suivant en le coiffant d'une croix mais avaient placé le symbole d'Horus en face de l'inscription du fronton, comme une provocation.

On a pu penser au temps de la Rome impériale que les hiéroglyphes égyptiens visibles sur les monuments n'avaient qu'une fonction décorative, que leur signification était perdue et qu'ils n'offraient qu'un intérêt secondaire à des érudits tels que Pline et Strabon. Au cours des siècles qui suivirent, on a considéré que l'appropriation de la Rome antique par le christianisme avait été une transition majeure, comme en témoignaient les monuments de cette place, les temples à l'image du Panthéon transformés en églises et les croix qui surmontaient les bâtiments païens à l'époque de la conversion de l'empereur Constantin au IVe siècle. En revanche, pour l'homme et pour ceux qui partageaient ses convictions, le moment déterminant n'était pas la christianisation, mais l'introduction préalable des symboles et sculptures de l'Égypte ancienne. La puissance de l'Égypte, le pouvoir des pharaons et des prêtres au service des seuls dieux authentiques n'avaient pas disparu avec la conquête du pays par Alexandre le Grand puis par les Romains. Depuis, ils perduraient à Rome, où ils avaient été importés par les tenants de la vieille religion qui avaient compris dans quel sens le vent avait tourné. Les disciples d'Isis avaient discrètement infiltré la cité jusqu'aux plus hautes sphères, avaient subsisté sous le masque de la foi chrétienne et enduré dans leur chair et dans leur âme les vicissitudes de l'histoire de Rome, les guerres, la peste, la décadence et la chute. Et ils étaient toujours là, à Rome et dans les endroits où la chrétienté régnait, répandant le culte d'Isis et d'Osiris dans des confins que les prêtres de l'Égypte ancienne n'auraient guère pu imaginer.

L'homme retira sa main de la colonne et s'éloigna d'un pas rapide le long de la ruelle à gauche du Panthéon, avant de déboucher quelques minutes plus tard sur la place devant l'église Santa Maria sopra Minerva. Au centre s'élevait le second obélisque mis au jour en 1665 dans les vestiges du temple d'Isis, celui-ci juché sur le fameux éléphant du Bernin en 1667. Le père Kircher avait également étudié les hiéroglyphes de ce monument, il avait montré qu'il provenait de Saïs dans le delta du Nil et qu'il remontait à la XXVIe dynastie allant en gros de 670 à 589 avant J.-C., à une époque où le savant grec Solon visitait le pays et avait entendu le récit de l'Atlantide de la bouche des prêtres égyptiens. À gauche de la basilique s'élevait le couvent dominicain qui devint en 1628 le siège de la congrégation du Saint-Office, séquelle de l'Inquisition. C'est en ce lieu que Galilée a abjuré en 1633 la théorie copernicienne de l'héliocentrisme. L'homme éprouvait une certaine satisfaction de savoir que cet endroit, voisin du plus grand temple dédié aux dieux de l'Antiquité et haut lieu de l'Église catholique, était aussi le siège d'un culte bien plus blasphématoire que n'importe quelle théorie de Galilée, d'une suprême hérésie établie juste sous ses pieds, dans les vestiges enfouis d'une civilisation antique.

Il se dirigea vers la façade Renaissance blanche de la basilique, une des rares à Rome à ne pas avoir été ultérieurement transformée en style baroque, et il pénétra dans l'édifice par une porte latérale. Il aspergea sa soutane d'eau bénite puisée dans un bénitier en bronze et se signa avant de remonter l'allée centrale. Il était devenu indifférent, à force de les avoir sous les yeux, aux fresques du XVe siècle qui ornaient les côtés, même si elles comptaient parmi les plus belles réalisations de l'art de la Renaissance, mais il s'arrêta devant le Christ rédempteur de Michel-Ange et admira sa prestance et le dessin de sa musculature qui devaient beaucoup aux sculptures de la Rome antique. Il tourna à angle droit sur sa gauche, descendit un étroit escalier en spirale et s'approcha d'une petite porte qu'il ouvrit avec une clé accrochée à un anneau sous sa soutane. Il verrouilla derrière lui et se baissa pour emprunter un couloir chichement éclairé par des ampoules qui couraient le long du plafond bas. Le tunnel avait été creusé dans le roc dans l'Antiquité et faisait à l'origine partie de l'aqueduc qui alimentait la fontaine de la piazza della Rotonda. Il avait été déblayé de ses gravats par les ouvriers du père Kircher quand ils exhumèrent les fondations du temple en 1665. Depuis, le boyau était un passage secret que seuls connaissaient ceux qui en possédaient la clé. Il franchit les marches de marbre, vestiges de la vieille structure qui s'étendait en sous-sol de la basilique et du couvent, et aboutit dans l'ancien jardin du couvent où Kircher avait exhumé les deux obélisques. Devant lui s'étalait un enchevêtrement de pieds de colonnes et de statues brisées, certains laissés tels que Kircher les avait découverts, d'autres rebâtis, et la maçonnerie du Moyen Âge croisait celle de l'Antiquité, formant un nouveau passage bas de plafond.

Il se fraya un chemin entre les vieux piliers jusqu'au bord de la structure qui avait été la quête de Kircher, les murs de fondation du temple d'Isis. Il s'élevait à la surface au moment de sa construction sous Jules César, et ce n'était pas un temple traditionnel, mais un sanctuaire public garni de statues et de fontaines. Il fut rebâti secrètement en sous-sol quand les cultes païens furent interdits après la conversion au christianisme de l'empereur Constantin. Il est resté en l'état, survivant à la chute de Rome, au sac de la ville par les Goths en 410, par les soldats du Saint Empire romain germanique en 1527, à la dégradation des immeubles, à la réhabilitation de la cité au cours du Moyen Âge et de la Renaissance, figé hors du temps et connu des rares personnes qui entretenaient le culte d'Isis, protectrices du secret extraordinaire que le sanctuaire abritait.

L'homme suivit la ligne des ampoules et s'arrêta devant une porte en pierre, tira une autre clé de son trousseau, tâta dans l'obscurité sur sa droite et trouva la serrure dont peu connaissaient l'existence. Il ouvrit la porte puis la referma derrière lui. La pièce dans laquelle il pénétrait était jadis la crypte du temple. Quand les prêtres d'Isis furent contraints de se réfugier au sous-sol, ils avaient emporté avec eux les sculptures du sanctuaire qu'ils avaient entreposées là. Ils en avaient fait leur salle de réunion, ainsi de retour au lieu qui avait été le leur quand ils étaient arrivés d'Égypte au temps de Jules César et qu'ils avaient répandu le culte d'Isis parmi l'élite fortunée, dissimulant leurs véritables intentions derrière les fontaines, les fleurs et les nymphes du temple qu'ils avaient fondé en surface.

Devant lui s'étendait un espace profond de cinq mètres flanqué de part et d'autre de petites colonnes gravées en granit égyptien, la même pierre rouge et grise que celles du Panthéon, surmontées de chapiteaux en forme de lotus semblant jaillir tout droit des berges du Nil. Pour parfaire l'illusion, une rigole creusée dans le roc et alimentée par l'aqueduc voisin courait au centre de la pièce et passait sous une table au plateau de marbre. On voyait entre les colonnes de petites statuettes de chat, du dieu Thoth représenté en babouin, une partie de frise montrant les prêtres d'Isis à Saïs, une peinture de papyrus en fleur sur un enduit de plâtre et un fragment de porphyre égyptien sur lequel on lisait ARCUS AD ISIS, vestige d'une arche que l'empereur Hadrien avait fait élever à l'extérieur du temple. Devant les colonnes se dressait un sphinx en marbre noir de la taille d'un gros chien, dont les hiéroglyphes sur la poitrine signalaient qu'il datait de la XVIIIe dynastie au IIe millénaire avant notre ère. Sur le mur opposé, le buste d'un pharaon anonyme de la XIIe dynastie lui faisait face, le crâne rasé et les yeux rehaussés de khôl noir aussi frais d'aspect que s'il avait été appliqué la veille.

Au fond de la salle se profilait dans la pénombre la statue d'Isis elle-même, flanquée de deux sculptures en bois peint de serviteurs à tête de faucon portant des plateaux, qui provenaient d'un tombeau de la vallée des Rois et avaient été rapportés au XIXe siècle. La statue de culte avait subi des dommages et avait été brisée quand le temple s'était effondré, elle avait toutefois conservé sa coiffe d'épis de blé, une corbeille de serpents sur le front, et dans ses mains un ânkh et un sistre, la crécelle sacrée. Tout dans la pièce venait d'Égypte et était authentique. L'homme se disait que la Rome antique, avec ses reproductions de statues grecques et ses œuvres d'art copiées, privilégiait l'esthétique à la substance, alors qu'ici, dans le murmure de l'eau, il pouvait s'imaginer au bord du Nil, entendre le bruissement des papyrus dans la brise et le cri d'un faucon dans le ciel, et voir au loin s'étendre l'ombre d'une grande pyramide.

Il s'approcha de la table et prit place sur sa chaise habituelle parmi les quatre disposées de chaque côté. Il ôta la chape noire des dominicains qu'il portait sur son habit et la remplaça par une autre posée devant lui. Elle était blanche, et montrait sur la poitrine l'Œil oudjat, l'œil d'Horus, un talisman protecteur que le dieu Horus avait offert à son père Osiris pour le maintenir vivant dans l'au-delà. Tandis qu'il se préparait, deux hommes et une femme sortirent de l'ombre des colonnes, tous trois arborant l'Œil oudjat. L'homme inclina légèrement la tête vers le plus âgé des nouveaux venus qui s'asseyait face à lui.

« Éminence, dit-il en anglais. J'espère que vous avez fait bon voyage.

— Le Saint-Siège pourvoit toujours à mon confort. J'ai profité de ce que le concile œcuménique qui m'a amené ici pour la réunion annuelle du Conseil des cardinaux soit richement doté.

— Une réunion moins importante que celle que nous avons convoquée aujourd'hui, dit le deuxième homme avec un accent d'Europe de l'Est.

— En effet, dit le cardinal. Et il est heureux que vous ayez pu vous joindre à nous. Vous êtes à Rome pour des affaires concernant l'ordre des dominicains ? »

L'homme hocha la tête.

« Comme le père Rauscher vient de le dire à propos de votre réunion, le seul intérêt de ces obligations est de permettre notre rencontre aujourd'hui.

— Le ministre Khalil s'excuse, mais il est impératif qu'il reste au Caire au cas où nous aurions besoin de son intervention rapide dans le désert.

— Nous commençons ? » demanda la femme.

Le cardinal acquiesça. Elle tira d'un geste la nappe qui couvrait la table, révélant un plateau de granit rouge parsemé de hiéroglyphes. On reconnaissait des inscriptions figurant sur la table isiaque, une reproduction en cuivre d'origine romaine et acquise par le cardinal Bembo après le sac de Rome en 1527. À l'affût du moindre hiéroglyphe, le père Kircher avait étudié la table et eu l'intuition qu'il restait plus à découvrir, et il chercha la plaque originale qui avait servi de modèle à la table isiaque de Bembo. Le copiste romain n'avait pas compris les hiéroglyphes et les avait placés sur le bord en sacrifiant le sens à l'esthétique, il n'avait pas intégré la partie centrale et le symbole qui était à présent devant les quatre personnages. Ils posèrent leurs mains dessus, les unes sur les autres, et le cardinal récita une incantation dans une langue archaïque. Puis il les regarda tandis qu'ils reprenaient leur position.

« Maintenant, au travail.

— Jack Howard ? s'enquit la femme.

— Dites-nous ce que vous savez.

— La découverte de l'Atlantide, de ce symbole qui figure au centre de cette table, nous a conduits il y a des années à surveiller de près ses activités. L'an passé, en compagnie de son associé le docteur Kazantzakis, il était sur le plateau de Gizeh, où ils ont été tous deux arrêtés. Ma source au ministère de l'Intérieur égyptien m'a fait savoir qu'ils plongeaient sous la pyramide de Mykérinos. Il y a là un passage souterrain issu du Nil.

— Le tombeau d'Akhenaton, intervint le père Antonov. Le sanctuaire de son savoir, le *pr-ânkh*, la maison de vie.

— Les derniers à l'avoir vu sont les disciples d'Akhenaton quand ils ont transporté dans sa dernière demeure sa momie vivante après que les prêtres du temple d'Isis eurent accompli le rituel d'Akhet-Rê, puis ils ont supprimé tous ceux qui avaient participé à l'édification du tombeau avant de le sceller à jamais.

— Howard et Kazantzakis ont-ils vu quelque chose là-bas ? Si tel est le cas, aucun écho ne nous est parvenu depuis leur retour en Angleterre ni sur l'accord secret qu'ils ont passé avec les autorités égyptiennes, dit Rauscher. Il y a cependant autre chose. Une jeune employée des Archives nationales m'a contacté pour me demander des renseignements sur le père Kircher. Comme vous le savez, mon livre a fait de moi la principale autorité sur son œuvre. Quelqu'un de l'UMI est venu aux Archives en quête d'informations sur le *Santo Christo di Castello*.

— Le navire du capitaine Viviano ! s'écria Antonov.

— Exact. Il a sombré sur les côtes de Cornouailles en octobre 1667.

— Les noms, déclara le cardinal en tapant la table avec ses doigts. Je veux les noms.

— Docteure Teresa Everett. C'est une documentaliste des Archives nationales. Et le docteur Jeremy Haverstock, un Américain qui travaille pour Howard. »

Le cardinal tourna le regard vers le père Antonov.

« Ces noms sont pour vous.

— Entendu.

— Comment a-t-elle fait le lien avec le père Kircher ?

— Elle ne l'a pas précisé, répondit Rauscher. À mon avis, elle a mis la main sur un manifeste de chargement mentionnant ses ouvrages. Auquel cas nous avons peut-être la piste que nous cherchons depuis trois siècles et demi. La localisation de l'île où les prêtres ont expédié l'orichalque à l'époque d'Akhenaton était supposée perdue avec la mort du Grand Prêtre au cours du sac du temple de Saïs par les troupes d'Alexandre le Grand au IVe siècle avant J.-C. Lui seul connaissait le secret, qui se passait de Grand Prêtre à Grand Prêtre depuis près d'un millénaire. Le père Kircher a toutefois découvert un papyrus à Rome qui semblait porter un dessin hâtivement tracé par le Grand Prêtre quand il a compris quel sort lui était réservé. Le père Kircher l'a copié, l'a fait relier à Amsterdam et l'a confié à Viviano pour qu'il le livre à un capitaine négociant à Lisbonne censé partir à la recherche de l'île. Sauf que le navire n'a jamais franchi la Manche.

— Il faut que nous sachions ce qu'ils ont appris, dit le cardinal. Nous devons trouver l'île et l'orichalque avant quiconque. Laissons Howard et son équipe faire le travail à notre place. Ensuite, nous les éliminerons comme nos prédécesseurs l'ont fait des bâtisseurs du tombeau d'Akhenaton. Alors la déesse régnera sans partage et notre pouvoir sera total. »

Le cardinal sortit deux couteaux de sa soutane qu'il posa devant lui. Leur lame en dents de scie était taillée avec une finesse exquise dans l'obsidienne noire et satinée. L'un, à la pointe bifide, était un *pesesh-kaf*, que l'on appliquait sur les lèvres d'une momie pour assurer la résurrection dans son tombeau et préparer l'après-vie. L'autre était un couteau sacrificiel, celui-là même qui avait fouillé le corps pour perpétrer le sinistre rituel d'Akhet-Rê, l'embaumement vivant. Les deux lames avaient transité par d'innombrables générations depuis les prêtres des sables bordant la Grande Mer du milieu, les premiers à avoir envoyé des guerriers à tête de faucon identiques à ceux qui entouraient la déesse à présent. Ce sont ces prêtres qui rencontrèrent les navigateurs venant du nord, au moment de la grande crue, riches d'un secret qu'ils leur dérobèrent en faisant le serment de le garder caché à jamais sous la protection d'Isis et d'empêcher à tout prix le monde extérieur d'en prendre connaissance.

Le cardinal se saisit du couteau sacrificiel et l'orienta pour qu'il reflète la lumière.

« Cette lame a servi à nos devanciers quand ils ont accompli le rituel d'Akhet-Rê sur le pharaon Akhenaton, déclara-t-il. L'histoire le connaît sous le nom du pharaon hérétique, celui qui a renoncé aux divinités anciennes pour établir le culte du soleil, celui qui, dans sa soif de savoir, a investi le temple d'Isis à Memphis et profané le saint des saints, emportant le joyau qui était la clé du coffret contenant l'orichalque. Pour son outrage, nous lui avons fait payer le prix exigé par la déesse. »

Il posa le couteau sur la table. Ils savaient tous ce qui allait se passer à présent. Si le *pesesh-kaf* restait dans sa position, agir ne serait pas nécessaire. S'il était animé d'un mouvement en avant, alors la déesse les réclamait de nouveau. Ils se doutaient du résultat, car sinon, ils n'auraient pas été convoqués en ce lieu. Ils étaient les Hemnetertepi, les Grands Prêtres d'Isis, il était de leur devoir de réanimer les Fils d'Horus, les descendants des guerriers à tête de faucon des temps archaïques, qui avaient juré fidélité de père en fils depuis la nuit des temps, qui exécuteraient impitoyablement ce qu'on exigerait d'eux dès lors que le caractère sacré de la déesse et le secret qu'elle gardait se trouveraient menacés.

Les ampoules clignotèrent et s'éteignirent avant de se rallumer.

« Le sacrifice d'Akhenaton a redonné vie à Osiris, dit le cardinal. Si l'orichalque tombe en d'autres mains, alors la résurrection ne sera plus le domaine réservé des dieux, mais de l'humanité tout entière. Le pouvoir d'Isis disparaîtra, ouvrant la voie au chaos. Que ceux qui cherchent à percer son secret endurent le même sort qu'Akhenaton, que la force vitale passe de nouveau des doigts d'Isis aux lèvres d'Osiris, qu'elle le ressuscite pour l'éternité. »

Il poussa le couteau sacrificiel en avant et la pointe se plaça sur le symbole au centre de la table. Le père Rauscher se leva, baisa l'anneau du cardinal et s'inclina devant la statue de la déesse. Puis il ôta l'habit portant l'œil d'Horus et le remplaça par sa chape de dominicain.

« Éminence, dit-il en inclinant la tête. J'attends vos ordres. »

Le cardinal posa sur lui un regard froid et dur, un regard que Rauscher avait souvent subi dans le passé quand il avait été appelé dans cette salle.

« Que vos hommes se tiennent prêts, dit le cardinal. Le moment est proche. Allez, maintenant. »

10

Jack observait l'image projetée à l'écran, une carte qu'il avait photographiée dans le *Mundus subterraneus* du père Kircher. Quant à l'ouvrage, il était sur la table à l'endroit où Jeremy l'avait laissé. Sans sa couverture protectrice, le livre révélait sa reliure en cuir, les lettres et les enluminures à la feuille d'or sur la couverture. Il était tel qu'il avait quitté l'imprimeur Janssonius à Amsterdam en 1665 et à l'abri dans la bibliothèque du manoir depuis son acquisition peu après par un ancêtre Howard. Jack était installé sur l'une des chaises disposées pour sa rencontre avec les étudiants, penché en avant, plongé dans ses réflexions. La carte était celle de l'Atlantide que Kircher avait jugé bon d'inclure dans son ouvrage, légendée *Insula Atlantidis* plutôt que *Insula Orichalcum* comme Jeremy l'avait lu sur le document additionnel du bon de chargement du *Santo Christo di Castello*.

L'île sur la carte était positionnée la tête en bas, une convention des cartographes hollandais, le sud en haut. Par conséquent, elle montrait l'Atlantique en miroir, avec les Amériques sur la droite, l'Europe et l'Afrique sur la gauche. Cela demandait une petite gymnastique mentale, comme d'ailleurs la superficie de l'île, qui occupait une bonne partie de l'océan d'est en ouest. Ce qui, avec l'étiquette *Insula Atlantidis*, avait conduit la plupart des érudits à rejeter la carte et à la considérer comme un fantasme. Impossible qu'une île de la taille d'un continent ait sombré dans l'océan Atlantique, dont le plancher se trouvait pour l'essentiel à des profondeurs abyssales. Sans doute Kircher avait-il placé l'île dans l'Atlantique en assimilant le nom rapporté par Platon et celui que les Grecs utilisaient pour qualifier l'océan de l'Ouest, la mer de l'Atlas. Pourtant, avec la découverte de Jeremy, Jack n'en était plus si sûr. Et s'il y avait du vrai là-dedans ? Et si l'appellation d'origine s'avérait *Insula Orichalcum*, alors le lien avec l'Atlantique disparaîtrait. Qu'est-ce qui avait pu conduire Kircher à placer l'île dans l'océan de l'Ouest ?

On frappa à la porte et Jeremy entra, dans une main son ordinateur portable et dans l'autre un gobelet de la cantine. Il prit place à gauche de Jack, souleva le capot de son appareil et but une gorgée de café.

« Tu as eu le temps de jeter un coup d'œil à mes trouvailles ? demanda Jack.

— Costas vient de me les montrer dans le laboratoire de conservation. Magnifique. Il nous rejoint après avoir lu à Little Joe une histoire pour dormir. Tu es toujours sur l'Atlantide ? ajouta Jeremy en désignant l'écran.

— On peut dire ça. J'essaie de comprendre ce que Kircher a pu vouloir nous montrer du doigt.

— Tu penses qu'il a laissé un message à la postérité ?

— Je crois qu'il a dessiné deux versions de la même carte, une officielle qui figure dans son *Mundus subterraneus* pour le commun et une clandestine qu'il a confiée à Viviano, laquelle serait une véritable aide à la navigation.

— Ce que tu m'as rapporté au téléphone de ta visite à l'église est incroyable. Un secret préservé depuis trois siècles et demi concernant le capitaine d'un navire génois blessé à mort et ce qu'il transportait avec lui.

— J'attends un coup de fil qui nous permettrait d'avancer. »

Jeremy pointa le menton sur un ouvrage au format poche devant Jack.

« Je reconnais l'édition des dialogues de Platon où l'on trouve le *Critias* et le *Timée*. Je devine ce que tu regardais. »

Jack s'empara du livre et le considéra pensivement.

« Kircher utilise le terme "orichalque" pour décrire l'île au lieu de celui d'Atlantide. Le métal orichalque est, d'une façon ou d'une autre, la clé de toute l'affaire. Platon prétend qu'il est extrait de l'Atlantide, or nous savons aujourd'hui que son site était celui d'un volcan en activité. Le nom provient de *oros*, la montagne, et *chalkos*, le cuivre, probablement la transcription en grec du mot que Solon a entendu de la bouche des prêtres à Saïs. "Cuivre de la montagne" se tient pour un métal extrait du volcan, cependant Solon a très bien pu choisir le mot *chalkos* par défaut, le vocabulaire grec étant insuffisant pour baptiser ce qui lui était décrit et parce qu'il s'en approche phonétiquement. Il pourrait s'agir d'un métal particulier que le volcan aurait amené à la surface et inconnu ailleurs.

— Platon dit de l'orichalque qu'il servait à couvrir les édifices et les murailles, précisa Jeremy.

— Sa fonction était peut-être décorative, à l'instar du cuivre poli. Mais on peut penser qu'il avait des propriétés bien plus remarquables. Médicinales, par exemple. On trouve des références chez les peuples primitifs à des métaux exceptionnels pour leurs qualités thérapeutiques, un savoir pour l'essentiel perdu.

— Kircher serait-il tombé dessus en étudiant des sources provenant d'Égypte ancienne ? »

Jack reposa le livre et regarda l'écran.

« On a accusé l'œuvre de Kircher d'être un ramassis de toquades intellectuelles qu'il avait glanées autour de lui à Rome et qu'il avait unifiées dans une grande théorie universelle. Mais je n'y crois pas. En 1667, à l'époque du naufrage, il avait 66 ans, il était au faîte de ses capacités cérébrales et avait encore devant lui douze années d'une formidable productivité. Cette carte n'est pas une de ses lubies, elle est l'œuvre d'un homme d'une insatiable curiosité qui a repéré quelque chose d'énorme, de vraiment énorme. »

Jeremy tourna vers Jack son ordinateur.

« J'ai cherché au sein de la documentation qu'a étudiée Kircher dans sa tentative de déchiffrer les hiéroglyphes pour voir s'il y avait un commentaire sur l'Atlantide en plus de celui de Platon. Kircher n'a jamais mis les pieds en Égypte, en revanche il avait largement le choix sur place avec les pièces rapportées à Rome après la conquête du pays en 31 avant J.-C. Certaines d'entre elles ont été ensevelies à la chute de l'Empire, et Kircher a su déterminer où organiser des fouilles parmi les ruines. Creuser le sol de la cité impériale pour en tirer des artefacts d'Égypte ancienne fait de lui un pionnier en matière d'archéologie. Étonnant, n'est-ce pas ? Le site du temple d'Isis au Champ de Mars constitue sa plus grande réussite.

— Tu parles des deux obélisques de la piazza della Rotonda et de l'église Santa Maria sopra Minerva, je suppose, dit Jack.

— Exact. L'image que tu vois est l'obélisque de la Minerve juché sur l'éléphant du Bernin. L'un et l'autre ont été mis au jour par Kircher dans les jardins du couvent dominicain qui coiffent les fondations du temple d'Isis. Et il s'est aussi intéressé à cela. »

Jeremy actionna une touche et apparut à l'écran la photo d'une plaque en bronze couverte sur toute sa surface de hiéroglyphes et de représentations de divinités, dont les détails étaient rehaussés d'incrustations en émail et en argent.

« La table isiaque, dit Jack. Je croyais qu'on avait déterminé qu'elle était une contrefaçon de la Renaissance.

— Réalisée à la Renaissance, c'est possible, mais pas exactement une contrefaçon, répondit Jeremy. Elle est réputée avoir été trouvée sous les jardins du couvent dominicain plus d'un siècle avant les fouilles de Kircher, à la suite du sac de Rome par les soldats de Charles Quint en 1527. Le cardinal Bembo qui l'a acquise était un fin connaisseur de l'Antiquité et il la jugeait authentique, tout comme Kircher. Depuis, les experts hésitent, l'attribuent autant à la Rome antique qu'à la Renaissance, voient en elle une œuvre d'art d'inspiration égyptienne ou une contrefaçon délibérée, comme tu le suggères. Les tentatives de Kircher pour la traduire ont échoué, du moins telle est la version officielle.

— Que veux-tu dire ?

— Un ami de l'Université pontificale grégorienne à Rome s'est à son tour intéressé à cette table. Tu te souviens de Marco Carandini ? Je te l'ai présenté à Oxford au cours du colloque sur les papyrus d'Herculanum que Maria et moi avions organisé. Son directeur de thèse était le père Rauscher, le spécialiste de Kircher. Marco avance l'hypothèse que, plutôt qu'une suite aléatoire de symboles égyptiens copiés dans un souci esthétique par un artiste qui ignorait leur signification, il existerait un papyrus ou une tablette d'origine égyptienne qui aurait servi de modèle, et qui aurait été partiellement reproduit en omettant sciemment certains éléments clés.

— Tu crois que Kircher était au courant ?

— Il est possible qu'il ait vu l'original et n'en ait rien dit, qu'il ait poursuivi son travail sur les hiéroglyphes pour donner le change, parce qu'il aurait lu ou traduit quelque chose qu'il ne souhaitait pas livrer au monde, au moins le temps de savoir où ça le mènerait. C'est seulement une théorie mais Marco considère qu'elle colle avec sa récente analyse de la table. Il n'y a rien de nouveau dans les hiéroglyphes connus de Kircher qui puisse nous apporter un indice. Les inscriptions sur les obélisques sont banales et stéréotypées. La piste ouverte par Marco est la meilleure que nous ayons.

— Ça vaut le coup de refiler le bébé à Maurice. Déjà à l'école, il lisait les hiéroglyphes et tout ce qui est insolite l'intéresse. À condition de parvenir à lui sortir la tête des sables du Sinaï.

— Je vois ça aussitôt après ma rencontre avec Marco et après avoir examiné ce qu'il a.

— Tu vas à Rome ?

— Dans deux jours. J'ai réservé l'Embraer de l'UMI.

— Il se pourrait que je t'accompagne. Paolo Tensini, dont j'ai fait la connaissance à l'église Saint-Guénolé de Gunwalloe, m'a invité à Gênes où il tient les archives de la famille Sauli à ma disposition pour que je vérifie s'il y a des connexions supplémentaires entre Francesco Sauli et le capitaine Viviano. S'il existe une correspondance entre Sauli et Kircher, alors nous pourrions comprendre le lien entre ce que Kircher a trouvé à Rome et la levée d'ancre d'Amsterdam du *Santo Christo di Castello* en 1667.

— Pendant que Maria enquête à Lisbonne et à Cadix sur les hommes d'affaires Cornelissen et Porrata, les destinataires des livres et des cartes. »

Le téléphone de Jack signala un message.

« C'est Françoise Mayet, dit Jack, de la Société spéléologique française, elle est ici en Cornouailles, attirée par les mines à explorer dans le coin. Nous avons travaillé ensemble sur plusieurs projets. C'est l'info que j'attendais.

— J'en ai entendu parler, dit Jeremy. Ce n'est pas elle dont Costas a réparé le bloc trimix lors de la fouille d'un U-Boot au large de la pointe de Lizard ?

— Réparé sous l'eau, pour être précis. Ils étaient à quarante mètres sous la surface dans un courant de cinq nœuds. Françoise se lance souvent au petit bonheur la chance. Elle est comme Costas et moi il y a vingt ans.

— Parce que tu n'es plus comme ça ? En plongeant sous une pyramide jusqu'à manquer d'air avec la police égyptienne en armes sur le râble ? »

La porte s'ouvrit à la volée et Costas entra en mordant dans un sandwich. Il se laissa tomber sur une chaise à côté de Jeremy, aussi hirsute et mal rasé que d'habitude.

« Ça cause de pyramides ? s'enquit-il, la bouche pleine.

— J'ai eu un message de Françoise. Il ne s'agit pas de pyramides, mais de mines. »

Costas arrêta de mastiquer.

« Holà ! C'est sa spécialité, pas la nôtre. Parmi les façons de mourir, être enseveli sous des tonnes de boue et de madriers dans une mine de Cornouailles figure loin dans ma liste.

— Elle explore un puits secondaire à Wheal Perran sur la pointe. Une vieille mine d'étain.

— Le site de la catastrophe de 1873 ? » demanda Costas.

Jack acquiesça avant de s'adresser à Jeremy.

« L'accident minier le plus meurtrier que les Cornouailles aient connu. Un niveau s'est effondré sur la galerie où une équipe d'une trentaine d'hommes attaquait un filon prometteur. Les sauveteurs ont entendu des cris pendant des jours, et ils ont su que des mineurs avaient tenté de s'échapper en creusant pour atteindre une galerie inférieure, mais aucun n'y est parvenu. Françoise est sur place car le propriétaire souhaite condamner le puits dans les règles et apposer une plaque commémorative. Même un siècle et demi après le drame, il reste des familles qui n'ont pas tourné la page.

— Intéressant, dit Jeremy, qui s'était levé et examinait une carte ancienne de la pointe de la péninsule affichée au mur au-dessus de la cheminée. Cette carte remonte à 1682. Elle indique que le terrain à Wheal Perran appartenait au domaine d'un George Paynter.

C'est le frère du William Paynter qui s'est rendu sur les lieux du naufrage cinq ans avant cette date.

— Exact, dit Jack, et c'est pourquoi ce que Françoise vient de me dire m'a arrêté dans mes recherches. Avant de s'aventurer dans la mine, elle s'est renseignée sur son histoire. Le granit présente une crevasse naturelle qui plonge très vite dans la mer. Les premiers mineurs ont exploité un filon de cassitérite, le minerai d'étain, le long de la fissure et quand ils sont arrivés au bout, ils ont creusé des galeries de part et d'autre. La crevasse a servi de cachette aux contrebandiers, et circule la rumeur d'un fabuleux trésor que la famille Paynter y aurait dissimulé et qu'un éboulement rocheux aurait rendu inaccessible en l'ensevelissant sous le niveau de la mer.

— Voilà donc la raison de la présence de Françoise, dit Costas. Elle a le flair pour dénicher les merveilles souterraines. Elle vient de découvrir un exceptionnel site d'art rupestre dans une grotte du midi de la France.

— Eh bien, elle a trouvé un truc. Elle prétend qu'il y a un rapport direct avec le *Santo Christo di Castello*. Et qu'il reste beaucoup à découvrir.

— Ça signifie que nous allons plonger ? demanda Costas.

— La moitié de la mine est sous l'eau. La crevasse est supposée s'enfoncer profondément sous la mer. Et ça ne peut pas attendre. La pluie de ces derniers jours a saturé la base du puits d'accès et de nouvelles précipitations sont attendues. Françoise estime que nous avons une fenêtre pendant les quelques heures qui viennent.

— Je prends les recycleurs ? questionna Costas. C'est la meilleure option. Avec les nouveaux blocs de

345 bars, l'équipement est plus compact. Je suppose que nous allons rencontrer des espaces exigus.

— Et les combinaisons étanches, précisa Jack. Il va faire froid et humide avant même d'être dans l'eau.

— C'est parti, déclara Costas. Rendez-vous au Land Rover dans une demi-heure ?

— Je viens avec vous, dit Jeremy. Je ne vais pas vous accompagner dans la mine, je resterai en soutien sur la terre ferme au cas où il faudrait appeler une équipe de l'UMI à la rescousse.

— Rebecca t'a houspillé à mon propos ?

— Elle sait très bien qu'elle n'a aucune prise sur Costas et toi quand vous plongez sous une pyramide ou au cœur d'un iceberg, mais elle peut essayer sur son territoire. Je lui ai promis de vous garder à l'œil.

— Ma foi, je ne suis pas certain que les endroits que nous allons visiter soient d'un accès aisé pour des sauveteurs. Surtout si Françoise est impliquée dans l'affaire. »

Costas avala la dernière bouchée de son sandwich, s'essuya les mains et se leva. Il tendit le doigt vers l'écran.

« Au fait, dit-il, ce que vous voyez est un agrandissement.

— Que veux-tu dire ? demanda Jack.

— L'Atlantide. Ou l'île de l'Orichalque, quel que soit son nom. Impossible qu'on ait voulu montrer un continent de cette taille. L'illustration du bouquin de Kircher est volontairement mensongère et il l'a sans doute conçue pour dissuader les navigateurs de la rechercher tant elle est aberrante. À l'époque, la traversée de l'Atlantique avait souvent été réalisée et on savait pertinemment qu'il n'y avait pas de continent perdu au milieu. En revanche, si on observe bien, le dessin des détails de la côte suggère une île beaucoup plus petite, avec au centre une montagne à trois pics. Imaginez une carte à petite échelle de l'Atlantique sur laquelle figurerait en surimpression l'île à grande échelle. Ce qui manque est un cartouche autour de l'Atlantide et une flèche désignant un point sur la carte qui serait l'île à la bonne échelle. Je parierais sur un archipel de l'Est, le Cap-Vert, les Canaries ou les Açores. Il s'agissait également dans l'Antiquité d'une escale pour les bateaux qui s'aventuraient hors du détroit de Gibraltar, des îles lointaines et inhabitées, d'autant qu'on ignorait s'il existait au-delà d'autres terres avant les féroces confins du monde, par conséquent un lieu de cachette idéal. Ce n'est qu'une suggestion d'un ingénieur pragmatique, mais je pense que c'est de ce côté qu'il faut chercher.

— Tu vois là en quelque sorte une carte au trésor », dit Jeremy.

Costas opina.

« Il ne manque que la croix qui marque l'emplacement. »

Jack lança un regard à Costas.

« Combien on parie que Lanowski connaît un programme capable de chercher ce profil parmi toutes les îles connues de l'Atlantique ?

— Il va se servir du réseau satellitaire de la NASA, c'est tout à fait son genre. Il faut de toute façon que je le joigne, j'ai un problème de logiciel sur Little Joey. Si je réussis à l'arracher du sable lui aussi, s'entend.

— C'est par Aïcha qu'il faut passer, fit remarquer Jeremy. Jacob et Maurice sont aussi nuls l'un que l'autre quand ils sont dans leurs trucs d'égyptologie. Aïcha est avec eux et s'assurera qu'il te réponde.

— Très bien, dit Jack en consultant sa montre. Françoise nous attend et elle s'impatiente d'être là-bas avant que la météo ne dégénère. Que le spectacle commence.

— Bien reçu, dit Costas. Paré à y aller. »

11

Jack donna un coup de volant à droite et le Land Rover cahota sur un nid-de-poule du chemin boueux qui menait de la route au site de l'ancienne mine proche des falaises. Jeremy occupait le siège passager et Costas était calé à l'arrière, au milieu de l'équipement. Ils avaient bifurqué vers Land's End vingt minutes auparavant, accompagnés par un flash du phare de Longships qui se dressait sur un îlot au large, un avertissement du gros temps à venir. Jack stoppa le véhicule le long de la crête pour observer un instant le paysage qui s'offrait à lui. Ce qui avait été jadis une ruche d'intense activité industrielle était à présent un vaste terrain vague encombré de broussailles où seule la base des terrils envahis par la végétation montrait que ceux-ci étaient constitués de roche broyée et de débris.

Au milieu de la vallée, un ruisseau serpentait à l'endroit où l'on avait à l'origine découvert l'étain, des pépites de cassitérite collectées dans les temps préhistoriques, vendues aux marchands phéniciens et grecs qui trouvaient refuge à l'est dans les eaux abritées de Mount's Bay. À partir du XVIe siècle, les mineurs avaient suivi le filon en creusant le sol à la force de leurs bras, élargissant les fissures pour percer des niveaux et des galeries, puis, par la suite des puits qui plongeaient profondément sous la mer, aussi loin qu'ils le pouvaient. Afin d'évacuer l'eau des puits et des galeries, ils avaient bâti des stations de pompage, de belles structures en pierres surmontées de hautes cheminées, austères sentinelles qui montaient la garde partout en Cornouailles où l'activité minière s'était développée. Jack en avait trois sous les yeux, la machinerie disparue depuis belle lurette mais la carcasse intacte, la plus grande s'élevant au bout du chemin à huit cents mètres devant eux.

Les stations de pompage étaient devenues partie intégrante du patrimoine paysager des Cornouailles au côté de la roche, de la mer et d'une certaine qualité de lumière qui avait attiré maints artistes ; ces bâtiments semblaient aussi éternels que les menhirs préhistoriques qui parsemaient les champs et les crêtes de la pointe. À la différence de ceux-ci, rien de mystérieux dans ces vestiges du passé ; ils étaient la mémoire du pénible labeur des hommes de la mine, des combats, des épreuves et des deuils. Les amas sédimentaires et la végétation avaient peut-être effacé les cicatrices en surface, le sous-sol n'en demeurait pas moins dangereux qu'en ce jour funeste de 1873 qui avait vu mourir tant de mineurs et précipité l'abandon de l'exploitation.

Jack regarda vers la ligne de l'horizon et observa la masse de nuages sombres qui avançait lentement dans sa direction. Il passa la première et le Land Rover descendit la dernière portion du chemin jusqu'à la station de pompage. Il gara la voiture à côté de deux véhicules à l'arrêt. Jeremy et lui descendirent et ouvrirent les portières arrière pour libérer Costas et sortir l'équipement. Ils avaient apporté les combinaisons étanches, avec casque intégré et intercom, qu'ils avaient inaugurées dans la mer Noire pour leur exploration de l'Atlantide, et des recycleurs qui leur permettraient, outre la plongée classique, d'évoluer dans un environnement pauvre en oxygène. Jack et Costas jetèrent leur combinaison sur une épaule avant de se diriger vers les trois silhouettes qui se dressaient au milieu d'un amoncellement de matériel, à côté de l'ouverture circulaire d'un puits. Une femme d'une trentaine d'années aux cheveux noirs et courts portant une combinaison grand froid orange et un baudrier d'escalade s'approcha d'eux en souriant, son casque sous le bras.

« Jack ! Tu vas bien ? »

Jack déposa ses affaires près du puits et lui rendit son sourire.

« Heureux de te voir, Françoise. Je te présente Jeremy. Il est plongeur lui aussi mais il va rester à la surface. Il a effectué pas mal de recherches sur la famille Paynter dont c'était ici le fief.

— Bonjour, Jeremy. Et Costas, c'est toujours un plaisir. Voilà mes deux gaillards, Tom et Sergueï. Ils surveillent mes arrières et s'occupent des cordes. »

Françoise s'exprimait avec un accent français mâtiné de cornouaillais, résultat d'une quasi-décennie passée dans la région comme ingénieure des mines passionnée d'exploration souterraine autant que sous-marine.

« Nous avons demandé à l'UMI de tenir l'hélicoptère à disposition, au cas où, dit Jeremy. C'est la procédure habituelle pour toutes les missions de l'UMI, ce n'est donc pas parce que nous craignons des problèmes particuliers aujourd'hui. »

Il jeta un regard prudent par-dessus la margelle qui ceignait une fosse de cinq mètres de diamètre.

« Quoique j'aie le sentiment que se trouver là-dedans n'est pas forcément du goût de tout le monde. Quelle profondeur fait-il ?

— Les mineurs comptaient en toises. Les galeries les plus profondes sont à quatre cents toises. Un peu plus de sept cent trente mètres. »

Costas poussa un sifflement admiratif.

« Au moins six cents mètres sous la mer. Ce qui n'a été possible qu'après avoir bâti cette station de pompage fonctionnant à la vapeur. De quand date-t-elle ?

— C'est ça qui est étonnant, répondit Françoise. Les gens ont toujours pensé que les mines préhistoriques, en réalité toutes les mines avant le XVIe siècle, étaient à ciel ouvert le long des fissures de la roche fracturée et que la cassitérite alluviale se récoltait dans les graviers au fond du lit des cours d'eau. Je ne veux pas tout vous dévoiler, mais vous allez découvrir la preuve que l'on a creusé sous la terre bien plus tôt que ce que l'on croyait.

— J'ai fait quelques recherches préalables avant de venir, dit Jeremy. Il est fait référence à cette mine dans la partie "Cornouailles" du *Speculum Britanniae* que John Norden a achevée en 1610. Cela en fait une des premières répertoriées.

— Pour répondre à ta question, dit Françoise à Costas, la plupart des stations de pompage de Cornouailles remontent à la révolution industrielle, après l'introduction de la machine à vapeur par James Watt à la fin du XVIIIe siècle. Nous avons déniché une correspondance dans les archives de Cornouailles montrant que le père de William et de George Paynter avait expérimenté dès les années 1650 une machine à vapeur atmosphérique, un précurseur de la machine à balancier de Thomas Newcomen qui a servi de base à James Watt. Les premiers engins n'étaient pas bien efficaces et dépendaient à cette époque du volume de charbon que l'on pouvait faire venir seulement de Galles du Sud, pourtant ils ont eu la cote parmi les propriétaires de mines qui avaient les moyens et qui jugeaient le filon suffisamment prometteur pour que l'opération devienne rentable. Si Paynter a songé à en installer une, c'est que les mineurs étaient déjà passés sous le niveau de la mer.

— Et donc, quelle est la profondeur du puits ? demanda Jeremy.

— Cinquante mètres à pic, dit Françoise. Puis vous trouvez au fond une plateforme qui donne accès aux niveaux supérieurs. Sous la plateforme, se poursuit un puits plus étroit qui plonge à cent vingt mètres, donc sous la mer. La pompe de la station aspirait l'eau tout le long depuis la base de ce puits afin de préserver de l'inondation les chantiers inférieurs. Et puis le boyau du bas s'est effondré à un moment donné après 1873 et il est inaccessible.

— C'est là que l'accident a eu lieu ?

— Non, dit Françoise. Il s'est produit au premier niveau, à environ deux cents mètres au nord de la plateforme, à un endroit où l'on trouve plusieurs zones d'exploitation d'un filon s'enfonçant sous la mer. Ce ne sont pas des puits et des boyaux que les mineurs ont creusés, mais des chambres de mine, des espaces qu'ils étayaient avec des poutres de bois et disposaient en gradins à mesure qu'ils progressaient. Ce type de chambre est par nature moins stable qu'un puits ou une galerie taillés régulièrement, car ces chantiers suivent la veine, où qu'ils aillent, c'est-à-dire sous une roche fragilisée par la présence du minerai et susceptible de se fracturer lors de la sape, entraînant un glissement et des éboulements que même le boisage le plus solide ne peut éviter. Voilà comment les mineurs de 1873 se sont retrouvés dans le pétrin.

— Ces chambres descendent à quelle profondeur ? s'enquit Jack.

— Vous êtes là pour le découvrir. Nous pensons qu'elles s'enfoncent loin sous le niveau de la mer. L'eau pompée passait par le puits principal, mais il y avait un boyau de dérivation qui reliait le puits et le chantier en gradins à son niveau le plus bas. Et il n'y a pas qu'un seul passage qui donnait sur la mer. C'est un véritable gruyère sur différents niveaux là-dessous, parfois très larges quand le filon de cassitérite était important.

— Si le chantier a été creusé le long d'une fissure naturelle, remonte-t-il sur le plancher marin ?

— Nous l'ignorons. Dans ce cas, ce serait au moins à cinq cents mètres au large, car nous avons plongé à partir de la mine jusqu'à cette distance sans rien trouver.

— Plutôt effrayant comme lieu de baignade, intervint Costas avec un geste vers l'océan au-delà de la falaise.

— Ce qui me rappelle cette plongée que j'ai effectuée avec vous deux dans un courant de cinq nœuds à la pointe de Lizard, dit Françoise. Le site de Land's End peut s'avérer aussi méchant si tu te trompes dans l'horaire des marées. Ajoute à ça le vent et la houle, et tu regretteras d'être venu.

— À part toi, demanda Jack, qui d'autre a exploré la partie basse ?

— Personne dans la période actuelle. Je suis la seule à avoir exploré au-delà de la plateforme à la base de ce puits. En dessous, tout est resté en l'état depuis 1873. Les rails sont toujours en place, ainsi que les wagonnets qui transportaient le minerai, les outils, n'importe quoi.

— As-tu été mandatée pour remonter les dépouilles ? »

Françoise secoua la tête.

« Lorsque nous avons été contactés par la fiducie familiale qui possède la mine, il a été convenu de laisser intact tout ce que nous avions sous les yeux. C'est le souhait des descendants des victimes. Ils s'inquiètent de la possibilité que des fouilleurs de mines pénètrent par effraction dans les galeries, ils veulent donc que l'accès soit condamné et qu'une plaque commémorative soit posée à l'entrée. »

Jack tendit la main vers le front nuageux qui barrait l'horizon.

« Nous aurons assez de temps ?

— Le vent a viré du nord à l'ouest tout à l'heure, mais il ne souffle pas encore trop fort. Il va forcir en milieu d'après-midi et nous apporter la pluie. Ce qui nous laisse tout de même une paire d'heures devant nous.

— Je croyais que la mine était inondée, dit Jeremy.

— Ce n'est pas tant l'envahissement par la mer qui m'inquiète, répondit Françoise, que les infiltrations d'eau de pluie susceptibles d'élargir les fissures et de faire pression sur le soutènement à moitié pourri. Un scénario idéal pour reproduire la catastrophe de 1873.

— Pourquoi ne pas remballer et attendre une fenêtre météo plus favorable ?

— Les prévisions annoncent des précipitations pour les jours qui viennent. Et il y a une autre raison impérieuse pour ne pas reporter. Sur le chemin, il faudra que je dégage un puits obturé qui va se transformer en cascade et emporter toutes sortes de déchets jusqu'aux galeries inférieures que j'aimerais que nous explorions. Nous n'aurons pas d'autre opportunité. »

Jack lui lança un regard sévère.

« Tu nous as convoqués pour une raison particulière. Je voudrais bien la connaître.

— J'ai plongé avec Rebecca sur le *Santo Christo di Castello* l'année dernière, tu t'en souviens ? J'ai été stupéfaite en découvrant le nom que je vais te montrer. Et quand tu m'as parlé au téléphone du lien avec Paynter et de l'éventualité que William Paynter se soit rendu dans cette mine muni de quelque chose issu du navire, les pièces du puzzle se sont emboîtées. »

Elle sortit de sa poche un paquet enveloppé de papier bulle qu'elle tendit à Jack. Il défit avec soin l'emballage et apparut un crucifix doré de la taille de sa paume au bout d'une fine chaîne.

« C'est de l'or, dit-il en l'examinant de près, massif et pas plaqué. Et je distingue des trous pour des attaches au pied de la croix et à l'extrémité des branches. Elle a jadis porté la figurine d'un Christ en croix. Formidable.

— Le Christ que tu as déniché sur l'épave ? » suggéra Jeremy.

Jack s'empara de son smartphone et observa une photo qu'il avait prise de la statuette à côté d'une réglette de cinq centimètres.

« Ça correspond, dit-il.

— Maintenant, retourne le crucifix et regarde », dit Françoise.

Jack s'exécuta et ouvrit de grands yeux. Le long des branches de la croix apparaissait un nom gravé en écriture cursive : *Gio Lo Viviano*. Giovanni Lorenzo Viviano, capitaine du *Santo Christo di Castello*. Il leva le crucifix dans la lumière pour que tout le monde puisse lire l'inscription.

« Eh bien, lâcha-t-il, ça m'en bouche un coin ! »

L'espace d'un instant, il fut sur le pont du navire ballotté et poussé par la houle vers la côte avec le vent qui arrachait les voiles en hurlant dans le gréement. *Quel trésor détenait-il à bord ? Qu'est-ce que Viviano cachait ?* Il inspira profondément, donna le crucifix et son emballage à Jeremy et leva les yeux sur les nuages noirs. Il n'y avait qu'un seul moyen de le découvrir, c'était de descendre dans la fosse antipathique qui béait devant lui.

« Où l'as-tu trouvé, exactement ?

— À l'endroit le plus profond, au pied du chantier en gradins, juste avant un puisard qui s'enfonce sous la mer. Un éboulement ancien couvre partiellement ce puisard et bouche la galerie. La chaîne était prise dans les rochers, je pense que Paynter l'a perdue quand il a été surpris par l'avalanche de pierres.

— À notre connaissance, il n'est jamais ressorti, fit remarquer Costas. Il a totalement disparu après cette date.

— A-t-il essayé d'atteindre une chambre plus loin ? hasarda Jeremy.

— Ou en revenait-il. Un chantier ou une caverne naturelle, un endroit qu'il avait choisi comme cachette.

— Pour la contrebande ? » dit Costas.

Françoise secoua la tête.

« C'est trop profond pour ça. À l'époque, la principale marchandise de contrebande était le vin, on n'allait pas descendre bouteilles et barriques par un puits périlleux à deux cents mètres sous terre pour devoir les remonter avant de les vendre. Et les Paynter n'étaient pas dans le besoin.

— De plus, Paynter agissait sous l'autorité du vice-amiral de Cornouailles, dit Jeremy. Le bras armé de la loi s'abattait avec férocité sur les agents du comté impliqués dans des affaires de contrebande. Outre la pendaison, l'écartèlement.

— Il faut considérer un autre aspect, dit Jack, une autre raison qui l'aurait poussé à s'affranchir de la loi et qui donne une perspective nouvelle à ce qui se trouve au fond du tunnel. Une simple spéculation qui me vient de mon rendez-vous hier soir à l'église Saint-Guénolé à Gunwalloe, où j'ai eu connaissance du lien existant entre Viviano et Paynter.

— Continue, dit Françoise.

— Paynter était membre de l'Église catholique en secret et partisan de Jacques, duc d'York, futur roi Jacques II. En 1667, nous ne sommes que sept ans après le rétablissement de la monarchie qui succédait au régime d'Oliver Cromwell. Jacques bénéficiait du soutien du peuple. Il avait remporté la bataille de la Medway qui mettait fin à la guerre contre la Hollande, très impopulaire. C'est d'ailleurs ce qui avait permis au *Santo Christo di Castello* de prendre la mer sans risque de capture par les navires anglais. Et ses fidèles savaient que Jacques envisageait de se convertir au catholicisme.

Pour les papistes anglais, dont bon nombre pratiquaient leur foi en cachette par crainte des persécutions, Jacques semblait répondre à leurs prières. Aidés par des troupes stationnées en France, ils se tenaient prêts à marcher sur Londres. Louis XIV ambitionnait de régner sur l'Europe et aurait été trop heureux de financer cette entreprise.

— Financer est le mot-clé, dit Jeremy. Je devine où vous voulez en venir. L'or de France et peut-être d'Espagne accostait secrètement en Cornouailles, et les sympathisants catholiques du coin avaient besoin de cachettes où le dissimuler en attendant de l'utiliser pour lever une armée dès que Jacques aurait lancé le signal.

— Le fin fond de la mine telle qu'elle avait été creusée à l'époque me paraît un refuge idéal, dit Jack. Et si Paynter a conclu un pacte avec Viviano à l'agonie pour cacher quelque chose que le capitaine a sauvé du naufrage, il n'y a pas mieux. Un accord fondé sur leur foi catholique mutuelle, et Paynter persuadé que, ce faisant, il servait la cause. Viviano a peut-être confié le crucifix à Paynter dans l'espoir que Dieu l'assiste, sachant que pour lui-même la messe était dite.

— M'est avis que le Tout-Puissant a eu d'autres plans si Paynter n'est pas ressorti vivant de la mine, intervint Costas.

— Et si le plan était que ce soit nous qui découvrions le pot aux roses ? dit Françoise.

— Il n'y a qu'un moyen de le savoir, conclut Jack en s'emparant d'un harnais d'escalade. Avant que les nuages ne déferlent. Il est temps de se préparer. »

Vingt minutes plus tard, Jack s'agrippait de toutes ses forces à une corde, et il ne desserra pas sa prise avant de s'être assuré que son poids était bien réparti et son baudrier correctement installé. Il entama la descente en rappel, dans son champ de vision le visage de Costas dépassait de la margelle quand il levait la tête, la lumière de la lampe frontale de Françoise tout en bas quand il la baissait. Le puits était si profond que les parois paraissaient immatérielles, et seule la présence du soutènement moussu qu'il entrevoyait le convainquit qu'il s'agissait d'une illusion d'optique. Il se retrouva tout à coup au milieu de la galerie de la mine qu'il avait explorée dans son enfance et où il avait failli mourir quand il avait été privé d'air ; il avait gardé de cette mésaventure une claustrophobie tenace à laquelle il était confronté chaque fois que Costas et lui plongeaient dans des endroits confinés. Il tournoya, laissa filer la corde jusqu'à ce que Françoise soit nettement visible, puis il atterrit à la base du puits dans une mare boueuse. Il dégrafa le mousqueton de son baudrier avant d'aider sa collègue à hisser leur équipement dorsal sur une étagère en bois délabrée en bordure de la plateforme.

« Il y avait moins d'eau la dernière fois que je suis venue, dit Françoise d'une voix transformée par l'exiguïté des lieux. Le sol va être glissant. »

Jack pataugea vers une ouverture plongée dans le noir où Françoise avait arrimé la corde. Il alluma sa lampe frontale et plongea le regard dans la galerie où les traces des rails étaient à peine visibles. Un éboulement de roches et de bois de soutènement bloquait presque entièrement l'entrée, ne laissant qu'un trou de souris par lequel ils allaient devoir se faufiler. Françoise s'approcha et s'agenouilla à côté de lui. Elle avait le casque et le visage déjà maculés de boue.

« Je suis venue ici avant-hier. Les pluies torrentielles de ces dernières semaines ont ouvert une voie dans les éboulis. »

Quelque chose s'écrasa avec fracas derrière eux et ils se retournèrent sur Costas vautré dans la boue qui tentait de se dépêtrer de la corde en pestant. Il se leva, glissa et retomba dans une grande éclaboussure. Il se hissa sur les coudes et s'essuya le visage.

« C'est toujours pareil, pourquoi moi ? Il sera dit que je termine sur les fesses chaque fois que je descends dans un trou. Comme sous la pyramide.

— La faute à ta propriété dans les Caraïbes, repartit Jack. Je te l'ai dit, si tu passes tout ton temps libre là-bas, un jour tu seras incapable d'en partir.

— Les produits de la mer, grommela Costas en se mettant à genoux. Je me nourris sainement. Et dans gin tonic, il y a tonic. Il me semblait que je maîtrisais. »

Le sol frémit en grondant, un petit geyser jaillit entre les pieds de Costas et l'eau s'écoula par l'ouverture de l'éboulis.

« Ça se produit en cas de fortes précipitations, expliqua Françoise. L'eau s'infiltre dans le sol et fait pression sur le bois de soutènement. Un peu comme la structure d'un vieux gréement qui grince et qui craque dans une mer agitée.

— Avant de sombrer, dit Costas. C'est rassurant.

— Ne t'inquiète pas, dit-elle en lui tapant dans le dos. Le bois de mine utilisé dans les étages supérieurs est du chêne et il est encore solide. C'est en dessous que ça se gâte, tout est saturé d'eau et se désagrège.

— Ne t'inquiète pas..., répéta Costas en tournant le regard vers son ami. J'ai déjà entendu ça. L'accroche fétiche de Jack Howard. »

Jack leva les yeux dans le puits et sursauta quand une goutte d'eau lui éclaboussa la joue. La lumière au sommet était si éloignée que l'espace dans lequel ils se tenaient lui paraissait encore plus étouffant. Il inspira profondément et s'arma de courage. Quoi qu'il trouve devant lui, il garderait à l'esprit ce fragment de jour, le chemin de son salut. Il tira sur la corde pour prendre confiance, et il la sentit sous ses doigts qui vibrait depuis son point d'attache tout là-haut. *Il existe toujours un moyen de s'échapper.*

Costas s'approcha avec prudence de l'ouverture, renifla et fit la grimace.

« Ça sent l'œuf pourri. Sulfure d'hydrogène.

— Il y en a un peu, dit Françoise en finissant de nouer la corde à un crochet. On trouve de la pyrite au fond d'une galerie, elle réagit au contact de l'eau et libère cette odeur. Mais nous allons dépasser ce boyau et le problème disparaît au-delà.

— Il y a d'autres émanations toxiques là-dessous ?

— Du monoxyde de carbone, du dioxyde de carbone en quantité, du méthane. Oh, et du radon. Il émane du granit et il est radioactif. Le méthane est explosif dans certaines proportions. Ne grattez pas une allumette, on ne sait jamais. Mais j'y pense, elle ne s'allumera pas par manque d'oxygène.

— C'est maintenant qu'elle nous prévient, dit Costas. On passe de mauvais à pire. »

Françoise tira sur la corde pour éprouver sa solidité et se pencha sur la cavité.

« J'aurais pensé que des gars comme vous étiez rompus à ce genre d'exercice. Ce n'est pas la première fois que vous vous lancez dans l'inconnu sans possibilité de retour.

— "Inconnu" est le terme adapté, dit Costas, et quand on se lance dedans, on ne sait jamais sur quoi on va tomber. Et le coup du retour me déplaît. Mon existence a changé. J'ai une île des Caraïbes dont je dois m'occuper.

— Ma foi, dit une Françoise rigolarde, c'est ça qui est marrant.

— Content que tu le prennes comme ça.

— Nous prenons des kits d'oxygène au cas où vous auriez la tête qui tourne ou un début de voile noir. Imaginez que vous plongez. Vous avez un certain laps de temps sous l'eau avant que l'azote ne vous empoisonne. Un séjour de plus de deux heures au milieu d'un cocktail de gaz accumulés au fond d'une mine et les ennuis commencent. Il suffit de les devancer. Je n'aime pas l'allure de ces nuages au loin et je n'ai pas envie d'être sous terre si un nouveau déluge se produit. Au boulot. »

Costas regarda Jack.

« Paré à y aller ? »

Jack jeta un dernier coup d'œil vers la lumière du jour tout là-haut en s'efforçant de reprendre son calme. Il attrapa la corde derrière Françoise.

« Paré à y aller. »

12

Jack accrocha le mousqueton de son baudrier à la corde de sécurité que Françoise avait tendue lors de sa précédente exploration et qui courait dans la galerie devant lui depuis la plateforme. Il jeta un coup d'œil derrière son épaule sur Costas qui s'arrimait également. Il attendit que Françoise pénètre dans le tunnel et s'enfonce dans le noir, uniquement repérable par la lueur de sa lampe frontale. Elle ne portait que son équipement d'escalade et le sac de secours, de sorte qu'elle était moins chargée que les deux hommes en combinaison étanche, bien que leurs recycleurs soient profilés et allégés au maximum. Il la suivit en se baissant et en progressant à quatre pattes le long d'une portion de tunnel tandis que des gouttes de boue tombaient des parois et avaient complètement maculé son vêtement en l'espace de quelques mètres. Il se redressa quand le boyau s'élargit, Costas sur ses talons. Ils avaient franchi un éboulement à un endroit jadis accessible de la plateforme, permettant au minerai d'être transporté *via* les rails à présent visibles qui s'enfonçaient dans l'ombre devant Françoise. Les poutres massives qui étayaient les parois et le plafond étaient tapissées de mousse et d'algues vertes et orange. La spéléologue se retourna en prenant soin de ne pas braquer sa lampe dans les yeux de ses suiveurs.

« La charpente subit une énorme pression. Évitez de vous appuyer dessus, on ne sait jamais.

— J'essaie de me souvenir de mes cours de physique au MIT sur la résistance des matériaux, dit Costas, et je soupçonne que ce dispositif aurait été recalé.

— Il ne l'aurait pas été à l'origine, rétorqua Françoise. Les mineurs savaient ce qu'ils faisaient. En revanche, après un siècle et demi d'humidité, certains madriers ressemblent à des éponges. »

Ils atteignirent une ouverture, le tunnel s'agrandissait pour former une salle dont le sol disparaissait de part et d'autre dans l'obscurité. Il ne subsistait du passage qu'une crête au centre où l'on distinguait les rails qui pendaient dans le vide à son extrémité.

« C'est l'endroit où s'est vraisemblablement produit le premier des deux effondrements le jour de la tragédie de 1873. Celui-là a sans doute déclenché le second, plus important, dans le puits suivant à environ quatre-vingts mètres devant nous. Tom et Sergueï m'ont accompagnée jusqu'ici, mais je n'ai pas voulu qu'ils s'aventurent plus loin au cas où nous serions isolés les uns des autres. Nous avons baptisé ce passage le Pont Maudit.

— Remercions notre cheffe d'excursion pour ces nouvelles paroles encourageantes, déclara Costas.

— Surtout, ne tombez pas du côté gauche, précisa Françoise. Le droit est probablement meilleur, mais il est quand même dangereux. Gardez bien l'équilibre sur vos deux pieds. Vérifiez que vous êtes bien assurés par la corde avant de vous risquer là-dessus. »

Elle avança avec précaution sur la crête en se penchant en avant pour imprimer le pied fermement dans la boue et progresser ainsi, un pas après l'autre en tenant la corde, une main en avant, l'autre en arrière, Jack et Costas dans son sillage. Ils arrivèrent à une petite plateforme au bout de la passerelle. Devant leurs yeux, les rails pendaient dans un gouffre et reprenaient dans le tunnel en face. Un enchevêtrement de charpente, autrefois le boisage du plafond, était coincé dans la fosse. Une poutre à la surface inégale offrait un passage, même si elle était trop courte de deux mètres pour atteindre l'autre côté et la reprise du tunnel.

« C'est ce que j'appelle le supplice de la planche, s'écria joyeusement Françoise.

— Génial, dit Costas en plongeant son regard dans le vide. Je viens de comprendre pourquoi je préfère être sous l'eau.

— Toi d'abord, Jack. En avant, calme et droit. Je fermerai la marche, au cas où l'un de vous tombe.

— C'est réjouissant, dit Costas.

— Si l'un tombe, nous tombons tous. Comme une cordée en montagne. Un pour tous, tous pour un.

— Bon sang, dit Costas en considérant l'abîme, vous autres, vous avez des nerfs d'acier.

— Nous pourrions en dire autant de vous.

— Si c'est comme ça à ce niveau, qu'est-ce que ça doit être plus bas !

— Une étape à la fois. C'est la règle numéro un de l'exploration d'une mine. Ne prendre en compte que ce que l'on a devant les yeux.

— Ou mieux, les fermer pour éviter de voir ce qui se trouve devant soi.

— Ouais, pas faux. Ce que tu ne vois pas n'existe pas.

— En lâchant prise, le problème disparaît.

— C'est comme ça qu'il faut le prendre. »

Jack s'engagea sur la poutre, respira un grand coup et se jeta en avant en tirant sur la corde avant d'atterrir pesamment de l'autre côté. La passerelle ploya de façon menaçante sous le poids de Costas quand il le suivit. Il sauta par-dessus la fosse et se retrouva les quatre fers en l'air sur la terre ferme. Jack examinait le sol devant eux.

« Regarde, dit-il, des empreintes de bottes cloutées conservées dans la boue durcie. Je suppose que ce sont celles des mineurs la dernière fois qu'ils sont passés par ici.

— Oui, dit Françoise, et elles se dirigent toutes dans la même direction. Qu'elles aient séché laisse imaginer le volume d'eau de pluie infiltrée dans laquelle les hommes ont pataugé, un facteur sans aucun doute déterminant dans l'effondrement. Ils étaient conscients du danger, pourtant ils sont descendus. Le fait est que le cours de l'étain dans les années 1870 avait chuté et que l'activité minière des Cornouailles subissait la concurrence des gisements de l'étranger. Les gens d'ici s'inquiétaient de leurs revenus et ne laissaient pas échapper la moindre occasion de travailler. Ce jour-là, le risque était trop grand. »

À son tour, elle s'élança de la poutre et arriva à côté des deux hommes dans une grande éclaboussure de boue liquide. Ils étaient tous trois trempés des pieds à la tête, leurs combinaisons étaient bariolées de couleurs issues des minerais qui affleuraient sur les parois du boyau. Françoise ouvrit la voie le long de la corde de sécurité en suivant les rails qui avaient repris leur course d'origine et barbotaient dans une mare d'eau rouge acide. Jack observa leurs lumières qui jouaient sur les murs d'un nouvel espace dégagé en face d'eux, et Françoise leva la main quand ils parvinrent au seuil d'une salle dont le sol avait disparu. Une immense caverne s'était ouverte devant leurs lampes, le mur opposé à peine visible sous leurs lampes et le fond de la fosse perdu dans l'obscurité.

Françoise sortit de son sac une torche à main, elle l'alluma et la lança aussi loin que possible. Le bâton lumineux tournoya comme un moulinet de feu d'artifice et atterrit en face sur une corniche, envahissant l'espace d'une lumière éblouissante et multicolore. La grotte faisait trente mètres de hauteur, autant de largeur, les dimensions d'une cathédrale, et s'enfonçait dans un abîme insondable. Comme dans la salle précédente, les rails dépassaient dans le vide avant de se tordre et de se perdre dans les ténèbres, mais dans le cas présent, la poutre opportune qui leur avait permis de passer brillait par son absence, rendant impossible le franchissement du gouffre. Ce n'était pas seulement l'immensité de l'espace qui avait coupé le souffle de Jack. Partout la roche scintillait de couleurs intenses, des bleues, des vertes, des jaunes, là où le minerai suintait sur les parois. Juste au-dessous de la torche lancée par Françoise, une concrétion bleue formait comme une cascade gelée tombant dans l'abîme. Tandis que la lumière hésitait et faiblissait en crachotant, Jack découvrait de nouvelles silhouettes dans la pénombre, des stalactites et des stalagmites où le minerai et le calcium s'étaient combinés, quelques-unes gouttaient sur les rails et engendraient des dépôts de rouille identiques à ceux des épaves. Le panorama était à la fois magnifique et menaçant avec cette fosse ténébreuse qui s'ouvrait comme la gueule d'Hadès, le dieu des Enfers. Il dut faire effort pour prendre conscience que ce n'était pas une merveille de la nature qu'il avait sous les yeux, mais l'ouvrage des hommes, ainsi que leur tombeau, qui avait conservé les dépouilles des infortunés piégés là un siècle et demi auparavant.

« Le bleu et le vert proviennent de la veine, qui contient du cuivre et de la pyrite en plus de la cassitérite, expliqua Françoise. Ces deux couleurs sont générées par le cuivre ; la rouille provient de la pyrite et la cassitérite donne les masses noires pailletées de quartz que vous pouvez voir en face où le filon est apparent.

— La veine doit être importante pour que la paroi soit si sombre, remarqua Costas.

— Elle est riche, mais elle est mince. En la suivant, les mineurs se sont rapidement enfoncés profondément et ont atteint ce niveau dans les temps préhistoriques. À partir du XVIe siècle, le chantier a été élargi pour exploiter les filons périphériques, ensuite l'arrivée des machines à vapeur a permis le creusement des puits et des niveaux et développé l'extraction intensive. Au-dessus de nous, l'excavation laissée par les mineurs a été creusée pour créer un puits de ventilation, mais il a été bouché après la tragédie afin de sceller la mine.

— En fait, ce que nous voyons est l'œuvre à parts égales de la nature, du travail des mineurs et de l'effondrement, dit Costas.

— Exactement. L'essentiel du vide qui nous entoure est le résultat de l'extraction, en revanche la grotte devant nous est pour une grande partie due à la catastrophe de 1873. Vous remarquerez l'endroit où l'éboulement a emporté la voie qui enjambait le chantier et reliait le niveau où nous sommes avec le côté opposé, un pont de bois et d'acier qui partait d'ici.

— Qu'est-il arrivé aux mineurs ? demanda Jack.

— En 1873, la fissure qu'ils suivaient les avait entraînés sous la mer, opération rendue possible par les pompes. Ils avaient le sentiment d'être arrivés à épuisement du filon quand ils tombèrent fortuitement à ce niveau sur une veine qui s'étendait latéralement, celle que l'on aperçoit en face. Malheureusement, cette découverte signa leur perte. On peut creuser un puits vertical sans trop de risque en consolidant les parties taillées, en revanche les sapes horizontales sont beaucoup plus périlleuses.

— La cause serait sismique ? Un tremblement de terre aurait provoqué l'effondrement ? » hasarda Costas.

Françoise secoua la tête.

« Les infiltrations d'eau dans le sol sont seules responsables. Dans la région, le principal danger venait de la pluie. Il pleuvait à verse depuis des jours et des jours, et un violent orage s'est déclenché pendant que les mineurs étaient au fond. Ils avaient pris un risque calculé en descendant ce jour-là. Le propriétaire avait posé un ultimatum, une certaine quantité de minerai devait être remontée d'ici la fin de la semaine pour éviter la fermeture de la mine. L'accident est d'autant plus tragique que s'étaient jointes aux hommes des personnes qui n'avaient rien à faire là, dont des enfants et des vieillards.

— Ils ont tous été piégés à ce niveau de l'autre côté ? s'enquit Jack.

— Pas tous. Ils étaient quelques-uns à travailler au boisage de l'étage au-delà du trou et s'assuraient en particulier que la voie ferrée était assez solide pour soutenir les wagonnets de minerai qui rejoignaient le puits par lequel nous sommes entrés. L'éboulement les a coupés des autres et, en emportant les rails et le pont, a supprimé toute issue, les coinçant sur la saillie où la torche est tombée. Je me suis approchée d'assez près pour distinguer un décompte gravé dans la roche qui montre qu'ils sont restés plusieurs jours. Puis les bougies et les lampes à pétrole ont fini par s'épuiser et ils se sont retrouvés dans l'obscurité complète au bout d'un moment, et dans l'impossibilité de construire un feu car le bois de charpente était humide. Lumière ou pas, ils se tenaient devant un gouffre qu'ils ne pouvaient franchir.

— Qu'en est-il des secours ? demanda Jack.

— Les sauveteurs ont atteint le Pont Maudit, mais le temps qu'ils dégagent une ouverture, ils ne trouvèrent personne, tout le monde avait péri. Seul un cadavre pendait d'un piton métallique dans la fosse sous la corniche. Les survivants balançaient dans la fosse leurs camarades à mesure qu'ils mouraient et les derniers ont dû se jeter dans le vide, poussés par le découragement. L'équipe de secours évalua les dégâts et comprit qu'il n'existait aucun espoir de retrouver leurs corps ou de se porter au secours des mineurs piégés au niveau inférieur. Si bien qu'il fut décidé de sceller la mine à jamais.

— Et maintenant, par où nous emmènes-tu ? intervint Costas.

— Suivez-moi et approchez-vous du bord en faisant attention où vous posez les pieds. »

La corde de sécurité, accrochée à un piton enfoncé dans le roc, suivait une pente raide et disparaissait à la vue. Jack entrevit une rampe de trois mètres de large taillée dans la paroi qui avait conservé ses rails, ainsi que la corde qui pendait le long d'une échelle en bois dont la plupart des barreaux manquaient. Le fond était hors de portée de leurs lampes frontales. Françoise donna une secousse à la corde pour la tester et agrafa son descendeur avant de se tourner vers les deux hommes.

« Les mineurs ont creusé cette route sur une centaine de mètres à côté de l'ancien chantier, elle servait à monter les wagonnets de minerai et fonctionnait grâce à un système de poulies. Plus on s'enfonce, plus ce genre de rampe est dangereux, des rochers sont susceptibles de tomber, un chariot peut se détacher et dévaler la pente. Ils sont descendus aussi loin qu'il était raisonnable de descendre. Au fond, nous continuerons en dessous du chantier en longeant la fissure d'origine.

— "Dangereux" est un mot que j'entends trop souvent, dit Costas. "Pont Maudit" était déjà de mauvais augure. Ça m'a tout l'air d'une invitation à un voyage sans retour dans les enfers.

— Au-delà des enfers, en fait, car nous serons sous le niveau de la mer. »

Elle fit un pas pour accrocher le descendeur de Costas à la corde.

« La descente est verticale seulement sur les premiers mètres, puis la déclivité est de 45 degrés environ.

La rampe aboutit à une plateforme. C'est l'endroit que nous cherchons à atteindre, là où les rails s'arrêtent. Je passe devant pour vérifier que tout va bien, tu me suis et Jack ferme la marche. Tu es assuré comme tu veux ? Bon, j'y vais. »

Elle enjamba le rebord et s'éclipsa. La corde se tendit sous son poids et le faisceau de sa lampe frontale dansa dans la fosse. La torche était tout à fait éteinte à présent, seule la lumière de leurs lampes animait leur champ de vision. Un appel parvint aux deux hommes un instant plus tard et se répercuta en écho dans la caverne. Costas se tourna, tira sur son descendeur pour une ultime vérification et s'engagea avec prudence dans l'abîme.

« À tout de suite en bas, dit-il.

— La dernière fois que tu as dit ça, nous plongions sous une pyramide.

— Qu'a-t-elle dit à propos du Pont Maudit ? Ce que tu ne vois pas n'existe pas ?

— Sous-entendu, ne regarde pas en bas, à mon avis.

— D'accord. J'y vais. »

Jack observa son ami disparaître à sa vue. Il entendit un appel venant du fond, son tour était venu. Il empoigna fermement la corde et, face à la roche, entama la descente en rappel, conscient que tout dépendait de la fiabilité de son système de sécurité et de la solidité du point d'ancrage de la corde. Sur sa gauche, l'échelle délabrée aux barreaux manquants montrait le chemin que les mineurs avaient emprunté, sur sa droite pendaient des rails apparemment intacts et il découvrit plus bas un wagonnet encore posé dessus, coincé dans un enchevêtrement de poutres tombées de la voûte sans doute au cours de l'effondrement fatal. L'ensemble paraissait fragile, il semblait à Jack que le moindre choc pouvait briser l'équilibre précaire des pièces de bois emmêlées, et il prit garde de se tenir à distance. Tandis qu'il attaquait les trente derniers mètres, un panorama spectaculaire s'offrit à lui. La veine de minerai avait bavé sur les parois, les maculant de traînées d'un bleu-vert éclatant auxquelles se mêlait la rouille des rails et du chariot, on aurait cru que le granit était blessé et que les gouttes de sang tombaient dans les ténèbres de l'enfer.

Il se concentra à l'approche du sol et mit pied à terre à côté de ses deux acolytes. Le changement de pression atmosphérique était sensible, il se moucha pour se déboucher les oreilles. À terre gisaient des carcasses de seaux rouillés et des têtes de pelles où apparaissaient des résidus de cuivre. Il dégrafa son descendeur avant de pointer le doigt en hauteur vers le wagonnet sur ses rails.

« Il ne faudrait pas grand-chose pour qu'il se détache et dégringole, dit-il. Il est incliné dans notre direction et tient à peine sur les rails, d'autant que le bout de la poutre qui maintient l'équilibre est complètement pourri.

— C'est pourquoi nous n'allons pas traîner ici, dit Costas. Si le chariot chute, notre issue de sortie sera bloquée.

— On peut contourner cet endroit, dit Françoise, et trouver des tunnels de substitution, les niveaux inférieurs sont truffés de galeries.

— Dont un tas de culs-de-sac, objecta Costas.

— Parfois tu gagnes, parfois tu perds, répondit-elle en se fendant d'un sourire.

— Génial. Et puis la batterie de ta lampe s'épuise et tu rejoins les mineurs dans leur tombeau.

— Par où, maintenant ? » coupa Jack.

Françoise désigna une fosse.

« Ce n'est pas du gâteau, mais seulement sur une trentaine de mètres jusqu'au niveau de la mer. Vous ne pourrez pas descendre en rappel et j'ai attaché une corde qui tombe jusqu'en bas, vous n'avez qu'à vous laisser glisser avec le descendeur.

— J'ai du mal à croire que tu t'es aventurée là-dessous toute seule, déclara Costas.

— C'est comme en montagne. Une fois que tu es engagé, tu dois atteindre le sommet. Dans une mine, c'est le fond. Et ça valait le coup. Tu vas voir.

— C'est donc par là que Paynter est passé au XVIIe siècle ? dit Jack. Ça semble incroyable.

— À l'époque, le filon n'avait pas encore été exploité et il a suivi une crevasse naturelle. Il l'a été plus tard et la sape, en élargissant la cavité, a provoqué l'instabilité de la roche.

— Encore un mot qui m'écorche les oreilles, fit observer Costas.

— Dans plusieurs endroits, des marches ont été creusées dans la fissure d'origine et elles remontent au XVIe ou au XVIIe siècle. Imaginez le travail à la lueur des chandelles, preuve que les gens ne doutaient de rien.

— Ce que Paynter voulait cacher exigeait qu'il prenne le risque de cette expédition en solitaire, commenta Jack.

— Bon, dit Françoise, procédons dans le même ordre. Moi d'abord, puis Costas, enfin Jack. Faites attention où vous mettez les pieds. Le sol est meuble par endroits, car l'eau de pluie ruisselle en charriant des sédiments qui s'accumulent sur les inégalités de la pente. De la même façon, prenez garde à ce que des pierres ne se détachent pas, elles pourraient dégringoler sur la tête de quelqu'un. Vous verrez des rochers sur les bords de la galerie, les mineurs les appellent les stériles, ce sont des extractions trop pauvres en minerai pour être remontées. Et les étais en bois qui retiennent les pierres ne servent pas à grand-chose. Ils n'ont été placés qu'en soutien secondaire, et de toute façon la plupart sont des éponges aujourd'hui. Et il y a quelques passages étroits. Attendez mon signal avant de vous lancer, comme tout à l'heure. Rendez-vous en bas. »

Elle se tourna dos à la pente et fila le long de la corde jusqu'à un gros rocher qu'elle contourna, puis ils la perdirent de vue.

« L'eau doit déferler avec l'orage, observa Costas, heureusement que nous avons nos recycleurs si la fosse se remplit.

— Le plus gros danger serait que les infiltrations de pluie délogent des rochers au-dessus de nous », dit Jack.

Un appel étouffé leur parvint et Costas se tourna pour glisser par-dessus le rebord en empoignant la corde à laquelle était attaché son descendeur.

« Toujours sur la brèche, dit-il. Enfin, c'est la dernière descente. »

Jack l'observa qui dérapait dans la boue avant de disparaître. Il se tenait immobile, le souffle lent et régulier, et écoutait le chant des gouttes qui tombaient autour de lui. Le fait de savoir qu'il existait une issue bien déterminée lui permettait de tenir sa claustrophobie sous contrôle, d'autant que la grotte était spacieuse. En l'espace de quelques minutes, un ruisselet s'était formé dans la pente derrière Costas et il entendit des jurons et des bruits de chute. Un instant plus tard, un cri s'éleva des tréfonds, son tour était venu. Cette fois, ce fut un bain de boue, il glissait et dérapait en s'efforçant de garder son recycleur hors de cette soupe et d'éviter les étais en bois qui maintenaient la pierre en place. Il arriva à un endroit où il put se tenir debout et avancer entre deux alignements de rochers, puis le couloir se rétrécit et Jack dut s'accroupir et ramper. Derrière les piles de stériles, des cavités latérales avaient été remblayées de résidus sur lesquels luisaient les traces bleu-vert du minerai de cuivre.

Il traversa une chambre effondrée en se faufilant entre d'énormes blocs de granit, puis dans un boyau qui aboutissait à un espace d'où il put apercevoir les lumières de ses camarades. Il s'extirpa difficilement d'un goulet qui laissait à peine la place de passer la tête et déboula sur une étroite plateforme à côté des deux autres. Plus bas s'ouvrait un trou béant, un genre de puits au fond duquel l'eau miroitait dans les faisceaux de leurs lampes à une quinzaine de mètres.

« Il faut que je bricole une autre installation, dit Françoise. J'ai placé la corde que vous voyez en réserve quand je suis descendue la première fois et elle n'est pas assez sûre. C'est pas mal flippant là-dessous. Il y a peu d'espace et les pierres peuvent se détacher à tout moment. Descendez avec prudence.

— De nouvelles paroles réconfortantes de notre cheffe d'excursion, dit Costas.

— Tu as choisi l'option à haut risque, répliqua-t-elle en lui souriant. Et à vaincre sans péril, on triomphe sans gloire. Je n'arrête pas de le répéter à mes clients.

— Nous te faisons confiance, dit Costas. Après tout, tu es déjà venue ici.

— C'est vrai. Une seule fois, cependant. »

Elle se tourna face à eux, s'introduisit dans le puits et écarta les bras et les jambes pour prendre appui sur les parois de part et d'autre.

« Je suis arc-boutée, dit-elle en levant les yeux. Je ne peux pas plus tendre mes membres, il faut descendre en rappel, comme tout à l'heure. »

Les deux hommes l'observèrent qui franchissait d'un bond les derniers mètres et se posait dans la mare. Ils la suivirent et Jack aboutit à l'intersection d'un boyau creusé par l'homme sur un côté et de la faille naturelle qui partait de l'autre, désormais à l'horizontal.

« Le tunnel possède une dérivation percée au XVIIIe siècle pour permettre l'évacuation de l'eau des chantiers inférieurs, expliqua Françoise. Voyez devant nous les tiges de pompe rouillées qui dépassent. En revanche, les pompes n'étaient pas encore assez puissantes pour dégager les galeries sous le niveau de la mer, si bien que les mineurs se sont arrêtés ici. La dérivation rejoint la base du puits par lequel nous sommes descendus jusqu'à la première plateforme. J'y ai installé une corde de secours, en principe nous devrions pouvoir nous glisser dans le conduit et sortir par le puits. À condition que l'eau de pluie ne vienne pas inonder le tunnel.

— Et que nous ne soyons pas bloqués par une chute de pierres, ajouta Costas.

— Plutôt flippant. C'est un mot très commode que j'ai emprunté à mes copains fouilleurs de mines cornouaillais.

— Qui ont eu la sagesse de rester à l'air libre.

— Une équipe de surface est obligatoire.

— Flippant, craignos, follement dangereux, c'est du pareil au même pour moi.

— Il ne faut pas que nous restions à l'aplomb de ce puits.

— Je sais. Je commence à m'habituer à l'exercice. À cause des chutes de pierres.

— Tu as tout compris. »

Ils abandonnèrent la corde et se baissèrent pour pénétrer dans la faille, et leurs lampes révélèrent une veine de cassitérite parsemée de quartz blanc.

« On trouve beaucoup de minerais car les mineurs n'en avaient pas terminé. Il n'y a pas eu d'extraction à partir d'ici. Ils avaient suffisamment de quoi faire au-dessus. La fissure est plus ou moins dans son état d'origine, formée par le minerai qui se dissout autour du filon et engendre des cavités dans le granit. Les hommes ont élargi certains endroits pour permettre l'accès, cependant ça reste plutôt étroit.

— À quelle époque ont-ils atteint cette extrémité ?

— Très reculée, peut-être même sous la préhistoire, répondit Françoise. Certaines marques de pioche ne sont pas le produit d'outils en métal mais en bois de cervidés. Pour autant, je ne crois pas qu'ils aient suivi la fissure sous la mer avant le XVIe ou le début du XVIIe siècle, quand l'exploitation de la mine s'est intensifiée sous les Paynter. Ç'aurait été beaucoup d'efforts d'élargir la faille dans le granit pour un résultat médiocre, sachant que le minerai était présent en quantité au-dessus. Quand William Paynter est descendu ici, un éboulement a bloqué la partie qui court sous l'océan, et autant que je puisse en juger, personne n'a poussé jusque-là depuis lors. Les mineurs ne sont venus ici au cours des XVIIIe et XIXe siècles que pour percer le boyau de pompage afin de préserver d'une inondation les étages supérieurs en cas de fortes infiltrations et d'envahissement par la mer.

— Les recherches de Jeremy ont montré que Paynter et son frère ont fermé la mine plusieurs années avant la disparition de William, même si à l'époque les rendements s'amélioraient et que la mine devenait plus rentable.

— Il dissimulait manifestement des choses par ici, dit Costas. Bien avant de descendre avec l'objet qu'il tenait de Viviano.

— Ça, c'est à vous de le découvrir, les gars. On ne peut accéder de l'autre côté de l'éboulement que par un passage sous l'eau.

— Quelle distance fait-il ? demanda Costas.

— Soixante mètres. Peut-être un peu plus. »

Un jet d'eau jaillit d'une craquelure à côté de la tête de Costas et alla frapper la paroi opposée avant de s'écouler le long de la faille.

« Inquiétant, ça, déclara Costas. La pression est telle que l'eau d'infiltration gicle dans le tunnel. »

Françoise plongea un doigt dans l'eau et la goûta.

« Ce n'est pas seulement de l'eau de pluie. Elle est salée, ce qui signifie qu'elle est mélangée à l'eau de mer poussée par la houle. D'où le boyau de pompage. Quand aux fortes précipitations s'ajoute une onde de tempête, l'eau s'élève à plusieurs mètres au-dessus de la surface de la mer et peut mettre des heures à refluer. Ça se produit très vite et les mineurs qui se trouvent au fond, éloignés des puits, se font piéger.

— Tu souhaites continuer ? demanda Jack.

— À partir d'ici, nous n'avons plus de recours si les choses se passent mal. Tu le sais.

— Jusqu'à présent, les filets de sécurité brillaient par leur absence, fit remarquer Costas.

— À toi de voir », dit Françoise.

Jack hocha la tête.

« Nous avons nos recycleurs. Pour l'instant, c'est toi qui prends les plus gros risques.

— Je vais vous conduire jusqu'à l'éboulement et vous indiquer le chemin. Je devrais avoir le temps de faire le trajet de retour et de sortir de la mine avant que les choses ne dégénèrent. »

Jack observa la crevasse devant lui. Son instinct lui criait que cet endroit n'était pas fait pour eux, qu'il allait réveiller ses pires cauchemars d'espace confiné, qu'il était aussi dangereux que les pires lieux que Costas et lui avaient explorés. Mais ils étaient allés trop loin pour renoncer, et il brûlait d'envie de découvrir ce qui se cachait là derrière. Il tourna le regard vers Costas, qui opina du menton, puis vers Françoise.

« D'accord. C'est parti. »

13

Jack et Costas suivirent Françoise dans la faille, ils progressaient à quatre pattes en se frayant tant bien que mal un chemin entre les affleurements de granit. L'eau jaillissait d'une anfractuosité au-dessus de leur tête et ils pataugeaient dans une mare qui leur arrivait aux genoux. Pliés en deux dans l'espace confiné, ils avançaient en prenant appui sur la paroi et, après un passage exigu, ils aboutirent dans une cavité de dix mètres sur cinq dont l'extrémité était fermée par un amoncellement de roches partiellement submergé. Françoise montra du doigt l'eau à leurs pieds, transparente comme du cristal dans le faisceau de leurs lampes.

« Nous sommes dans un puisard, dit-elle. Je suis persuadée qu'une salle était accessible au-delà avant l'écroulement et, aujourd'hui, il n'y a qu'un seul moyen d'y parvenir, c'est sous l'eau. Je ne suis pas allée plus loin, et c'est pourquoi je vous ai demandé de venir avec votre équipement. En ce qui me concerne, je suis arrivée au bout du chemin.

— L'éboulement a donc dissuadé les hommes venus ici plus tard de poursuivre au-delà ? s'enquit Costas.

— Certainement. D'autant qu'il n'y avait pas grand-chose à glaner, la veine principale tend vers la gauche devant l'éboulement. C'est l'endroit où j'ai trouvé le crucifix dont la chaîne était en partie coincée entre les pierres. Je n'avais plus beaucoup de batterie, si bien que je n'ai pas fouillé davantage, surtout que j'avais compris que je ne pourrais pas aller plus loin. »

Costas s'agenouilla et entreprit de dégager la zone qu'avait indiquée Françoise. Tout à coup, il s'immobilisa en ouvrant de grands yeux.

« Dieu du ciel ! Venez voir ! »

Les deux autres s'approchèrent. Dépassaient de sous un rocher des ossements incontestablement humains, un radius et un cubitus. Jack prit place à côté de Costas et mit au jour une main aux os épars, comme disloqués.

« Sans doute est-ce moi la responsable en tirant sur la chaîne du crucifix. Il devait le tenir entre ses doigts. »

Costas exhuma le crâne en retirant un rocher.

« La tête est quasiment broyée, dit-il en l'examinant. Il a probablement été pris dans une chute de pierres, a réussi à tendre les bras, puis il s'est pris de plein fouet ce bloc qui tombait sans doute de la voûte. Il est mort sur le coup.

— La position du corps nous laisse penser qu'il se dirigeait vers la sortie, dit Françoise. Je pense qu'il a déposé son précieux objet dans une grotte plus loin et qu'il a été tué au retour.

— Tu es sûre que c'est Paynter ? demanda Costas.

— Le crucifix gravé des initiales du capitaine Viviano semble le prouver, répondit Jack. Je ne vois pas qui d'autre aurait pu en être muni.

— Regardez ça, dit Françoise. Il portait une chevalière. »

Elle avait soulevé une pierre qui couvrait les doigts et l'or se refléta dans la lumière de leurs lampes.

« Un anneau sigillaire dont le motif est un faisceau de trois flèches. Je l'ai rencontré au cours de mes recherches sur l'histoire de la mine. C'est le blason des Paynter.

— Incroyable, dit Jack en examinant la bague de près. En tout cas, plus de doute à avoir. »

Pendant qu'ils discutaient, le niveau de l'eau avait sensiblement monté, elle commençait d'attaquer l'amoncellement de rochers et submergeait à présent les ossements. Ils entendirent un grondement sourd suivi d'un hurlement strident puis un choc qui se répercuta jusqu'à eux.

« Seigneur, dit Costas, qu'est-ce que c'est que ça ? J'ai les oreilles qui tintent !

— Le wagonnet sur ses rails, répondit Françoise. La poutre qui le maintenait en équilibre a fini par lâcher.

— Il a pu atterrir au fond en bouchant notre voie de sortie.

— Auquel cas il y a le plan B, dit Françoise en ajustant son équipement. Passer par le boyau de pompage jusqu'au pied du puits de la station. J'ai de la corde et des pitons, je devrais pouvoir atteindre la plateforme que nous avons rejointe en rappel. Je laisserai la corde si vous devez sortir par le même chemin.

— Tu parles de la galerie à ce niveau qui va se remplir de flotte aussi vite que dans cette salle ? demanda Costas.

— C'est bien ça, répondit Françoise. Et donc, le temps presse.

— Quel est le plan C ?

— C'est-à-dire ?

— Si un éboulement se produit pendant que nous sommes de l'autre côté et que nous ne pouvons plus revenir ?

— Il faudra vous débrouiller tout seuls. En espérant que la faille remonte vers le niveau de la mer et qu'elle soit assez large pour que vous puissiez vous en échapper. Dès que je serai à la surface, je demanderai à Jeremy d'appeler l'UMI pour qu'on envoie l'hélicoptère. Si vous sortez par ce chemin, vous récupérer sera une opération sacrément sportive avec cette météo.

— L'équipe est composée d'anciens des services de recherche et de sauvetage de la Navy, dit Costas. Si quelqu'un en est capable, c'est bien eux.

— OK, dit Jack à Françoise. Va-t'en. Bonne chance.

— Bonne chance à vous. »

Jack et Costas observèrent la spéléologue qui traversait la salle en pataugeant et s'introduisait dans le boyau, où il ne restait déjà plus qu'un mètre de hauteur d'air entre l'eau et le plafond. Le faisceau de sa lampe frontale se brouilla et disparut. Un second grondement venant de l'intérieur de la terre se fit entendre et la surface de l'eau trembla. Une petite cascade de cailloux coula le long d'une paroi et ils rebondirent sur le tas de rochers.

« Cet endroit est totalement flippant, déclara Costas. Comme dit Françoise. »

Jack actionna une commande sous le joint d'étanchéité sur son cou et la visière de son casque tomba devant son visage. Le voyant d'affichage passa de rouge à vert, indiquant que sa combinaison était imperméable et que le recycleur était en marche. Costas l'imita et testa l'intercom.

« Tu m'entends ?

— Fort et clair.

— Allons-y. »

Jack se glissa dans l'eau et flotta à la surface, le temps que sa combinaison analyse la pression et ajuste automatiquement les réservoirs placés de chaque côté de son recycleur, assurant une flottaison neutre. L'onde était transparente comme du cristal, cependant il savait que le moindre mouvement soulèverait un nuage de sédiments qui réduirait la visibilité à néant. L'échafaudage de rochers lui paraissait fragile et il se félicita d'être équipé d'un recycleur qui ne produisait pas de bulles susceptibles d'en briser l'équilibre. Il s'engagea lentement dans le puisard et s'élança en avant, Costas dans son sillage. Il s'approcha d'une anfractuosité entre deux blocs tout juste assez large pour qu'il puisse s'y glisser. Il vit devant lui le rayon de sa lampe miroiter à la surface.

« Je suis passé, dit-il. Tu n'as que quelques mètres à franchir.

— J'y parviendrais si j'y allais mollo sur les plateaux de fruits de mer, dit Costas d'une voix étranglée. Je suis un peu serré. »

Jack se retourna et observa son ami qui se débattait pour s'extirper du goulet dans un nuage de sédiments. Ils jaillirent à l'air libre en même temps et les faisceaux de leurs lampes dansèrent sur les parois taillées qui les entouraient. Cette cavité était la continuation de la précédente et n'en formait à l'origine qu'une seule que l'éboulement avait coupée en deux. Devant eux, la faille continuait sous l'océan. Jack avisa sur sa droite une antichambre surélevée trop régulière pour être naturelle, ce que lui confirmaient les marques de ciseau et de pioche sur les murs. L'eau en léchait déjà la base, ils devaient se dépêcher de l'explorer avant qu'elle ne soit tout à fait inondée et que l'eau ne détruise des éléments organiques.

Ils soulevèrent leur visière, se hissèrent hors du puisard et pénétrèrent dans la pièce en dirigeant le rayon de leurs lampes à l'intérieur. Tout d'abord, ils ne virent que des rochers, puis, à mesure qu'ils avançaient, un spectacle insolite s'offrit à eux. Sur une corniche s'alignaient trois coffres en bois à couvercle bombé, à cerclage en cuivre ou en fer et parsemés de concrétions de rouille sur toute la surface. Jack et Costas s'approchèrent et s'agenouillèrent devant le premier d'entre eux.

« On revient toujours à ça, dit Costas. À l'archéologie, je veux dire. Si je ne me trompe, ce sont des coffres à trésor.

— Il n'y a qu'un moyen de le savoir. »

Costas tira un petit pied-de-biche de sa ceinture porte-outils et introduisit l'extrémité biseautée dans la jointure entre le couvercle et le ventre du coffre. La serrure qui existait jadis était complètement rongée par la rouille. Il donna un coup, sans résultat, avant de lever l'outil avec toute la force de ses deux bras. Le couvercle lâcha dans un craquement et s'entrouvrit. Costas rangea l'instrument dans sa ceinture et Jack et lui unirent leurs efforts pour le soulever jusqu'à la verticale. Ils plongèrent le regard dans le coffre et restèrent quelques secondes bouche bée.

« Bingo », dit Costas.

Le coffre était rempli de pièces d'or, il y en avait des milliers, toutes apparemment de même taille et de même espèce. Costas en saisit une poignée qu'il fit couler entre ses doigts, ne conservant qu'une pièce qu'il examina de près.

« J'ai déjà vu ce motif, un écu et des petits châteaux sur une face et une croix sur l'autre. Portugais ? »

Jack approcha une pièce de ses yeux.

« Quatre cruzados, Alphonsus VI, 1663. Si je regarde les autres, je ne vois que des dates antérieures à 1667. Ça colle avec le scénario.

— C'est-à-dire ?

— Ce que j'ai suggéré plus tôt, que William Paynter était mêlé à un complot papiste. C'est à lui que l'or était discrètement livré de nuit, car son statut de représentant du vice-amiral éloignait de lui tout soupçon. La France était sans doute impliquée, Louis XIV était officiellement allié à Charles II, cependant il cultivait l'ambition de replacer sur le trône d'Angleterre un monarque catholique. Outre qu'elle tendait à disculper la France, l'origine des pièces s'explique par le fait que l'essentiel de l'or qui circulait à l'époque en Europe venait du Portugal, qui a commencé à l'extraire de ses mines brésiliennes dans des quantités inimaginables dès le début des années 1660. Ce qui pourrait justifier la présence de ce trésor.

— Il y a là de quoi déclencher une petite guerre.

— Une petite guerre susceptible de se transformer en révolution. Les cellules dormantes de catholiques irréductibles dispersées dans le pays attendaient que la mèche soit allumée. Si Paynter n'était pas descendu ici en mission pour Viviano, si l'éboulement ne s'était pas produit ce jour-là, alors le cours de l'histoire n'aurait peut-être pas été le même. Il était probablement le seul à connaître la cachette du trésor, même son frère George, dont l'allégeance était douteuse, l'ignorait, et il est mort avec son secret. Sans cette fortune en or, le soulèvement était impensable. Le naufrage du *Santo Christo di Castello* a été un moment charnière de l'histoire de l'Angleterre, d'une façon que personne n'aurait pu imaginer.

— Parlant de Viviano, jette un coup d'œil sur le troisième coffre. »

Jack suivit le regard de son ami. Il distingua sur le couvercle une forme de la taille d'un porte-documents quasiment sertie dans une concrétion minérale bleu-vert. Il s'approcha du coffre, examina sa trouvaille, puis il la saisit à un bout et tira en faisant levier. L'objet se décolla du couvercle en perdant également sa gangue de pierre. Jack avait entre les mains une enveloppe protectrice en cuir, certainement du vélin, contenant un livret très mince, de l'épaisseur d'une plaquette ou d'une simple feuille. Le cuir, protégé par la concrétion, était bien conservé et Jack entrevit les contours décolorés d'une inscription à l'encre. Il écarquilla les yeux avant de la montrer à Costas.

« C'est l'estampille que Jeremy a relevée sur les bons de chargement. La lettre V barrée d'une croix que Viviano utilisait pour identifier ses possessions. Ce doit être ce que Paynter a voulu cacher voici près de trois siècles et demi.

— Bingo, répéta Costas. Maintenant, fichons le camp de cet endroit. Tu as remarqué le niveau de l'eau ? »

Jack regarda vers l'accès de la salle. Depuis qu'ils y étaient entrés, l'eau avait déferlé et léchait à présent le pied des coffres à trésor. Un afflux massif de pluie infiltrée se déversait dans les puits et menaçait clairement d'envahir toute la chambre. Il songea à Françoise, espérant qu'elle était sortie à temps de son boyau.

Il considéra le paquet en réfléchissant intensément. L'enveloppe de vélin protégeait de l'humidité d'une cale de navire, pas d'une immersion complète. Il se tourna vers Costas en tenant la reliure hors d'atteinte de l'inondation.

« Dégrafe ma combinaison, lui dit-il. Je vais le ranger dedans.

— Tu es fou ! Nous allons être submergés dans les secondes qui viennent !

— Fais-le. »

Costas délivra les attaches du casque de Jack, en dissocia le tuyau et alla le poser sur le coffre le plus proche. Une véritable douche tombait du plafond, Jack cligna des yeux sous l'assaut des ruisselets qui lui coulaient sur le visage. Il pouvait s'accommoder d'une combinaison humide, mais pas inondée. Costas se fraya un chemin dans l'eau qui lui arrivait désormais à la ceinture et saisit la tirette de la fermeture sur l'épaule droite du vêtement de Jack.

« J'ouvre, je prends le paquet, je le fourre sous ta combinaison et je referme aussitôt. Prêt ?

— Vas-y. »

D'un geste vif, Costas dézippa le vêtement d'une épaule à l'autre. Jack se raidit sous l'agression soudaine de l'air et de l'eau glacés, s'efforçant de garder son équilibre. Costas s'empara de la reliure, la lui glissa dans le dos, la poussa jusqu'à la poche intérieure sur son torse, puis il ragrafa la combinaison en tirant avec force. Il se saisit du casque, l'ajusta, brancha le tuyau et baissa la visière avant d'actionner la commande sur le côté pour mettre le système d'air en route. L'affichage interne se connecta au moment où l'eau lui arrivait au-dessus de la tête. Il vérifia que le voyant de Costas était lui aussi au vert.

« C'était moins une, dit-il.

— Au petit bonheur la chance, comme d'habitude, renchérit Costas. Bon, allons-y. »

Ils rabattirent leurs palmes placées sur leurs mollets et les chaussèrent, puis ils nagèrent vers la sortie. Une nouvelle secousse agita la masse liquide, l'amoncellement rocheux à l'entrée de la salle glissa et s'écroula, leur interdisant totalement l'échappatoire. Devant ce coup du sort, Jack sentit sa poitrine se contracter, son souffle s'emballer. Ils étaient bloqués, piégés dans une cavité au fond d'une mine submergée, sans possibilité de prendre le chemin par lequel ils étaient arrivés, et leur seul recours désormais était de s'engager à l'opposé, sous le plancher marin. Il fit effort pour se calmer et regarder devant lui, s'imaginant à l'air libre s'ébattre dans la mer. Costas le jaugea d'un coup d'œil pour vérifier que tout allait bien.

« Regarde la trace noire de la veine de cassitérite qui s'enfonce le long de la faille, dit-il. C'est prometteur, car ce sont les autres minerais du filon qui ont cristallisé il y a des milliers d'années, quand cet endroit était au-dessus du niveau de la mer, et qui ont généré un espace dans la fissure. Il nous reste à espérer que le passage soit assez large pour que nous puissions suivre la fissure jusqu'au bout. »

Il s'élança en avant et les cristaux de quartz inclus dans la cassitérite scintillèrent dans le faisceau de sa lampe frontale. L'indicateur de profondeur informait Jack qu'ils descendaient régulièrement, atteignant une quarantaine de mètres sous le niveau de la mer en l'espace d'une demi-encâblure. L'ordinateur affichait une nouvelle encourageante en montrant que la faille était connectée à la mer et subissait la pression de l'eau. Il nageait dans le sillage de Costas, peinant à se dégager des passages étroits et évitant de penser à ce qu'il adviendrait si l'un d'eux se révélait impossible à franchir. Vingt minutes après avoir quitté la chambre, Costas ralentit et se tourna vers lui.

« Impeccable, dit-il. La faille remonte. »

Jack consulta son écran : quarante-deux mètres. Devant lui, le tunnel s'incurvait nettement vers le haut, et il s'approcha du coude. Il vit au-dessus de lui Costas dont la lampe illuminait les parois de la faille au-delà.

« On éteint, dit Costas. La lumière du jour pourrait être visible. »

Jack désactiva sa lampe et fut plongé dans l'obscurité. Il ferma les yeux, le temps qu'ils s'ajustent, puis il les rouvrit et regarda en hauteur. Rien. Puis, petit à petit, apparut une faible lueur, à peine perceptible.

« Serait-ce là ce que je crois ? dit-il.

— C'est le jour sur le plancher marin à une dizaine de mètres devant moi. Mais nous avons un problème, Jack. La faille se rétrécit, impossible de passer. Viens voir. »

Jack ralluma sa lampe et rejoignit son ami devant une voûte rocheuse. Costas dirigea son faisceau lumineux sur la faille et introduisit une main dans l'ouverture, montrant qu'il y avait à peine la place pour un bras. Tout autour, du granit. Jack considéra la situation en s'efforçant de respirer avec calme. *Si près, et pourtant si loin*. Il chercha vainement du regard une autre fissure par laquelle traverser.

« Tu as une idée ? demanda-t-il. Pas question de revenir sur nos pas, l'éboulement à l'entrée de la chambre la condamne pour de bon. »

Costas tira de sa ceinture porte-outils un petit paquet orange étiqueté C-4.

« Du plastic. Tu le sais, je ne plonge jamais sans.

— Nous risquons de nous prendre une volée de caillasse, dit Jack. Et l'onde de choc va déferler le long de la faille, c'est un véritable mur solide qui nous percutera.

— Nous avons nos chances, répliqua Costas. J'ai senti une corniche en surplomb sur laquelle je devrais pouvoir placer la charge. Le souffle de l'explosion devrait se diriger vers le haut tout en mettant à bas la lèvre de la faille. Ce qui impose de régler le minuteur du détonateur avec assez de latitude pour nous donner le temps de nous réfugier de l'autre côté du coude, ainsi nous éviterons les projections de roche et ne serons pas emportés par le flux.

— La chute de pierres pourrait obstruer le tunnel.

— L'unique obstacle est la corniche. Au-delà, le passage est assez large pour nous permettre de rejoindre la surface. Et nous sommes capables de nous frayer un chemin dans un petit éboulement.

— Que dit ton recycleur ?

— Une demi-heure à cette profondeur.

— Très bien. Allons-y. »

Costas déchira l'emballage, révélant le plastic brun clair. De l'index, il perça un trou pour y introduire le crayon allumeur du détonateur, puis il plaça la charge sur la corniche le plus loin possible.

« Prends ma place, Jack, tu as de plus longs bras que moi. Plus la distance entre l'explosif et l'ouverture est importante, plus faible est le danger que l'onde de choc balaye la fissure. »

Jack échangea sa position avec lui et tâtonna sur la corniche à la recherche du plastic, qu'il poussa autant que possible. Il se recula et Costas lui tendit le détonateur à retardement en cuivre.

« Il est réglé sur cinq minutes. Insère une extrémité dans le pain de C-4 et presse l'autre extrémité pour déclencher le minuteur. Tu connais la marche à suivre. Tu peux trouver que c'est un bricolage vieillot, mais le système est électronique et le retardateur est précis. Je l'ai monté moi-même dans le labo de l'UMI. Ça devrait marcher.

— Ça devrait ?

— Je n'ai pas fait l'expérience avec de l'explosif. Mon équipement habituel est resté sur le *Seaquest* et j'ai rassemblé ce que j'avais sous la main au moment de partir ce matin.

— Et si le minuteur ne fonctionne pas ?

— Boum.

— Et tu te sers de moi comme cobaye ?

— Il y a seize onces de plastic. S'il explose, nous serons tous les deux emportés, peu importe qui aura la main dessus.

— Les potes de plongée servent à ça, dit Jack.

— Inséparables. Dans cette vie et dans la prochaine. »

Jack prit le crayon, vérifia le sens, et étira le bras dans la fissure jusqu'à ce qu'il trouve l'explosif et la cavité qu'avait formée Costas avec son doigt. Il introduisit un bout du détonateur dans le trou et appuya sur l'autre pour déclencher le minuteur. Il retira la main avec précaution, prenant garde à ne pas déranger le pain de plastic, puis il rejoignit Costas plus bas.

« C'est fait. Le compte à rebours est lancé. Filons d'ici. »

Ils actionnèrent le déflateur de leur système stabilisateur, vidèrent l'air des ballasts et rebroussèrent chemin en nageant avec toute la force de leurs palmes vers la pliure du tunnel. Costas s'arrêta derrière une arête rocheuse sur la paroi et Jack se colla à lui.

« Il reste trente secondes. Il est plus important de trouver un refuge maintenant que d'essayer de mettre de la distance. L'onde de choc sera de toute façon dévastatrice. »

Le minuteur fut ponctuel et une vibration qu'accompagnait une détonation sourde secoua les deux hommes. Jack eut l'impression que l'air était expulsé de ses poumons, et un puissant courant déferla dans le tunnel tandis que Costas et lui se plaquaient contre leur abri, sachant que bientôt le reflux allait entraîner l'eau dans la direction contraire, charriant un nuage de sédiments qui réduirait la visibilité à néant. Ils attendirent une minute que la vague s'affaiblisse, puis ils s'élancèrent vers le coude de la faille, Jack en tête. Le rayon de sa lampe se réverbérait dans la vase en suspension. L'endroit où la faille remontait était envahi par un amoncellement de roches fraîchement fracturées qui obstruait le tunnel. Il y eut un craquement venant de derrière eux et l'eau scintilla en frémissant.

« Le chemin vers la chambre est bloqué, impossible d'y retourner, déclara Costas. Nous n'avons pas d'autre choix que de creuser un passage dans cet éboulement. Nous pouvons y arriver. »

Jack jeta un coup d'œil sur son écran de contrôle. Plus que dix-huit minutes de gaz en réserve. La partie allait être serrée, même s'ils parvenaient à dégager suffisamment de rochers pour franchir l'obstacle. Il entreprit de chasser les fragments de granit en les poussant derrière lui tout en s'efforçant de maintenir une respiration régulière. Au bout de quelques minutes, ils avaient percé une ouverture assez large pour voir l'eau libre au-dessus de leur tête. Ils unirent leurs efforts pour soulever un gros bloc et Costas s'introduisit dans le goulet, Jack sur ses talons. Ils réactivèrent leur gilet stabilisateur et filèrent vers le haut. L'explosion avait créé dans la corniche un espace tout juste suffisant pour qu'ils s'y faufilent. Puis la faille s'élargissait et ils furent sur le plancher marin, en suspension au milieu d'un tapis d'algues en mouvement. Jack ferma les yeux et se laissa porter par la lame de fond, immensément soulagé. *Ils l'avaient fait !* Il baissa le regard vers le trou ténébreux dont ils venaient de s'extraire.

« L'hélico est sur place », dit Costas.

La surface était à présent visible, vingt-cinq mètres au-dessus, et Jack discerna les cercles concentriques que créait le souffle des pales. Une onde de soulagement l'envahit de nouveau. Françoise avait réussi à s'en sortir indemne, elle avait prévenu les secours en indiquant l'endroit où elle pensait qu'ils se montreraient. Les balises de leurs casques avaient signalé leur position exacte en transmettant un message par GPS pendant qu'ils effectuaient la montée le long de la faille.

Ils n'étaient pas pour autant tirés d'affaire. Le vent de force 6 et la mer houleuse rendaient difficile l'opération de sauvetage. Mais le pilote et le treuilliste connaissaient leur affaire, ce n'était pas la première fois qu'ils les extirpaient d'une situation critique. L'important à présent était de préserver le peu d'air qu'il leur restait et de remonter lentement pour éviter tout accident de décompression, un malaise ou une embolie. Jack avait besoin de se libérer du stress et de sa claustrophobie pour redevenir un plongeur, retrouver son environnement naturel dans lequel ses réflexes et son expérience reprendraient le dessus.

Il leva le pouce en direction de la surface.

« Paré à y aller ?

— Toujours à tes côtés.

— Indemne et en un morceau pour cette fois.

— En as-tu douté ?

— Jamais. »

Jack observa Costas s'élever au-dessus des algues vers le cercle lumineux du projecteur de l'hélicoptère qui dansait à la surface. Il tâta le renflement du paquet du capitaine Viviano sous sa combinaison et un frisson d'excitation le parcourut. Il voulait l'apporter illico au laboratoire de conservation, décoller le vélin et découvrir ce qu'il contenait, et qui avait été à ce point précieux pour que, trois siècles et demi plus tôt, les dernières pensées d'un capitaine sur son lit de mort aient été de confier son trésor à un inconnu, lequel l'avait caché dans un des endroits les plus dangereux que Costas et lui aient jamais explorés.

Il avait hâte.

TROISIÈME PARTIE

14

Grande Mer du milieu, 5534 avant J.-C.

L'homme à la proue du bateau pivota, étendit ses pieds sur le banc de nage et se laissa bercer par le balancement des vagues, un mouvement auquel il était habitué après de si longues semaines en mer. Il avait l'impression que la puissance de l'océan avait pénétré son corps, qu'elle coulait dans ses veines. Il ne pouvait pas en dire autant des autres passagers, recroquevillés çà et là ou allongés, l'un d'eux accroché au bastingage et vomissant par-dessus bord. C'étaient des hommes forts, solides de corps et d'esprit, des charpentiers, des forgerons, des maçons, mais certains n'avaient jamais quitté les environs du temple et aucun n'était marin. Il y avait Elik, Enkidu, son frère Shamhat et Shuruppak, le fils d'Ubara-Tutu. Son nom à lui était Shamash, il était dérivé du soleil, la force vitale qui avait réduit les nouveaux dieux et leurs prêtres à presque rien, à des statues sans visage. Les jours passés à ramer contre le courant provoqué par l'envahissement des flots puis la traversée à la voile du détroit du Bosphore pour aboutir à la Grande Mer du milieu avaient été la plus grande épreuve de leur existence, et à présent ils se languissaient d'apercevoir enfin la terre promise du Sud, afin d'en finir avec le mal de mer, la faim et la soif.

Pour ne rien arranger, ils avaient décidé la veille au soir de finir le restant de vin, un rouge épais provenant des vignes qui poussaient sur les coteaux du volcan. La boisson leur avait fait oublier le tangage de leur embarcation et ils avaient raconté des histoires comme les chamans jadis, les légendes des origines de leur peuple quand il chassait dans la steppe avant de migrer vers le sud et de s'installer sur les rives de la mer Noire. Ils avaient baissé la voix pour évoquer les temps plus récents, la montée de la mer jusqu'à ce qu'elle submerge la cité et le départ des prêtres dans leurs bateaux pour les quatre coins du monde. Shem parla de Noé, fils de Lamech, le premier à partir, et, tandis que le vin coulait à flots, son récit les avait fait rire à en avoir mal au ventre. Noé avait construit un bateau bien plus grand que les autres, rabotant les planches avec ses fils avant de les assembler, et il l'avait rempli de moutons et de chèvres comme vivres durant la traversée. Il avait essayé d'attirer un couple d'aurochs, les derniers de l'espèce des bovins sauvages originaires de la steppe. Les aurochs avaient tapé du sabot en renâclant et en balançant leurs longues cornes d'un côté à l'autre, puis ils avaient avancé de leur pas pesant dans la mer et s'étaient éloignés à la nage dans la brume, disparaissant à jamais. Quand Noé avait mis les voiles, son navire était entouré de milliers de mouettes et de rapaces qui disputaient au bétail sa nourriture. Son lent départ vers le large dans un concert de bêlements, tandis qu'il pleurait la perte de ses aurochs, avait été le plus désopilant des spectacles. Cet épisode avait momentanément soulagé l'anxiété des hommes pendant qu'ils équipaient leurs propres bateaux, qu'ils les avitaillaient, que des mains fiévreuses installaient les dernières pièces de charpente, alors que la crue menaçait le temple et la grande pyramide au centre de la cité.

Noé avait fait partie de ceux qui cherchaient à communier avec l'esprit des animaux peints dans les grottes, les mammouths, les mastodontes, les tigres à dents de sabre, espèces qui n'étaient plus qu'une réminiscence lointaine parmi les vieux chasseurs qui avaient arpenté la steppe, avant qu'Adam et ses fils Caïn, Abel et Seth ne découvrent les secrets de l'agriculture et n'entraînent le peuple sur les terres fertiles au pied du volcan en bordure de mer. Les autres avaient été les tenants d'un ordre nouveau : les prêtres du temple avaient érigé les statues sans visage d'Anu, d'Anil et d'Enki, les divinités du ciel, du vent et de l'eau, et avaient placé la population sous leur joug. Pour l'homme dans le bateau et ses compagnons, les dieux n'étaient pas les animaux ni les statues, mais le bois, la pierre et le métal. Ils apportaient avec eux, au lieu des rituels d'un autre âge des chamans et des créations des prêtres, la connaissance et les techniques qui constituaient le génie de leur communauté, une compétence à travailler la matière et un talent de bâtisseurs très en avance sur les peuplades qui les entouraient. C'était leur patrimoine, le plus grand legs qu'ils pouvaient offrir à ceux qui accepteraient de les recueillir, le savoir-faire pour élever des monuments plus grandioses encore que ceux qui avaient été submergés par la montée des eaux.

Il observa l'homme allongé entre deux bancs devant lui qui dormait dans un abandon que ne connaissaient pas les autres. *Uta-Napishtim, comment se fait-il que tu vives depuis si longtemps ? Serais-tu immortel ?* Il était vieux mais pas vieux. Jeune mais pas jeune. Ses cheveux et sa barbe étaient blancs, en revanche sa peau était aussi fraîche et ferme que celle d'un garçon de 20 ans. C'était Uta-Napishtim qui le premier les avait alertés de la crue un jour qu'il revenait dans son bateau de pêche du détroit du Bosphore. Il avait vu que les eaux de la Grande Mer du milieu avaient éventré la langue de terre qui faisait barrage et qu'elles se déversaient dans leur bassin. Et c'était Uta-Napishtim encore qui les avait guidés là où ils étaient maintenant, au-delà du détroit, une traversée qu'il avait effectuée il y avait de cela des générations au cours de sa véritable jeunesse, atteignant au sud les rivages du désert où il avait échangé des graines contre de la viande et de l'eau. Il avait repéré de grandes étendues verdoyantes de part et d'autre du fleuve que les populations pouvaient ensemencer, et il s'était souvenu de cette terre accueillante, un pays neuf où ils rebâtiraient leur cité et qu'ils exploiteraient avec toute la science qu'ils avaient acquise.

Cependant, outre leurs techniques et leur expérience, ils apportaient quelque chose d'autre, une chose qui gisait à côté d'Uta-Napishtim enveloppée dans une peau de vache. Uta-Napishtim avait baptisé leur bateau *An-tiki*, « Le Sauveur de la vie », et ils avaient compris pourquoi le soir précédent. Avant d'être tout à fait ivres, ils avaient écouté Uta-Napishtim leur raconter sa jeunesse et le secret de sa longévité. Il était enfant quand, venant de la steppe, il avait fait partie des premiers à aborder les flancs du volcan par la mer, à observer comment les graines germaient et à apprendre à les semer eux-mêmes, à fondre le cuivre qui affleurait en abondance pour fabriquer les outils qui leur avaient permis de couper les arbres et de tailler la pierre, d'entreprendre la construction de murs et de maisons. Pendant que leurs pères et leurs oncles se consacraient à bâtir la ville, les garçons étaient descendus dans la gueule du volcan jusqu'à la grotte des chamans, où ils avaient découvert deux ruisseaux de lave en fusion qui se rejoignaient pour n'en former qu'un et qui avaient engendré en se refroidissant la veine d'un métal dont l'éclat et la couleur étaient étranges. Cachés derrière un rocher, ils avaient espionné les chamans qui prélevaient des copeaux métalliques avec des bois de cerfs, les réduisaient en poudre, les mélangeaient dans l'eau et buvaient le breuvage. Les jeunes chamans, à qui étaient promises de longues années de vie, étaient morts dans d'atroces souffrances ; mais les plus âgés en étaient sortis revitalisés, à l'image d'Uta-Napishtim aujourd'hui, vieux mais pas vieux, jeune mais pas jeune.

Les garçons étaient revenus à la dérobée après le départ des chamans et avaient volé un peu de leur poudre pour eux-mêmes. Ils avaient compris qu'ils ne devaient pas la consommer avant d'être aux portes de la mort, et quelques-uns d'entre eux vécurent durant des générations, bien au-delà de la durée ordinaire d'une vie humaine. Ils étaient devenus les aînés de la cité, les Atrahasis, les Très-Sages. La source de leur longévité était un secret qui se transmettait de père en fils. C'est ainsi qu'ils avaient la faculté d'entreprendre et de mener à bien des projets architecturaux grandioses qui se seraient essoufflés dans le cours d'une vie normale. Ils avaient élevé de grands temples, une pyramide dont la forme imitait celle du volcan. Ils avaient déposé dans le saint des saints de la pyramide le restant de poudre, et ce fut Uta-Napishtim qui l'ingéra alors qu'il gisait sur son lit de mort, sa peau flétrie et ses rares mèches de cheveux baignées de soleil. À demi conscient, il attendit de mourir dans des convulsions insoutenables ou de renaître à la vie.

Il était désormais le dernier des Atrahasis, le dernier à détenir la capacité de porter la sagesse de l'Atlantide sur de nouveaux rivages. Les prêtres avaient quitté l'île depuis longtemps quand il était retourné dans le volcan avant qu'il ne soit submergé, il avait retrouvé les ruisseaux de lave et il avait découpé un fragment du précieux métal, l'orichalque. L'orichalque qui reposait à présent à son côté dans une peau de vache. Nul ne connaissait la recette de la préparation de la mixture, on ignorait si les chamans y ajoutaient un ingrédient spécial que les garçons n'auraient pas vu. Il représentait cependant leur foi en l'avenir, un symbole de la détermination qui les avait poussés à s'engager dans un nouveau départ, un espoir qu'un jour, quand leur temps serait venu, ils pourraient suivre l'exemple d'Uta-Napishtim et vivre assez longtemps pour voir renaître les monuments de leur cité.

L'homme s'appuya contre la barre et sentit la chaleur du soleil sur son visage. « Shamash, qui engendre la vie », murmura-t-il, reprenant les mots que sa mère lui répétait tous les soirs quand il était dans son lit. Un corbeau apparut dans le ciel en croassant, un oiseau de terre et non de mer, il volait vers le sud dans le brouillard. Depuis plusieurs jours, l'air avait pris une teinte orangée, il charriait une poussière qui asséchait les gorges plus encore qu'elles ne l'étaient, et flottait jusqu'à eux une odeur d'eau douce saumâtre. Elle s'intensifiait, et du sable se déposait sur les bancs du bateau. Uta-Napishtim se souleva sur un coude et braqua vers le sud ses yeux bleus perçants, presque luminescents.

« Nous sommes proches, dit-il. Je distingue les chenaux où l'eau douce du fleuve se mêle à l'eau de mer. C'est notre destination.

— Tu as une bonne vue, Uta-Napishtim, je ne vois que la brume.

— J'ai une bonne vue, mais elle décline rapidement. Mon heure est venue. Ce bateau sera mon cercueil.

— Quel accueil allons-nous rencontrer ? Amical ou belliqueux ?

— Je leur ai donné des semences. Je leur ai livré les clés de l'agriculture. Pour les uns, cela signifie paix et prospérité. Pour d'autres, la guerre. Cela remonte à plusieurs générations, et la voie que suivent les hommes est imprévisible. »

Devant eux, un épais nuage brumeux tapissait la surface de la mer, et des volutes se formaient sur les bords sous l'effet de la brise. La coque buta contre un obstacle et Shamash avisa un banc de sable. Une grande tortue leva la tête et le regarda de ses yeux globuleux, derrière elle ses œufs remplissaient une cavité. Elik se pencha pour tenter d'en attraper, mais trop tard, la langue sableuse était derrière eux. Ils mirent le cap vers le rivage, soulevés par la houle, les vagues frappaient les flancs du bateau en aspergeant la poupe. Uta-Napishtim s'allongea de nouveau. Sa peau était à présent translucide et ses cheveux s'envolaient dans le vent. Il fouilla dans la bourse de sa ceinture et tira le joyau qu'il exhibait souvent. Il luisait dans la maigre clarté étouffée par la brume, et sur un côté se lisait le symbole de l'Atlantide avec les rayons du soleil qui en irradiaient.

« Prends-le quand je m'éteindrai, dit-il d'une voix réduite à un filet. Ce sera ta bonne étoile. Et dans la bourse tu trouveras un peu de poudre d'orichalque.

— Dans ce cas, c'est toi qui dois l'avaler, Uta-Napishtim, répliqua Shamash. Ta sagesse nous importe plus que tout.

— Elle n'aura plus d'effet sur moi désormais. Mon temps est révolu, dit Uta-Napishtim dont les yeux s'étaient obscurcis et fixaient le ciel sans le voir. En revanche, pour toi et les autres, elle peut offrir l'espoir.

— Mais nous sommes jeunes, elle nous tuerait.

— Vous êtes jeunes, cependant vous êtes en danger de mort. La poudre ne peut être administrée qu'aux très âgés ou aux très malades, à ceux qui n'ont plus rien à perdre. Il est trop tard pour plusieurs d'entre vous, même si tu trouves maintenant de l'eau et des vivres. Le remède pourrait hâter la fin de quelques-uns, mais donnerait à d'autres un sursis, la promesse d'une vie aussi longue que la mienne. Peut-être, Shamash, toi qui tires ton nom du soleil, seras-tu un dieu pour le peuple de cette contrée, celui qui guidera leur destin. »

Shamash regarda Uta-Napishtim, sa peau était devenue jaune et cireuse, ses joues étaient creusées. Il naviguait sur les eaux de la mort et l'avait accepté.

Les autres s'agitaient à présent, même si certains étaient trop faibles pour se lever ; Elik et Shamhat étaient postés à la proue et scrutaient le brouillard. Soudain, le bateau racla le fond en vibrant et la coque s'enfonça dans le sable. Cette fois, ils étaient immobilisés pour de bon, et Shamash discerna la surface ridée des plages qui bordaient le rivage et au-delà une suite de dunes émergeant par séquences de la brume. Ils étaient échoués sur les bords d'une immense étendue désertique, comme l'avait prédit Uta-Napishtim. Il ne voyait aucun signe de vie, nulle trace de verdure ni de plantation, cependant ce qu'il avait pris pour un rocher était en réalité une montagne de carapaces de tortues évidées de leur chair. Des gens avaient fréquenté cet endroit et pouvaient revenir. S'il s'agissait de pêcheurs ou de chasseurs de tortues, l'espoir était permis. Avant tout, il leur fallait de l'eau. La morsure du soleil allait rendre cet endroit aussi brûlant que le volcan, pire que s'ils étaient en mer en l'absence de vent bloqué par les dunes. Ils étaient tous affalés au fond du bateau à gémir en respirant avec peine. Le temps leur était compté.

Il quitta la barre et se traîna en enjambant les bancs près d'Uta-Napishtim, pris de vertiges et d'étourdissements. Après tant d'années, le pouvoir de l'orichalque avait quitté le vieillard dont le corps était ratatiné jusqu'à l'os, à l'image des cadavres desséchés dans le sable. Shamash s'empara du joyau en écartant les doigts de la main qui le tenait, puis il enleva la bourse de la ceinture du moribond et la soupesa pour sentir le poids de la poudre qu'elle contenait. Il retourna péniblement s'asseoir à la barre, flageolant et nauséeux, luttant pour garder les paupières ouvertes. Il avait en tête l'avertissement d'Uta-Napishtim : *Ne prends la poudre qu'à la dernière extrémité*. Il loucha vers le rivage, les yeux brûlants, incapables de s'humidifier, et vit ce qu'il prit pour un mirage, un voile de chaleur qui s'élevait du sable et miroitait dans le ciel. Deux silhouettes en émergèrent, elles s'avançaient vers lui, une femme aux longs cheveux noirs et un enfant. Le cœur en joie, il reconnut son épouse Leah et leur fils Enil, venus de la péninsule d'Ilion où femmes et enfants avaient été laissés en sécurité pendant que les hommes faisaient voile vers le sud. Enil jouait du tambourin en bois qu'il avait fabriqué pour lui. Il se leva, bras écartés pour les accueillir, mais il chancela et tomba lourdement sur le côté avant de perdre connaissance. Il revint à lui, on le secouait par l'épaule et il ouvrit les yeux sur son frère Shamhat allongé à son côté, les lèvres craquelées et les paupières à demi fermées.

« Shamash, dit-il dans un coassement rauque, redresse-toi. Ils sont presque sur nous. »

Shamash se leva sur un coude et regarda vers le rivage. Les formes continuaient d'approcher et il s'aperçut que sa vision précédente n'était qu'illusion. À la place de sa femme et de son fils, il vit des hommes descendre d'une crête. Derrière eux se détachait sur l'horizon une douzaine d'individus en pagne, alignés, les pieds entravés et enchaînés les uns aux autres par le cou, qui portaient en tête de procession la silhouette d'une divinité coiffée d'un serpent. Un fouet claqua et le groupe s'ébranla, marchant au rythme d'un tambour. Sous la charge, un des portefaix s'écroula sur le côté et aussitôt deux chiens lui sautèrent dessus. Shamash porta le regard sur la troupe qui se dirigeait vers le bateau.

Elle était composée d'hommes musclés et coriaces, la peau tannée par le soleil, rehaussés par des coiffes menaçantes en forme d'aigle et de faucon au bec dégoulinant de sang. Ils étaient tous armés d'une lance dans une main et d'une épée dans l'autre. Leurs yeux étaient bordés de peinture noire, d'étranges symboles rouges leur zébraient le corps. Ils progressaient inexorablement, projetant des gerbes d'écume en avançant dans l'eau, comme des chasseurs à la traque d'une bête blessée.

Interdit, Shamash les contemplait sans bouger. Ça n'allait pas ; ils n'étaient pas pêcheurs ni fermiers. Le présent qu'Uta-Napishtim avait légué aux autochtones plusieurs générations auparavant les avait entraînés sur un chemin différent de celui de son peuple. Ces hommes étaient des marchands d'esclaves, mus par la violence et l'asservissement, ils s'accompagnaient des symboles d'une déesse qu'il ne connaissait pas et peu susceptible de compassion à leur égard. Ils n'allaient pas trouver d'esclaves d'une quelconque valeur à bord du bateau, seulement des moribonds qui n'avaient même plus la force de se traîner. Les épées qu'ils portaient n'auraient qu'un usage, celui d'achever ceux qui ne présenteraient aucune utilité à leurs yeux et laisser leurs cadavres en pâture aux rapaces, aux aigles et aux faucons qui tournoyaient déjà dans le ciel.

Il devait agir maintenant. Il s'empara d'une main tremblante de la pochette et versa son contenu dans un bol en bois qui gisait à ses pieds. Avec son couteau en cuivre, il s'entailla l'avant-bras et fit s'écouler goutte à goutte son sang dans le bol jusqu'à obtenir une pâte liquide. Il se pencha, releva la tête de Shamhat et porta le bol à ses lèvres, s'assurant qu'il avait absorbé de sa préparation. S'il devait mourir, autant que ce soit ainsi plutôt que de la main des hommes qui fondaient à présent sur eux. Il versa le reste du breuvage dans sa bouche et le goût métallique du sang lui provoqua un haut-le-cœur qu'il réfréna. Il s'accrocha des deux mains au parapet de chaque côté du bateau, inspira profondément, s'efforçant de conserver en place la seule nourriture qu'il avait ingérée depuis des jours entiers. Une douleur fulgurante le traversa tandis qu'à côté de lui Shamhat était saisi de convulsions et se tordait, le sang ruisselant de sa bouche. Puis Shamash fut le jouet d'une immense vague d'énergie en lui, plus puissante que la mer, un feu qui s'éleva de ses poumons à son cou, pénétra son visage, ses yeux s'embrasèrent et sa vision s'étendit sur des lieues devant lui, comme Uta-Napishtim avant lui. Les hommes prenaient d'assaut le bateau quand il se dressa de toute sa taille et rugit en écartant les bras, brandissant le joyau qui refléta les rayons du soleil. Éblouis, les assaillants reculèrent.

« Je suis Shamash, le dieu-soleil, tonna-t-il d'une voix caverneuse qu'il ne connaissait pas, prononçant des paroles qu'il ne comprenait pas mais qu'il savait divines. Je suis venu par la mer des contrées du Nord pour devenir votre maître. Prosternez-vous devant le dieu de l'Atlantide. »

15

Lac Bardawil, Égypte, de nos jours

Maurice Hiebermeyer ôta son casque colonial et souleva ses lunettes de protection pour s'essuyer le front. La réverbération du soleil sur le lac salé était insupportable, et il se hâta de remettre ses lunettes en place en serrant le cordon sur sa nuque pour les empêcher de glisser sur son nez. La vision qu'il obtenait était opaque, surnaturelle, comme s'il regardait le négatif d'un film, et il resta sans bouger un instant, le temps de retrouver ses repères. Ces lunettes noires étaient un legs de son grand-père, géomètre dans l'Afrikakorps allemand au cours de la Seconde Guerre mondiale : fait prisonnier, il avait offert ses services aux Anglais qui l'avaient chargé de tracer une route dans le désert. Les récits de ses découvertes avaient fasciné le jeune Maurice et développé en lui le goût de l'égyptologie, ainsi qu'un immense respect pour cet homme qui avait consacré sa vie à l'Égypte après la guerre et contribué à la réouverture de l'Institut archéologique allemand du Caire. Certes, la technologie Polaroid moderne permettait une image bien meilleure que les verres fortement teintés des années 1930, cependant ceux-ci, avec leur opacité et leur étrange indice de réfraction, lui offraient un aperçu particulier du passé, comme si leurs insuffisances gommaient les digressions du présent. Il les associait à ses plus belles découvertes en trente années de recherches, et il y tenait comme à la prunelle de ses yeux.

Il remit son casque en vérifiant que le rabat lui protégeait la nuque et il regarda autour de lui. Il entendait dans son dos le fracas des vagues s'écrasant sur la langue de sable qui séparait la mer du lagon, un lac peu profond qui s'allongeait sur quasiment cent kilomètres parallèlement au rivage, et dont l'extrémité à l'est était asséchée pour former une surface de sel. Au-delà commençait le désert du Sinaï, une vaste étendue de dunes et de reliefs rocheux qui courait sur des centaines de kilomètres vers le sud et la mer Rouge. Rien d'autre n'était visible, nulle trace de briques éparses signalant un peuplement ancien, pas plus que d'édifices contemporains ou de routes. Pourtant, il savait que cette vacuité était une illusion, et il avait entrepris de l'animer avec les grands mouvements de l'histoire, il imaginait les caravanes de chameaux se profilant sur l'horizon. Car ici était la *Via Maris*, la route de la Mer, le pont entre l'Égypte et l'Asie au temps des pharaons. Thoutmôsis III, pharaon de la XVIIIe dynastie, avait lancé de cet endroit ses armées à la conquête du pays de Canaan, formant le plus grand empire que l'Égypte ait connu. Un millénaire plus tard, Alexandre le Grand avait fait le chemin inverse et soumis l'Égypte, gravant son nom dans l'histoire, puis, au VIIe siècle de notre ère, la colonisation ottomane lui avait succédé avant l'ère des croisades et Baudouin III, qui avait donné son nom au lac, Sabkhat al-Bardawil. C'est ici encore que les Anglais ont combattu les Ottomans durant la Première Guerre mondiale, que les Israéliens ont affronté les Égyptiens dans les airs. Aujourd'hui, les avant-postes intégristes fleurissaient le long de la côte, ce qui rendait sa présence si précaire dans ce pays qu'il adorait.

Le vent de l'histoire n'avait pas soufflé que d'est en ouest et d'ouest en est, il était venu également du nord, charriant son cortège de réfugiés qui fuyaient les guerres, les épidémies et les désastres naturels. Ils avaient trouvé dans cette région un refuge avant de migrer vers les terres fertiles du delta du Nil. Maurice tâta dans sa poche l'objet qu'il avait recueilli pour se rappeler pourquoi il était là, non pas en tant que vague membre d'une mission écologique d'étude de la faune et de la flore du lagon, mais plutôt comme un archéologue prêt à tout pour remettre un orteil en Égypte sous le nouveau régime. Il avait été expulsé en même temps que tous les archéologues étrangers et les touristes plus d'un an auparavant, et l'impact économique se faisait sentir à présent. Il avait fait une découverte qui lui avait valu les faveurs des autorités, une inscription islamique sur un monolithe émergeant des sables datant du VIIe siècle quand les Arabes avaient traversé le Sinaï d'est en ouest. Depuis deux jours, il était sur des charbons ardents à attendre que l'inspecteur attaché à leur équipe daigne demander au ministère de la Culture au Caire un permis de fouilles, deux jours durant lesquels Maurice avait arpenté les berges du lagon, ostensiblement pour recenser la flore, mais en réalité pour dénicher des indices lui montrant qu'ils étaient au bon endroit.

Le Nord-Sinaï et le delta du Nil étaient les grands inconnus de l'égyptologie. Le sable et les alluvions avaient enfoui sous une épaisse couche toute trace possible tandis que l'attention se portait au sud sur les pyramides, les temples et autres monuments. Pourtant ces lieux abritaient peut-être la réponse à la question des racines de la civilisation en Égypte, et si oui ou non elle avait été apportée par un peuple venu du nord par la mer. L'afflux d'immigrants à la fin de l'âge du bronze était documenté, les dénommés Peuples de la mer, qui fuyaient les éruptions volcaniques et l'effondrement de la civilisation à l'époque de la guerre de Troie. Cependant Maurice cherchait des signes beaucoup plus anciens, la preuve que des gens fuyant une immense catastrophe naturelle pouvaient avoir apporté avec eux les semences qui allaient contribuer à la grandeur de l'Égypte au millénaire suivant. S'il y parvenait, s'il dénichait un élément qui fasse le lien avec la découverte par Jack de la cité engloutie de la mer Noire ainsi qu'avec ses propres trouvailles parmi les tombes et les pyramides le long du Nil, alors la toile vierge qu'était le désert qui l'entourait montrerait des personnages aussi importants historiquement que les pharaons et les bâtisseurs de pyramides qui leur avaient succédé au sud.

Il devait à Jack son ambitieux projet depuis que celui-ci lui avait donné l'objet qu'il avait dans la poche alors qu'ils étaient tous deux pensionnaires en Angleterre. Il sentait sous ses doigts le dessin gravé qu'il avait parfaitement en tête sans avoir besoin de le regarder. C'était un fragment d'une plaque de basalte noire, un spécimen de ce que les égyptologues appellent une palette à fard car on suppose qu'elle était utilisée pour broyer des cosmétiques. La gravure montrait une file d'esclaves enchaînés ensemble suivis par leurs geôliers à la tête d'Horus ; au-dessus, le disque solaire et à droite la proue d'un bateau coupé à l'endroit où la palette était brisée. Le disque solaire ne ressemblait pas à l'Aton d'Akhenaton mais au symbole du dieu mésopotamien Shamash, plus ancien d'un millénaire. La scène semblait montrer la venue d'une peuplade issue de terres lointaines.

Ce fragment était sa possession la plus précieuse et avait scellé son amitié avec Jack, qui connaissait sa passion pour l'Égypte et l'histoire de son grand-père. Il les avait accompagnés depuis, durant leurs études universitaires communes, pendant qu'il fondait l'Institut d'archéologie d'Alexandrie et Jack l'UMI, et il n'avait jamais cessé de le narguer, comme s'il en savait plus qu'il n'en disait.

C'est durant son enfance en Nouvelle-Zélande que Jack avait reçu la palette des mains de la veuve d'un officier qui avait combattu dans le Sinaï au cours de la Première Guerre mondiale. Elle ne connaissait pas grand-chose de son origine, sinon que son mari avait appartenu au contingent néo-zélandais de la Force expéditionnaire égyptienne qui avait traversé le Sinaï en 1916 ; l'objet faisait partie des biens qu'on lui avait rendus après qu'il avait été tué près de Damas en 1918. Or, quelques mois auparavant, la petite-fille de la veuve avait envoyé à Jack un journal de marche qu'elle avait trouvé dans les affaires de sa grand-mère après son décès. L'officier y décrivait comment il avait découvert la plaque de basalte en même temps qu'un pilier de pierre portant des inscriptions ; son unité avait reçu l'ordre de creuser un canal vers la mer afin de noyer l'extrémité ouest du lac Bardawil et ainsi d'empêcher les Turcs d'utiliser la digue de sable pour progresser. L'opération avait été abandonnée quand les ennemis avaient été repoussés en Palestine, et la troupe avait quitté les lieux. Le vent et la mer eurent tôt fait d'effacer toute trace de son passage dans le sable.

Jack avait immédiatement contacté Maurice ainsi que Jacob Lanowski, le génie de l'informatique de l'UMI qui se passionnait pour l'Égypte ancienne. Celui-ci s'était rendu sur place et se trouvait présentement sous une tente séparée de Maurice par une dune. Pour la galerie, il assemblait un appareil assisté par satellite dédié à l'étude des caractéristiques sédimentaires du lac dans le cadre de la mission écologique, mais en réalité, il établissait le paléoenvironnement de la côte telle qu'elle se dessinait il y a six mille ans afin de déterminer le plus précisément possible sa position sur l'étendue de sel actuelle. Il avait réussi à localiser le site de 1916 en combinant les sources du journal de campagne de l'unité néo-zélandaise à l'imagerie spatiale. Puis il avait repéré la zone où était enfoui le pilier dont les inscriptions, Maurice en était convaincu, étaient bien plus anciennes que celles qu'il avait trouvées en surface datant des Arabes. La proposition de l'UMI de mener une étude environnementale du lagon avait été une manœuvre de Jack pour permettre le retour de Maurice en Égypte, et celui-ci ne l'en remercierait jamais assez. La présente expédition avait pour Maurice une signification particulière car, outre la possibilité de retourner en Égypte après son exil forcé, elle lui offrait l'accomplissement d'un rêve d'enfance, l'exploration des balbutiements d'une civilisation qui l'avait toujours fasciné, et pas tant les pyramides, les momies et les monuments que les petits indices ensablés qui détenaient bien souvent la clé des plus grandes énigmes du passé.

Maurice prit une profonde inspiration, emplissant ses poumons de l'air brûlant à la saveur familière de désert. Dans l'attente du permis, il en était réduit à son rôle officiel de recenseur de la maigre flore qui parsemait le désert si l'on savait où regarder, exercice qu'il avait appris à apprécier, contre toute attente. Il examina la surface salée et se demanda de nouveau si une forme noire n'apparaissait pas au loin dans son champ de vision. Il lui semblait l'avoir repérée quelques minutes auparavant, sans savoir s'il s'agissait d'un mirage ou d'un effet distordant de ses verres fumés pendant qu'il tournait la tête. Il souleva ses lunettes sur son front et plissa des yeux en les baissant vers le sol à l'endroit où la dune de sable rencontrait la croûte de sel. Il repéra une petite fleur sur la ligne de jonction. Il mit sa main en visière et observa de plus près. *Iris mariae*, qui devait son nom à Marie, mère du Christ, une espèce menacée aux délicates nuances lilas, rose et violet. Une bien jolie plante, songea-t-il. Il sortit son récepteur GPS, l'approcha de la fleur dont il prit un cliché avec son téléphone.

Il se redressa, empocha le récepteur et le téléphone, et remit ses lunettes en place. *Impeccable*, pensa-t-il. Le représentant du ministère serait satisfait de constater que son attention s'était concentrée sur le bon endroit et non sur quelque lubie archéologique. Il balaya de nouveau du regard la surface de sel. Il y avait vraiment quelque chose par là-bas, comme une souche sombre. Probablement un débris rejeté par la mer, mais ça valait le coup de vérifier. Il réfléchit en considérant le bord de la croûte de sel. On l'avait mis en garde de ne pas marcher dessus, même si personne n'avait tenté l'expérience. Par excès de prudence, probablement. On ne sait pas tant qu'on n'a pas essayé, disait Jack. C'était sans doute assez solide.

Il avança un pied qu'il posa sur la surface. Rien ne se passa. Il mit plus de poids. C'est alors qu'il entendit le rugissement d'un diesel venant du sommet de la dune et un Land Rover s'arrêta. Une porte claqua et une voix de femme s'éleva, puissante et claire.

« Maurice ! *Maurice !*

— Qu'y a-t-il ? cria-t-il en se retournant et manquant de glisser sur le sel. Aïcha ? C'est toi ?

— N'y va pas ! lança-t-elle en détachant chaque mot. *N'y-va-pas !*

— Pourtant, les pêcheurs égyptiens s'y rendent, nous les avons encore vus hier.

— Nous avons décidé ensemble de ne pas nous aventurer là-dessus. Tu étais d'accord. Et les pêcheurs font deux tiers de ton poids.

— J'ai repéré quelque chose. À trois cents mètres à l'ouest. J'en suis certain.

— Eh bien, si ça colle avec les hypothèses de Jacob, nous irons voir en disposant une piste sur la surface de sel. Je suis venue t'annoncer les dernières nouvelles. »

Hiebermeyer soupira, dirigea de nouveau son regard sur l'étendue brumeuse et retira son pied de la croûte. Aussitôt se forma une fissure accompagnée d'un réseau de fines craquelures qui partaient dans toutes les directions et une eau saumâtre suinta à l'endroit où il avait posé sa chaussure. Il tourna les talons et grimpa la dune vers Aïcha qui l'attendait. En la voyant dans son abaya blanche, avec son chapeau à large bord, sa ceinture porte-outils et des rangers aux pieds, on avait peine à croire que quinze ans avaient passé depuis que Maurice et elle avaient réalisé leur première fouille ensemble dans la nécropole du Fayoum alors qu'elle achevait son doctorat. Ensemble encore ils avaient mis au jour le papyrus du récit de l'Atlantide qui avait lancé Jack sur la voie de sa grande découverte. Elle était son épouse aujourd'hui, ils avaient un fils assez âgé pour manier une pelle et on devinait sans peine qui faisait la loi. Maurice la rejoignit, l'embrassa distraitement et tous deux descendirent la dune à son extrémité vers la ligne de crête du rivage et l'immensité scintillante de la Méditerranée.

Le sentier s'arrêtait à mi-chemin dans une petite dépression. S'y dressait une tente ouverte sur les côtés dont la toile voletait dans la brise, et qui abritait une silhouette assise penchée sur un ordinateur. Hiebermeyer s'approcha de la tente, Aïcha dans son sillage. Jacob Lanowski leva des yeux à peine visibles derrière le film de poussière qui recouvrait les verres de ses lunettes, avant de les reporter aussitôt vers son écran. Il était l'image même du dévouement à la tâche avec ses longs cheveux plaqués sur le front et la nuque, sa barbe de trois jours qui faisait concurrence à Costas. Aïcha considéra les deux hommes en secouant la tête avec désespoir avant de prendre la parole.

« Je viens d'apprendre que l'équipe de biologie marine a achevé son rapport. Nous n'avons plus beaucoup de temps devant nous.

— Qu'est-ce que ça donne ? demanda Lanowski.

— Ce que nous pouvions craindre. Vous savez que le lagon est le principal terrain d'hibernation et de réserve de nourriture des tortues à l'est de la Méditerranée, ainsi qu'un lieu de ponte. Or les tortues sont prises dans les filets des pêcheurs qui croient qu'elles leur disputent le poisson, ce qui est faux. La surpêche est seule responsable de la raréfaction du loup de mer, et de toute façon les tortues se nourrissent de crevettes et de crabes. Cependant, moins de loups signifie plus de crevettes et de crabes, attirant les tortues. De plus, le réchauffement climatique favorise l'évaporation du lagon et augmente la salinité de l'eau. Les crevettes adorent le sel.

— Ce qui signifie plus de tortues, dit Lanowski.

— Exactement. Et les tortues ne sont pas seulement tuées accidentellement dans les filets par les pêcheurs. Ceux-ci les éliminent délibérément.

— Pourtant, les tortues sont protégées selon une convention internationale.

— Il est question de gagne-pain. Les gens qui vivent dans le secteur sont au bord de l'extrême pauvreté.

— Toutes les espèces ?

— Toutes. Tortues caouannes, tortues vertes, tortues luths.

— Remède ?

— L'éducation. Démontrer aux pêcheurs que les tortues ne sont pas le problème, et transformer le lac Bardawil en parc naturel marin. Une équipe de l'UMI va développer un processus de pêche durable en concertation avec les autorités égyptiennes et veillera à sa mise en œuvre. Les pêcheurs auront besoin d'un revenu d'appoint et nous suggérons de les former comme écogardes afin qu'ils protègent les tortues au lieu de les considérer comme une menace. Ephraim Jacobovich, membre du directoire de l'UMI, a adopté le principe d'une subvention pour les rémunérer. Si le gouvernement égyptien accepte la proposition, notre présence dans le pays est assurée pour le long terme, même si elle se limite au Sinaï. Une chose en entraînant une autre, qui sait si l'écologie n'ouvrira pas la porte à l'archéologie ? Cela te concerne, Maurice. Cela nous concerne tous. L'égyptologie. »

Hiebermeyer se passa une main sur le visage, submergé par l'émotion.

« *Wunderbar*, dit-il d'une voix étranglée. Merci, Ephraim. Merci, l'UMI. Je regarderai les tortues d'un autre œil dorénavant. Les tortues sont mes amies.

— Tu disais que nous n'avions plus beaucoup de temps, fit observer Jacob à Aïcha.

— Le hic, c'est que les consultants de l'UNESCO ont recommandé d'ouvrir sans tarder la digue que nous avons montée dans le chenal, ceci afin de noyer l'étendue de sel à l'extrémité du lac. Je viens de recevoir le planning de la mise en chantier. Nous avons trois jours avant le début des travaux, pas plus. Il y va de la préservation du lagon qui pourrait être durablement affecté par l'assèchement que nous avons provoqué, sans compter que l'UMI donne l'impression de faire plus de mal que de bien par sa présence.

— Et le ministère ? Le permis de fouilles ?

— C'est la seconde nouvelle, dit Aïcha. Je possède une certaine influence par le biais de ma famille. Mon oncle est ingénieur en gestion de l'eau et il a décidé de rester sur place malgré le changement de régime, car il est crucial pour l'agriculture d'entretenir les canaux et le système d'irrigation autour du Nil. Les autorités ont assez de jugeote pour en avoir conscience et elles lui ont laissé une certaine marge de manœuvre. Ce sont ses services que nous avons utilisés pour monter les digues et ce sont eux qui nous fourniront l'équipement de terrassement pour déblayer le sable avant la fouille et les passerelles pour franchir les plaques de sel. Je me suis démenée à démontrer que les inscriptions coraniques trouvées sur la pierre pouvaient avoir une importante signification historique et placer l'archéologie de l'Islam des origines sur la carte. Si nous parvenons à convaincre les membres les plus ouverts du ministère que la région offre de grandes perspectives archéologiques concernant leur héritage et pas uniquement l'Égypte préislamique, alors il y a moyen que ce pays nous ouvre de nouveau ses portes. Le fait que nous recherchons quelque chose de beaucoup plus ancien en sus de ces inscriptions ne devrait pas remettre en cause le principe.

— Et donc, quel est le verdict ? demanda Hiebermeyer.

— Nous avons le feu vert. Mais pour trois jours seulement. »

Maurice claqua dans ses mains et poussa un profond soupir de soulagement.

« Magnifique. Combien de gens avons-nous ?

— Une petite équipe. Nous devons continuer à faire profil bas, pour le cas où une personne qui n'aime pas l'idée au sein du gouvernement se pointe et use de son pouvoir pour fermer le site. La mission principale de l'UMI ici est environnementale. Cependant, Rebecca nous rejoint, toi aussi tu peux participer, Jacob, si tu réussis à te décoller de ton écran. Nous pouvons faire appel à deux collaborateurs de mon oncle avec qui nous avons travaillé par le passé sur des fouilles, et nous aurons aussi les conducteurs d'engins. Mon oncle va hélitreuiller une paire de mini-pelleteuses pour ouvrir le chenal, mais rien ne nous interdit de les utiliser pour déblayer le sable autour du pilier. »

Hiebermeyer se frotta les yeux, remit ses lunettes et porta le regard derrière lui sur le désert de sel visible par une échancrure de la dune. Le soleil était bas à présent, un gros orbe doré qui allait bientôt disparaître derrière le delta du Nil. Les Égyptiens de l'Antiquité avaient un nom pour cette route, *Ha-Horus*, le chemin d'Horus, qui menait à l'endroit où le dieu-soleil plongeait à l'ouest dans le cœur de l'Égypte. La quête ne se limitait pas à ce qui était enfoui dans le sable et sous la croûte de sel, il s'agissait plutôt de tirer le fil, de voir s'il expliquait l'éclosion de la plus remarquable civilisation que le monde ait connue.

Maurice se répéta les paroles d'Aïcha. *Trois jours*... Ils n'avaient pas pris le risque de s'équiper de matériel d'excavation afin de ne pas attirer les soupçons des autorités sur leur véritable objectif, si bien qu'ils allaient être contraints de commencer par gratter le sol. Trois jours pour réunir les outils et les gens indispensables à la mise en œuvre d'une fouille dans un site d'une extrême difficulté. Trois jours pour non seulement dégager le pilier mais surtout pour vérifier que son instinct ne le trahissait pas, et que la souche sombre qu'il avait repérée enchâssée dans le sel se révèle une découverte capitale. Il se remémora une phrase fétiche de Jack : *Au petit bonheur la chance*. Il était dans cet état d'esprit, comme si les choses étaient en suspens. Il le devait à tout le monde, à lui-même, à Aïcha, à Jack, il fallait qu'il saisisse l'opportunité qui se présentait de remettre les deux pieds sur le terrain et que rien ni personne cette fois ne vienne l'en déloger.

Il prit une profonde inspiration, déglutit avec peine et se retourna. Aïcha avait deviné ce qu'il se préparait à faire et lui tendait le téléphone.

« Ça sonne », dit-elle.

Maurice approcha l'appareil de son oreille, réfrénant mal son excitation.

« Allô, l'UMI ? Ici Maurice Hiebermeyer, passez-moi Jack Howard, tout de suite. »

16

Au-dessus de la mer Tyrrhénienne, Italie

L'Embraer de l'UMI avait déjà amorcé sa descente et vira brutalement dans le ciel de la mer Tyrrhénienne en mettant le cap sur la côte italienne. Jack avait dormi une grande partie du vol depuis l'Angleterre et il avait à présent une tasse de café dans les mains, tandis qu'à côté de lui Jeremy pianotait sur son ordinateur. Il s'était réveillé avec l'image gravée dans sa mémoire du puits de mine, de l'eau libre et de la lumière du jour qu'il avait aperçues quand il remontait vers la surface, sans pour autant s'attarder sur les dangers que Costas et lui avaient affrontés. Pour l'instant, il était obnubilé par le paquet en cuir du XVIIe siècle qu'il avait rapporté de leur périple et ce qu'il pouvait contenir. Dès qu'il avait sauté de l'hélicoptère, il s'était empressé de l'apporter au laboratoire de conservation où des techniciens l'avaient pris en charge en commençant par le stabiliser avant de chercher à l'ouvrir. Il avait espéré qu'ils y parviendraient avant de monter dans l'avion, mais le cuir avait durci et formait une masse compacte, et ils s'étaient inquiétés de l'altération que la lumière pouvait provoquer sur le papier et l'encre du ou des documents qu'il abritait. Ils s'étaient réfugiés dans une chambre noire, et les produits chimiques qu'ils utilisaient pour ramollir le cuir agissaient trop lentement pour qu'il ait pu voir quoi que ce soit avant son départ.

Il s'efforça de se libérer l'esprit pour se concentrer sur la journée qui l'attendait. Le coup de fil de Maurice Hiebermeyer alors qu'il se préparait à embarquer dans l'avion compliquait son emploi du temps. Avec trois jours à peine pour conduire une fouille, il se devait d'être rapidement sur place pour offrir son aide, sachant que Costas était également en route. Cela signifiait aussi qu'il avait une fenêtre de quelques heures pour rencontrer l'ami de Jeremy, Marco Carandini, de l'Université pontificale grégorienne, afin d'en savoir plus sur le père Athanase Kircher et ce qui l'avait occupé à Rome durant l'été 1667. Avec un peu de chance, il aurait des nouvelles de Paolo Tensini à Gênes qui lui dirait si les archives du capitaine Viviano et celles de son patron Sauli lui en avaient appris plus sur leur connexion avec Kircher. Jeremy avait prévu de rester à Rome le cas échéant pour suivre une piste si elle se présentait, mais Jack espérait qu'il rentrerait le jour même avec suffisamment de grain à moudre pour que lui-même puisse reprendre l'enquête à son retour d'Égypte.

« Je viens de recevoir un message de Maria au Portugal, dit Jeremy. Dans les archives de la municipalité de Simancas, en Espagne, elle a trouvé un bon de chargement destiné au *Santo Christo di Castello* envoyé par le consul espagnol à Amsterdam, et à Lisbonne elle a mis la main sur des documents notariaux concernant

Porrata et Cornelissen. Ces négociants semblent s'être spécialisés dans le fret de marchandises vers Madère et les Açores, incluant des tableaux et des lustres d'Amsterdam. Cependant, à la fin des années 1660, ils se sont tournés vers l'exploitation de guano d'îles reculées, pour la plupart inhabitées. Passer du négoce d'art au ramassage de déjections d'oiseaux est un curieux virage, même si le nitrate de potassium était très demandé pour la fabrication de poudre à canon. Quoi qu'il en soit, ils disparaissent totalement des registres après un voyage en 1673. Comme s'ils s'étaient évaporés.

— Un naufrage ? demanda Jack.

— Ce serait la conclusion logique. Or il existe un document étonnant qui recense l'approvisionnement de leur navire pour cette ultime traversée. Les navires marchands étaient armés à l'époque, bien entendu, mais ils ont embarqué un arsenal supplémentaire, en totalité antipersonnel. Douze pierriers à boîte en bronze de calibre un pouce, douze canons à chargement par la bouche, vingt mousquets, pistolets, des munitions, trois barillets de cinquante livres de poudre et deux caisses de *granadoes*, des grenades, dont la présence est particulièrement insolite.

— Ils craignaient les pirates ?

— Les pirates anglais utilisaient les îles comme base pour attaquer les navires de la Compagnie des Indes orientales remontant de l'Atlantique Sud ainsi que les précieux vaisseaux venant du Brésil et des colonies espagnoles. Mais c'est un peu prématuré, les années 1670 marquent le début de l'âge d'or de la flibuste caribéenne.

— Étaient-ils poursuivis ? Cherchaient-ils dans ces îles autre chose que du guano, quelque chose que d'autres convoitaient également ?

— Trop tôt pour les trésors enterrés par les pirates.

— Je ne pensais pas à un trésor, mais à quelque chose qui aurait été apporté des milliers d'années auparavant.

— L'entretien que nous allons avoir nous apportera peut-être des éclaircissements. Marco a prévu une voiture qui nous conduira à Rome. Nous avons rendez-vous sur la place devant l'ancien couvent dominicain, non loin du Panthéon et de l'église Santa Maria sopra Minerva. On ne pouvait pas trouver mieux, nous serons à côté du temple d'Isis et du site des découvertes égyptiennes de Kircher. »

Jack regarda par le hublot tandis que l'avion survolait la côte et traversait les nuages vers l'aéroport Fiumicino. Il contempla le grand port hexagonal construit par l'empereur Trajan et au-delà les ruines d'Ostie, le port antique de Rome sur le Tibre, qui s'ensabla quand le cours du fleuve changea de direction au début du Moyen Âge. Il s'était rendu à plusieurs reprises à Rome, d'abord au cours de ses études d'archéologie, puis quand il s'était lancé dans les catacombes sous la basilique Saint-Pierre sur la piste de traces des origines de la chrétienté. Il devait chasser de son esprit l'image de la Rome antique au centre de son empire et envisager une influence bien plus importante géographiquement – le christianisme, à l'époque du capitaine Viviano et du *Santo Christo di Castello*, s'était répandu aux quatre coins du monde, véhiculé par les explorateurs et les marchands qui avaient quitté leurs attaches à la recherche de terres nouvelles. L'Église se montrait à la fois promoteur et censeur des idées : elle formait avec des jésuites tels que le père Kircher certains des plus grands savants de son temps, et elle entretenait conjointement les bûchers de l'Inquisition en condamnant Galilée. Le résultat paradoxal créait les contraintes propres à l'essor de manières de penser inédites. Et comme Jack le savait à présent, ce mouvement était traversé par un courant extraordinaire datant d'avant la fondation de la cité, un import moins manifeste que le christianisme mais tout aussi puissant, une croyance remontant à l'époque des pharaons qui avait survécu à la chute de Rome et à l'âge des ténèbres, et à laquelle ils étaient confrontés aujourd'hui.

Une heure plus tard, ils étaient au cœur de Rome et leur voiture passa devant le Colisée et le palais de Venise avant de s'engager dans les ruelles de l'ancien Champ de Mars, jadis terrain d'entraînement militaire sur lequel nombre des plus beaux monuments de la Rome impériale furent bâtis. C'était la partie de la ville que Jack préférait, avec ses bâtiments du Moyen Âge et de la Renaissance préservés qui s'élevaient au-dessus de fondations antiques et entouraient le plus fameux d'entre eux, le Panthéon, le temple de toutes les divinités. Ils s'arrêtèrent à proximité du mur arrière du Panthéon en bordure de la piazza della Minerva. Ils sortirent du véhicule, remercièrent leur chauffeur et se dirigèrent vers le centre de la place pavée.

« Marco sera là dans une dizaine de minutes, dit Jeremy en consultant son téléphone. Je vais voir si je peux trouver du café dans le coin. »

Slalomant entre des gamins jouant au football, Jack s'approcha de la statue de l'éléphant conçue par Gian Lorenzo Bernini, dit Le Bernin, sur laquelle se dressait l'obélisque. Il voyait au-delà la façade Renaissance de l'église Santa Maria sopra Minerva et sur sa gauche l'ancien couvent dominicain. Il grimpa sur le marchepied et posa la main sur un pied de l'éléphant. Il fut parcouru d'un frisson en éprouvant une forme d'intimité avec le passé, qui le ramena à l'époque du *Santo Christo di Castello* et à Athanase Kircher. La sculpture avait été érigée en 1667, l'année même du naufrage, et l'obélisque avait été mis au jour seulement deux ans plus tôt, enfoui sous le couvent qui avait été le siège du temple d'Isis. En 1667, Kircher avait depuis peu achevé *Obelisci Ægyptiaci*, une étude de l'obélisque, publiée à temps pour figurer parmi les ouvrages embarqués à bord du *Santo Christo di Castello* en compagnie du paquet que Costas et lui avaient remonté de la mine à peine deux jours plus tôt. En observant l'obélisque, il songea aux lieux qu'il avait rencontrés dans sa quête, Amsterdam, le naufrage et les côtes de Cornouailles, abolissant le passage du temps pour les voir tels qu'ils étaient en 1667, tous liés à cette place de Rome et pointés vers une île quelque part à l'ouest, tout un faisceau de questions qui trouveraient peut-être des éclaircissements au cours de son rendez-vous.

Il lut l'inscription gravée sur le socle : *Sapientis Ægypti insculptas obelisco figuras ab elephanto belluarum fortissima gestari quisquis hic vides documentum intellige robustae mentis esse solidam sapientiam sustinere.* « Ces symboles de la science de l'Égypte, que tu vois gravés sur l'obélisque que soutient l'éléphant, le plus puissant de tous les animaux, prends-les comme le précepte qu'il appartient à une âme forte de porter l'immuable connaissance. »

Il leva les yeux sur les hiéroglyphes qui avaient certainement paru mystérieux, voire magiques, aux observateurs romains quand l'obélisque fut apporté d'Égypte pour le temple d'Isis au Ier siècle de notre ère. Et plus de mille cinq cents ans plus tard, Kircher s'était à son tour creusé la cervelle pour en percer le sens et les traduire. L'inscription était due au pharaon Apriès, Hophra dans l'Ancien Testament, et montrait que l'obélisque avait été érigé à Saïs sur le delta du Nil entre 588 et 568 avant J.-C. Une autre raison avait poussé Jack à toucher le monument. Maurice était persuadé que l'obélisque était issu du temple que le Grec Solon avait visité au Ve siècle avant notre ère et où il avait entendu parler de l'Atlantide de la bouche des vieux prêtres. Ce qui établissait un lien entre ce lieu et une partie de l'histoire qui ne se tenait pas au XVIIe siècle mais dans un passé reculé, avant la Rome antique, Solon et les pharaons, à l'aube de la civilisation, quand un groupe de réfugiés d'une cité engloutie de la mer Noire avait débarqué en apportant avec eux un bien dont Costas et lui ne pouvaient imaginer la valeur lorsqu'ils avaient pour la première fois plongé sur le site voilà plus de quinze ans.

Un homme en soutane s'approcha de lui et suivit son regard.

« "Créateur de la vie sur terre comme le soleil siège dans l'éternité", dit-il en anglais avec un léger accent. Je crois que c'est la traduction correcte des hiéroglyphes qui ont tant fait transpirer le père Kircher. »

Jack identifia le nouveau venu avant de lever de nouveau les yeux sur l'inscription.

« Un lien entre le ciel et la terre, entre le profane et le divin, la forme de l'obélisque évoque les rayons du soleil, à l'instar des pyramides.

— Ce fut le génie du Bernin d'associer un éléphant baroque et la vieille pierre, un mariage qui aurait pu choquer dans d'autres mains mais qui montre, par l'utilisation des antiquités pour affermir le message de l'Église, l'assurance et la confiance en soi de Rome au temps de la Contre-Réforme.

— Coiffé de l'emblème papal et surmonté d'une croix à la place du disque solaire et du revêtement d'or sur la pointe pour refléter ses rayons quand l'obélisque se dressait devant le temple à Saïs.

— En effet. La sagesse divine, omniprésente depuis que Dieu a créé l'univers, qui a imprégné le christianisme *via* l'Égypte ancienne, et cela alors même que son peuple vivait avant l'avènement du Christ rédempteur. »

Jack montra derrière eux le Panthéon, visible entre deux immeubles.

« Et nous avons peut-être là le symbole du soleil le plus éloquent de tous, le bâtiment circulaire irradiant sa sagesse sur toute la cité. La plupart des observateurs voient le Panthéon comme un temple et pas comme une église. Une des grandes réussites de la chrétienté à Rome est d'avoir su préserver l'identité païenne sans chercher à l'absorber.

— Paroles d'archéologue, dit l'homme en souriant et en tendant la main. Docteur Howard, votre réputation vous précède.

— J'en dirais autant de la vôtre, père Rauscher. Jeremy m'a montré votre monographie des travaux d'Athanase Kircher. Je sais aussi que vous dirigez à l'Université pontificale la thèse de Marco Carandini qui traite de la réception et de la compréhension de l'Égypte ancienne à la Renaissance et au début de la Rome moderne. »

Rauscher s'inclina légèrement et fit un geste vers le couvent dominicain.

« J'étais avec lui dans la bibliothèque et nous discutions de la publication de son travail. Il m'a dit qu'il avait rendez-vous ici avec vous et j'ai voulu vous saluer.

— Jadis siège du tribunal de l'Inquisition, dit Jack en désignant le bâtiment. Tout à fait approprié pour examiner une thèse de doctorat.

— C'est vrai. Heureusement, les temps ont changé depuis le procès de Galilée, nous n'interrogeons plus les candidats avec la même sévérité. Je tenais à vous dire que j'ai suivi avec le plus grand intérêt vos opérations de fouilles du *Santo Christo di Castello* depuis sa découverte. Vous imaginez ma fascination de savoir qu'un navire au départ d'Amsterdam à l'été 1667 transportait un lot d'ouvrages d'Athanase Kircher en personne. J'attends avec impatience les révélations qu'offriront les suites de vos recherches. »

Un jeune homme trapu vêtu avec soin apparut à l'angle de l'immeuble en compagnie de Jeremy qui marchait avec précaution pour ne pas renverser une goutte des deux gobelets de café qu'il apportait. Le père Rauscher serra la main de Jack avant de se diriger vers l'entrée du couvent, et il salua d'un signe de tête les nouveaux venus en les croisant. Jeremy tendit un gobelet à Jack.

« Marco sait que nous sommes ici pour peu de temps. »

Marco échangea une poignée de main avec Jack.

« Vous ne vous en souvenez sans doute pas, mais Jeremy m'avait invité à une conférence que vous donniez sur les Évangiles quand j'étais étudiant invité à Oxford et qu'il achevait son doctorat. Vous m'aviez présenté à Maurice Hiebermeyer qui pouvait m'aider à transcrire les hiéroglyphes que le père Kircher avait étudiés à Rome.

— Je m'en souviens. J'étais justement en train d'essayer de déchiffrer ceux qui figurent sur cet obélisque. Le père Rauscher est toujours impliqué dans vos recherches ?

— Son patronyme complet est Ritter von Rauscher. Son arrière-grand-père a été archevêque de Vienne et cardinal. Des générations de Rauscher ont servi le Vatican, tous des jésuites érudits. Plutôt intimidant, mais il est la personne indiquée pour diriger ma thèse et m'éclairer sur l'Égypte à Rome, un sujet qui le passionne depuis ses études ici. »

Jack avala une gorgée de café et consulta sa montre.

« Qu'avez-vous pour nous ? Je n'ai guère de temps.

— Il faut que je vous montre quelque chose. Quelque chose que je suis le seul à avoir vu. Et qui va vous stupéfier.

— Nous sommes là pour ça.

— J'espère que ça ne vous dérange pas de vous mouiller ? »

Jack loucha sur le soleil qui se reflétait dans la fontaine de la place.

« C'est même une perspective séduisante.

— Bien. Suivez-moi. »

Marco conduisit Jack et Jeremy derrière le Panthéon et s'engagea dans l'étroite rue qui menait à la piazza della Rotonda devant le portique de l'église. Au centre de la place s'élevait le second obélisque du temple d'Isis, de plus petite taille, découvert au XIVe siècle et érigé sur la fontaine lors de sa construction en 1575. Jack s'arrêta et le contempla un instant, songeant que le père Kircher avait dû passer des heures au même endroit à méditer sur la signification des hiéroglyphes. Cet obélisque était bien plus ancien que celui de la piazza della Minerva, il remontait au XIIIe siècle avant J.-C. sous le règne de Ramsès II, à l'époque où la vieille religion avait été restaurée après l'hérésie d'Akhenaton au siècle précédent.

Jack se détourna et suivit ses deux compagnons dans le Panthéon en passant sous les colonnes en granit égyptien du portique, une pierre extraite du désert oriental après la conquête du pays par les Romains au Ier siècle avant J.-C. Quand il entra dans l'édifice, son regard fut attiré par le marbre décoré du sol qui contrastait avec le ciment austère du dôme et ses caissons s'élevant en cercles concentriques vers l'ouverture centrale, par laquelle pénétrait la lumière du soleil. Le terme « panthéon » signifiait « tous les dieux », même si l'historien romain Dion Cassius a prétendu qu'il ne venait pas des statues des dieux en son sein mais de sa ressemblance avec la voûte céleste. En canalisant l'énergie du soleil, l'édifice paraissait dédié au dieu solaire Hélios de la mythologie grecque, une divinité nommée Shamash par les Mésopotamiens et Aton par les Égyptiens. Jack s'avança pour se placer sous l'ouverture de la coupole et, tandis que le rayon lumineux le baignait de sa chaleur bienfaisante, il éprouvait une profonde empathie pour ceux qui, tel Akhenaton, avaient succombé à son sortilège, à sa force vitale plus réelle que les chimères de bien des dieux.

Il suivit Marco et Jeremy dans une abside au fond jusqu'à une petite porte derrière la statue d'un roi d'Italie quelconque. Marco la déverrouilla et la referma à clé derrière eux. Ils étaient dans un couloir sinistre en brique à peine éclairé par une guirlande d'ampoules nues qui aboutissait à un escalier.

« Ce passage suit le mur extérieur de la rotonde, expliqua Marco. Il y a environ six semaines, l'eau a commencé d'envahir le sol du Panthéon, ce qui signifiait que l'aqueduc souterrain était obstrué. Les instances de Santa Maria Rotonda savaient que j'avais étudié la cartographie ancienne des lieux dans le cadre de mon doctorat et que je pouvais connaître les accès du sous-sol. J'ai été choisi pour surveiller les travaux en qualité d'archéologue. Hormis les ouvriers et moi-même, personne n'a mis les pieds ici de mémoire humaine, car l'entrée que nous avons empruntée était condamnée par des panneaux de marbre. Nous avons trouvé mention de la porte en consultant un plan du XVIe siècle, quand l'église fut rénovée, et ce passage date de la construction romaine d'origine. »

Les marches étaient étroites et longues, elles descendaient en épousant la courbure de la rotonde. Au pied de l'escalier, Marco se courba pour passer une arche, Jack et Jeremy dans son sillage, et ils pénétrèrent dans un espace trop bas de plafond pour qu'on puisse se tenir debout. Marco distribua à chacun une petite lampe LED et alluma la sienne. Le sol sur lequel reposaient les fondations du Panthéon était une roche solide, du tuf grisâtre qui formait la sous-couche de quasiment toute la ville. Au milieu, une eau cristalline qui scintillait dans la lumière de leurs torches s'écoulait dans une tranchée creusée dans la pierre.

Marco dirigea le rayon de sa lampe le long du canal vers une arche basse par laquelle l'eau disparaissait sous la rotonde.

« Le problème se situait à cet endroit, dit-il d'une voix étouffée par l'espace confiné. Une légère secousse sismique, à peine perceptible, a suffi pour déloger une pierre de voûte qui a obstrué le canal. Elle bloquait l'écoulement avec les débris que le tremblement de terre avait produits, le niveau de l'eau avait monté jusqu'à sourdre sur le sol du Panthéon. Le sous-traitant n'a eu aucune difficulté pour éclaircir la voie. Un simple exercice de plongée.

— Et vous avez découvert quelque chose ?

— Après l'intervention, j'ai attendu deux jours que l'eau ait regagné son lit avant de descendre pour juger de l'inutilité de travaux supplémentaires. Quand le boyau a été dégagé, je l'ai suivi aussi loin que je pouvais dans les deux sens. Dans l'Antiquité, le Champ de Mars était alimenté par l'aqueduc de l'Aqua Virgo, réputé pour la pureté de son eau, ce que vous pouvez constater. Cependant, ce que nous observons à présent semble être le résultat de l'entreprise de rénovation conduite aux XVe et XVIe siècles sur le vieil aqueduc romain. Le pape Nicolas V l'a fait restaurer et prolonger en 1453, et des travaux ultérieurs ont été menés par le sculpteur et architecte Giacomo Della Porta dans les années 1570. Leur objectif était d'étendre le réseau jusqu'à dix-huit fontaines publiques, dont celle de la piazza della Rotonda où se dresse l'obélisque, à une quinzaine de mètres de l'endroit où nous sommes. C'est là que le canal aboutit.

— J'imagine que c'est l'autre direction qui vous intéressait », dit Jack.

Marco acquiesça.

« Je savais que le canal pénétrait sous la surface de l'édifice à l'est. On avait besoin d'eau courante, en particulier le temple d'Isis dont les jardins aquatiques étaient la principale attraction. Je pensais prendre contact avec l'association Sotterranei di Roma, dont les membres vous ont prêté assistance lorsque Costas et vous avez cherché sous terre des traces des premiers chrétiens. Mais on ne peut pas savoir si elle a été infiltrée, si elle n'abrite pas un informateur. Il y a de nombreuses organisations secrètes au sein de l'Église et en dehors, des tas de gens leur sont inféodés, parfois par tradition familiale depuis des siècles. Vous comprendrez pourquoi j'étais soucieux quand vous verrez ce que j'ai découvert.

— Tu es descendu dans le tunnel tout seul ? demanda Jeremy.

— J'ai lu tous les livres de Jack. Les passages souterrains, si possible inondés, semblent obligatoires quand on part à la chasse au trésor.

— Ce n'est pas sans risques, dit Jack. Quand nous en aurons terminé, je vous montrerai où Costas et moi sommes allés. Mais avançons.

— Le tunnel fait cent vingt mètres de long. Il passe sous la rue et sous le couvent dominicain et court jusqu'aux fondations du temple d'Isis. »

Marco conduisit Jack et Jeremy devant l'arche de l'aqueduc qui s'ouvrait sur le côté est de la chambre. L'arche elle-même était constituée de blocs de travertin probablement issus du temple républicain qui avait précédé le Panthéon ; la clé de voûte portait la date, 1570, et une inscription : GIA DELLA PORTA ARCHITECTUS FECIT, « Bâti par Gia Della Porta, architecte ». On aurait dit une imitation délibérée de la célèbre inscription d'Agrippa qui ornait le fronton du Panthéon, comme si Giacomo Della Porta avait voulu montrer que son travail s'inscrivait dans la tradition des grandes œuvres de l'Antiquité sans chercher à les remplacer. Giacomo appartenait à la même famille de sculpteurs à Gênes que Guglielmo Della Porta, créateur du crucifix du *Santo Christo di Castello*, et Jack toucha de la main l'inscription en passant sous l'arche pour ressentir de nouveau un frisson d'intimité avec le passé.

Marco et Jeremy ouvraient le chemin, le dos courbé sous le plafond bas et l'eau jusqu'aux genoux, dans laquelle ils avançaient à contre-courant. La légère courbe sur la droite était perceptible, et Jack, jetant un coup d'œil par-dessus son épaule, constata que l'entrée n'était plus visible. Au bout d'une vingtaine de mètres, le tunnel déboucha dans une salle assez vaste pour qu'ils puissent se redresser. Jack balaya l'espace de sa lampe. Il avait vécu une expérience comparable quand il avait exploré les catacombes sous la basilique Saint-Pierre quelques années plus tôt, sinon que tout était différent. À la place des niches et des tombes creusées dans la roche, il avait sous les yeux les fondations massives de pierres et de ciment des temples de la Rome antique. L'air n'avait pas non plus la même saveur, l'odeur du calcaire et de l'eau fraîche remplaçait les effluves musqués de la pourriture. L'endroit n'avait rien de sépulcral et paraissait plus connecté avec la ville actuelle dont il percevait l'écho assourdi au-dessus de sa tête.

Marco dirigea le faisceau de sa lampe sur le mur opposé et une rangée d'arches basses. Jack l'imita et repéra les débris d'amphores broyées incluses dans le mortier, preuve que l'origine de la maçonnerie était antique. L'eau s'écoulait de la canalisation centrale et elle noyait complètement le tunnel dont on ne voyait que le sommet de l'arche.

« Voilà le canal d'origine qui venait de l'Aqua Virgo et passait sous le temple d'Isis, dit Marco. Giacomo Della Porta l'a utilisé pour y percer une dérivation alimentant la fontaine devant laquelle nous sommes passés, en revanche il n'a pas eu besoin de toucher plus à l'aqueduc antique qui est resté en l'état. Je pense qu'il est submergé depuis la période romaine, inondation causée par un bassin de décantation de l'autre côté de l'édifice qui déborde sans cesse. À ma connaissance, personne n'y est jamais entré avant nous. Si mes hypothèses sont bonnes, nous devrions déboucher directement dans les sous-sols du temple d'Isis originel.

— Il n'existe pas un autre accès ? demanda Jack.

— On peut y parvenir depuis l'église Santa Maria sopra Minerva. Il existe un passage dans la nef latérale nord qui donne sur une porte verrouillée par un cadenas. L'emprunter laisserait des traces. Or il est impératif que le cadenas reste en place pour que l'on ne puisse soupçonner une infraction.

— Si je comprends bien, nous allons devoir franchir le tunnel, dit Jeremy. Sous l'eau.

— Je respecte le mode d'emploi, répondit Marco en souriant. Toute exploration avec Jack Howard implique un séjour dans l'eau. Gardons nos sous-vêtements et laissons le reste ici. Je prends mon téléphone, il est étanche, tout comme nos lampes. Nous ne devrions pas avoir plus de vingt mètres à parcourir. Comment te sens-tu côté souffle ?

— Rouillé, répondit Jeremy en considérant le boyau avec scepticisme. C'est plus dans les archives que j'ai plongé ces temps derniers.

— Je dirigerai ma lampe vers toi quand je serai au bout pour te guider. Et Jack pourra toujours te pousser si tu lambines.

— Génial. Et en plus, c'est contre le courant.

— Paré à y aller ? lança Marco en ôtant sa chemise.

— Vous avez effectivement lu mes livres, dit Jack. Oui, allons-y. Paré à y aller. »

17

Ils se déshabillèrent en gardant leurs sous-vêtements et s'assirent au bord du canal. Marco dirigea sa torche vers la bouche du tunnel.

« Une fois parvenu sain et sauf au bout, je lancerai cinq flashs de lumière, puis je tiendrai ma torche allumée comme repère pour vous », dit-il.

Il s'accroupit dans d'eau, inspira profondément à trois reprises et retint son souffle avant de s'élancer sous la voûte. Les deux autres observèrent la lueur de sa lampe s'éloigner en même temps que lui. Jeremy prit la place de Marco dans l'eau pour guetter le signal. Deux minutes plus tard, ils entendirent un coup sourd et la voix de Marco leur parvint, étouffée mais audible.

« Il y a une poche d'air à dix mètres. Visez-la en premier. »

Jeremy inspira comme Marco avant lui, s'accroupit devant l'ouverture et disparut dans le boyau. Jack prit position à son tour, conscient qu'il devait suivre son ami de près pour parer à tout problème. L'eau était froide, d'une fraîcheur bienfaisante, il s'efforça de calmer les battements de son cœur et de réfréner sa hantise des espaces confinés en soufflant pour expulser le maximum de gaz carbonique de ses poumons. Le tunnel était plus étroit qu'il ne l'aurait cru, un mètre et demi seulement entre le fond et le plafond. Il prit une profonde inspiration et plongea, dirigeant sa lampe devant lui en poussant sur la paroi pour avancer. Il distinguait la lumière de Marco à travers le brouillard de sédiments et, plus proche de lui, la silhouette des jambes de Jeremy en mouvement. Au bout de trente secondes, celui-ci stoppa, et Jack discerna une flaque de lumière sur la voûte à l'endroit de la poche d'air. Il se glissa à côté de Jeremy sous un espace d'un mètre de hauteur, en clignant des yeux.

« Il ne va plus rester que du gaz carbonique après le passage de Marco, dit-il en haletant, ne traînons pas pour ne pas risquer de nous trouver mal.

— Les signaux de lumière, dit Jeremy. Marco est arrivé au bout. »

Tous deux emplirent leurs poumons et repartirent, Jeremy en tête. Puis Jack aperçut les jambes de Marco et ils firent surface devant lui, en prenant appui sur le bord pour reprendre leur souffle. Jack s'essuya le visage avant de balader le rayon de sa torche autour de lui. Ils se trouvaient dans une salle comparable en taille à celle qu'ils avaient vue sous le Panthéon, sinon qu'elle était divisée par des arcades de brique en une suite de chambres voûtées. Le canal s'écoulait au milieu d'une autre grande pièce et passait sous une arche vers laquelle Marco les entraîna aussitôt qu'ils furent hors de l'eau.

« Tout ce que vous voyez date de l'époque romaine, dit-il en balayant l'espace de sa lampe. La maçonnerie, le mortier avec ses inclusions de tessons. Ce sont les fondations du temple d'Isis.

— Venez voir ! Incroyable ! »

Jeremy s'était immobilisé devant une forme sombre que sa torche éclaira. Jack tourna le regard vers la statue grandeur nature d'un chacal assis sur un piédestal, ses grandes oreilles dressées.

« Anubis, dit-il en s'agenouillant devant la sculpture sur laquelle il posa la main. Identique à la statue découverte dans le tombeau de Toutânkhamon, sauf que celle-là est en diorite noire. Le dieu de la mort, de la momification, de l'embaumement, des funérailles et de l'après-vie.

— Je ne suis pas sûr d'apprécier la tournure que ça prend, déclara Jeremy. Ce coin me rappelle un peu trop le bureau. »

Marco s'approcha et examina de plus près la statue.

« Les hiéroglyphes sur le devant désignent Ramsès II. Semblables à ceux que l'on trouve sur l'obélisque de la piazza della Rotonda. Je parie que cette sculpture provient d'Héliopolis elle aussi et qu'elle a été apportée ici par les prêtres d'Isis dans l'idée de recréer leur temple à Rome.

— Selon toi, dit Jeremy, ce ne sont pas les Romains qui ont importé l'Égypte à Rome, mais les Égyptiens eux-mêmes ?

— C'est la conclusion de mon mémoire, répondit Marco. Le père Rauscher a essayé de m'en dissuader, il prétend que cela prête trop à controverse. Pourtant, je suis certain qu'il partage mon point de vue. Les Romains pillaient les régions qu'ils conquéraient et rapatriaient des œuvres d'art et autres trésors. En revanche, que les prêtres égyptiens, sentant le vent tourner, aient choisi d'implanter en secret leur culte à Rome au cœur même de l'Empire est une hypothèse originale. Et je ne parle pas du rituel folklorique destiné aux riches oisifs, mais du culte d'Isis pur et dur.

— Et tu crois que c'est ce que nous avons là ? demanda Jeremy.

— Je pense que c'est ce que le père Kircher étudiait quand il a mené les fouilles qui ont produit l'obélisque. Il a très bien pu parvenir jusqu'ici. Cette statue ne provient pas des ruines du temple au-dessus, elle n'a pas été ensevelie, elle a été disposée délibérément à côté de l'aqueduc. Ce qui colle avec ma théorie selon laquelle un sanctuaire secret existait dans les sous-sols.

— La statue n'est pas toute seule, dit Jack. Regardez ça. »

Ils se redressèrent et balayèrent de leurs lampes l'espace autour d'eux. Des statues s'alignaient à intervalles réguliers le long du canal, toutes intactes et plusieurs polies et lustrées. Elles représentaient des animaux sans anthropomorphisme et Jack en reconnut certaines grâce à sa fréquentation assidue avec Maurice du British Museum durant ses études : la lionne Sekhmet, déesse de la guerre ; Hathor, la déesse mère, et ses cornes de vache ; Baba, le dieu babouin ; et le crocodile Sobek, divinité du Nil, à moitié immergé dans le canal.

« Stupéfiant, dit-il. Ces sculptures égalent en qualité tout ce que j'ai pu voir issu d'Égypte ancienne. J'aimerais que Maurice soit présent.

— La rangée mène à une chambre devant nous, dit Marco. Je recherche quelque chose en particulier qui pourrait bien s'y trouver. »

Jeremy et Jack le suivirent le long de l'aqueduc vers l'arche la plus proche en passant devant le babouin et le crocodile. Celui-ci, grandeur nature, était sculpté dans du marbre vert, les yeux en cristal rouge, et il semblait vivant dans le flux de l'eau, prêt à bondir sur eux. Jack se courba pour franchir l'arcade après ses deux compagnons et un tableau incroyable s'offrit à lui. La salle était plus large et plus profonde que celle qu'ils venaient de quitter, la voûte plus haute, et au centre se dressait une longue table en pierre à la surface polie flanquée de quatre sièges également en pierre. À la tête de la table, dominant la pièce, s'élevait la statue en granit rouge de la déesse Isis dans une robe fourreau, un rouleau de papyrus dans une main et un ânkh dans l'autre, un cobra royal pointant de sa couronne sous une coiffe d'où jaillissaient deux longues cornes de vache enserrant un disque solaire. Sur les murs de part et d'autre de la table étaient accrochés quatre représentations en or martelé du dieu-faucon Horus, fils d'Isis et d'Osiris, les ailes repliées en forme de cape. Jack s'approcha et passa la main sur la surface de métal poli.

« Ces pièces sont anciennes, incroyablement anciennes. Prédynastiques à coup sûr, probablement préhistoriques. Maurice a toujours assuré qu'Isis, Osiris et Horus puisaient leur origine dans des temps très reculés. Le travail du métal comme celui-là était connu au début du Néolithique.

— Qu'est-ce qui pouvait bien se dérouler ici ? s'enquit Jeremy.

— Plus que ça, intervint Jack, qu'est-ce qui *se déroule* ici. Regardez les bougeoirs sur les murs. Les chandelles sont neuves.

— *Inventio Osiridis*, les Mystères d'Osiris, c'est ce que je suppose, dit Marco en dirigeant sa lampe sur la statue. Le terme latin pour les cérémonies rejouant la mort d'Osiris.

— Et le succès d'Isis de le ramener à la vie », ajouta Jack.

Marco acquiesça.

« Osiris est revenu d'entre les morts, tout comme le Christ. C'est pourquoi le culte d'Isis a pu séduire les premiers chrétiens, qui ont vu des similitudes entre Isis et la Vierge Marie. Ce que d'anciennes sources nous apprennent sur le culte d'Isis à Rome tendrait à montrer que le rituel de l'*Inventio* était plus qu'un mystère joué parmi ceux qu'affectionnait l'élite romaine. Ma théorie est que les cérémonies publiques dans le temple en cachaient d'autres beaucoup plus sérieuses au sous-sol, la continuation du rituel authentique administré par les prêtres du temple d'Isis à Memphis au temps des pharaons.

— Venez voir, dit Jeremy qui était entré dans une petite salle derrière la statue d'Isis que traversait le canal. Il y a une seconde table ici. Je peux me tromper, mais on dirait une table funéraire. Je remarque des rigoles sur les bords qui aboutissent à un trou au-dessus de l'eau. Un dispositif qui permet d'évacuer toute émission liquide. Et voilà un couteau. »

Jack rejoignit Jeremy et s'en empara. Il admira la finesse de la lame de silex, meulée et façonnée par pression sur une face pour former un fil cranté en forme de vagues, la beauté du manche d'ivoire décoré d'un faucon gravé.

« Il est également très ancien, dit-il, IVe millénaire avant J.-C. au moins, et provenant de la culture de Nagada du delta du Nil. Maurice a étudié ces couteaux pour son mémoire de maîtrise et je lui ai donné un coup de main pour répertorier la collection du British Museum. La figure d'Horus sur le manche tend à accréditer son hypothèse de l'antériorité précoce de ces divinités.

— Qu'il ait prétendu que ces couteaux étaient utilisés pour des sacrifices humains a suscité quelques remous, non ? demanda Jeremy.

— On a longtemps pensé qu'ils étaient essentiellement des instruments de parade. Maurice a suggéré que l'origine de la momification provenait de la tradition des sacrifices humains, pratique des peuples sémitiques du Nord-Est largement documentée mais que l'on n'associait pas à l'Égypte. Il a avancé que ces couteaux servaient à cet usage. »

Marco s'avança derrière Jack et éclaira la table.

« Mon Dieu ! dit-il d'une voix altérée. Akhet-Rê... C'est donc vrai.

— Qu'y a-t-il ? » demanda Jeremy.

Marco marqua un silence avant de répondre.

« C'est ce sur quoi je travaillais ces deux derniers jours, littéralement. Je n'en ai même pas parlé au père Rauscher. Ce sont les transcriptions de papyrus du père Kircher provenant des archives de la famille Sauli de Gênes, que Paolo Tensini vient de me faire parvenir. Kircher n'a pas su traduire les hiéroglyphes, mais moi, oui. Les chercheurs le soupçonnent depuis des années, aujourd'hui je le confirme. Les prêtres égyptiens pratiquaient le rituel d'Akhet-Rê, l'embaumement vivant.

— Comment est-ce possible ? demanda Jeremy, interloqué. Je veux dire, embaumer quelqu'un en le maintenant en vie ?

— Les embaumeurs égyptiens étaient incroyablement habiles. Ils savaient avec précision quels organes prélever et comment le faire. Ils paralysaient la victime avec du venin de serpent, la laissant consciente et sensible à la douleur mais incapable de bouger. Ils enlevaient un poumon, un rein, les intestins, les yeux, une partie du cerveau. Ils maîtrisaient la technique pour contenir l'hémorragie, pour recoudre le corps. Le temps que l'effet du poison se dissipe, le malheureux était enveloppé de lin et gisait dans son tombeau. Son agonie pouvait durer des heures, voire des jours.

— Pourquoi faire une chose pareille ? Par châtiment ?

— En partie. Mais aussi pour accomplir l'*Inventio Osidiris*. Je sais que le rituel a eu lieu ici car le couteau en silex est décrit dans le papyrus. Les hiéroglyphes nous disent qu'Osiris ne peut revenir à la vie que par l'entremise de l'âme d'une victime sacrificielle, et afin que l'énergie vitale irrigue Osiris, celle-ci doit être à mi-chemin entre la vie et la mort, ce que les prêtres réalisaient par le rituel d'Akhet-Rê. Cette force de vie était d'autant plus puissante qu'elle émanait d'un individu qui aurait défié la déesse, qui se serait détourné de son culte. Le pharaon hérétique Akhenaton a subi le supplice d'Akhet-Rê. La version officielle prétend qu'il est mort des suites de maladie, or ce n'est pas vrai.

— Ce qui explique une chose horrible, dit Jack. Costas et moi avons découvert sa momie quand nous sommes entrés dans son tombeau sous la pyramide de Mykérinos. Elle gisait sur le sol, hors de la table, comme si elle avait été animée d'un souffle de vie.

— Qu'en est-il aujourd'hui ? intervint Jeremy. Tu penses que ça se pratique encore ?

— Je l'ignore, dit Marco. En revanche, si c'est le cas, quiconque violerait ce sanctuaire serait en tête de liste. C'est-à-dire nous.

— Être momifié vivant, dit Jeremy. Je ne vais pas tarder à me trouver mal… C'est ça que tu cherchais ?

— Il y a autre chose. »

Marco se rendit dans la salle principale où se dressait la table.

« J'ai trouvé dans les archives de Sauli une lettre de Kircher évoquant les antiquités égyptiennes qu'il avait mises au jour à Rome. Nous savons que Kircher a découvert l'obélisque et des sculptures en fouillant le jardin du couvent dominicain. Je pense qu'il est venu ici et qu'il a vu ce que nous voyons actuellement. Il a même pu installer quelques-unes de ces statues.

— Tu sous-entends que Kircher trempait dans cette survivance du culte d'Isis ? avança Jeremy.

— Je crois que Kircher, dans sa quête obstinée de hiéroglyphes, a pénétré ici et qu'il est tombé sur les disciples d'Isis. Ceux-ci ont dû penser que Kircher, féru d'occultisme, serait réceptif à leurs idées. Ils ont même pu le voir comme un atout, avec sa science des hiéroglyphes et les découvertes qu'il avait réalisées sur le site du temple romain d'origine, lesquelles revêtaient pour eux une signification religieuse. Ils l'ont peut-être incité à placer dans cette salle le gros de ses trouvailles. Je pense qu'ils accueillaient dans leurs rangs des dignitaires de l'Église, voire des jésuites, membres de la congrégation de Kircher, qui l'ont initié à leur culte, sachant qu'il était difficile pour lui de refuser. Et je soupçonne qu'il en soit de même de nos jours.

— En revanche, tu penses qu'il ne pouvait pas être un adepte convaincu ?

— La lettre à Sauli montre qu'il a déniché sur le site quelque chose qui a éveillé son intérêt, l'inscription égyptienne originale qui fut copiée sur la table isiaque de Bembo, mais de travers. En mettant la main sur cette inscription, nous ferions un progrès considérable. C'est ce qui m'a amené ici. Kircher a écrit à Sauli qu'elle lui avait servi de base pour sa théorie de localisation de l'Atlantide. »

Jack dévisagea Marco.

« Tu es sûr de ce que tu avances ?

— J'ai traduit le courrier avant-hier. Et plutôt deux fois qu'une.

— Vous parliez d'une tablette, n'est-ce pas ? intervint Jeremy. Jetez un coup d'œil sur cette table.

— Je vois une surface de marbre lisse.

— Regardez de plus près sur les tranches. On dirait bien qu'il existe une plaque sur le dessus, on distingue une fine feuille de métal au milieu. Je pense que le plateau est amovible. »

Marco et Jeremy se placèrent chacun à une extrémité de la table tandis que Jack demeurait sur un côté au milieu. Il poussa, et le plateau glissa aisément. Marco et Jeremy le saisirent aux deux bouts et le déposèrent sur le sol en l'adossant à un siège en pierre. Jack braqua sa torche sur la surface métallique mise à nu et les deux autres s'approchèrent. Ils furent tout d'abord éblouis par le reflet lumineux sur la plaque polie. Jack inclina sa lampe et un spectacle incroyable apparut à leurs yeux. Le métal était couvert de hiéroglyphes dans des cartouches séparés par des images de dieux et d'humains. Il repéra les prêtres à tête de faucon, la silhouette d'un bateau. Les hiéroglyphes étaient disposés en rayons qui partaient du centre et d'un symbole de la taille d'une main. Un frisson d'excitation le parcourut quand il reconnut celui qu'il avait vu sur le papyrus que Maurice et Aïcha avaient trouvé sur une momie dans le désert égyptien quinze ans plus tôt : *le symbole de l'Atlantide.*

« Voilà ce qui ne figure pas sur la copie romaine qu'est la table isiaque de Bembo, dit Marco. Nous sommes sans doute en présence du modèle original que Kircher a vu.

— Vous sauriez le déchiffrer ?

— La table isiaque montre une série de hiéroglyphes disposés sans cohérence par un copiste romain qui ignorait leur signification, à une époque où le secret de l'écriture égyptienne était perdu. Il n'a pas inclus le symbole de l'Atlantide pour une raison ou pour une autre. Peut-être le jugeait-il bizarre, incongru, peu conforme aux motifs décoratifs égyptiens. Je constate cependant que les hiéroglyphes tels qu'ils figurent ici ont un sens. Je peux les traduire si l'on me donne un peu de temps. »

Un bruit métallique se fit entendre, suivi d'un écho de voix étouffées.

« On vient par l'église, murmura Marco. Remettons vite le plateau en place et filons d'ici. »

Il s'empara de son téléphone accroché à son avant-bras et s'empressa de prendre des clichés de la surface enluminée avant qu'ils n'unissent leurs efforts pour redonner à la table son aspect initial. Puis il passa sous l'arcade et traversa l'antichambre où s'alignaient les statues, les deux autres sur ses talons.

« Éteignez vos lampes. Même dispositif qu'à l'aller : moi d'abord suivi de Jeremy et enfin de Jack. Avec le courant, nous devrions pouvoir franchir le boyau sans avoir à reprendre notre souffle. Et maintenant, silence. »

L'obscurité complète les enveloppa un instant avant que n'apparaisse une faible lueur en même temps que les voix se précisaient. Elle suffisait pour que les contours de l'aqueduc se devinent devant Jack. Marco s'accroupit dans l'eau, prit une profonde inspiration et s'élança vers l'arche du tunnel, bientôt suivi par Jeremy. Jack s'attarda un moment, invisible dans l'obscurité, et observa le mouvement erratique du rayon d'une lampe que remplaça la lumière des chandelles qu'on allumait autour de la table. Il eut la vision éphémère d'une soutane et perçut le bruit assourdi d'une conversation entre un homme et une femme. Dans la lueur des bougies, la silhouette du crocodile miroitait, la gueule béante, et le courant donnait l'impression à Jack qu'il agitait la queue et qu'il fondait sur lui. Un frisson courut le long de sa moelle épinière et il ressentit soudain la nécessité de fuir cet endroit au plus vite. Il se glissa dans l'eau froide, inspira longuement et plongea.

Une heure plus tard, ils étaient assis sur les marches de la fontaine de la piazza della Rotonda, les yeux levés sur l'inscription qui coiffait le portique du Panthéon. Jeremy avait rapporté du snack-bar où il avait trouvé plus tôt les cafés de quoi se sustenter en se faufilant entre les groupes de touristes qui affluaient à présent sur la place. Jack n'avait rien mangé depuis qu'il avait quitté l'Angleterre et il apprécia de se remplir l'estomac pendant que le soleil effaçait le reliquat d'humidité de leur aventure souterraine. Il avait repassé dans son esprit les extraordinaires découvertes qu'ils avaient faites et songeait à présent à la suite de son programme. Une voiture allait se présenter d'ici une demi-heure pour le conduire à l'Embraer qui attendait à Fiumicino de décoller pour l'étape suivante de son périple, l'Égypte, *via* Chypre.

« Pizza et bière sur la piazza della Rotonda, dit Jeremy en avalant une dernière bouchée. Il n'y a pas mieux.

— On croirait entendre Costas, dit Jack.

— Je ne sais pas si c'est un compliment.

— Je viens d'envoyer à Maurice et à vous deux les photos de la table, dit Marco. En s'y mettant à plusieurs, nous devrions réussir à traduire les hiéroglyphes en quelques jours.

— Maurice est dans le sable jusqu'au cou en ce moment, objecta Jack. À vous de jouer. Sachant que c'est urgent.

— Je m'en occupe.

— Avec un peu de chance, nous aurons la traduction en même temps que le labo de l'UMI aura ouvert le paquet trouvé au fond de la mine. Un objet précieux est parti d'Égypte dans l'Antiquité pour une cachette à l'ouest, un objet que quelques-uns à Rome voulaient tenir secret mais dont le père Kircher a eu connaissance. Il faut que nous reprenions la piste qui s'est interrompue avec le naufrage du *Santo Christo di Castello* en 1667. »

Ils traversèrent la place et entrèrent dans l'église Santa Maria sopra Minerva pour admirer la statue du Christ rédempteur, œuvre de Michel-Ange. Jack avait souhaité toucher le marbre de cette statue également, établir une nouvelle connexion avec sa quête en cours. Le Christ rédempteur avait été source d'inspiration pour Guglielmo Della Porta quand il avait façonné le crucifix que Jack avait découvert dans l'épave. Il l'observa attentivement. Son attitude était typique de l'esthétique du *contrapposto*, avec une jambe fléchie et la tête tournée sur le côté. Della Porta avait restitué avec talent cet équilibre en sculptant son Christ sur la croix, le visage penché en avant. L'influence de Michel-Ange était manifeste dans le dessin de la musculature de la statuette et dans l'expression de ses traits. Jack se remémora le moment de sa trouvaille, quand il avait extrait des galets la figurine couverte de vert-de-gris, et la soirée à l'église de Gunwalloe, quand il l'avait montrée à Peter et au père Tensini. Il avait du mal à croire qu'une semaine plus tôt, elle reposait dans le sous-sol marin depuis trois siècles et demi et le naufrage d'un navire qui n'avait pas encore livré tous ses secrets.

Ils sortirent sur la place et se postèrent à côté de l'éléphant afin que le chauffeur les repère aisément. Jack songeait à ce que le père Rauscher lui avait dit plus tôt au cours de leur brève conversation. Il se tourna vers Jeremy et Marco.

« À votre avis, comment Rauscher était-il au courant ? Comment connaissait-il le contenu de la cargaison du *Santo Christo di Castello* et la présence des ouvrages du père Kircher ?

— Ce n'est pas par moi, dit Marco. J'ai assuré Jeremy de ma discrétion quand il m'a contacté.

— Je me suis également posé la question, dit Jeremy. En dehors de notre cercle, la seule à être dans la confidence est Teresa Everett, ma correspondante aux Archives nationales qui a déniché les documents du *Sacrificio d'Abram*. Elle a pu en parler à la responsable du département, Petra Jahonovich. Avant d'entrer aux Archives nationales, Jahonovich a exercé plusieurs années à l'Université pontificale grégorienne en compagnie du père Rauscher, avec qui elle a collaboré dans ses recherches sur Kircher. Une information nouvelle aurait été du plus grand intérêt et elle a très bien pu lui en parler. »

Jack pinça les lèvres.

« Tout cela ne me dit rien qui vaille. Pourtant, je n'arrive pas à mettre le doigt sur ce qui me chiffonne. Rauscher a pris un malin plaisir à me révéler qu'il était au courant, qu'il avait ses sources. En y réfléchissant maintenant à la lumière de ce que nous avons vu dans cette salle, j'ai un signal d'alarme qui s'allume.

— Tu insinues que Rauscher ferait partie de la prêtrise d'Isis ? demanda Jeremy avant de s'adresser à Marco. As-tu jamais eu des soupçons ? »

Marco resta silencieux un instant.

« Des soupçons mais rien de concret. Ici, à Rome, nous avons l'habitude des universitaires issus des rangs de l'Église, leur enseignement se doit d'être dépassionné, indépendant de leurs croyances. Il existe de nombreuses institutions catholiques, certaines avec pignon sur rue, tel l'Opus Dei, d'autres secrètes dont les membres sont triés sur le volet. Le fait est parfaitement admis. Le père

Rauscher est le meilleur spécialiste d'Athanase Kircher, il est maître de conférences à la Grégorienne, ce qui en faisait le directeur de thèse idéal pour moi. C'est seulement ces derniers mois que j'ai commencé à me rendre compte que sa fascination pour Kircher cachait une obsession pour l'Égypte à Rome. Et quand il m'a laissé entendre qu'il pensait que le culte d'Isis avait survécu à la période romaine, je me suis demandé si son intérêt était purement académique.

— Avez-vous l'impression qu'il a songé à vous préparer à une sorte d'initiation ? demanda Jack. S'il ignore tout de notre récente expédition, il vous a laissé approcher très près de ce qui pourrait se tramer. »

Marco prit le temps de la réflexion avant de répondre.

« Il s'est montré enthousiaste à l'annonce de votre visite. Il savait que Jeremy et moi étions proches et que vous faisiez un arrêt ici sur votre chemin pour l'Égypte. Pour autant, il se doutait bien que Jack Howard ne venait pas à Rome en touriste. Il est au courant des fouilles que vous avez menées sur le *Santo Christo di Castello*, il a peut-être su que le navire transportait la carte clé de l'île. De plus, comme nous l'avons appris, quelqu'un l'a informé que nous avions fait le lien avec Kircher grâce à des documents des Archives nationales. Tout cela s'additionne.

— Si secret il y a, il n'est pas facile de le percer, déclara Jeremy. Jack Howard et l'UMI sont les rois de la confidentialité.

— Nous sommes donc manipulés, dit Jack. Aussitôt que nous aurons mis la main sur ce que ces gens convoitent, ils nous tomberont dessus pour nous l'enlever.

— Avec quelles troupes ? dit Jeremy. Il s'agit d'une société secrète formée d'érudits et d'universitaires, les prêtres contemporains de l'antique culte d'Isis. »

Jack leva les yeux vers l'ancien couvent dominicain, haut lieu de l'Inquisition à Rome.

« Le père Rauscher m'a dit que les temps avaient changé depuis le procès de Galilée. Je n'en suis pas si sûr. Les bûchers de l'Inquisition ne sont guère différents du rituel d'Akhet-Rê des prêtres d'Isis. Les deux s'entourent d'un cérémonial, d'une argumentation, et reposent sur des idéaux apparemment élevés qui peuvent engendrer rapidement répression et brutalité. Mais ceux qui élevaient des bûchers et y boutaient le feu, qui injectaient le poison et charcutaient les corps, avaient besoin que des séides leur livrent leurs victimes. Les masques d'Horus que nous avons vus dans la salle ont peut-être une fonction décorative, cependant l'iconographie nous montre des hommes à tête de faucon décrits comme gardes, négriers ou soldats, des mercenaires rétribués par les prêtres pour exécuter leurs volontés. De nos jours, ces condottieres ne seraient pas armés de lances et de fouets, mais de kalachnikovs, de Beretta et de HK MP5. Une société secrète existant depuis des millénaires a les ressources pour entretenir une armée privée. La plus grande prudence s'impose.

— J'ai beaucoup d'amis au sein de l'Église, fit remarquer Marco.

— Eux aussi. Impossible de déterminer qui est impliqué. La femme des Archives nationales. Le père Rauscher, selon toute probabilité. Des individus se cachant au grand jour derrière des positions élevées dans les rangs de l'Église, de l'Université ou d'autres institutions. C'est le meilleur moyen de tirer les ficelles en restant dans l'ombre et d'attirer des disciples avec une aide à l'avancement de leurs carrières. »

La voiture s'arrêta devant le Panthéon.

« Salue Rebecca de ma part, dit Jeremy. Elle quitte Accra pour Le Caire aujourd'hui. Elle vient de m'envoyer un message : elle en a enfin terminé avec les douanes.

— Que cherchez-vous exactement en Égypte ? s'enquit Marco.

— Je voudrais en savoir plus sur l'origine de tout ça. Ce qui relie l'Atlantide à l'Égypte, au XVIIe siècle et à notre époque. Maurice a peut-être trouvé un élément susceptible de faire la lumière sur toute l'affaire. Une révélation extraordinaire.

— Et tu n'as que deux jours ? demanda Jeremy.

— C'est ce que les autorités égyptiennes ont accordé à l'UMI. Deux jours à compter de maintenant avant que ne soit inondée la partie du lagon où se situe la découverte.

— J'espère qu'à ce moment-là le labo de conservation aura décortiqué l'enveloppe en cuir que tu as remontée de la mine. Et si tout va bien, nous pourrons mettre le cap à l'ouest pour une expédition maritime sur les traces de quelque chose apporté là des milliers d'années plus tôt.

— Le père Rauscher m'a souvent entretenu de l'idée du Surhomme de Nietzsche, dit Marco, d'un monde affranchi de Dieu dans lequel les humains seraient des êtres supérieurs. Bien sûr, en tant que chrétien, il condamnait cette théorie, arguant que les nazis, entre autres, s'en étaient emparés. Nous avons eu de nombreuses discussions durant lesquelles j'avançais que les deux concepts pouvaient coexister. La foi en Dieu n'oblige pas à l'oppression, à voir réduit à néant le libre arbitre, à abandonner l'espoir d'une vie terrestre pour le reporter sur les promesses de l'au-delà, à se laisser enchaîner par les contingences du quotidien. La folie des dirigeants de tels régimes contraignants, religieux ou politiques, n'a rien à envier à celle du Surhomme qui agirait comme s'il était lui-même une divinité. Voyez cet endroit. Il y a quatre siècles, Galilée était traîné en justice pour avoir prétendu que les humains n'étaient pas au centre de l'univers, et pourtant l'Inquisition était le bras armé d'une Église qui rabaissait ces mêmes humains à la dimension de poussière dans le cosmos. Si cette matière atlante, l'orichalque, a d'une certaine manière la vertu de permettre aux gens de s'émanciper, de leur rendre leur dignité, de rendre la vie plus longue et meilleure, alors le risque du Surhomme vaut certainement la peine d'être pris. Il est préférable au système qui réprime les occasions de libérer l'esprit humain afin de conserver le pouvoir dans les mains de quelques-uns. »

Jack observa le bâtiment qui avait abrité le procès de Galilée. Il se souvenait qu'un ouvrage inscrit à l'Index, la liste des livres interdits par l'Inquisition, était *Epitome astronomiae copernicanæ* de Kepler, banni en 1621. Et pourtant, ce titre apparaissait dans la cargaison du *Santo Christo di Castello* en 1667 – ce navire génois commandé par un capitaine catholique bravait l'Inquisition à ses risques et périls. Jack le voyait comme un rayon de lumière à une époque où obscurantisme et éveil de la raison marchaient main dans la main.

« Ce ne sont que les paroles d'un vulgaire archéologue, dit Jack, mais camoufler des objets, dissimuler l'histoire, ça ne marche jamais. S'il y a quelque chose à découvrir qui éclaire le passé et favorise le progrès, je me porte volontaire.

— On dirait une devise pour l'UMI, dit Jeremy. Je vais réfléchir à une version en latin. »

Jack serra la main de Marco et monta dans la voiture.

« Tenez-moi informé de la traduction des hiéroglyphes. Jeremy, je te retrouve dans deux jours. Et je me répète : surveillez vos arrières. »

18

La Mercedes noire aux plaques officielles se rangea dans un tourbillon de poussière près d'un mur délabré, rejoignant une demi-douzaine de véhicules garés au bout de la piste de désert. Au loin, derrière l'étendue de sable à l'est, on apercevait le scintillement des lumières de la ville le long du fleuve. Les premières lueurs de l'aube révélaient l'ondulation des dunes qu'elles peignaient d'une couleur pâle délavée. La portière arrière s'ouvrit et un homme sortit, consulta sa montre et ajusta son nœud de cravate. Il était impeccablement vêtu d'un costume sombre, chaussures de marque aux pieds, les cheveux noués sur la nuque et la barbe taillée avec soin. Un deuxième homme descendit à son tour de la voiture, un fusil d'assaut AK-12 en travers de la poitrine, crosse pliée. Jaillissant de trois véhicules qui s'étaient arrêtés derrière eux, plusieurs hommes en armes s'égaillèrent et prirent position en bordure du désert. Provenant du sud, le hurlement d'un chien sauvage retentit comme un éclat surnaturel déchirant la nuit, et, derrière le mur, un corbeau s'envola dans un grand froissement d'ailes et un croassement rauque qui firent vibrer l'air. L'aurore n'allait plus tarder et, comme prévu, l'homme était sur place avant le point du jour.

Il se dirigea vers la dune la plus proche et disparut à la vue de ses hommes qu'il avait éloignés d'un geste. Il s'assura qu'il était à distance des oreilles avant de sortir un téléphone.

« Nous sommes prêts, dit-il en anglais avec un fort accent. En une demi-heure, ils peuvent être sous les verrous.

— Le plan a changé, lui répondit-on. Nous pensons que Jack Howard a mis la main sur la carte de l'île qui se trouvait à bord du *Santo Christo di Castello*. Nous devons nous en assurer avant d'agir.

— La femme des Archives a parlé ?

— Elle nous a rapporté tout ce qu'elle savait. Son aide n'est pas suffisante. Nous avons besoin d'une personne plus proche d'Howard. Nous en connaissons une ici à Rome, nous allons nous en occuper.

— Le gouvernement du Caire a été impressionné par la découverte de l'inscription islamique sur ce site. L'égyptologue allemand a sollicité auprès du ministère l'autorisation de reprendre ses recherches sous la pyramide de Mykérinos à Gizeh. Le Conseil y a consenti car il y a là-bas d'autres inscriptions. C'est là que Jack Howard a été arrêté l'année dernière.

— Juste à côté de l'endroit où nous savons que se trouve le tombeau du pharaon hérétique.

— Il est possible que l'objet recherché se cache plus profondément dans la sépulture. Un objet qui les fera avancer dans leur quête. Je suis d'avis de les laisser faire.

— C'est vous le ministre, allez-y. Ils nous conduiront à ce que nous convoitons, et alors nous frapperons.

J'ai d'ores et déjà pris contact avec une équipe de mercenaires russes et trouvé un bateau, ils se tiennent à pied d'œuvre. Nous aurons bientôt la possibilité de nous réunir dans le temple et d'accomplir l'offrande en suspens depuis trois mille ans, celle qui permettra aux prêtres de se maintenir au pouvoir jusqu'à la fin des temps. Je vous tiens informé des développements. »

Jack pointa ses jumelles vers la tente et les deux silhouettes au-delà de la dune pour vérifier qu'il se dirigeait dans la bonne direction, puis il remit ses lunettes de soleil et poursuivit sa marche laborieuse dans le sable. Dans son dos, le nuage de poussière soulevée par l'hélicoptère achevait de retomber et devant lui s'étendait la mer moutonneuse. Depuis l'appel de Maurice, le meltem s'était levé, venant du nord-ouest, et poussait jusqu'à une force de 4 à 5 inhabituelle pour la saison en Méditerranée orientale. Le vol de Fiumicino à Chypre s'était déroulé sans problème, cependant les choses s'étaient compliquées lors du trajet en hélicoptère de la base chypriote de la Royal Air Force à Akrotiri au *Sea Venture*, puis durant la journée et demie qu'avait duré la traversée jusqu'à la limite des eaux territoriales égyptiennes. Le *Sea Venture* stationnait déjà au large de l'Égypte au cas où l'équipe de l'UMI opérant dans le lac Bardawil aurait besoin d'une extraction urgente ; hors de question de revivre la panique de l'année précédente, quand les intégristes avaient pris le pouvoir et chassé sans crier gare l'ensemble des archéologues étrangers. Le bâtiment était cette fois en règle, protégé par mission environnementale sous l'égide de l'UNESCO et par l'autorisation qu'avait obtenue Maurice de mener une fouille limitée, toutefois sans prendre le moindre risque. Assurance supplémentaire, la RAF avait accepté d'étendre sa zone de manœuvres jusqu'à la lisière de l'espace aérien égyptien, et deux Typhoon avaient survolé le navire une heure plus tôt, tandis que croisaient à portée un porte-avions et des navires de guerre américains et français. Le régime en place au Caire avait tapé sur la table l'année précédente, mais il y regarderait à deux fois avant de menacer des ressortissants étrangers si des forces armées internationales se tenaient prêtes à intervenir au besoin.

Il était à peine 9 heures et Jack avait déjà le visage ruisselant de sueur. On aurait cru qu'il se dirigeait vers nulle part, enfoncé jusqu'aux chevilles à chaque pas, et l'espace d'un instant les deux silhouettes devant lui ressemblèrent à deux personnages d'une pièce de théâtre de l'absurde, qui erraient sans but apparent dans un décor qui les réduisait à guère mieux que des numéros. Il repoussa son chapeau, s'essuya le front et reprit sa marche, en ligne de mire le lac Bardawil entre deux dunes, à l'ouest la mer et la zone de la lagune encroûtée de sel. Il avait reçu le coup de fil de Maurice quarante-huit heures plus tôt. Aujourd'hui, se dit-il, est le dernier jour accordé par le ministère avant l'ouverture du chenal et l'inondation du lac. Il porta le regard au-delà de la tente sur la dune qui dominait le lac et cachait l'excavation à ses pieds. Ils avaient moins de vingt-quatre heures pour mettre au jour tout ce qui était possible, à Maurice pour prouver qu'il avait vu juste, pour que ce coin de désert soit reconnu comme un des plus importants sites archéologiques à être révélés à l'époque récente, qui ne concernait pas seulement l'Égypte, mais le berceau même de la civilisation.

« Jack ! Attends-moi ! Je n'arrive pas à te suivre ! »

Costas ahanait derrière lui, affublé d'une dishdasha blanche, d'une coiffe arabe et de lunettes de ski, sa broussaille révélatrice pointée en avant.

« Je te rappelle que c'est moi qui porte le sac à dos. J'espère que Jacob a vraiment besoin de ce truc. Comme s'il n'avait pas assez de gadgets avec lui. »

Costas avait rejoint Jack à Akrotiri et avait passé l'essentiel de son temps à bord du *Sea Venture* entouré des pièces d'un appareil démembré à présent dans son sac à dos, un drone-laser dernier cri conçu pour enregistrer les données de tout élément découvert durant les fouilles, d'où un gain de temps appréciable. Il avait failli le mettre en marche dans la cabine de l'hélicoptère avant qu'ils ne mettent pied à terre dans l'air poussiéreux.

« Tu l'as fait fonctionner ? demanda Jack.

— T'inquiète. Il faut seulement que je le préserve du sable.

— Bon courage. Nous sommes dans le plus grand désert du monde.

— Tu as de l'eau ? Je suis complètement déshydraté. Je n'en ai pas pris, ça ne rentrait pas dans le sac. »

Jack pointa le doigt vers la tente.

« Je n'en ai pas, mais eux, oui.

— D'accord. Allons-y.

— Belle tenue, au fait. Très Costas d'Arabie.

— Je me fonds dans l'environnement. Nous sommes ici incognito, je te rappelle. Deux scientifiques à la rescousse pour étudier les tortues. Surtout pas Jack Howard et Costas Kazantzakis. Après notre escapade sous la pyramide de l'an dernier, on nous jetterait dans un cachot et on balancerait la clé, sans compter le plus grave, l'arrêt des fouilles de Maurice.

— Pour ne pas te faire remarquer, tu es le seul homme vêtu à l'arabe entre le Nil et la frontière israélienne, y compris les agents égyptiens.

— Ma foi, je ne suis pas plus incongru que ces deux-là, répliqua Costas en désignant la tente. On dirait Vladimir et Estragon dans *En attendant Godot*.

— Je me disais la même chose. Sauf que les personnages de la pièce sont plus exubérants. »

Ils dévalèrent la pente de la dune et passèrent sous l'auvent de la tente. Costas s'empara d'une petite bouteille d'eau sur la table et la vida sans reprendre son souffle, puis il se plaça derrière l'épaule de Lanowski pour observer l'écran. Hiebermeyer leva les yeux et sourit.

« Heureux de te voir, Jack. Et Costas.

— De retour en Égypte. Pas pour la dernière fois, j'espère.

— *Inch'Allah*.

— Où sont les autres ? demanda Jack.

— Aïcha et Rebecca travaillent sur les fouilles juste derrière la crête de la dune. Elles y sont depuis l'aube. Nous avons ouvert deux chantiers, l'un sur la dune, l'autre sur l'étendue de sel. Nous avons deux ou trois heures devant nous avant que la chaleur ne nous arrête, puis la soirée et la nuit. Tout est déjà en place pour que, à la première heure demain matin, la digue soit rompue et que les flots inondent tout le secteur.

— Pour ma gouverne, dit Costas, un rapide récapitulatif des raisons qui nous amènent ici ? Ensuite, je parie que nous grimperons sur la dune. »

Hiebermeyer eut un geste emphatique vers le désert.

« Le Sinaï. Le pont entre l'Égypte et le Moyen-Orient, là où l'Afrique rencontre l'Asie. Et derrière cette dune, un lagon long de cent kilomètres qu'Hérodote, au Vᵉ siècle avant notre ère, appelait la tourbière serbonienne. Tu aurais un bon aperçu en le feuilletant.

— "Abîme béant comme la tourbière serbonienne / Entre Damiette et le vieux mont Casius / Où des armées entières ont sombré", récita Costas. Milton, *Le Paradis perdu*. »

Hiebermeyer considéra Costas par-dessus ses lunettes.

« Je rêve ou je viens d'entendre Costas Kazantzakis déclamer de la poésie ?

— J'ai révisé mes classiques du XVIIᵉ siècle. Ça m'a paru adapté à l'épave sur laquelle nous bossions.

— Diodore de Sicile au Iᵉʳ siècle avant J.-C. a écrit qu'il était étroit mais d'une profondeur fantastique et entouré de hautes dunes, dit Jack. Pendant que Costas s'intéressait à la littérature du XVIIᵉ siècle, je suis allé voir à la source.

— Le même Diodore qui a parlé des marchands d'étain cornouaillais de l'île d'Ictis ? dit Costas. Il a voyagé. »

Jack se pencha sur l'ordinateur de Lanowski.

« À toi, Jacob. Montre-nous ce que tu as dégotté. »

L'informaticien pressa une touche, et une vue par satellite de la côte apparut à l'écran.

« Voilà le lac Bardawil dans toute sa longueur il y a six mois, dit-il. Vous remarquerez les canaux creusés en 1953 pour alimenter le lagon en eau, en particulier celui qui se trouve à cette extrémité et qui a été condamné afin de faire baisser le niveau à un mètre environ et nous permettre de mener l'étude environnementale en exposant l'étendue saline. »

Il pianota sur son clavier.

« Et voici une image à laquelle j'ai eu accès ce matin. La partie découverte est une dépression couverte d'une couche de sel saturée d'eau, et la salinité du lac dans son ensemble est deux fois celle de la mer. Les mesures ont montré que la profondeur du lagon est de un mètre et demi en moyenne.

— Je comprends l'urgence d'ouvrir les canaux pour renflouer le lac, dit Jack. L'eau est bien trop salée pour les tortues.

— La mesure est temporaire, et elle intervient à la période de l'année durant laquelle les tortues sont peu susceptibles de déposer leurs œufs.

— On est loin de la fantastique profondeur décrite par Diodore, fit remarquer Costas.

— J'y viens, dit Lanowski. Tel qu'on le voit aujourd'hui, le relief se compose d'une crête basse faisant barrière côté mer, du lac avec ses étendues salines, et de dunes, les unes mouvantes, les autres stables, paysage désertique classique formé de dépressions et de buttes. L'ensemble ne bouge plus tellement de nos jours, en revanche dans le passé, au cours d'épisodes météo violents, les vagues ont franchi la barrière et ont projeté du sable en quantité côté lac.

— Diodore a sans doute exagéré la profondeur », dit Costas.

Lanowski tapa de nouveau sur la touche, amenant une image géomorphologique tridimensionnelle en couleur.

« Voici une coupe de la partie est du lagon qui nous montre le socle rocheux sans le sable. Vous noterez qu'il s'étend à au moins cinquante mètres au-dessous de la surface actuelle du lac. C'est une portion allongée d'un synclinal, un pli tectonique en creux, résultat de la compression du plancher méditerranéen à l'est avec le plancher atlantique à l'ouest. Durant la transgression flandrienne, entre six mille et huit mille ans avant le présent, on a assisté à une élévation graduelle de la croûte terrestre dans la région, à laquelle s'ajoutent ici cinquante mètres de sédiments poussés par la mer.

— Si bien qu'à l'époque de Diodore, le lac était en effet profond.

— Comparé à la mer voisine, certainement. Quelqu'un arrivant par la mer aurait rencontré les hauts-fonds sableux tels qu'ils existent de nos jours, puis la barrière de dunes que décrit Diodore, et au-delà les profondeurs bleu foncé du lagon.

— C'est agréable de voir la science moderne confirmer les sources anciennes », dit Jack.

Costas tendit le doigt vers une zone à l'extrémité est du lac où le fond s'élevait.

« Notre pilier devrait se trouver là, dit-il. À une centaine de mètres au nord de l'endroit où nous sommes. »

Lanowski acquiesça.

« C'est une arête rocheuse qui pointe vers la surface, le pli de rencontre de deux plaques tectoniques. Le pilier a été sculpté à partir de roche métamorphique dérivée du calcaire, comme le marbre. Ce qui explique pourquoi il a si bien résisté. C'est une pierre très dure.

La crête devait émerger dans l'Antiquité, mais depuis elle est enfouie dans le sable.

— Où est-ce que ça nous mène, Jacob ? demanda Jack.

— J'étais en train de modéliser le littoral à l'époque du remplissage de la mer Noire, pour voir où des réfugiés auraient pu accoster. J'ai calculé la montée du niveau de la mer à partir de la fin de la dernière période glaciaire, il y a dix-huit mille ou vingt mille ans, quand la Méditerranée était plus basse de cent vingt mètres qu'aujourd'hui. J'ai croisé avec l'incidence légère causée par la rupture du Bosphore et l'envahissement de la mer Noire. Il faut compter avec le soulèvement tectonique et le rôle du sable. Un tas de variables. Données spatiotemporelles, algorithmes de géo-calculs. J'ai construit un programme qui analyse et compile les éléments internes et externes pour produire un tracé cartographique. Je n'avais jamais élaboré de modélisation hydrologique. C'est très amusant, vraiment.

— Ça donne quoi en langage courant, Jacob ? »

Lanowski tapa sur une touche, se renversa sur son siège en plaçant les mains sur sa nuque et se fendit d'un large sourire. Une ligne apparut sur l'image par satellite, elle traversait le lac en son centre et s'approchait des dunes du littoral à l'extrémité ouest.

« Et voilà, dit-il. Vous avez devant vous le dessin de la côte telle qu'elle existait en 5500 avant notre ère, plus ou moins cinquante ans. Un bateau venant du nord aurait d'abord rencontré un banc de sable, à peu près à l'endroit où se situe l'actuelle barrière de dunes. Il ne devait pas y avoir beaucoup de fond et il devait affleurer par endroits. Puis le bateau est passé sur le lagon et ses eaux profondes jusqu'à une plage. Si les vestiges d'une embarcation existent, c'est le long de cette ligne qu'il faut les chercher.

— D'accord, dit Costas, on se limite à une ligne sur la carte. Mais ça représente quand même une centaine de kilomètres de côte. Il nous faut la croiser avec une autre ligne.

— C'est là qu'intervient le lien avec la Nouvelle-Zélande, dit Lanowski. Jack, tu pourrais nous faire le topo, tu connais mieux cet épisode de la Première Guerre mondiale. Les notes que tu m'as envoyées figurent à l'écran. »

Jack s'agenouilla et consulta rapidement ce qu'il avait écrit afin de se rafraîchir la mémoire.

« La dame qui m'a donné l'artefact était une proche de mes parents à Nelson où j'ai passé cinq années de mon enfance. Son mari avait été professeur d'histoire à la fac de Nelson, et il avait servi comme officier dans un régiment territorial, le 10e escadron Nelson du Canterbury Mounted Rifles. Quand la guerre a éclaté en 1914, il l'a suivi en Égypte et dans les Dardanelles, où il a été blessé, puis il a participé aux campagnes dans le Sinaï et en Palestine avant d'être tué au combat vers Damas début 1918. L'artefact faisait partie des biens rapatriés, et c'est tout récemment, il y a deux mois, que la petite-fille du couple a découvert dans le grenier de leur maison une malle qui contenait le journal de son grand-père. Avant cela, je savais seulement que l'objet avait été trouvé quelque part au Moyen-Orient. Or, en date du 8 mai 1916, il raconte comment il l'a déniché au cours du creusement d'un canal non loin de Mahamdiya, la localité la plus proche d'ici à l'est.

— Il était dans l'ANZAC ? s'enquit Costas.

— Oui. Le corps expéditionnaire australien et néo-zélandais, auquel appartenait le Canterbury Mounted Rifles. Il était revenu de Gallipoli quelques mois auparavant, où il avait perdu plus de la moitié de ses hommes dans la bataille des Dardanelles, et s'était rassemblé en Égypte où il avait intégré la Force expéditionnaire égyptienne quand les Britanniques décidèrent d'attaquer les Turcs par le sud, en les repoussant du canal de Suez dans le Sinaï où nous nous trouvons aujourd'hui, puis en Palestine. Les faits se sont déroulés à la fin du printemps et au début de l'été 1916. L'historique régimentaire du Canterbury Mounted Rifles signale qu'en date des 7 et 8 mai le régiment creusait un canal de la mer à l'extrémité ouest du lac Bardawil afin de l'inonder et ainsi assurer au canal de Suez une protection supplémentaire, une ligne défensive orientale.

— L'officier qui a rédigé le compte rendu avait des connaissances en archéologie, dit Hiebermeyer. Il évoque la chaleur intense, la rosée qui engendre la brume matinale, ce que nous vivons à présent, le lac de gypse d'une blancheur de neige couvert de cristaux acérés avec une boue noire sous la surface. Il rapporte que le vent a mis à nu un bac en pierre dont l'enduit intérieur était parfaitement conservé, et il émet l'hypothèse d'un abreuvoir romain. En 1916, l'accès à l'eau pour les troupes et leurs montures était une préoccupation essentielle, comme elle devait l'être dans l'Antiquité.

— On a trouvé des cartes ou des croquis dans la malle ? demanda Costas.

— Non, en revanche j'ai consulté le journal de marche du régiment, répondit Jack. Les commandants d'unités consignaient quotidiennement les faits du jour au crayon sur des formulaires standardisés. Le 7 mai, le colonel Findlay, commandant du régiment, s'est rendu à Mahamdiya pour inspecter la zone où le canal devait être creusé. On parle de canal, mais en réalité il s'agissait d'une étroite tranchée, compte tenu des délais et de la main-d'œuvre disponible. Le 8 mai, le 10e escadron Nelson était à l'ouvrage sur le percement du canal. Le lendemain, le 1er escadron le rejoignit, mais il reçut l'ordre de faire mouvement vers Rommani à l'est, car les Turcs s'étaient repliés plus rapidement que prévu, si bien que le lac Bardawil perdait toute signification stratégique. L'historique régimentaire laisse clairement entendre que l'opération était désormais inutile. Le colonel Powles a écrit que “aussitôt le canal creusé dans le sable, les flots remplirent le lac et le projet fut abandonné”.

— L'information cruciale est là, dit Hiebermeyer, dans le journal du 5e génie de l'ANZAC.

— Exact, dit Jack. Pour déterminer avec précision la localisation des travaux effectués sur le front, tranchées, fortifications et autres infrastructures, on se réfère aux journaux du génie militaire. Ces soldats comptaient dans leurs rangs des géomètres expérimentés capables de livrer des cartographies précises. Des membres de la 5e division du génie de l'ANZAC furent envoyés sur place pour établir le tracé du canal sur l'isthme de sable qui séparait le lagon de la mer. Nous l'avons là, cote 56 près de Mahamdiya.

— L'étape suivante nous a été fournie par Jeremy, dit Lanowski en ramenant à l'écran l'image par satellite. Il a déniché des cartes de 1916 aux Archives nationales en

Angleterre qui précisent la localisation de la cote 56. Il ne me restait plus qu'à la transférer sur la carte satellite. »

Il pressa une touche et une petite flèche rouge se dessina sur la bande côtière.

« En traçant une ligne perpendiculaire de ce repère au littoral tel qu'il existait au VIe millénaire avant notre ère, nous obtenons un point au milieu de l'étendue de sel à cinq cents mètres de cette tente. Ce qui correspond exactement à l'endroit où Maurice a vu la poutre qui dépassait de la boue. »

Il leva sur Jack des yeux qui pétillaient.

« L'emplacement est marqué d'une croix.

— Bingo », dit Costas.

Hiebermeyer s'empara d'un sachet à échantillon en plastique et le tendit à Jack.

« Nous avons trouvé confirmation dans nos fouilles, dit-il. Tu reconnais cet objet ? »

Jack saisit le sac et le porta à la lumière.

« Ça alors ! Un insigne en cuivre de l'escadron Nelson du Canterbury Mounted Rifles. Une tête de cerf au-dessus de la devise *Rem gero strenue*, "Je fais mon devoir avec ardeur".

— Tu te souviens de ce que tu m'as dit lors de notre première sortie archéologique commune quand nous étions au lycée ? dit Hiebermeyer. Que l'archéologie se trouvait dans tous les lieux que l'être humain a investis, dans la forme du paysage, dans le sol, les arbres, même s'il n'y a pas de monuments ni d'objets à découvrir. Eh bien, c'est le cas ici. Tu n'as sous les yeux qu'un désert, du sable à perte de vue, et pourtant cet endroit a été témoin des plus grandes migrations de population de l'histoire : le passage des hominidés d'Afrique en Asie, la venue de réfugiés venant de la mer au Néolithique et à l'âge du bronze, l'exode des Hébreux hors d'Égypte, les campagnes des pharaons, le djihad arabe, les croisades, les deux guerres mondiales. Et pas seulement des anonymes sans visage, mais des figures éminentes qui ont traversé les siècles : Thoutmôsis, Moïse, Alexandre le Grand et j'en passe. Mais comme ils ne s'attardaient guère, ils n'ont pas laissé de monuments. C'est ce que l'on croyait.

— Que veux-tu dire ?

— Prépare-toi à ne pas en croire tes yeux. »

19

En s'approchant de la crête de la dune, Jack vit d'abord la mer moutonneuse puis la barrière de sable qui la séparait du lagon. Il avisa le canal endigué où stationnaient les engins qui allaient aux premières heures du lendemain le rouvrir pour permettre l'inondation du lac. Quelques pas de plus et il put embrasser du regard le lagon et la vaste étendue de sel zébrée de fissures qui scintillait au soleil. Sur sa droite, là où l'eau du lac venait lécher la croûte de sel, des centaines d'oiseaux de mer tournoyaient bruyamment, ramassant les petits crustacés et les poissons que le rétrécissement du lac dû à l'évaporation poussait hors de leur milieu. Les oiseaux profitaient de l'accalmie du meltem venant du nord, alors que Maurice annonçait l'arrivée par le sud du khamsin et ses tempêtes de sable. Il en avait senti plus tôt les prémices sur son protège-nuque, un souffle sec et brûlant comme irradiant d'un brasier – raison supplémentaire d'en terminer dans la journée avant d'être noyé dans la poussière et réduit à l'inactivité.

Il franchit les derniers mètres qui le séparaient de la crête et s'arrêta net, le souffle coupé. Sur le versant de la dune qui descendait jusqu'au lagon affleurait un rocher large d'une vingtaine de mètres et haut de cinq, la forme que Maurice avait repérée sur la carte topographique. Ce qui avait saisi Jack de stupeur n'était pas le rocher, mais ce qui s'étendait devant. Une fosse large d'une vingtaine de mètres avait été creusée dans le sable par deux mini-pelleteuses présentement à l'arrêt, sur le bord, et dont les conducteurs égyptiens buvaient du thé assis à l'ombre du rocher. Au centre du puits, accroupies côte à côte, Aïcha et Rebecca brossaient la base d'un pilier en pierre haut de deux mètres, dressé sur un socle. Autour d'elles, six piliers en T presque aussi hauts dessinaient un cercle d'un rayon de trois mètres enfermé dans un muret épais en moellons bruts. Jack apercevait des bas-reliefs sur les piliers, les uns peu marqués, d'autres sculptés si profondément qu'ils semblaient sur le point de se détacher : des animaux, des oiseaux, des symboles étranges, et le long des fûts des formes anguleuses étirées qui représentaient des bras humains dont les mains se perdaient à la base dans le sable non encore déblayé.

Hiebermeyer s'approcha de Jack.

« Alors, qu'est-ce que je te disais ?

— C'est incroyable, dit Jack. Quasiment la même configuration que l'enclos A du Néolithique précéramique de Göbekli Tepe en Anatolie, sauf qu'il n'y a qu'un pilier central au lieu de deux.

— Et très comparable au sanctuaire que tu as exploré dans l'Atlantide.

— Les piliers extérieurs présentent les mêmes dessins anthropomorphiques, comme ces bras et l'incision d'un pagne et d'une ceinture.

— Ainsi que les têtes sans traits symbolisées par la pierre qui coiffe les piliers en forme de T.

— C'est un temple solaire, intervint Costas qui les rejoignait en s'épongeant le visage. Ça ressemble au Panthéon de Rome tel qu'il a été conçu originellement. Des statues de divinités en cercle et le rayon du soleil au centre. Est-ce ici que les réfugiés de la mer Noire sont arrivés avec leurs dieux et ont imposé leur loi en annonçant la nouvelle Atlantide ?

— Arrivés avec leurs dieux ou dieux eux-mêmes ? demanda Jack.

— C'est également la question qui se pose à Göbekli Tepe, dit Hiebermeyer. Les figures anthropomorphiques que nous désignons comme divinités pourraient en réalité être des représentations de prêtres-rois, qui gouvernaient les premières communautés sédentaires. Ces personnages font partie des mythes fondateurs de ces sociétés, à l'instar des patriarches de l'Ancien Testament.

— Le Surhomme nietzschéen, dit Jack. Des humains aux particularités surnaturelles, telles que l'extrême longévité.

— Qui s'implantent ici et sont vénérés comme des dieux, ajouta Hiebermeyer. La construction d'un tel édifice est hors de portée des occupants à bout de forces d'un seul bateau. Ils ont probablement guidé la population locale dans sa conception et son élaboration en leur apprenant à travailler la pierre. Nous avons là le plus précoce exemple d'architecture monumentale en Égypte, il remonte au VIe millénaire avant J.-C., c'est-à-dire plus de deux mille ans avant les premiers monuments connus.

— Tu es sûr de la date ? demanda Jack.

— Par chance, les autorités en place depuis un an n'ont pas touché à mon laboratoire de datation radiocarbone à Alexandrie et les techniciens y travaillent toujours. À l'origine, les piliers étaient peints et nous avons récupéré un fragment de matière végétale dans le creux d'une sculpture, ainsi que du charbon de bois dans une fissure du socle central. Aïcha a tiré quelques ficelles et les résultats nous sont parvenus juste avant votre arrivée. Sept mille six cents ans avant le présent, plus ou moins cent.

— Cinq mille cinq cents avant notre ère, dit Costas, ça correspond pile-poil avec l'exode de la mer Noire.

— Attendez de voir ce que j'ai d'autre à vous montrer », dit Hiebermeyer.

Ils descendirent la dune et Jack s'approcha d'un pilier. Il était couvert de bas-reliefs de bêtes sauvages : un lion, un sanglier, un vautour, un gros félin à crocs apparents qui pouvait être un tigre à dents de sabre, une espèce éteinte depuis de nombreuses générations au moment de l'envahissement de la mer Noire.

« Étonnant de constater que des prédateurs de la période glaciaire sont restés des symboles plusieurs milliers d'années après le commencement du Néolithique, dit Jack. Cela prouve la force du système de croyances, la survivance de l'univers spirituel des chasseurs-cueilleurs alors que s'instauraient les divinités à forme humaine.

— Un monde de chamans autant que de prêtres, dit Hiebermeyer. Une fusion des deux conceptions, ou une source de conflits, les dieux prenant le pas sur les vieilles croyances. Peut-être les réfugiés étaient-ils les adeptes d'un ordre ancien qui tenaient à conserver vivace leur cosmogonie, leur spiritualité. »

Costas, qui s'était éloigné, bondit tout à coup en arrière. Jack le rejoignit et vit le haut-relief d'une énorme araignée dont les pattes touchaient l'arête du pilier. Il suivit de la main le tracé du bras sculpté sur une face, long et fin, formant un angle à hauteur du coude, puis sur la ceinture et ses signes étranges. Costas, remis de sa frayeur, s'était accroupi au pied du pilier.

« Nous avons déjà vu ça, dit-il. Le symbole à la base. »

Jack suivit son regard.

« Alors là, c'est trop fort ! » s'écria-t-il.

Il avait devant les yeux le dessin caractéristique des cornes d'un bovin, une figure qui fut révélée au monde par la découverte au siècle dernier des têtes de taureau minoennes des palais de Cnossos en Crète, mais que Jack savait plus ancienne de plusieurs millénaires et à l'origine une représentation du Bosphore – « le passage de la vache », selon l'étymologie grecque – avant que les flots de la Méditerranée n'envahissent le bassin de la mer Noire et ne noient l'Atlantide.

« Ce n'est pas tout, dit Hiebermeyer. À Göbekli Tepe, un symbole abstrait était en forme de H. Eh bien, il est plus explicite ici et surtout t'évoquera quelque chose. Regarde le pilier suivant. »

Jack s'en approcha et hoqueta de surprise. À la base, à la place des cornes de taureau, s'étalait l'emblème de l'Atlantide, un H d'où partaient de chaque côté de fines lignes caractéristiques. L'esprit en ébullition, Jack se reporta au dessin de la ceinture du pilier précédent.

« Je sais où j'ai déjà vu ces signes. Sur le modèle original de la table isiaque que Jeremy, Marco et moi avons trouvé avant-hier dans une crypte à Rome.

— Et maintenant, va voir ce que Rebecca et Aïcha sont en train de mettre au jour. »

Ils se dirigèrent vers le pilier central et Jack se posta derrière les deux femmes. Rebecca leva la tête et lui offrit un sourire avant de reprendre sa tâche. Le pilier était également couvert de sculptures en relief, cependant très différentes des autres.

« Je remarque une inscription en arabe au sommet, dit-il. C'est ce que tu as dû découvrir en premier.

— Exact, dit Hiebermeyer. Du kufi, une calligraphie archaïque de l'arabe. J'ai sauté en l'air quand j'ai vu ça. Aïcha ? »

Aïcha posa sa brosse, se leva et recula d'un pas pour avoir meilleure vue.

« "Au nom de Dieu, le Tout miséricorde, le Miséricordieux, ces mots écrits par Amr ibn al-As le mois de joumada de l'an dix-neuf", dit-elle. L'Hégire, qui désigne le départ de Mohammed de La Mecque pour Médine, marque l'an 1 du calendrier lunaire islamique. L'an 19 nous donne 640 et joumada, janvier. C'est l'époque de la conquête de l'Égypte par les Arabes, et Amr ibn al-As était leur chef.

— Cette inscription en kufi figure parmi les plus anciennes jamais observées, dit Hiebermeyer. Jusqu'à présent, le monument islamique égyptien qui détenait le record était une pierre tombale datée de l'an 31, soit 652 dans notre calendrier. En fait, celle-ci apparaît comme la première, non seulement d'Égypte mais du monde musulman dans sa totalité. Cette trouvaille a été notre sésame auprès des autorités du Caire pour justifier l'intérêt archéologique de la région. Sans elle, je doute que l'autorisation de poursuivre nos recherches nous eût été accordée.

— Ce lieu a été témoin des plus grandes migrations humaines, en revanche trouver une marque de leur passage est très inhabituel, dit Jack.

— L'armée arabe s'est attardée, précisa Aïcha. Deux mois ont été nécessaires pour prendre Péluse, une importante ville de garnison à l'est du delta du Nil et avant-poste de l'Empire byzantin en Égypte. Le sommet du pilier devait dépasser du sable et offrait une véritable invitation à y laisser sa trace. Ce faisant, les Arabes imprimaient leur autorité sur une structure qu'ils savaient vénérable. Ils n'étaient pas les premiers à pratiquer ainsi, comme Rebecca et moi allons te le montrer. Mais d'abord, déplace-toi sur le côté pour avoir un meilleur angle et tu verras ce que je veux dire. »

Jack s'exécuta et scruta le pilier.

« Sous l'inscription en kufi, j'en distingue une autre, quasiment effacée. À moins que je n'aie la berlue, elle montre le disque solaire de Shamash. Incroyable.

— Shamash en akkadien, Utu en sumérien, dit Hiebermeyer. Le dieu du soleil de la Mésopotamie antique. Quatre flèches partant du centre d'un cercle selon les points cardinaux et quatre bandes sinusoïdales entre elles.

— Si Shamash est une divinité de Mésopotamie, intervint Costas, en quoi a-t-il un lien avec l'Atlantide et la mer Noire ?

— Göbekli Tepe se trouve en Anatolie méridionale, en bordure nord du désert de Syrie, non loin des sources de l'Euphrate, donc à l'intérieur du Croissant fertile qui englobait la Mésopotamie, avec l'Atlantide en bordure septentrionale. Or, notre découverte de l'Atlantide nous a appris que la région au sud de la mer Noire était au cœur de la révolution agricole du Néolithique, pas en marge.

— Et donc, de quand date ce disque solaire ? demanda Costas.

— De la même époque que les piliers extérieurs, soit le milieu du VIe millénaire avant J.-C. Toutefois ces piliers sont en calcaire issu du sol local, tandis que le pilier central est en granodiorite. Le labo d'Alexandrie a procédé à une analyse pétrographique d'une fine lamelle qui indique que la pierre provient de la région d'Assouan en Haute-Égypte, principale pourvoyeuse de granit au temps des pharaons. Elle se trouve à plus de cinq cents kilomètres d'ici par le fleuve et par la mer, plutôt six cents en tenant compte des mouvements du delta du Nil. Nous avons là non seulement sur un monument une inscription plus ancienne de deux millénaires à ce qui était répertorié, mais aussi la preuve du transport incroyablement précoce d'une pierre.

— Beaucoup de premières fois, fit remarquer Costas.

— L'égyptologie est comme ça, dit Hiebermeyer. Un petit site peut apporter plus de réponses que pyramides et temples réunis.

— Cela montre aussi le niveau de connaissance qu'avait atteint le peuple, ajouta Aïcha. Ils savaient où trouver une pierre de meilleure qualité. Et ils savaient que le granit était plus résistant que le calcaire, que l'inscription serait durable. »

Jack se recula et parcourut du regard l'enclos que dessinaient les piliers.

« Je suis frappé par une différence avec Göbekli Tepe, dit-il. Il n'y a qu'un seul pilier central ici, pas deux. S'il symbolise Shamash, manque sa sœur Ishtar.

— Osiris sans Isis, dit Hiebermeyer.

— Peut-être n'y avait-il pas de femmes à bord du bateau, suggéra Aïcha. Et si cette scène, plutôt qu'un panthéon, célèbre les Surhommes, alors les piliers périphériques figurent les compagnons de Shamash, ceux qui ont accosté avec lui. Possible que ce soit aussi simple que ça.

— Que signifie l'absence d'Ishtar ? » s'enquit Costas.

Jack réfléchit un instant afin d'ordonner sa pensée.

« Si un clergé existait préalablement dans le pays, des prêtres pratiquant le culte d'Isis, alors il y a un problème. Les Égyptiens qui ont fait la connaissance de ces nouveaux arrivants ont pu être subjugués par ces hommes dotés d'une aura surnaturelle. Par la suite, en revanche, les prêtres venus des temples sur le Nil ont découvert cet édifice sacré, ou ce sanctuaire, et ils se sont bien rendu compte qu'il manquait quelque chose. Isis a pu être leur divinité majeure, une représentation de la déesse mère, figure commune au Moyen-Orient et à l'Europe au début du Néolithique, dont Ishtar, sœur de Shamash. Si les prêtres ont jugé que ces Surhommes menaçaient d'éclipser leurs dieux, pas uniquement Isis, mais tout le panthéon égyptien qui se développait à l'époque, Osiris, Horus, Seth, Ptah, Anubis, les dieux animaux et anthropomorphes, alors ils se sont trouvés face à un problème encore plus grand. Les Égyptiens pouvaient absorber et syncrétiser les déités des pays avoisinants, cependant la situation était différente. Les nouveaux venus ont débarqué à une époque où le clergé consolidait les fondements de son pouvoir et verrouillait un système de divinités et de rituels qui allait caractériser l'Égypte pour le millénaire à venir, et permettre à des générations de prêtres d'exercer le contrôle sur le pays et sa population. Les immigrants ont peut-être été accueillis à bras ouverts pour leurs talents en métallurgie, maçonnage et architecture, autant de techniques qui ont ouvert la voie aux grandes réalisations de l'Égypte ancienne, mais les prêtres ont pu anticiper le temps où ces Surhommes disparaîtraient pour ranimer le culte ancien. Ce qui impliquait de s'emparer et de cacher ce que les immigrants avaient apporté avec eux et qui avait prolongé leur vie.

— Regarde l'inscription à la base du pilier, dit Hiebermeyer. Celui que Rebecca et Aïcha sont en train de dégager. »

Les deux femmes s'écartèrent et Jack s'agenouilla à leur place. Sous le symbole de Shamash dépassait le fragment d'une plaque de bronze dont le côté droit était tordu et dentelé là où elle avait été découpée. Jack leva les yeux vers Hiebermeyer.

« Ton artefact, dit celui-ci. La pièce de bronze trouvée par l'officier en 1916. Nous avons enfin déniché son origine.

— C'est également ici que nous avons mis la main sur l'insigne du Canterbury Mounted Rifles, ajouta Aïcha. Dans le sable sous tes pieds. »

Hiebermeyer prit place à côté de Jack, l'artefact dans la main.

« Les soldats sont probablement tombés sur le sommet du pilier en creusant le canal, et ils ont décidé d'y voir de plus près. Le restant de la plaque a sans doute été volé dans l'Antiquité pour le bronze, peut-être dans un acte délibéré de profanation. Si je place ton artefact sur le pilier contre le fragment, ça s'emboîte parfaitement. À droite le dessin d'un bateau échoué ou tiré sur le rivage dont on voit la proue sur l'artefact. À gauche une file d'hommes s'en éloigne et gravit une colline. Ce qui est encore collé au pilier nous apporte des détails fascinants. Outre des personnages en pagne glabres, dont certains avec la coiffe d'Horus, tu peux en voir six autres plus grands, barbus et chevelus, précédés d'un septième également barbu dans un cercueil qui porte quelque chose sur la poitrine. Au-dessus de lui, un ânkh, une croix terminée par une boucle ovale, et sur le côté un petit symbole solaire de Shamash. La première représentation connue d'un ânkh est plus tardive d'un millénaire.

— On dirait qu'il se rend à son embaumement, dit Costas.

— C'est ce que j'ai cru tout d'abord, répondit Hiebermeyer. J'ai pensé à une procession funéraire. Cependant, l'ânkh est un symbole de vie, de vie éternelle. Il se peut que l'homme dans le cercueil soit malade, blessé, ou encore épuisé par la traversée, mais à mon avis il est bien vivant.

— Ils viennent de Mésopotamie, ce sont des gens du Nord, dit Aïcha. C'est ainsi que l'art égyptien les représentera plus tard. Qu'ils aient été originellement plus grands est probable, ça n'explique pas leur dimension exagérée. Ils sont dépeints dans une stature hors du commun.

— Sept piliers, sept hommes, dit Jack. Ça ne peut pas être une coïncidence.

— L'ânkh est placé juste au-dessus de l'objet que l'homme tient sur la poitrine, dit Costas. On devine une boîte, longue de deux largeurs de ses mains.

— J'y ai dans un premier temps vu confirmation de mon hypothèse d'une cérémonie de momification, dit Hiebermeyer. La boîte serait le vase canope destiné à recevoir les organes du défunt. Mais il y a contradiction avec le symbole de l'ânkh et le fait que l'homme est clairement vivant. Je suis convaincu qu'elle contient autre chose. Examine-la de plus près. »

Jack scruta le coffret et distingua le dessin d'un cercle englobant l'emblème de l'Atlantide qu'entouraient les quatre points cardinaux du symbole solaire de Shamash. Il fit signe à Costas de s'approcher.

« Tu reconnais ? »

Costas se mit à genoux à côté de Jack et se pencha.

« C'est la même image que celle que nous avons observée sous la pyramide dans le tombeau d'Akhenaton, dit-il. Le joyau et le symbole solaire.

— Je crois que la boîte contient l'élixir de jouvence, dit Hiebermeyer. La substance qui a conféré à ces hommes les attributs divins aux yeux des Égyptiens.

— L'orichalque, lâcha Jack avec calme. Ce que l'Atlantide possède de plus précieux.

— J'en mettrais ma main au feu.

— Le mythe sumérien du Déluge tel qu'il existe dans *L'Épopée de Gilgamesh* décrit l'apparition du dieu-soleil au moment où les eaux commencent à se retirer, expliqua Aïcha. Que soit célébré le pouvoir du soleil d'engendrer la vie n'a rien d'étonnant. Les premières représentations mésopotamiennes de Shamash montrent un vieillard barbu aux longs bras, d'une taille exceptionnelle et d'une stature hors norme, tel qu'il figure ici.

— À ceci près qu'il s'agit d'un homme, pas d'une divinité, observa Costas.

— Pourquoi pas moitié-moitié, il serait porté sur le rivage en tant que mortel vers le lieu de sa renaissance en un être supérieur. »

Jack se tourna vers Hiebermeyer.

« Tu as parlé d'une possible profanation de la plaque. À quoi pensais-tu ?

— C'est là que le site se révèle encore plus intéressant. Rebecca ? »

La jeune femme se pencha sur un petit tas de débris rocheux et tendit à Jack un caillou plat noir et luisant grand comme la paume de sa main.

« Une autre pierre importée, dit Hiebermeyer, cette fois du basalte issu de l'oasis du Fayoum, à l'ouest du Nil, près de la nécropole où nous avons découvert le papyrus atlante. C'est une roche très dure, plus que la granodiorite, ce qui prouve que la personne qui l'a apportée voulait que l'inscription qu'elle porte soit pérenne. »

Jack examina la surface gravée de la pierre. Les signes lui étaient familiers cette fois, des hiéroglyphes matures de la période pharaonique, pas comme leurs prédécesseurs préhistoriques.

« C'est un cartouche, indiquant le pouvoir royal ou divin, dit-il. Nouvel Empire, période amarnienne, milieu du XIVe siècle avant notre ère. »

Hiebermeyer pointa le doigt sur les symboles.

« La vaguelette désigne la lettre N, elle est surmontée d'un ibis, évoquant l'âme ou le divin, puis au-dessus un ensemble qui regroupe une seconde vaguelette, un roseau, signe alphabétique pour la lettre I, ensuite une demi-lune et enfin un cercle avec un point au centre qui symbolise le dieu solaire. Cet ensemble se lit *Itn*, que nous transcrivons en Aton, et le texte du cartouche serait “l’âme d’Aton”.

— Le cartouche royal du pharaon Akhenaton, dit Jack. C’est à peine croyable. »

Rebecca lui passa un nouveau fragment.

« Tu peux voir le hiéroglyphe du disque solaire et les bras tendus vers le bas, le symbole d’Aton, dit-elle. Mais regarde en dessous. Il y a une autre inscription, pas hiéroglyphique. »

Elle montra la base érodée de la pierre et Jack découvrit quatre signes formés de barres horizontales, verticales et diagonales.

« Dieu du ciel, dit-il, une écriture protosinaïtique !

— Pas seulement protosinaïtique, mais paléohébraïque, précisa Hiebermeyer, dont l’alphabet est une émanation. Tu remarqueras le E à l’envers pour la lettre H, et le Y pour W. Tu peux déchiffrer.

— YHWH, épela Jack. Le mot hébreu pour le dieu unique, Yahvé, le créateur de l’univers et seule véritable déité dans le monde.

— Avec le symbole d’Aton placé en surplomb, et en hauteur sur le pilier le disque solaire de Shamash.

— De quand date l’inscription du mot “Yahvé” ? demanda Costas.

— De la même époque que le cartouche d’Akhenaton, répondit Hiebermeyer. Le dessin de l’alphabet le place à la fin de l’âge du bronze, peut-être même avons-nous là le plus ancien spécimen connu à ce jour. Les lettres et les hiéroglyphes ont manifestement été gravés par la même main.

— Le E renversé concorde avec la moitié du sigle de l’Atlantide, fit remarquer Costas. D’ailleurs, un tas de symboles présentent des similitudes, en revanche je ne m'explique pas la présence d'une inscription hébraïque au côté du cartouche d'Akhenaton.

— L'histoire de Moïse et de Pharaon de l'Ancien Testament, dit Jack. Moïse était à la tête des esclaves hébreux, et le pharaon était Akhenaton. La relation entre les deux a fait couler beaucoup d'encre, car l'un comme l'autre prônaient un dieu unique. Freud a avancé qu'il s'agissait du même homme, mais une lecture littérale de la Bible nous montre Moïse tel qu'il était et Akhenaton plus bienveillant envers la vision de cet esclave qu'avec ses prêtres. Peut-être même a-t-il autorisé l'exode des Hébreux par le Sinaï, à travers le désert où nous sommes aujourd'hui, pour la Terre promise.

— Et comment Akhenaton s'est-il retrouvé ici ? demanda Costas.

— Nous savons d'Akhenaton qu'il avait soif de connaissance, qu'il était en quête de la sagesse des origines, dit Hiebermeyer. Délivré de la croyance en des divinités anciennes, il dépêcha des émissaires érudits dans tous les coins du pays pour qu'ils mettent la main sur tout ce qu'ils pouvaient, obligeant les prêtres à livrer leurs secrets, emportant les papyrus et les inscriptions cachés dans les archives des temples. Plutôt que d'effacer la mémoire de dieux et croyances passés, le clergé l'avait absorbée, l'avait reléguée dans des oubliettes où son propre panthéon pouvait la garder sous sa botte. Dans un temple, celui d'Isis, Akhenaton a fait une découverte qui l'a amené à cet endroit, et il a eu vent d'un trésor dissimulé depuis longtemps en lieu sûr, un bien trop précieux pour que les prêtres le conservent au fond d'un temple. Il a trouvé ici, à moitié enterré dans le sable, un sanctuaire qui paraissait confirmer l'ascendance d'Aton, le dieu-soleil qui l'avait envoûté.

— Le Chemin d'Aton, dit Aïcha. On a émis l'hypothèse qu'Akhenaton aurait renommé ainsi cette route qui court d'est en ouest, et maintenant nous savons ce qui a guidé ses pas ici. »

Hiebermeyer acquiesça.

« Il est venu en compagnie de son esclave hébreu et a établi son pouvoir sur la région. Et c'est d'ici que Moïse est parti, emmenant son peuple et son dieu unique vers la Terre promise.

— L'histoire du trésor oublié a pu lancer Akhenaton dans une autre quête, celle de l'orichalque, dit Aïcha, ce que les prêtres ne pouvaient tolérer. Il en a payé le prix, et après sa mort cette inscription a été profanée, à l'instar de tout ce qui touchait à Akhenaton et à la religion qu'il avait voulu imposer.

— C'est ainsi que ce monument a disparu des mémoires, enterré dans le sable et oublié, dit Rebecca. Oublié durant la fin de la période dynastique de l'Égypte ancienne, la conquête par Alexandre le Grand, l'occupation romaine, jusqu'à ce qu'un chef arabe, près de deux mille ans après Akhenaton, tombe sur le sommet du pilier et y imprime sa marque. Son souvenir se perd de nouveau pendant mille ans, puis un soldat au cours de la Première Guerre mondiale découvre le fragment de bronze en creusant. Par un miraculeux concours de circonstances, cette pièce est parvenue entre nos mains et nous y voilà.

— À entreprendre la même quête qu'Akhenaton et qu'Athanase Kircher au XVIIe siècle, dit Jack.

— Ça n'a pas trop bien tourné pour l'un comme pour l'autre, observa Costas.

— Je n'arrête pas de penser au joyau sous la pyramide, reprit Jack. Le symbole de l'Atlantide inclus dans celui de Shamash, et les reflets rouges comme dans les descriptions de l'orichalque. Ceux qui ont enveloppé le corps à demi vivant d'Akhenaton ont dissimulé le bijou dans des bandelettes de lin, et le pharaon, dans les convulsions de l'agonie, l'a expulsé. Je crois que c'est ce que raconte le dessin sur la boîte de l'homme dans le cercueil.

— Peut-être s'agit-il d'une clé que les prêtres auraient gardée avant de dissimuler la boîte, sachant qu'il est impossible de l'ouvrir sans elle ? suggéra Aïcha.

— Dis-moi, Maurice, dit Jack à Hiebermeyer, si réellement tu as gagné la faveur des autorités du Caire, estimes-tu envisageable qu'Aïcha et toi rendiez une petite visite à la pyramide de Mykérinos ?

— Nous ne t'avons pas attendu, répondit Aïcha. L'inscription islamique nous a ouvert des portes. J'ai dit à notre contact au ministère que les inscriptions en arabe de la chambre funéraire sous la pyramide, celles que Costas et toi avez vues l'année dernière, ont une graphie qui se rapproche du kufi. Si nous parvenons à démontrer qu'Amr ibn al-As a marché sur Le Caire directement après avoir pris Péluse, qu'il a imprimé le sceau de l'islam d'abord sur ce monument puis sous l'une des pyramides de Gizeh, nul doute que nous serons considérés sous un jour plus favorable. L'étape suivante serait de solliciter mon oncle, l'entrepreneur dont les hommes ont effectué le terrassement ici, pour qu'il obtienne l'autorisation d'apporter une pompe afin de vider le puisard que vous avez visité, le prétexte étant que d'autres inscriptions pourraient s'y trouver. Nous aurions alors la possibilité de jeter un coup d'œil par la fissure dans le tombeau d'Akhenaton pour repérer l'objet que vous avez vu, cette fois avec une chance de le récupérer.

— Faites gaffe avec ce joyau, intervint Costas. Regardez ce qui est arrivé à Akhenaton. Je n'en dis pas plus.

— Avant que tu ne l'exprimes tout haut, non, je ne pense pas qu'il soit maudit, dit Jack. En revanche, il traîne dans son sillage la puissance d'un clergé multimillénaire bien déterminé à empêcher par n'importe quel moyen la découverte de l'orichalque, comme ils y sont parvenus au XVIIe siècle quand Kircher s'en est approché. La seule malédiction que nous pouvons craindre sort du silencieux d'un Beretta ou de la gueule d'une kalachnikov.

— Ou encore d'être embaumé vivant, ajouta Hiebermeyer.

— Quoi ? s'écria Costas avec horreur. Pas question. »

Jack le gratifia d'un regard narquois.

« J'ai voulu te prévenir à bord du *Sea Venture*, mais tu étais tellement absorbé par ton drone que je n'ai pas voulu te déranger.

— Pourquoi ce genre de tuile me tombe toujours dessus quand je n'ai plus la possibilité de me défiler ? »

Jack se leva et posa la main sur l'épaule de son ami.

« Maurice et Aïcha ont une longue pratique dans l'art de démailloter les momies, alors ne t'en fais pas, tout ira bien. Probablement.

— Des paroles rassurantes, comme d'habitude. »

Jack contempla la procession gravée sur la plaque et prit conscience que, pour la première fois, il voyait le peuple de l'Atlantide. Il avait été témoin de choses extraordinaires dans la mer Noire, un temple sophistiqué, des habitations où vivait la population du début du Néolithique, mais ce qui manquait était les gens eux-mêmes – ni corps ni images. Caresser du doigt le dessin à présent lui donnait l'impression d'accompagner ces hommes barbus aux cheveux tressés, d'observer le monde comme ils l'avaient observé, de comprendre comment leur prévoyance et leur détermination à résister à la calamité du Déluge avaient conduit à l'expansion de l'agriculture, de l'écriture, des idées et techniques qui, plus que toutes autres, avaient façonné une civilisation.

« Je viens de m'apercevoir d'un détail, dit-il. Les bras sur les faces du pilier sont semblables aux rayons du soleil du symbole d'Aton, avec l'inflexion au niveau du coude et les mains ouvertes. Et les hiéroglyphes en forme de vaguelettes ainsi que le cercle avec un point central du cartouche d'Akhenaton viennent tout droit du disque solaire d'Aton. On observe une continuité, des symboles en usage pendant l'âge du bronze d'origine beaucoup plus ancienne, une structure qui se met en place.

— Il me semble que le fait de placer Shamash et Aton au centre de la réflexion jette une lumière nouvelle sur l'enclos que forment les piliers, dit Hiebermeyer. Le culte du soleil, le culte d'un dieu unique, le monothéisme, ont des racines beaucoup plus profondes que ce que l'on pouvait croire, qui remontent au moins à la naissance des mythologies et des dieux, à une époque où le pouvoir magique des chamans était confisqué par les prêtres-rois du Néolithique. Costas a vu juste en qualifiant cet endroit de panthéon.

— Les dessins d'animaux et d'oiseaux sur les piliers et ceux qui figurent sur la table isiaque montrent un lien entre ce site, le temple d'Isis à Rome et des événements du XVIIe siècle mêlant Athanase Kircher, le naufrage d'un navire et le secret qu'il transportait, dit Jack. J'espère vivement que nous aurons bientôt la traduction du texte découvert sur la table dans le sous-sol du temple, ainsi que le résultat de l'ouverture du paquet en cuir remonté de la mine afin d'y réfléchir tous ensemble avant notre départ. »

Il marqua une pause, clignant des paupières pour chasser la poussière et épongeant la sueur qui lui ruisselait sur le front.

« Mais avant cela, reprit-il, je serais curieux de voir ce que tu as aperçu dans la croûte de sel. Une pièce d'archéologie nautique, je suppose.

— Je suis partant, dit Costas. Mon corps est en feu. N'importe quel endroit près de la mer fera l'affaire. »

Hiebermeyer sourit et fit retomber ses lunettes noires sur son nez.

« Je me demandais quand tu allais dire ça. Nous avons une heure devant nous avant que la chaleur et la poussière ne deviennent insupportables. Rebecca va nous y conduire. »

20

Jack balança ses jumelles par-dessus son épaule. Le voile de brume était trop dense, il s'élevait à la manière de l'air surchauffé par le bitume, et il ne distinguait que des strates tremblotantes suspendues à la surface de la croûte de sel tel un mirage. Il chaussa ses lunettes de soleil et reprit sa marche lente et régulière pour éviter la surchauffe. Le sel craquait sous ses pieds à chacun de ses pas, comme le ferait une pellicule de neige glacée sur un lac gelé, avec la sensation inquiétante qu'elle pouvait rompre à tout moment. L'analogie avec la glace s'arrêtait là, toutefois. La chaleur était stupéfiante, sèche et féroce, le soleil tapait sur l'étendue de sel et le vent du sud, loin d'apporter le répit, était chargé de la poussière brûlante du désert. La tempête de sable qui s'annonçait allait tempérer le feu du soleil, mais c'était la seule bonne nouvelle. Le temps désormais leur était compté, ils allaient être contraints de retourner dans les tentes et de rallier le terrain d'atterrissage avant que les conditions ne se dégradent et que l'hélicoptère ne soit cloué au sol. L'heure tournait, le *Sea Venture* les attendait au large et le *Seaquest* était quasiment paré à lever l'ancre de Falmouth pour une destination dans l'Atlantique encore inconnue mais que Jack espérait ardemment découvrir avant la fin de la journée.

Hiebermeyer, qui le précédait, s'arrêta pour boire une gorgée d'eau.

« Tu as repéré quelque chose ? demanda-t-il.

— La vue était meilleure du sommet de la dune, au-dessus du voile de brume. À ce niveau, je ne distingue qu'une mélasse noirâtre.

— La tempête de sable va encore l'assombrir. Nous n'avons que le temps de jeter un rapide coup d'œil, mais je te promets que ça en vaut la peine. »

Costas stoppa également pour se désaltérer, puis il se pencha et posa les mains sur ses genoux.

« Je retire tout ce que j'ai dit sur les bienfaits du bord de mer, dit-il. Je n'ai jamais eu si chaud de toute ma vie.

— Bois de l'eau et ne te découvre pas, dit Hiebermeyer. Allez, plus que deux cents mètres à parcourir. »

Jack observa Rebecca devant lui. Sa démarche était fluide et pleine d'assurance, comme si elle savait où elle allait dans l'existence. Il se remémora la petite fille qu'il consolait après l'assassinat de sa mère par la mafia napolitaine douze ans plus tôt. Il ne l'avait pas vue depuis plusieurs mois, mais l'archéologue qu'il était avait l'habitude des intervalles de six mois ou d'un an avant de retrouver amis et collègues sur des fouilles qui pouvaient, saison après saison, durer toute une vie. Pourtant, c'était comme si ces absences n'existaient pas, comme s'ils s'étaient quittés la veille, comme si le lointain passé qu'ils tentaient de révéler éclipsait chez eux le passage du temps, le rendait négligeable. Rebecca était une femme à présent, le cheveu ras et la silhouette affinée après sa mission dans un camp de réfugiés en Afrique de l'Ouest. Il était heureux de sa présence parmi eux, Maurice, Aïcha et les autres, ce foyer qui l'avait vue grandir et l'avait guidée sur une voie que sa mère, il en était sûr, aurait appréciée.

Elle fit halte pour les attendre et il la rattrapa.

« Jeremy t'envoie son bonjour, au fait, dit-il. Il est à Rome et a prévu de nous rejoindre sur le *Seaquest* si tout va bien.

— Ne le laisse pas se mettre en danger. Il a beau faire partie de la famille, braver des périls pour la gloire de l'archéologie n'est pas dans ses cordes.

— De la famille ?

— De la famille de l'UMI. Costas, Maurice, Aïcha et les autres. Même Jacob.

— Ah oui, bien sûr. »

Elle le fusilla du regard et reprit sa marche en replaçant sur son épaule le magnétomètre qu'elle portait depuis l'excavation dans la dune.

« Ah, les filles, dit Costas en secouant la tête.

— Ah, les pères, répliqua Hiebermeyer. Parfois ils disent ce qu'il faut, parfois non.

— Tonton Hiemy a une meilleure suggestion ? persifla Jack.

— Je suggère que tu laisses Rebecca mener sa barque. N'oublie pas que c'est une Howard.

— C'est bien vrai, renchérit Costas en s'épongeant le nez. Non que j'y connaisse grand-chose en howardisme. »

Une étroite passerelle s'allongeait devant eux, stabilisée par des planches plus larges disposées en travers tous les cinq mètres et arrimées par des piquets en bois. De part et d'autre, ruisselets et flaques d'eau reflétaient la lumière brumeuse et réduisaient la visibilité à quelques dizaines de mètres. En mettant le pied sur la passerelle, Jack eut l'impression de marcher dans un mirage, déconnecté du présent, et de faire un saut prodigieux dans le passé, avant les armées et les hordes d'envahisseurs qui avaient traversé la région, jusqu'aux premiers navigateurs à avoir atteint ces côtes près de huit mille ans auparavant. La conscience du temps écoulé s'affirmait en lui à mesure qu'ils avançaient et que la forme qui déchirait le voile de brume devant eux se matérialisait, une poutre sombre dépassant de la croûte de sel et ressemblant plus ou moins à la proue d'un bateau qu'accompagnaient des pièces de charpente visibles au-delà.

« L'oncle d'Aïcha et ses ouvriers ont installé la passerelle il y a deux jours quand ils ont vu le madrier, dit Hiebermeyer. Cette partie de l'étendue de sel est dans un creux sous le niveau du lagon, elle est saturée d'eau avec des poches d'argile liquéfiée de chaque côté aussi dangereuses que des sables mouvants. Milton n'exagérait pas en écrivant que des armées entières ont sombré dans la tourbière serbonienne. Diodore de Sicile a affirmé que celle du roi de Perse s'y était perdue corps et biens. »

Quelques instants plus tard, ils furent sur la plateforme à distance de bras de la poutre. C'était pour Jack un spectacle extraordinaire, le plus vieux bateau en bois qu'il ait jamais vu, anticipant les embarcations de l'âge du bronze de quelque trois millénaires.

« Stupéfiant, dit-il. Retour à l'aube de la navigation en Méditerranée.

— On peut voir comment les planches ont été liées entre elles par des cordes, comme ça se pratiquait à l'âge du bronze, expliqua Hiebermeyer. Il y a des trous sur les bords et des vestiges de liens en osier tressé. L'espèce de tronc en travers était sans doute un mât, même si la propulsion devait se faire essentiellement à la rame. Nous n'avons trouvé aucun objet, comme si le bateau avait été dépouillé de son contenu, en revanche il a été laissé ici délibérément, en guise de mémorial.

— Il a dû être rapidement enfoui dans le sable, n'oublions pas qu'en ce temps-là c'était le littoral. »

Le téléphone de Rebecca sonna et elle consulta l'écran.

« Il faut que je rentre aider Aïcha. Elle est en train de fermer le chantier de fouilles avant que le khamsin ne commence à souffler. Les mini-pelleteuses vont combler le site pour le préserver puis son oncle les transportera par air sur la barrière de dunes afin qu'elles soient à pied d'œuvre demain matin pour l'ouverture du canal. Il doit réaliser le transfert avant que le vent ne se lève de peur que le sable ne vienne gripper le moteur de l'hélico.

— D'accord, dit Hiebermeyer. Nous n'allons pas tarder à te suivre. »

Elle s'éloignait quand un bourdonnement se fit entendre au-dessus de leurs têtes. Un drone descendit du ciel et se stabilisa à leur niveau, passant d'un visage à l'autre en se balançant.

« Salut, Jacob, dit Costas. Qu'est-ce que ça donne ? »

Le drone pivota vers l'épave et sautilla avec enthousiasme.

« Il m'entend, mais nous n'avons pas encore installé d'émetteur, déclara Costas en consultant le message sur son téléphone. Jacob dit que le bateau est cool et que le drone a fait le boulot. Trois mille trois cents photos, scan multifaisceaux et une demi-heure de vidéo, tout est dans la boîte. Ce qui devrait nous permettre de construire un modèle en 3D de l'embarcation une fois de retour à l'UMI. Il ajoute que nous formons désormais une équipe, Jacob, le drone et moi.

— Vous n'allez quand même pas le baptiser, si ? dit Hiebermeyer.

— La baptiser. Pas le.

— C'est pas vrai !

— En tout cas, dit Jack, je suis heureux de constater que ton bricolage à bord du *Sea Venture* a porté ses fruits.

— Pendant que tu te gardais bien de me dire que nous risquions d'être embaumés vivants.

— J'ai appris à te connaître. Ne jamais te déranger quand tu as le nez dans les pièces d'un engin.

— Tu m'y fais penser : Little Joey a besoin d'un petit réglage.

— Il t'attend sur le *Seaquest*. »

Le drone dansait de bas en haut, comme porté par des vagues, puis il fit demi-tour et fila vers les dunes.

« Les pièces de bois resteront préservées *in situ*, dit Hiebermeyer. Quand le canal sera rouvert et que la surface sera de nouveau inondée, les sédiments ne tarderont pas à les recouvrir et le haut niveau de salinité les protégera du ver *Teredo navalis*. Elles ont survécu de cette manière depuis le Néolithique, pas de raison que ça cesse dans un futur proche.

— Tu as pris des échantillons de bois ? demanda Costas.

— De la proue et de la quille. Rebecca a enfilé un baudrier d'escalade accroché à une corde et elle a réussi à ramper jusqu'au bateau pour en prélever des fragments. Le labo à Alexandrie les a analysés et la datation encore provisoire par le carbone 14 donne 7 600 ans, plus ou moins cent, ce qui correspond à l'âge des résidus de pigments et de charbon de bois des piliers. Le labo de l'UMI est parvenu à déterminer d'après un scan en coupe de la proue que l'espèce est le chêne de Turquie, *Quercus cerris*, ce qui colle avec la situation de l'Atlantide en Anatolie. Mais il y a mieux. Nos recherches dans l'Atlantide et sur des sites néolithiques découverts depuis lors le long du littoral aujourd'hui submergé ont produit une coupe complète d'un tronc. Grâce à l'étude des cernes de croissance, nous savons précisément la date à laquelle l'arbre a été abattu : 5465 avant notre ère.

— Ça alors ! s'exclama Jack. Elle correspond à la date irréfutable de l'envahissement de la mer Noire par la Méditerranée signant la fin de l'Atlantide.

— L'inspection de l'épave par Rebecca montre que le bateau a été construit à la hâte, fonctionnel mais sommaire, dit Hiebermeyer. Sans un bon calfatage, il devait prendre l'eau. Le travail aurait été plus soigné avec plus de temps. À mon avis, cela indique l'empressement avec lequel les embarcations ont été réalisées durant les quelques semaines qui séparent la rupture initiale du Bosphore et l'engloutissement de la cité par les flots.

— Nous serions en présence de l'arche de Noé ? demanda Costas.

— Rien ne nous permet de penser que ce bateau en particulier transportait des bêtes, en revanche d'autres l'ont certainement fait. Celui-là est assez grand pour avoir abrité un couple d'animaux domestiques, cependant pas des aurochs, dont la race s'éteint à cette période. »

Jack posa une main sur l'épaule de l'égyptologue.

« Tu vois, l'Égypte du début du Néolithique a cessé d'être une toile blanche.

— J'en ai rêvé toute ma vie, coassa Hiebermeyer d'une voix brisée par l'émotion. Lorsque nous étions gamins et que tu m'as offert ce fragment de palette gravé, j'ai immédiatement compris qu'il était vieux, très vieux, plus vieux que les pharaons. Tu te rappelles quand tu m'as aidé à répertorier les couteaux en silex égyptiens du British Museum ? Je voulais remonter dans le temps aussi loin que je pouvais, essayer de déterminer où tout cela avait commencé. Outre l'excitation de découvrir des pyramides, des monuments et des momies, c'est le sujet qui m'a toujours obsédé.

— Encore ce mot, grommela Costas. Momies.

— À ce propos, dit Jack, nous avons trouvé dans le sous-sol du temple d'Isis à Rome quelque chose que j'ai mis de côté pour t'en parler et qui pourrait bien ajouter de l'eau à ton moulin pour ton hypothèse de l'usage de ces couteaux. »

Hiebermeyer sortit son téléphone et lut le message qui s'affichait.

« C'est Aïcha. L'inspecteur égyptien vient d'arriver et demande à me voir. Tu me raconteras sur le chemin du retour. »

Il baissa ses lunettes noires sur son nez et tira le rebord de son chapeau pour se protéger le visage du soleil. Dans ses vêtements de l'Afrikakorps, on aurait dit une apparition du passé, un des soldats qui aurait traversé la région au cours des conflits du siècle dernier et qui serait revenu à la vie. Jack avait chaussé ses lunettes et n'ignorait pas qu'elles étaient opaques et que les imperfections des verres tordaient sa vision. C'est bien ainsi qu'il voyait le bateau, et la poussière venant du sud baignait le panorama d'une teinte marron, comme si le monde avait viré au sépia. Dans son esprit, ce n'était pas une épave qu'il avait sous les yeux mais un vaisseau intact tiré sur le rivage du lagon que les vagues léchaient, les symboles de Shamash et de l'Atlantide gravés sur la proue. Il se remémora un passage de *L'Épopée de Gilgamesh* dans lequel Shamash conduit son char sur la mer céleste, et c'est cela qu'il voyait à présent, non un désert de sel desséché mais un littoral resplendissant dans la chaleur et la force des rayons du soleil. Il voyait les silhouettes spectrales s'agiter dans le bateau, des hommes à la barbe tressée et aux longs cheveux nattés, des hommes assoiffés et affamés qui avaient oublié comment marcher, qui titubaient et tombaient en gagnant la côte au milieu des vagues. Descendant la dune, d'autres hommes avançaient à leur rencontre, certains avec une coiffe en forme de tête de faucon, menaçants de prime abord, puis frappés de stupeur et d'émerveillement à la vue des nouveaux venus qui ressuscitaient devant eux et les dominaient de toute leur taille. Ils avaient eu l'intention de les soumettre et de les réduire en esclavage, mais ils seraient désormais traités comme des dieux. Sa vision se mélangea avec l'image de la procession sur la plaque gravée puis cessa, les contours chatoyants du bateau se décomposèrent et reprirent leur forme de carcasse nue d'épave, la mer se transforma en sable.

Il cligna des paupières, tourna les talons et vit Hiebermeyer et Costas disparaître dans la brume le long de la passerelle. La poussière du désert était plus sensible à présent, elle lui laissait au fond de la gorge un goût sec écœurant, l'odeur primordiale de l'histoire qui avait balayé ce lieu de transit depuis l'aube de l'humanité jusqu'à ce jour. Ce qu'il avait vu entretenait son excitation de chasseur, des découvertes fabuleuses qui rivalisaient avec tout ce que ses explorations passées lui avaient apporté, même s'il savait que la récompense suprême se cachait quelque part, et il priait pour que des indices nouveaux lui permettent de poursuivre sa quête. Il prit une photo du bateau avec son téléphone avant de suivre ses deux amis dans le brouillard.

« Jack ! s'écria Lanowski en levant la tête de son écran, l'excitation peinte sur son visage. Tu arrives juste à temps. J'ai réussi. »

Jack fit retomber le rabat de la tente derrière lui et ôta ses lunettes en essuyant la sueur de son front du revers de la main. Costas et lui avaient laissé Rebecca et Hiebermeyer au sommet de la dune, sur le site des piliers où était Aïcha, avant de poursuivre vers la tente occupée par Lanowski. Celui-ci avait baissé les parois de toile pour éviter au sable d'entrer, avec pour conséquence désagréable de transformer l'espace en étuve. Le téléphone de Jack vibra pendant qu'il descendait avidement une petite bouteille d'eau.

« Une seconde. C'est Jeremy. Il demande une visioconférence. Tout de suite. Lance-la sur ton ordinateur. »

Ils se placèrent devant l'écran et, quelques secondes plus tard, Jeremy et Marco côte à côte apparurent dans une mosaïque de pixels due à la mauvaise réception.

« Nous avons traduit les hiéroglyphes de la table, commença Jeremy. Tout d'abord, elle ne remonte pas à l'occupation romaine en Égypte mais à l'époque du règne d'Akhenaton au IIe millénaire avant J.-C. Est-ce cohérent avec ce que vous avez ?

— Absolument, répondit Jack. Je t'expliquerai. Continue.

— Il est question d'un objet sacré arrivé avec Shamash sur les côtes égyptiennes que les prêtres d'Isis ont récupéré et entreposé dans leur temple, puis ils l'ont envoyé par mer au-delà des Colonnes d'Hercule dans une île de l'océan d'Atlas. Deux navires sont partis, un seul est rentré.

— Une indication de la date ?

— Akhenaton a armé un vaisseau pour les poursuivre, mais il n'est pas revenu. L'épisode a dû avoir lieu au cours de son règne, alors qu'il fouillait les temples à la recherche du savoir caché des anciens. Les prêtres d'Isis ont sans doute pris peur et décidé de dissimuler leur bien le plus précieux dans un lieu aussi éloigné que possible, à la limite des explorations des navigateurs égyptiens.

— Formidable, dit Jack. Quoi d'autre ? »

Jeremy reprit la parole mais elle se perdit en même temps que l'image se désintégrait et que s'affichait une notification de connexion interrompue.

« Zut, dit Costas. Ce doit être à cause de la tempête de sable. »

Jack tourna le regard vers Lanowski.

« Eh bien, que voulais-tu me dire ?

— Tout concorde magnifiquement, dit l'informaticien en faisant apparaître une nouvelle image sur l'écran. Pendant que tu étais sur le site des fouilles, le labo de l'UMI a envoyé un premier cliché du paquet que Costas et toi avez remonté de la mine. Les techniciens ne pouvaient pas l'ouvrir sans le détruire, alors ils l'ont soumis au scanner infrarouge. Imagerie hyperspectrale à ondes courtes, pour être précis. Un dispositif sur lequel Costas et moi avons travaillé. Je peux t'expliquer ses caractéristiques. Tout à fait avant-gardiste.

— Seulement l'image, Jacob. »

Lanowski pressa une touche et une forme irrégulière se dessina sur un fond blanc au-dessus d'une inscription floue.

« J'ai filtré au maximum, et voilà ce que ça donne. Tu remarques les contours d'un territoire et en dessous les mots latins INSULA ORICHALCUM. On ne trouve pas uniquement le paraphe de Viviano sur le cuir, mais également celui des marchands de Cadix, Cornelissen et Porrata, à qui le paquet était manifestement destiné.

— Exactement ce que nous espérions, dit Jack en contemplant l'écran avec une excitation croissante. Cette masse terrestre est comparable à celle qui figure dans le *Mundus subterraneus*, à ceci près que les détails du littoral sont radicalement différents. La carte est probablement la copie d'un papyrus original qui a quitté l'Égypte à la période de l'occupation romaine, mais en réalité bien plus ancien. »

Lanowski lui adressa un sourire rayonnant.

« Alors ? Tu veux savoir ce que j'ai dégotté ?

— Crache le morceau, Jacob, dit Costas.

— C'est grâce à toi, en fait. L'idée que le croquis de Kircher représente une petite île plutôt qu'un continent. Quand j'ai eu une représentation affinée du dessin, je l'ai passée dans un programme de reconnaissance côtière développé par un ami de la NASA que j'ai connu au MIT. L'algorithme fusionne la plus récente image satellitaire de *Landsat 9* et de *Sentinel-2* avec plus de trente ans d'imagerie par satellite du littoral. Le résultat est d'une précision stupéfiante, moins d'un mètre, c'est-à-dire sous le pixel, et ça prend du temps, car le contour d'une côte évolue sans cesse selon la marée, les vagues, et il doit être analysé avant de le soumettre à comparaison.

— D'accord, dit Jack. Et alors ?

— Tu pourrais croire que le liseré dentelé qui ondule le long du rivage signale une hypothèse ou une approximation, mais tu aurais tort. Regarde. »

L'image satellite d'une île se matérialisa, une surface marron entourée de mer bleue, la ligne blanche du ressac bien apparente sur une côte.

« Bon sang, dit Jack en se penchant, mains sur les genoux, pour scruter la photo. C'est la même forme.

— L'algorithme ne prétend pas être fiable à 100 %, ce serait impossible. Cependant, en admettant un écart de trente mètres, tolérance qu'un cartographe sérieux obtient avec des relevés à cette échelle, et nous avons une correspondance de 90 %. Pas de raison que les navigateurs égyptiens n'aient pas décrit la côte avec ce degré de précision. Alors oui. C'est l'île de Kircher. L'île qu'Akhenaton a dessinée sur un papyrus. L'île dont nul ne devait connaître la position pour les prêtres d'Isis.

— Où se trouve-t-elle ? »

Lanowski réduisit l'échelle de la photo, montrant que l'île faisait partie d'un archipel.

« Elle se situe entre Madère et les Canaries. Un petit groupe d'îlots sous administration portugaise à deux cents milles au large des côtes marocaines.

— Les Ilhas Selvagens, murmura Jack, les îles Sauvages. Je n'y suis jamais allé, mais je les connais de réputation. Le capitaine Kidd, le fameux pirate du XVIIe siècle, y aurait enterré un trésor, selon la rumeur, le butin des captures des navires portugais chargés d'or du Brésil. Plusieurs expéditions ont été menées au XIXe siècle pour le retrouver. Les courants de marée sont traîtres dans le coin et sont responsables de nombreux naufrages, même par mer apparemment calme.

— L'île de Kircher est Selvagem Grande, la plus grande de l'archipel. Volcanique, 2,5 km², une réserve naturelle avec une station scientifique occupée à temps partiel par deux gardiens et où la marine portugaise patrouille de temps en temps pour surveiller la pêche. Sinon, elle est déserte et peu visitée.

— Et isolée une grande partie de l'année par les tempêtes, je suppose, dit Costas.

— Cet archipel entre Madère et les Canaries est le lieu où un bateau venant du détroit de Gibraltar peut avoir accosté, dit Jack. Les marins ont dû considérer qu'ils avaient atteint le bout du monde et que l'île était assez éloignée pour constituer une cachette sûre.

— Ce n'est pas à Madère que l'UMI a mené une étude environnementale ? » s'enquit Lanowski.

Jack opina de la tête.

« Il y a une dizaine d'années. Sur les tortues marines, déjà. Décidément, ce sont nos copines. Les autorités portugaises nous ont donné carte blanche pour poursuivre la surveillance de l'écosystème. Cela devrait plaider en notre faveur.

— Serais-tu en train de m'indiquer l'endroit où tu t'apprêtes à te rendre ? » dit Lanowski.

Jack planta son regard dans le sien.

« Je veux une visualisation en 3D la plus précise possible. Avec le relief, la totale. Trouve-moi tout ce que tu peux.

— Je m'en occupe.

— Je vais demander à Jeremy de rassembler la documentation sur l'histoire de l'île. Sa découverte par les Portugais, les naufrages, les chasses au trésor. Et interroger Maria sur ce qu'elle a déniché dans les archives à Lisbonne concernant les marchands Cornelissen et Porrata. Peut-être ne transportaient-ils pas seulement des marchandises à Madère et aux Canaries et qu'ils se rendaient dans l'archipel. Costas, le capitaine Macalister et le *Seaquest*, où se trouvent-ils actuellement ?

— Au mouillage dans la baie de Falmouth après remise à neuf.

— Qu'il appareille aussitôt qu'il sera prêt. Avec l'équipement d'expédition complet et une équipe de sécurité.

— Je suis déjà en train de faire la liste dans ma tête. Little Joey aussi ?

— Tout. Nous ignorons sur quoi nous allons tomber.

— Tu as mentionné une équipe de sécurité sur le *Seaquest*. J'en conclus que tu t'attends à des ennuis.

— C'est pourquoi je souhaite qu'il lève l'ancre rapidement. Dès que nos amis à Rome auront vent de ce que nous tramons, ils feront tout ce qui est en leur pouvoir pour nous arrêter. Ils possèdent les moyens de lancer à nos trousses un bateau aussi puissant que le *Seaquest*.

— Pourtant, l'archipel est dans les eaux portugaises, non ?

— Oui, mais il fait l'objet d'un litige. La zone économique exclusive est contestée, si bien que la marine portugaise et la police maritime n'ont d'autorité que près des côtes. Au-delà, l'océan est à tout le monde. Il faudrait que Macalister sache auprès des Portugais jusqu'où ils ont le droit d'intervenir.

— Je le préviendrai dès que nous serons à bord du *Sea Venture* », dit Costas.

Jack souleva le rabat de la tente et sortit, dirigeant son regard vers l'ouest et la lumière orangée du soleil couchant qui filtrait dans la poussière du khamsin. Il songea aux raisons qui les avaient conduits dans ce désert, un objet découvert par un soldat voici plus d'un demi-siècle. Il se remémora les paroles du commandant du Canterbury Mounted Rifles qui avait voulu décrire les sensations que lui procurait cet endroit alors que la guerre était un sujet de préoccupation autrement sérieux. « Chaque soirée offre un moment d'émerveillement devant les teintes qu'elle produit. À mesure que le soleil disparaît derrière la ligne de l'horizon, le ciel s'illumine de bandes de couleur qui s'évanouissent peu à peu, laissant un bleu profond parsemé d'une infinité d'étoiles. » Le même spectacle avait été contemplé par tous ceux qui avaient traversé la contrée au cours du temps, les pharaons, Alexandre le Grand, les seigneurs croisés, les guerriers du djihad, les marchands et leurs caravanes, les soldats de pays lointains engagés dans un monde en guerre, balayés par les vents de l'histoire, et qui, tous, avaient été obnubilés par la chaleur, le sable et la soif. Dans le ciel, le chariot solaire émergeait des portes du paradis comme il le faisait à chaque aurore et disparaissait au crépuscule pour un voyage dans le monde souterrain qui préparait l'aube à venir.

Pendant que Jack contemplait le coucher du soleil et imaginait comment les anciens le percevaient, l'ouest prit pour lui une signification nouvelle en s'étirant jusqu'à une île au large de l'Atlantique, une île dont les contours étaient gravés dans sa mémoire telle une carte au trésor aussi réelle et exaltante que celles qui avaient conduit ses explorations passées. De nouveau, il visualisait un bateau, pas celui qu'il avait vu prisonnier du sel mais un solide bâtiment de l'âge du bronze capable de traverser la Méditerranée et d'affronter l'Atlantique, et qui avait laissé une trace dans son sillage, comme une piste fluorescente dans la mer qu'il leur suffisait de suivre. Il ne discernait pas encore les gens qui l'occupaient, ce qu'il aurait la possibilité de faire s'il étudiait son épave. Cependant, il avait vu sur la plaque une représentation de sa cargaison, et elle allait rester imprimée dans sa conscience jusqu'à ce qu'il ne puisse pas aller plus loin dans sa quête.

Costas s'approcha de Jack, releva son couvre-chef et but une gorgée d'eau.

« Rebecca vient de me dire qu'elle restait ici. Nous sommes tous deux livrés à nous-mêmes.

— Pour changer.

— Oui, enfin, tous deux avec Macalister, l'équipage du *Seaquest* et les gars de la sécurité de l'UMI, précisa Costas. Nous n'avons pas bénéficié d'un tel filet de sécurité dans la mine. Sans oublier la marine portugaise.

— Si nous parvenons à les convaincre que nous sommes traqués par les prêtres d'Isis en quête du secret de l'immortalité qui aimeraient nous embaumer vivants. »

Costas s'étrangla avec l'eau qu'il buvait, toussa et déglutit avant de dévisager Jack.

« Crache le morceau.

— Un truc que j'ai entendu à Rome. Ça s'appelle le rituel d'Akhet-Rê. Ils utilisent des couteaux en obsidienne pour prélever juste ce qu'il faut de tes organes pour te laisser en vie. Et une sorte de pique pour atteindre le cerveau par le nez. On parle de nourriture pour la déesse. C'est ce qui a été pratiqué sur Akhenaton. »

Jack considéra Costas de la tête aux pieds.

« Ils recherchent une nouvelle victime.

— Eh, ne me regarde pas comme ça.

— Moi-même, je ne me porte pas volontaire. »

Costas but une gorgée et plissa les paupières en portant les yeux sur l'horizon.

« Encore une excursion de rêve proposée par Jack Howard Loisirs. Frôler la mort dans une mine, griller dans le désert égyptien et se faire momifier vivant.

— Tu pourrais ajouter la flotte. Bien froide. Et à la fin, les rescapés ont droit à une bière, sur mon compte.

— Ce qui me fait penser qu'il faut que je détourne le générateur de la glacière aux projecteurs du site des fouilles, sinon ta fille va me faire une scène.

— Je récapitule, l'hélicoptère nous ramène au *Sea Venture*, puis Chypre, ensuite l'Embraer et l'UMI. De nouveau l'hélico pour le *Seaquest*. Nous profiterons de la traversée jusqu'à Chypre pour vérifier la liste de l'équipement dont nous aurons besoin.

— Bien reçu, dit Costas avant de terminer la bouteille. Comme ça, il y aurait en plus un trésor de pirate ? De l'or portugais, comme dans la mine ? J'espère que cette fois nous aurons la possibilité d'en prélever une partie.

— J'espère un trésor beaucoup plus précieux que ça.

— L'immortalité ou l'or. Cruel dilemme.

— Pourquoi pas les deux ?

— Ça m'irait bien. Avec une bière.

— Nous sommes attendus à l'hélico dans vingt minutes. Le pilote s'inquiète du sable qui s'infiltre dans le moteur. Paré à y aller ?

— Paré à y aller. »

QUATRIÈME PARTIE

21

Îles Sauvages, océan Atlantique

Jack regarda l'océan par la fenêtre latérale du Lynx tandis que l'hélicoptère amorçait sa descente vers le navire qu'il voyait quelque trois mille pieds plus bas. L'appareil avait suivi son sillage quelques instants avant qu'il ne se dissipe quand le capitaine avait réduit l'allure en prévision de l'atterrissage. Le trajet s'était résumé à trois heures de montagnes russes depuis que Jack et Costas avaient quitté l'Embraer de l'UMI à Casablanca et qu'ils volaient plein ouest au-dessus de l'Atlantique, pris dans l'aile d'un cyclone qui était devenu de plus en plus menaçant à mesure que la matinée avançait. Il avait été impossible de distinguer l'océan pendant que le Lynx luttait contre le vent et qu'il approchait de l'œil du système, et le *Seaquest* était le premier bâtiment qu'ils voyaient depuis leur départ des côtes marocaines. Jack se doutait qu'il en existait d'autres qui tous convergeaient vers le même point, dont un qui pouvait bien être à leur poursuite, ainsi que ceux de la marine portugaise. Pour l'heure, il se focalisait sur le

Seaquest et sa destination, car son entreprise deviendrait réelle quand il aurait sous les yeux l'île dont la forme était gravée dans sa mémoire.

« Comment ça se passe ? » demanda-t-il au pilote.

Celui-ci était concentré sur ses instruments et guidait la descente, les mains sur le manche à balai.

« Nous atteignons la limite de notre rayon d'action, nous n'avons plus beaucoup de carburant. Heureusement, le vent est tombé, l'atterrissage devrait s'effectuer sans trop de problèmes. »

Jack observa l'écran et la carte miniature qui indiquait leur progression. Au nord-ouest, Madère, et à quelque trois cents milles marins au sud, les Canaries. Entre elles, deux archipels d'îlots volcaniques, les Ilhas Desertas vers Madère et les Ilhas Selvagens au sud. La plus grande des îles Sauvages étendait sa surface pelée devant eux, à moins de vingt milles et à une demi-heure par bateau de la frontière de douze milles qui marquait la limite des eaux territoriales portugaises. Pénétrer dans cette zone ne les préserverait pas d'un affrontement, en revanche leur donnerait le droit d'appeler à la rescousse la police maritime et la marine portugaise, une protection que le capitaine Macalister avait négociée dès son départ de Falmouth trois jours plus tôt. Le fait que l'UMI avait collaboré à une mission environnementale au large de Madère deux ans auparavant et que Jack était mécène du Centro nacional de arqueologia náutica e subaquática avait joué en leur faveur. Encore fallait-il que cette assistance soit à portée et couverte par le droit international pour intervenir.

Jack tordit le cou et examina l'unique occupant de la cellule arrière, cramponné aux deux côtés de l'appareil, le visage masqué par le casque et la visière.

« Ça va ? demanda Jack. Nous sommes bientôt arrivés.

— Je suis content de ne pas avoir pris le petit déjeuner à l'aéroport de Casablanca, dit Costas d'une voix blanche. J'aurais repeint l'intérieur de la cabine à l'heure qu'il est.

— Le cuistot du *Seaquest* prépare une excellente omelette.

— Tais-toi. Je ne veux pas penser à de la nourriture tant que nous ne serons pas posés. »

Cinq minutes plus tard, le Lynx rebondissait avec souplesse sur le pont arrière du *Seaquest* avant de s'immobiliser. Le pilote coupa le moteur et les hommes d'équipage qui attendaient sur le côté se précipitèrent pour assurer l'appareil. Jack défit son harnais, ouvrit la porte et sortit, heureux de sentir le pont sous ses pieds. Il s'avança et posa la main sur le nez du Lynx. Après quinze ans de bons et loyaux services, l'hélicoptère approchait de la fin de sa vie de labeur, et il n'ignorait pas que Macalister plaidait pour sa remise à neuf. Costas se matérialisa à ses côtés et tous deux filèrent tête baissée sous la faux des pales en mouvement vers l'écoutille. Le capitaine les y attendait, barbe blanche taillée de près et comme d'habitude impeccable dans son pull orné des épaulettes de capitaine de réserve de la Royal Navy. Jack et Costas ôtèrent leur casque et lui serrèrent la main.

« Ravi de vous revoir, James, dit Jack. Et ravi d'être de retour à bord du *Seaquest*. Ça fait un bail.

— Il présente quelques changements depuis la dernière fois que vous êtes monté, dit Macalister. L'armement défensif a été modernisé, le système d'ancrage dynamique réajusté, la plateforme de débarquement intérieure améliorée pour les Aquapods, permettant une sortie et une récupération plus faciles.

— Vous pensez que les Aquapods sont la meilleure solution ?

— L'île est en grande partie ceinturée de falaises et vous allez chercher à l'aborder par la côte. Pour cela, les Aquapods sont adaptés car les courants sont trop forts pour un Zodiac. Le meilleur moyen sera de traverser sous l'eau en passant sous le gros de ces courants et de gravir la falaise sous-marine.

— Avons-nous plus de renseignements sur l'endroit exact où nous devons accoster ? demanda Costas. Jeremy et Maria suivaient des pistes.

— Ça fait près de vingt-quatre heures que je n'ai pas de nouvelles de Jeremy, dit Jack. Ce qui m'inquiète un peu, mais il est capable de ne pas sortir de son terrier quand il mène ses recherches et j'espère qu'il est plongé dans les archives à Rome. En revanche, Maria a laissé un message pendant notre voyage en hélico, elle doit nous recontacter. On dirait qu'elle a fait une percée.

— Parfait, dit Macalister. Je vais faire établir la liaison dès que je serai remonté sur le pont.

— L'équipe de sécurité est au point ? »

Macalister désigna des hommes en tenue de camouflage qui chargeaient du matériel dans le Lynx.

« Ben et ses quatre hommes se préparent à rallier l'île par l'hélico et à établir leur position sur le plateau culminant. Ils ne seront pas d'un grand secours si vous avez des difficultés à gravir la falaise, mais leur présence sera rassurante. Je leur ai demandé d'y être en avance, car le vent du cyclone est susceptible de balayer l'île dans les heures qui viennent, ce qui clouerait l'appareil au sol. J'ajoute qu'ils écartent le danger qu'une bombe ou qu'un missile soit lancé de l'île sur le navire. »

Jack leva le pouce en direction de Ben qui fit de même en retour.

« Bien, reprit le capitaine. Vous pouvez vous débarrasser de vos tenues de vol ici avant de me rejoindre sur le pont où du café et des sandwichs vous attendent.

— Je vais rester en bas, dit Costas. Je dois m'occuper de Little Joey.

— Ah, bien sûr, dit Macalister. Little Joey. Des plaintes à répétition émanant du service technique. Il était censé être en mode veille quand nous l'avons embarqué et pourtant il s'est mis en marche et a attaqué quiconque s'en approchait.

— Je vois, répondit Costas, la mine contrite. Le nouveau logiciel de reconnaissance faciale. Lanowski l'a programmé pour qu'il ne réponde qu'à lui-même et à moi, tout autre est une menace. Il faut un scan de l'iris de chacun d'entre nous pour pouvoir le piloter.

— Petit problème, Jacob est sous une tente au milieu du désert égyptien à des milliers de kilomètres d'ici.

— Nous pouvons y remédier. Jacob est un génie. Je peux installer une liaison satellitaire.

— Vous avez un quart d'heure, dit Macalister. Passé ce délai, si ça ne va pas mieux, j'expédie Little Joey au trou.

— Bien reçu. »

Une demi-heure plus tard, Costas était sur le pont en compagnie de Jack et de Macalister, son drone endormi sous un bras et enfournant de l'autre main un plat chaud. Macalister les avait informés de la situation et Jack attendait que Costas ait fini de manger pour descendre avec lui sur la plateforme de débarquement intérieure, il voulait s'assurer que les Aquapods étaient dûment équipés et que leurs combinaisons de plongée étaient prêtes. Il se sentait de plus en plus nerveux ; l'horizon se chargeait de nuages menaçants et il s'impatientait du coup de fil qui n'arrivait pas. Tout était en place, ne manquait plus que l'information cruciale du lieu exact où ils devaient accoster. Sans elle, ils s'aventuraient à l'aveuglette, ils seraient contraints d'explorer plus d'un kilomètre de littoral dangereux.

« Un appel de Maria de Montijo, lança le radio. Par visio.

— Transférez-le sur le poste principal », dit Macalister.

Une femme brune avec une queue-de-cheval et des lunettes apparut à l'écran, en arrière-plan des murs blanchis à la chaux et la mer.

« Bonjour, tout le monde, dit-elle. Je suis à l'extérieur et la réception n'est pas terrible.

— Où es-tu ? s'enquit Jack.

— Aux Canaries. Plus précisément à Fuerteventura, une île au sud-est de l'archipel. J'arrive avec des nouvelles très intéressantes.

— Tu as enquêté sur Cornelissen et Porrata ?

— Exact. À Cadix, j'ai mis la main sur des documents qui précisent leur rôle d'intermédiaires entre Amsterdam et Gênes. Ils étaient les principaux courtiers à Cadix pour la réception et la distribution de l'argent métal en provenance des Amériques. Ils fournissaient les navires des Compagnies des Indes orientales néerlandaise et anglaise qui faisaient escale à l'aller. Ce qui signifie que Cornelissen et Porrata avaient une source de revenus assurée et qu'ils n'avaient pas besoin de développer de nouvelles activités à la rentabilité douteuse. Pourtant, comme nous le savons, au début des années 1660, ils ont tout à coup été impliqués dans une entreprise de collecte de guano, source de salpêtre pour produire la poudre à canon, présent dans les Ilhas Selvagens et les Ilhas Desertas, un archipel réputé pour broyer les bateaux.

— Nous savons que Cornelissen et Porrata avaient d'ores et déjà des intérêts dans les Canaries, dit Jack.

— C'est vrai. Avant que leur négoce d'argent ne prenne de l'expansion, le gros de leur activité se faisait avec Las Palmas, où ils livraient tableaux et ornements en laiton pour la cathédrale de Santa Ana. D'ailleurs, les chandeliers et les lustres que transportait le *Santo Christo di Castello* lui étaient destinés. Ils les attendaient à Cadix pour les charger sur leur propre navire et les expédier à Las Palmas.

— Cependant nous savons à présent qu'il s'agissait d'un écran de fumée qui cachait autre chose, enchaîna Jack. Le paraphe de ces marchands sur la carte découverte dans la mine tend à le confirmer. Elle leur était adressée, confiée par Kircher et Sauli au capitaine Viviano, et elle était censée leur fournir ce dont ils avaient besoin pour identifier l'île dans laquelle, à ce que nous disent les hiéroglyphes du plateau dans le sous-sol du Panthéon, l'objet issu du temple d'Isis avait été dissimulé. Ils ont préparé le terrain sous couvert de leurs activités dans le guano, ce qui leur permettait d'explorer les îles sans attirer les soupçons de ceux qui surveillaient Kircher et qui auraient pu les suivre.

— Et scellant ainsi leur destin, dit Maria en affichant à l'écran le scan d'une lettre manuscrite. J'étais arrivée dans une impasse à Lisbonne et j'ai décidé de me rendre aux Canaries pour jeter un coup d'œil aux archives. J'ai trouvé le nom du négociant de Las Palmas mandaté par l'Église avec lequel ils étaient en affaires, Pietro del Forno, et un dossier de sa correspondance. La chance m'a souri hier quand j'ai mis la main sur un courrier de 1673 adressé à un collègue de Lisbonne. On peut supposer qu'à cette date, Cornelissen et Porrata possédaient un duplicata de la carte que Kircher et Sauli leur auraient fournie après avoir constaté la perte de l'original dans le naufrage du *Santo Christo di Castello*. Forno s'étonne de l'arrivée des deux hommes d'affaires de Cadix sur leur propre navire pour une tournée d'inspection des gisements de guano dans les îles, alors qu'il croyait que cette activité était derrière eux. Il remarque également que le navire est lourdement armé, ce que nous savons par les archives à Cadix. Il ajoute que le lendemain du départ de Cornelissen et de Porrata pour les îles, un second navire s'est présenté à Las Palmas et a demandé après eux avant de repartir aussitôt à leur poursuite. Un gros vaisseau italien chargé de canons, ni navire de guerre ni pirate, qui semblait plutôt privatisé.

— Et ensuite ? demanda Jack.

— Je n'ai rien trouvé de plus dans les archives du XVIIe siècle, mais l'histoire ne s'arrête pas là. Le conservateur, à qui j'avais fait part de mes recherches, m'a mise en contact avec un vieux pêcheur et plongeur connaissant bien les Selvagens et les Desertas. Celui-ci m'a raconté que les îles étaient truffées de pièges pour un novice à cause des courants, des tourbillons et des hauts-fonds qui paraissaient des lieux d'ancrage sûrs mais qui se révélaient mortels au moindre changement de vent. Les épaves sont nombreuses, cependant une seule est pourvue de canons. Elle se situe dans les Ilhas Desertas à un endroit peu profond où les pêcheurs ne vont jamais. Il m'a parlé d'un enchevêtrement de canons à quelques mètres de profondeur au milieu de récifs volcaniques pointant juste sous la surface. Il n'a plongé qu'une seule fois dans la zone, en revanche il a pris des photos. »

Maria leva deux clichés délavés devant la caméra.

« Sauf erreur de ma part, la période correspond. »

Jack se pencha pour scruter l'écran.

« Les deux à gauche sont des pierriers à boîte en bronze. C'est très intéressant car il en est fait mention dans le document que tu as déniché à Lisbonne inventoriant l'armement supplémentaire embarqué dans le navire de Cornelissen et Porrata. »

Maria montra une deuxième photo.

« Voilà le détail de l'un.

— Ah, que c'est beau. La sphère armillaire et les armoiries du Portugal.

— Le navire a été armé à Lisbonne, où Cornelissen et Porrata avaient des intérêts et où ils faisaient construire leur flotte.

— Le gros canon sur l'autre photo est italien, dit Jack, possiblement vénitien. Je daterais volontiers ces pièces d'artillerie des années 1660 ou 1670.

— Mon hypothèse est la suivante, déclara Maria. Cornelissen et Porrata s'attendaient à des ennuis avant de lever l'ancre, sinon ils n'auraient pas renforcé la capacité de feu de leur navire. Puis, quand le danger s'est matérialisé, ils se sont rendu compte qu'ils n'avaient aucune chance contre le vaisseau italien à la puissance supérieure, si l'on en croit Forno. Plutôt que de l'affronter en mer, ils l'ont attiré à l'écart des Selvagens vers une zone des Desertas qu'ils savaient piégeuse. Cela a été un voyage sans retour pour les deux bâtiments, mais les poursuivants ne se sont pas approchés du véritable emplacement du trésor.

— Une mission suicide, en somme, fit remarquer Costas.

— Pour une cause supérieure, dit Jack. Je suis persuadé que ces hommes, Kircher, Sauli, Viviano, les négociants, avaient conscience de l'importance de leur mission et ils ont mis leur vie en jeu pour la protéger des émissaires des prêtres qui tentaient de la contrecarrer.

— Tout cela est passionnant mais ne nous dit pas où nous devons chercher, dit Costas.

— Attends un peu, dit Maria, et fais un saut de trois siècles. Je m'apprêtais à prendre congé quand le vieux pêcheur m'a demandé si les sous-marins allemands aux Ilhas Selvagens pouvaient m'intéresser. La question m'emmenait loin du XVIIe siècle, mais j'étais intriguée. Il m'a raconté que son frère vivait sur l'île de Fuerteventura, à l'est de Gran Canaria, dans une maison qui avait servi de repaire à un agent secret nazi pendant la guerre, et qu'il avait découvert récemment, en perçant un mur, une cachette contenant des papiers détaillant ses activités. Le pêcheur et son frère ne les ont pas vraiment étudiés et n'en ont parlé à personne. Il connaissait l'UMI de réputation et a pensé que nous pourrions prendre l'affaire en mains.

— Continue », dit Jack.

Maria exhiba devant la caméra une lettre dactylographiée.

« Il est question d'un homme du nom de Gustav Winter dans cette copie d'un document de 1947 sur les agents nazis soupçonnés d'avoir opéré en Espagne durant la guerre. Il émane du chef de bureau à Madrid de l'Office of Strategic Services américain, l'OSS ancêtre de la CIA, et présente Winter comme, je cite, "un agent allemand aux Canaries en charge des postes d'observation équipés d'émetteurs sans fil et de l'approvisionnement des sous-marins". En 1947, la guerre était terminée et le document ne présentait plus qu'un intérêt historique, néanmoins il a été archivé. La présence de cet homme dans les îles a été de nature à entretenir la bataille de l'Atlantique et montre comment Franco a activement soutenu les nazis, ce que les Espagnols ont tenté à toute force de dissimuler par la suite. Ce qui explique pourquoi les agissements de Winter sont restés largement méconnus, et pourquoi celui-ci a caché des papiers qu'il souhaitait rendre publics à la chute du régime franquiste afin de révéler la vérité.

— Mais il est mort avant ? s'enquit Jack.

— En effet. Les documents confirment ce que l'OSS suspectait en 1947. Les sous-marins allemands effectuaient de fréquentes escales dans les hauts-fonds au sud de l'île de Fuerteventura où ils se ravitaillaient en vivres et en carburant, lequel était puisé dans une cuve planquée, alimentée par un tanker maquillé en conteneur d'eau douce, faisant régulièrement la navette entre Gran Canaria et Fuerteventura. Un tel dispositif a significativement amélioré le rayon d'action et la durée d'autonomie des U-Boots qui chassaient les convois remontant les côtes africaines. La base de Winter offrait en outre un refuge pour les appareils endommagés, y compris certains que les Alliés pensaient avoir coulés. C'était le cas du U-182 du *Kapitänleutnant* Nicolai Clausen, censément détruit par une charge de profondeur jetée par le destroyer *USS Mackenzie* près de Madère le 16 mai 1943. En fait, le sous-marin était trop gravement touché pour rallier Fuerteventura et prenait l'eau petit à petit, si bien que Clausen le conduisit dans une sorte de grotte à demi immergée de Selvagem Grande.

— C'est notre île, dit Jack. Clausen a donc réussi à joindre Winter ?

— La radio du U-Boot n'avait pas résisté à l'attaque, cependant Clausen réussit à installer un transmetteur en déployant un fil dans la caverne à une hauteur suffisante pour agir comme une antenne. Une petite batterie récupérée lui fournit une semaine de courant. L'équipage comptait quinze hommes, qui moururent les uns après les autres, de faim, de soif ou, pour certains, emportés par les courants dans leur tentative désespérée de partir à la nage. Au sixième jour ne restait plus que Clausen et un officier radio de la marine marchande britannique, James Gillespie, recueilli à bord en tant que prisonnier plusieurs semaines plus tôt après le torpillage de son cargo, le *SS Aloe*, au large de l'Afrique du Sud. Le sous-marin avait fait surface au milieu des canots de sauvetage et Clausen avait fourni aux naufragés assez de vivres pour qu'ils puissent gagner la côte sans dommage tout en retenant le capitaine et le radio en détention à bord du U-182. Il semble que Clausen et Gillespie aient noué des relations amicales durant cette période, sans doute aussi parce qu'ils s'étaient rendu compte que pour eux la guerre était finie et qu'ils ne s'en sortiraient pas.

— Winter n'aurait pas pu organiser une opération de sauvetage ? » demanda Costas.

Maria secoua la tête.

« C'était hors de question. Les Espagnols ne pouvaient pas prendre le risque d'être surpris à aider ostensiblement les nazis, les îles étaient sous la surveillance aérienne des Alliés et les communications grandes ondes espionnées. Winter n'avait pas la possibilité de prévenir les autorités espagnoles à Las Palmas et lui-même n'avait pas les moyens de monter une expédition de secours. Les pêcheurs locaux lui avaient dit que l'endroit où se trouvait le sous-marin n'était pas accessible par la mer à cause des courants trop violents. Bref, un piège mortel à l'image de celui des Ilhas Desertas qui a emporté les deux navires au XVIIe siècle. Clausen et Gillespie ne pouvaient pas sortir de la grotte et grimper au sommet de l'île, ils manquaient d'eau douce et étaient trop faibles pour pêcher ou chercher des œufs.

— En quoi tout ça nous concerne ? demanda Costas.

— Winter a mis par écrit l'intégralité de ses conversations radio avec les deux hommes. À mon avis, il était torturé de ne pouvoir leur porter assistance et il a voulu ainsi garder une trace de leur mémoire. L'ultime transmission émanait de Gillespie et informait Winter de la mort de Clausen dont le corps avait été rendu à la mer pour qu'il repose en compagnie de ses hommes.

La soif avait altéré la conscience de Gillespie, sa voix était rauque et à peine audible, mais il a rapporté à Winter qu'il s'était traîné au fond de la grotte et qu'il avait aperçu dans la pénombre une inscription gravée sur la paroi. Or il avait fait escale au Caire avant la guerre après avoir traversé le canal de Suez et il était certain d'être en présence de hiéroglyphes. De hiéroglyphes d'Égypte ancienne.

— Dieu du ciel ! dit Jack. A-t-il ajouté quelque chose ?

— Le transmetteur était mort. Ce sont les derniers mots que Winter ait entendus.

— Winter a localisé la grotte ? »

Maria montra la photo aérienne en noir et blanc d'une falaise escarpée bordée d'écume où l'on distinguait l'étroite ouverture d'une grotte.

« Voilà l'emplacement identifié par les pêcheurs. C'est une bonne zone de pêche grâce aux courants, dangereuse pour les mêmes raisons. Aucun bateau n'en est jamais revenu. Je viens de vous envoyer par email la position précise sur une image satellite. »

Costas tourna le regard vers Jack.

« Bingo.

— Excellent boulot, Maria, dit Jack. Exactement ce que nous voulions. Nous t'envoyons le Lynx dès que possible. Et remercie ton informateur de notre part. J'espère avoir bientôt l'occasion de le faire moi-même.

— Prends soin de toi, Jack. Cela vaut pour tout le monde. »

L'image disparut de l'écran.

« En combien de temps pouvons-nous être là-bas ? demanda Jack à Macalister.

— Nous sommes à quinze milles de la côte. Nous devrions être en mesure de sortir les Aquapods dans à peu près une heure. Je serai plus rassuré quand nous aurons atteint les eaux territoriales. Aucun bâtiment portugais ne patrouille dans les parages, mais au moins nous pourrons lancer un SOS si on nous canarde.

— Vous envisagez ce cas de figure ? s'inquiéta Costas.

— Plus que ça. Nous avons repéré un bateau à l'approche. Je connais le type de navire qui nous poursuit. Il en existe trois exemplaires, et celui-là est le plus récent. Ils sont produits par un chantier naval d'Extrême-Orient et sont proposés à la location pour quiconque est disposé à y mettre le prix. Ils sont conçus pour ressembler à des yachts mais sous cette apparence ce sont de véritables navires de guerre. Idéal pour transporter de la drogue ou toute autre marchandise illégale dans les eaux internationales, voire territoriales pour les pays dont la capacité d'intervention est réduite.

— Des mercenaires de la mer, dit Costas.

— Exactement. La société fournit à son client tout le nécessaire, y compris des forces de sécurité, pour une grande part des anciens Spetsnaz russes, vétérans des guerres de Tchétchénie et de Syrie.

— La garantie d'une expérience dans le massacre de civils, dit Costas.

— Du moment que le client a les moyens.

— Quel est son armement naval ?

— Des missiles anti-navires moyenne portée autoguidés par radar, probablement des Sea Killer Mark 2, en général équipés d'une ogive semi-perforante de 70 kg. Également un armement fixe au moins équivalent au nôtre, sans doute un canon de 30 ou 40 mm à l'avant et une paire d'Oerlikon de 20 mm.

— Mais pas de Phalanx.

— Non, et c'est là que nous avons un avantage. Le Phalanx n'est pas disponible pour le privé, et nous en bénéficions grâce à notre statut de navire auxiliaire de réserve de la Royal Navy. C'est un bon système de défense antimissile mais il est moins efficace qu'une arme offensive à cause de sa portée qui n'est que d'environ un mille. Il leur suffit de rester au-delà de cette limite et dans ce cas, ce sont eux qui ont l'avantage.

— Vous savez s'ils ont déployé un hélicoptère ? s'enquit Costas.

— Oui. Il y a une heure. Un H160. Nous avons capté sa signature thermique.

— Ils attendent que nous leur indiquions le chemin, dit Jack. Nous possédons un deuxième avantage avec des Aquapods pour nous rendre dans l'île. Nous serons sous l'eau et hors de leur radar. Avec un peu de chance, nous parviendrons au goulet d'entrée sans être détectés, si nous parvenons à affronter la houle et les courants.

— C'est la question que j'allais poser, dit Costas. Des infos sur la météo ? »

Macalister désigna les écrans de la console de navigation.

« Houle de 4 à 5 pieds, visibilité limitée à 2 milles. On attend une pointe de force 6 cet après-midi accompagnée d'une pluie battante venant de l'ouest. Cela ne durera pas, assez cependant pour clouer les hélicoptères au sol.

— Et qu'en est-il des courants côtiers ? » demanda Costas.

Macalister montra sur un second écran le détail de la bathymétrie autour de l'île.

« Vous voyez sur la côte ouest où vous allez plonger les courants violents que la marée va encore renforcer. Il y a deux ans, l'UMI a participé avec l'Observatoire océanique de Madère à une expertise environnementale en fournissant un profileur de microstructures qui mesure la turbulence de l'eau et les variations de température. Ce que nous avons constaté est très chouette pour la biodiversité, en revanche pas formidable pour nous aujourd'hui. Les crevasses sous-marines autour de l'île forment ce qu'on peut appeler un sillage chaud responsable d'oscillations dans les mouvements de la mer. Ajoutez à cela le rayonnement du soleil à la surface qui crée des cellules de convection de salinité supérieure, lesquelles plongent dans les courants et provoquent des turbulences supplémentaires. La houle poussée par la tempête qui balaye le littoral se traduit par une véritable tempête sous-marine en se conjuguant avec la marée montante, aggravée en période de grande marée.

— Comme c'est le cas actuellement, dit Jack.

— L'authentique île des Sirènes d'Ulysse, déclara Costas. Qui attire à elle et dont on ne revient pas.

— Justement, dit Jack. Cela signifie que nul ne se risquera à tenter ce que nous projetons de faire. Personne n'a l'équipement et l'expérience nécessaires.

— Tu veux dire que personne n'est assez dingue, lâcha Costas.

— Expérimenté suffit. Un peu d'optimisme.

— J'essaie. »

Le second fit signe à Macalister qui se hâta de le rejoindre sur le pont en emportant ses jumelles. Il les braqua sur un point à l'horizon, puis il s'approcha du timonier.

« Quelle est notre distance de l'île maintenant ?

— Treize milles. Un peu moins.

— L'ennemi arrive par l'est. Il fonce vers nous dans l'espoir de nous intercepter avant que nous n'ayons atteint les eaux territoriales. »

Il actionna la sirène d'alerte et s'empara du micro.

« Ici le capitaine. Tous aux postes de combat. Je répète, tous aux postes de combat. »

Il prit le transmetteur radio que lui tendait le second et écouta avec attention. Il se tourna vers Jack.

« Je vais vous déposer à proximité et je m'éloignerai pour leurrer nos poursuivants en les entraînant plus loin. Je viens d'avoir confirmation qu'un patrouilleur de la marine portugaise fait route vers nous, mais il ne sera pas là avant au moins quatre heures et n'interviendra qu'en cas de menace manifeste. D'ici là, nous ne pouvons compter que sur nous-mêmes. Il est temps pour Costas et vous de descendre vous préparer. »

22

L'heure qui suivit trouva Jack dans l'aire de chargement, sa combinaison de plongée à hauteur de la poitrine retenue aux épaules par des bretelles. Il l'avait enfilée par-dessus des bottes légères, un pantalon de randonnée et une polaire, de même qu'un récepteur radio et un nécessaire à outils sanglé sur une cuisse. Il libéra le magasin de son Beretta 9 mm, vérifia que la chambre était vide et le réenclencha avant de glisser l'arme dans son holster d'épaule, à côté d'un chargeur de réserve. Il attendit que Costas ait terminé ses préparatifs, puis tous deux glissèrent les bras dans leur combinaison et la tête par la collerette. Des hommes d'équipage les aidèrent à fermer leur équipement et à mettre leur casque en place.

« Nous ne sommes pas les seuls à être armés, dit Costas. Little Joey possède maintenant un 22 automatique de 30 cartouches intégré dans les capteurs de détection avant.

— Encore une amélioration concoctée avec Lanowski ?

— On ne sait jamais, une puissance de feu supplémentaire peut se révéler utile. »

Jack enfila ses gants reliés aux manchons et pressa la commande sur le côté de son casque pour tester l'appareil. Les combinaisons étanches étaient adaptées à toutes sortes d'environnements, avec un thermorégulateur intégré conçu pour s'adapter aux divers systèmes de détendeurs selon la profondeur et les conditions météo. Il était logé dans un sac dorsal profilé, branché à un module de commande alimenté par une batterie scellée dans le casque. Ils espéraient effectuer le gros de la traversée à bord des Aquapods et en sortir à proximité de la côte dans des eaux peu profondes, et pour cela ils avaient opté pour l'air comprimé en sus des recycleurs dont ils étaient équipés lors de leur expédition dans la mine. Les deux petits cylindres qu'ils portaient chacun étaient remplis avec une pression triple de celle d'une bouteille classique, ce qui leur permettait de réduire au maximum le poids et le volume de leur sac à dos tout en conservant un bon confort de respiration dans les hauts-fonds. Les matelots hissèrent le sac à dos que Jack chargea sur ses épaules avant de brancher le tuyau et de rabattre la visière de son casque, activant ainsi l'écran digital interne qui le renseignait sur la pression des bouteilles, la profondeur, les températures extérieure et intérieure, son rythme cardiaque, celui de son souffle, et lui donnait la possibilité, grâce à un scanner sur son casque, de visualiser l'environnement immédiat quand la visibilité était mauvaise. Il actionna l'intercom et se tourna vers Costas.

« Une dernière vérif ? »

Un crachotement lui parvint puis la voix de Costas se fit distinctement entendre.

« Bouteilles pleines, système opérationnel. Petit déjeuner avalé et café bu.

— Jack au pont, vous m'entendez ?

— Fort et clair. Sortie dans cinq minutes. Nous avons activé le positionnement dynamique pour stabiliser le navire au maximum. »

Jack leva la visière de son casque, imité par Costas. Ils se penchèrent pour contrôler leurs palmes repliées sur leurs mollets et prêtes à être enfilées, puis ils s'approchèrent du cockpit ouvert des Aquapods suspendus côte à côte dans la partie basse de l'aire d'embarquement. Ces submersibles élancés, version améliorée d'un modèle éprouvé qu'ils avaient utilisé dans leur recherche de l'Atlantide, possédaient un système de propulsion par eau qui offrait une grande maniabilité et pouvait atteindre la vitesse de dix nœuds. Ils étaient pressurisés et dotés d'un siège éjectable si la situation exigeait une évacuation rapide.

Ils firent le tour des appareils pour examiner la coque, inspection de routine obligatoire même si la cheffe mécanicienne avait d'ores et déjà procédé à un contrôle complet. Ils grimpèrent dans le portique de suspension et s'introduisirent dans le cockpit de leur appareil. Ils s'installèrent sur leur siège, conçu pour épouser la forme du sac à dos, et se sanglèrent. L'affichage devant Jack s'illumina et il vérifia que tout était en bon état de fonctionnement, testant le propulseur et écoutant le ronronnement du moteur électrique. L'Aquapod était équipé comme un avion, avec un manche à balai, des pédales, une manette de gaz et en outre un pilote automatique commandé par ordinateur qui les conduirait à la destination préétablie tout en s'adaptant en permanence aux conditions extérieures et en évitant les obstacles grâce à un scanner circulaire. Jack actionna le manche à balai et leva les yeux sur la cheffe mécanicienne.

« Quel est l'état de la mer aux dernières nouvelles ?

— Calme pour l'instant, dit la femme, mais la marée est en train de monter et nous sommes à l'époque des grandes marées de printemps, il faut s'attendre à une amplitude de quatre mètres. J'ai programmé le GPS, l'appareil sera sur pilote automatique et plongera dans les profondeurs pour éviter les turbulences de surface. »

Une lampe verte s'alluma sur le portique et une sonnette retentit.

« Voilà le signal du pont. Bonne chance. »

Ils perçurent la pulsation de l'hélicoptère qui décollait en faisant vibrer le navire. Ben et ses hommes étaient en route pour l'île. Jack leva le pouce, rabattit la visière de son casque et baissa la portière du cockpit. L'affichage lui confirma que l'étanchéité de l'Aquapod était assurée et que l'atmosphère était à pression ambiante. La mécanicienne actionna un levier et Jack entendit le grondement des portes du quai qui s'ouvraient face à lui dans la coque du navire sur la mer écumante qui léchait le quai. Il tourna la tête vers Costas.

« Paré à y aller ?

— Paré à y aller. »

Jack leva le pouce et la femme pressa le bouton rouge au-dessus du levier. Le portique libéra simultanément les deux Aquapods qui tanguèrent et roulèrent quelques instants à la surface de l'eau. Puis le pilote automatique entra en action, expulsant l'air des ballasts dans un tourbillon opaque de bulles qui les enveloppa. Quand il se dissipa, Jack était en pleine mer sous le *Seaquest* et l'Aquapod plongeait dans les profondeurs. Il sentit le poids du courant tandis que les Aquapods viraient côte à côte pour l'affronter de face. La silhouette du navire ne fut bientôt plus qu'une tache sombre à la surface, puis elle disparut tout à fait, ne restèrent qu'une faible lueur laiteuse au-dessus et l'obscurité autour de lui. Ils continuèrent de descendre jusqu'à ce que le pilote automatique stabilise les appareils à deux cents mètres de profondeur. Ils avaient atteint une zone crépusculaire, la lumière du jour s'était évanouie et seuls leur apparaissaient désormais les voyants de leurs écrans et un éclair occasionnel de bioluminescence dans les ténèbres des profondeurs. Jack coupa le pilote automatique et positionna l'Aquapod en mode stationnaire, imité par Costas.

« Tout va bien ? lui demanda-t-il.

— Impec. »

Un visage de robot se montra à côté de Costas, son œil électronique pressé contre la verrière qui scrutait les alentours en clignotant.

« Little Joey m'a l'air bien énervé, dit Jack.

— Il se languit de sa liberté.

— Heureusement, il va être bientôt servi.

— Tu as idée de la profondeur en dessous de nous ? Pendant un moment, je me suis vu embarqué pour un aller simple dans les abysses. »

Jack regarda son bathymètre : 2 294 mètres jusqu'au plancher marin. Il était toujours troublant de se savoir au-dessus de tels abîmes, d'imaginer que l'on peut sombrer à plus de deux kilomètres dans l'obscurité totale sans avoir atteint le fond. Un mouvement dans l'eau provoqua un écart de côté de l'Aquapod et il aperçut un trait d'argent fugitif.

« Allume ta lampe frontale, faible intensité, dit Costas. Je ne veux effrayer personne avec un rayon trop puissant, car je crois que nous ne sommes pas seuls. »

Une scène extraordinaire apparut dans le rayon de leurs torches. Tout autour d'eux s'ébattait un troupeau de makaires bleus, le dos couleur cobalt et le ventre blanc, la nageoire dorsale proéminente et la mâchoire supérieure en forme d'épée. Ils stationnaient, tournés dans la même direction que les Aquapods et luttant contre le courant pour maintenir leur position. Celui qui nageait à côté de Jack était presque aussi long que son Aquapod, mais pas aussi gros que le requin-tigre qui s'était immobilisé juste en dessous. D'autres requins allaient et venaient au milieu des marlins. Les deux appareils s'étaient immiscés dans une foule de prédateurs suspendus à mi-hauteur, attendant que viennent à eux les poissons qui eux-mêmes cherchaient leur pitance plus haut dans les courants riches en nutriments.

« Pas étonnant que Little Joey soit excité, dit Jack. Il distinguait ce que nous ne pouvions pas voir. »

Le requin se jeta sur un petit poisson qui avait surgi de l'obscurité, ouvrit les mâchoires et l'avala d'un coup avant de reprendre sa station entre les deux Aquapods.

« Il semblerait que nous fassions partie de la chaîne alimentaire, déclara Costas. Au sommet, heureusement, bien que je doute que ces requins partageraient ce point de vue si nous nagions parmi eux.

— Je réactive le pilote automatique, dit Jack. Nous ne sommes pas en avance.

— Bien reçu. »

Le bourdonnement des moteurs enfla tandis que les deux submersibles reprenaient leur route. Jack alluma l'affichage de réalité virtuelle et comprit tout à coup pourquoi les makaires et les requins stationnaient à cet endroit. Deux cents mètres seulement séparaient la paroi gauche du canyon et la côte. Les bancs de poissons formaient un rideau à l'endroit où le courant venant de la surface plongeait et revenait. Les poissons affaiblis qui ne pouvaient plus lutter contre le courant lâchaient prise, à l'image de celui qu'ils avaient vu, et, désorientés, offraient une proie facile aux prédateurs. L'image lui expliqua également la raison de la profondeur choisie par le pilote automatique. Il maintenait les Aquapods sous le gros du flux et le ferait jusqu'à l'approche de la côte. Jack avait sous les yeux le dessin du mur de la crevasse qui remontait selon une pente de 45 degrés vers la surface en formant un escalier irrégulier de basalte.

« Pas étonnant que les pêcheurs soient attirés par cet endroit, dit Costas. Mais il est aussi giboyeux que dangereux. Je n'ai jamais vu une telle concentration de makaires, et le courant, plongeant de deux cents mètres à une vitesse de huit ou dix nœuds, suffit pour entraîner par le fond un filet, voire un chalutier. »

La falaise du canyon se matérialisa dans la lueur de leurs lampes, hérissée de saillies de lave qui semblaient s'être formées la veille. Ils grimpaient à présent selon un angle de 30 degrés parallèlement à la paroi et commençaient à distinguer devant eux la brèche dans la falaise. À cent mètres de la surface, Jack vit les premières éponges et les premiers coraux, cornés et noirs, accrochés à la roche et, en levant les yeux vers la surface, de grands bancs de sérioles couronnées et de maquereaux, plus loin une tortue caouanne qui plongeait et prenait le courant avant de s'évanouir le long du rivage. La visibilité était stupéfiante, comme s'ils étaient en suspension dans l'air, même s'ils savaient que cette impression de quiétude était trompeuse, que pour rejoindre la surface il leur faudrait lutter contre un flux de huit nœuds comparable à un torrent invisible qui pouvait en un clin d'œil les emporter dans les abysses.

Le rayon de leurs lampes balaya les arêtes de lave, éclaira un panorama qui remplaça peu à peu l'image de réalité virtuelle de leur écran. La brèche dans la falaise apparut nettement devant eux au bout de quelques minutes, une crevasse sombre bordée d'écume large d'une dizaine de mètres percée dans la falaise.

« On dirait une cheminée volcanique qui se serait effondrée et divisée sous l'effet de l'activité sismique, dit Jack. Elle devrait être protégée des gros remous à cette profondeur.

— Je crois que nous avons trouvé notre U-Boot, déclara Costas. Jette un coup d'œil dans la crevasse. »

Jack s'approcha et découvrit de grandes plaques de métal tordu écrasées les unes contre les autres et noires de corrosion. Le courant était trop puissant pour que la vie marine s'y accroche et le sous-marin était visible dans sa totalité, de l'hélice et du safran dans les profondeurs à la proue encastrée pointant vers la surface, avec les restes ruinés de la tourelle et du canon du pont avant sous leurs yeux.

« Je repasse en manuel, dit Costas. Je descends pour m'assurer de son identité. »

En l'imitant, Jack sentit une secousse quand il prit le contrôle du manche à balai et le courant fit dériver le submersible de côté. Il poussa le levier d'accélération, expulsa l'air des ballasts et amena l'Aquapod vers l'épave. Costas mit plein phare et dirigea le rayon le long du fuselage, révélant des couleurs que l'absence de lumière naturelle effaçait, des jaunes et des rouges éclatants aux endroits de la tôle où la rouille s'était installée et ceux qu'avaient colonisés les annélides et les balanes.

« C'est bien un type IXB, dit Costas, ça colle avec le U-182. Je distingue les canons de 10,5 cm, deux de 2 cm à l'arrière de la tourelle, les trois moteurs Diesel Daimler-Benz dans la poupe éventrée et quatre tubes lance-torpilles dans une déchirure de la proue. Le sous-marin est très abîmé, du fait des charges de profondeur lancées par le *USS Mackenzie* qui pensait l'avoir coulé, mais également de l'attaque d'un bombardier B-24 Liberator quelques heures plus tôt. Incroyable qu'il ait réussi à s'en sortir et à se traîner jusqu'ici. Il manque une hélice, sans doute détruite lors de l'assaut. Sa position fait penser que le U-Boot s'est encastré dans la brèche, puis s'est tordu sous l'effet du courant ; il s'est cassé au niveau de la chambre des torpilles et est resté accroché dans sa glissade le long de la paroi du canyon. Sa stabilité est peut-être précaire.

— J'aperçois quelque chose par l'ouverture dans la chambre des torpilles, dit Jack. De forme anguleuse, différente du basalte. »

Costas s'introduisit prudemment dans la béance de la proue décapitée.

« Il faut manœuvrer avec finesse. Les remous créés par l'expulsion d'air des ballasts et par les propulseurs pourraient déloger un truc et provoquer une réaction en chaîne qui entraînerait l'épave dans les profondeurs, et moi avec.

— Tu as vérifié l'identité du U-Boot, inutile d'entrer là-dedans.

— Jack, viens plutôt jeter un coup d'œil.

— Qu'est-ce que c'est ?

— Ce dont tu as eu l'intuition. Le sous-marin n'est pas la seule épave dans la brèche. »

Jack amena son Aquapod à côté de celui de Costas. Un enchevêtrement de fils et de plaques recouvrait les tubes lance-torpilles. L'hélice d'une torpille pointait à quelques centimètres de son phare, il tira légèrement le manche à balai pour ne pas risquer de lui rentrer dedans. Il inclina l'Aquapod vers l'avant et ce qu'il avait entrevu apparut dans le rayon de sa lampe quelques mètres plus bas. Il ne pouvait en croire ses yeux.

« Dieu du ciel, murmura-t-il. C'est égyptien. D'Égypte ancienne.

— On dirait la même pierre noire que la plaque sur le pilier dans le désert, dit Costas. Elle n'est pas du tout érodée. On lit clairement les hiéroglyphes. Je scanne et je photographie. »

Jack réfléchit intensément en observant l'objet. Il s'agissait d'une stèle sur un socle dont la forme évoquait un tabouret au sommet incurvé et taillé dans un seul bloc de roche noire. Elle était couverte de hiéroglyphes et sur l'avant se dressait la statuette d'une femme, bras dressés et ailés, sur la tête deux longues cornes de taureau enserrant un disque solaire. Elle avait un genou en terre, le pied posé sur le bas-relief d'un crocodile à la gueule béante.

« C'est un autel, un autel de voyage, déclara-t-il. Et c'est Isis soumettant le crocodile. J'ai repéré le cartouche royal de Néfertiti sur sa gauche.

— L'épouse d'Akhenaton et grande prêtresse d'Isis.

— Selon la théorie de Maurice.

— Nous avons touché le gros lot.

— L'autel aurait-il été apporté par le sous-marin ? Il ne faut pas écarter cette hypothèse. »

Costas dirigea le rayon de sa lampe au-delà de la stèle sur le sol marin accidenté à l'entrée de la crevasse.

« Je ne crois pas. Regarde en haut de la pente. Tu verras une ancre en pierre semblable à celle que nous avons mise au jour dans l'épave de la mer Égée datant de l'âge du bronze. Et un récipient en marbre comme les vases canopes du tombeau de Toutânkhamon. Ainsi qu'un lingot de cuivre oxydé et ce qui ressemble à une lame de dague en bronze.

— Il y a eu un naufrage ici, un navire égyptien, dans l'Antiquité, dit Jack. Incroyable.

— Cela signifie-t-il que ce que nous cherchons se trouve là-dessous ? Déplacer quoi que ce soit pour fouiller risque de déséquilibrer le U-Boot qui nous tomberait dessus.

— C'est possible. Cependant il est également plausible qu'il ait été emporté dans la grotte. Gillespie a vu des hiéroglyphes, par conséquent au moins un des occupants du navire a mis pied à terre, comme Clausen et lui le feront plus tard. C'est par là qu'il nous faut chercher.

— Bien reçu. La marée est en train de monter sérieusement. Dépêchons-nous avant qu'elle ne nous malmène.

— Automatique ou manuel ?

— Je reste en manuel. C'est le genre de situation où l'intervention humaine est plus sûre. Nous devons être capables de réagir à la force de l'eau d'une façon que l'ordinateur ne comprendrait pas. Il se peut que nous n'ayons pas de seconde chance, car il faut effectuer la manœuvre à pleine puissance, ce qui va épuiser nos batteries. Je passe devant. »

Ils s'élevèrent au-dessus de l'épave et Jack sentit la secousse du flux marin qui longeait la falaise sur sa droite. Au-dessus de lui, un maelström d'eau écumante bouillonnait à la surface, il avait l'impression de regarder à travers une énorme déferlante. Entre l'ouverture du goulet et eux coulait une rivière sous-marine qui aurait tôt fait de les entraîner dans les grands fonds s'ils n'exécutaient pas la bonne manœuvre. Costas descendit de quelques mètres et lança ses propulseurs à pleine puissance, laissant dans son sillage une traînée en forme de tire-bouchon. Il fonça aussi loin qu'il pouvait vers le côté opposé de la brèche, puis il monta soudain en flèche, se retourna jusqu'à faire face à Jack et prit un bref instant le courant à une vitesse alarmante avant de virer sur sa gauche derrière une saillie basaltique qui marquait l'entrée du goulet. Sa voix se fit entendre peu après par l'intercom.

« Comme dirait Françoise, c'était pas mal flippant. Le truc que l'ordinateur de bord ne comprendrait pas, c'est qu'il faut maintenir les propulseurs à fond en prenant le courant. Tu dois t'en servir comme d'un lance-pierres pour pénétrer dans la crevasse. »

Après une profonde inspiration, Jack poussa sur le manche à balai pour se placer sous le flux, puis il poussa les moteurs au maximum, observant le niveau de la batterie qui chutait de façon inquiétante. En passant au-dessus de la proue du sous-marin, il repéra sur sa droite l'Aquapod jaune de Costas, à peine distinct, sur le seuil de la cavité, son image brouillée par le mouvement de l'eau entre eux. Quelques mètres encore, et il pourrait répéter la manœuvre de Costas et se laisser happer par le torrent, une tactique apparemment suicidaire mais qui avait fonctionné pour lui. Il allait s'élancer quand, tout à coup, une secousse ébranla l'Aquapod qui sombra de quelques mètres, effleurant la coque du U-Boot. Il comprit en une fraction de seconde qu'il avait été emporté par un tourbillon interne au courant, un phénomène qu'il connaissait, totalement imprévisible. Tiré par le bas et ballotté de gauche à droite, il avait perdu la protection de la crevasse. L'Aquapod était emporté en arrière sans retenue et se cabra à la verticale, offrant plus de prise encore à la poussée de l'eau.

Il poussa le manche à balai au maximum pour abaisser les gouvernes et mit les gaz à fond dans l'espoir de se rétablir. L'opération puisait dans la batterie, il observa avec inquiétude l'aiguille du voyant qui passait dans le rouge. Il était à quelques secondes de rejoindre Costas, et il se retrouvait brutalement dans une situation des plus funestes, ramené à son point de départ. Impossible de réitérer la tentative, la batterie était quasiment à plat. Il devait prendre une décision en un clin d'œil.

« Je m'éjecte, dit-il. Je suis coincé.

— Tu peux tenir ta position contre la paroi de la falaise ?

— Je n'ai plus que 5 % de jus. Ça me laisse quatre minutes.

— Je vais déployer ma ligne de mouillage. Surtout ne l'attache pas à ton Aquapod, tu ne ferais qu'entraîner le mien et nous plongerions tous les deux dans les abysses. Il faudra que tu libères ta verrière et que tu t'accroches au filin. »

Saisi dans un remous, Jack actionna le propulseur et vira à bâbord vers la falaise qu'il atteignit juste à temps. Une seconde d'hésitation et il aurait perdu le contrôle de son appareil. Une nouvelle secousse équivaudrait à jouer à la roulette russe. La jauge indiquait à présent deux minutes d'énergie restantes et baissait plus vite que le temps annoncé. Une fois la batterie vide, l'Aquapod s'arrêterait d'un coup, et la messe serait dite.

« Quand tu veux, dit-il. Moins d'une minute de jus. »

Un petit grappin au bout d'une ligne surgit devant lui, heurtant presque le nez de l'Aquapod, et se mit à gigoter en tous sens dans le courant. Il allait devoir agripper l'ancre en même temps qu'il s'échapperait du cockpit.

« Encore un mètre, dit-il. Pas plus.

— OK, répondit Costas. J'ai calé mon Aquapod dans une fissure. Les gaz vont être poussés automatiquement pour compenser la tension accrue de l'ancre. Pas moyen en revanche de trouver assez de puissance pour remorquer le poids mort de ton appareil dans un flux de dix nœuds une fois ta batterie épuisée.

— Je m'éjecte. »

Jack ferma la visière de son casque et pressa la commande latérale qui activait la combinaison étanche. L'affichage interne s'alluma et il sentit le souffle de l'air prodigué par les bouteilles irriguer le système.

Il s'arc-bouta et tira la manette rouge sur le côté qui commandait l'éjection. L'eau s'engouffra dans le cockpit tandis que la verrière était arrachée et s'envolait derrière lui. La force du courant le clouait sur son siège, il se rencogna autant qu'il pouvait derrière le tableau de bord. La main gauche serrée sur le manche à balai, il tâtonna à l'aveugle de la droite pour attraper l'ancre. Il crut à plusieurs reprises qu'il la tenait, mais elle se dérobait. L'indicateur de batterie clignotait en atteignant le zéro. Le temps restant se comptait en secondes.

Tout se produisit d'un coup. L'ancre accrocha le bord du cockpit en même temps que le voyant s'éteignait et que les propulseurs rendaient l'âme. Il poussa le manche sur le côté pour amener l'Aquapod à un angle suffisant et ainsi espérer décrocher le grappin. Il lâcha le manche et saisit les deux branches de l'ancre plantées sur le rebord du cockpit, s'accroupit sur son siège et bondit dans le courant, les muscles bandés à se rompre, l'Aquapod en dessous de lui. La puissance du flux était hallucinante, comme s'il était pris dans un ouragan, et il savait qu'il ne pourrait pas tenir très longtemps. Toujours accrochée au cockpit, l'ancre glissa et se bloqua dans un angle.

Pendant un moment atroce tout s'immobilisa autour de lui, l'ancre juste devant sa visière, ses doigts qui glissaient sur le grappin, son souffle bloqué par ses efforts pour ne pas le lâcher. Et soudain, dans un bruit de déchirure, il fut libre, flottant dans le courant au bout de la ligne, son Aquapod derrière lui disparaissant dans les tréfonds en tournoyant. Il perçut la traction sur le filin qu'il serrait de toutes ses forces. Quelques instants plus tard, il tourna à l'angle de la saillie et vit l'Aquapod de Costas, ses propulseurs poussés à fond tandis qu'il était treuillé hors du courant jusqu'à ce que la ligne devienne flasque. Il lâcha l'ancre d'une main avec prudence et libéra ses palmes pour nager jusqu'au cockpit de Costas, puis il lâcha enfin le grappin et actionna l'intercom.

« Merci. C'était moins une.

— C'est fait pour ça, les copains. »

Costas ferma la visière de son casque et, une minute plus tard, la verrière s'ouvrit. Il sortit de l'habitacle avant de nager jusqu'à Jack.

« J'ai perdu la communication avec le *Seaquest*. J'espère que je pourrai la rétablir quand nous aurons mis le pied sur le rivage.

— Tu as toujours Little Joey. »

Costas se retourna et pianota sur le boîtier qu'il portait au poignet. Little Joey s'éleva hors du cockpit, clignota devant Jack et s'éloigna avant de stationner à mi-hauteur. Costas tira un mince filin qu'il noua à un crochet à la queue du drone.

« Nous n'aimerions pas qu'il ait l'idée d'aller jeter un coup d'œil derrière la saillie et qu'il se fasse emporter, n'est-ce pas ?

— Non, nous n'aimerions pas. »

L'adrénaline courait encore dans les veines de Jack, et il ressentait à la fois l'exultation du survivant et l'excitation devant les promesses qui l'attendaient. Il regarda derrière lui dans l'abîme, vit la proue du U-Boot et des éclairs d'argent dans les profondeurs, puis il leva les yeux sur la cavité devant eux.

« OK. Allons-y. »

23

Jack et Costas remontèrent côte à côte le goulet jusqu'à l'entrée de la grotte. Le tumulte qu'ils venaient de quitter contrastait avec le calme et la limpidité des eaux qu'ils traversaient où flottaient des débris d'algues et de petites méduses miraculeusement rescapées du torrent qui luisaient dans la lumière du soleil. Jack observa juste au-dessus de lui la surface qui étincelait. Peu à peu son souffle et son cœur reprenaient un rythme normal après son aventure dans cet espace de remous terribles et de profondeurs abyssales. Il avait la sensation de s'être extrait de l'enfer pour pénétrer dans une île enchantée, impression qu'il savait trompeuse, car cette communion de vie et de couleurs allait se faire balayer par la marée montante et s'écraserait contre les rochers dans un mouvement qui se produisait deux fois par jour depuis la nuit des temps.

Ils firent surface en même temps, prenant pied sur les rochers lisses qui tapissaient l'entrée de la grotte, et se hissèrent sur une plateforme à deux mètres au-dessus de la surface de la mer. Ils déverrouillèrent et soulevèrent leur visière et Jack aspira à pleins poumons l'atmosphère libre de l'océan, froide et salée, après l'air pressurisé de ses bouteilles. Il entendait les oiseaux à présent, qui criaient en rasant les flots en quête de petits poissons, allaient et venaient autour de leurs niches creusées dans la paroi dans une cacophonie rauque qui couvrait le vacarme du ressac en arrière-plan.

« Des puffins cendrés, déclara Jack en haussant la voix pour se faire entendre. *Calonectris borealis*. Ils sont la raison première du classement des îles en réserve naturelle. L'espèce est très menacée et la surpêche appauvrit sa réserve de nourriture. »

Little Joey sortit de l'eau, étendit ses six jambes articulées sous son corps de drone et s'avança sur les rochers avec précaution en direction de Costas qui n'avait pas lâché la laisse. Arrivé sur la plateforme, il se souleva par ses pattes antérieures le long de la paroi, les calottes protectrices de ses yeux rétractées. Un gecko, accroché la tête en bas à la roche quelques centimètres devant lui, le considérait de ses yeux également grands ouverts. Sa langue jaillit et disparut dans un éclair et Little Joey eut un mouvement de recul, puis il tendit le cou.

« M'est avis qu'il a trouvé à qui parler, dit Jack.

— Ou il est tombé amoureux, ajouta Costas.

— Ne regarde pas sur sa gauche.

— Pourquoi ?

— Superbe, reprit Jack en se penchant pour observer de près. En principe, on ne les trouve que dans les Ilhas Desertas. Leur espèce est également en danger.

— Oh non. Je ne regarde pas.

— Je ne pensais pas qu'elles atteignaient cette taille. Parfait exemple de gigantisme insulaire. *Hogna ingens*, la tarentule des Desertas. »

Une araignée grande comme la main de Jack, pattes à rayures noires et blanches, corps épais, s'avança et alla se poster à côté du gecko. Little Joey émit un gémissement et bondit en arrière, suivi par Costas.

« Cet endroit empire de seconde en seconde, dit-il. Je referme ma visière.

— Elle n'est pas si venimeuse que ça. Pas de quoi en faire un drame.

— Jack Howard et ses paroles rassurantes.

— La marée commence à monter, dépêchons de nous rendre au fond de la grotte avant qu'elle ne nous empêche de ressortir. Et nous ne savons pas où sont nos poursuivants, en particulier où leur hélicoptère s'est posé sur l'île. Allons-y. »

Ils s'engagèrent dans la caverne, Little Joey à leur côté escaladait les rochers. L'ouverture béait sur une hauteur d'une vingtaine de mètres, dominée par cinquante mètres ou plus de falaise. Le promontoire à l'entrée du goulet empêchait de voir la mer au-delà et, sans moyen de communication, ils ignoraient si le *Seaquest* avait rallié le large avant que ne soit établi le contact avec leurs agresseurs. Le navire de la marine portugaise était encore à deux heures et d'ici là il ne pouvait compter que sur lui-même. C'est long, deux heures, quand l'hélicoptère ennemi a atterri quelque part sur l'île, et Jack priait pour qu'une éventuelle confrontation tourne à l'avantage de Ben et de ses hommes.

Les bernaches et autres incrustations sur la roche facilitaient leur progression. Ils atteignirent la limite de la marée haute et le sol, couvert de guano, devint glissant et périlleux sur une vingtaine de mètres quand ils passèrent à l'aplomb des niches des puffins, puis il retrouva sa stabilité. La grotte se resserrait et ils virent dans la pénombre qu'elle se séparait en deux boyaux insondables.

« Il va falloir choisir le bon, dit Jack. Avec la marée qui monte, nous n'aurons peut-être pas la possibilité de revenir sur nos pas si nous nous heurtons à une impasse.

— C'est là que notre ami entre en scène », dit Costas.

Il ouvrit le capot au dos de Little Joey et quatre bras miniatures prolongés par des pales de rotor se déplièrent. Il dégrafa la laisse qui s'enroula et regagna son logement dans le boîtier de son poignet, puis il sortit une télécommande dotée d'un petit écran. Les rotors se mirent en marche, Little Joey décolla et s'immobilisa en hauteur devant eux.

« Mer, terre et air, déclara Costas. Notre premier drone adapté à tous les milieux. C'est là-dessus que j'ai travaillé ces dernières semaines. »

Little Joey s'éleva, clignota et partit en avant. Son phare avant éclairait le sol rocheux ainsi que les parois de chaque côté, tandis que sur l'écran de Costas se dessinait l'image en 3D de la grotte que le drone scannait à mesure qu'il progressait. Le passage qui allait en s'étrécissant leur permettait de repérer le moindre élément qui serait de la main de l'homme. Little Joey arriva à l'intersection des deux boyaux et Costas opta pour celui de droite avant de lever les pouces de la télécommande.

« Maintenant qu'il connaît la direction, il sait ce qu'il a à faire, je n'interviens plus, dit-il. Il fera demi-tour quand il ne pourra pas aller plus loin et reviendra pour visiter le second passage. »

Little Joey eut besoin de quelques minutes pour scanner la grotte dans sa totalité, montrant qu'elle finissait en cul-de-sac au bout d'une centaine de mètres. Il réapparut en bourdonnant et s'engagea dans le boyau de gauche. Il ne tarda pas à s'immobiliser à mi-hauteur devant une saillie de la paroi jouxtant une portion de mur lisse. Costas zooma dessus et ils distinguèrent des inscriptions rudimentaires, illisibles à l'écran mais indubitablement d'origine humaine. Au-delà de la plateforme, la grotte s'enfonçait sous le niveau de la mer et ils aperçurent une flaque d'eau qui s'étendait dans les profondeurs.

« Bingo, dit Costas. C'est sur ce perchoir que Gillespie a dû se hisser et passer son dernier appel radio. Maintenant, la marée va inonder cet endroit et la montée des eaux serait fatale. Little Joey a trouvé ce que nous cherchions, alors allons-y. »

Ils escaladèrent les rochers et rejoignirent Little Joey en vol stationnaire au-dessus des symboles. Jack s'imagina à la place de Gillespie transmettant son ultime message après avoir offert à la mer le cadavre de Clausen, puis s'allongeant pour attendre la mort. Il ne demeurait rien de leur calvaire, ni le corps de Gillespie, sans doute emporté par la marée, ni aucun signe montrant comment les deux hommes avaient enduré leurs derniers instants. En revanche, les inscriptions gravées dans la roche par un autre naufragé plus de deux millénaires avant eux étaient toujours présentes, des hiéroglyphes clairement visibles.

« Les signes sont recouverts d'un film de carbonate de calcium, dit Costas, ce qui montre que la plateforme est longtemps restée à l'abri de l'eau depuis qu'ils ont été gravés.

— À bord du *Seaquest*, j'ai étudié l'historique de la variation du niveau de la mer, dit Jack, et il y a deux mille ans, il était six mètres plus bas qu'aujourd'hui. »

Il reconnut les hiéroglyphes montrant les vaguelettes, le roseau, la demi-lune et l'ibis qu'il avait observés sur le pilier dans le désert et sur l'autel qui gisait sous le U-Boot. Il inclina sa lampe frontale pour que le rayon produise un contraste sur les inscriptions.

« Le premier groupe de signes est un nom, peut-être Iufenisis, "celui qui appartient à Isis". Le suivant est le symbole des prêtres-sem, ceux qui accomplissent l'embaumement et la momification. Ensuite, les quatre hiéroglyphes qui désignent Néfertiti, identiques à ceux de l'autel de l'épave, mais ils sont suivis de l'image d'Isis au lieu de celle d'Aton qu'on voit traditionnellement. Et pour finir, le symbole de l'Atlantide. Fascinant.

— Qu'est-ce que ça signifie ?

— "Iufenisis, prêtre-sem de Néfertiti, grande prêtresse d'Isis, dépose en ce lieu l'objet atlante", répondit Jack. Iufenisis est sûrement un rescapé du naufrage, et son message est une balise, elle indique aux prêtres d'Isis susceptibles de lui succéder que le trésor qu'ils cherchent est ici, quelque part au fond de cette grotte.

— Il me semble que c'est plus qu'une simple balise, observa Costas en dirigeant le rayon de sa lampe sur la plateforme à l'endroit où elle touchait le mur. Je pense qu'il s'est passé quelque chose, un rituel. Il y a un couteau en silex enchâssé dans la pierre. »

Jack mit un genou en terre et se pencha.

« Incroyable ! Je peux voir les dents en forme de vagues à travers la concrétion minérale. C'est un couteau en silex égyptien de la période prédynastique.

— Identique à celui que j'ai vu sur la photo que tu as prise dans le sous-sol du temple d'Isis avec Jeremy et Marco.

— Sur la table probablement conçue pour le sacrifice humain.

— Tu veux dire l'embaumement vivant. Insuffler la vie en Isis après la mort d'Osiris. Ce que les prêtres ont pratiqué sur Akhenaton.

— Suite à une conspiration de son épouse, précisa Jack. Néfertiti, grande prêtresse d'Isis, dont l'allégeance à la déesse surpassait celle portée à Aton.

— Tu crois que c'est ce qui s'est passé ici ?

— Si les prêtres entendaient cacher quelque chose qu'ils jugeaient comme une menace pour le pouvoir de leur déesse, alors une offrande propitiatoire n'est pas exclue. Maurice est persuadé que ces couteaux étaient utilisés pour les embaumements et les sacrifices.

— J'ai une furieuse envie de m'enfuir de cette plateforme, dit Costas. Elle dégage une sale impression.

— Il faut suivre le tunnel devant nous, j'en suis sûr.

— J'envoie Little Joey en reconnaissance, dit Costas en manœuvrant sa console. La marée n'a pas encore envahi l'espace, il devrait pouvoir passer en rasant la surface. »

Ils observèrent le drone disparaître dans le boyau, puis ils descendirent de la saillie pour s'approcher de la mare qui en marquait l'entrée.

« Tu crois que Gillespie est allé aussi loin ? » demanda Jack.

Costas secoua la tête.

« Ça m'étonnerait qu'il se soit aventuré au-delà des hiéroglyphes. Clausen et lui n'avaient rien mangé ni bu depuis des jours et sa dernière communication montrait qu'il était proche de la fin. Sans compter que le tunnel est sous l'eau et forme un obstacle.

— Qui n'existait pas au IIe millénaire avant notre ère.

— Le tunnel aurait dû normalement être accessible, sauf en temps de grosse mer.

— En y allant maintenant, il se peut que nous ayons à attendre la décrue avant de revenir sur nos pas, dit Jack. Le flux à marée haute risque d'être trop puissant pour nous permettre de nager à contre-courant. C'est un risque à courir. »

Costas regarda l'écran rétractable de sa console.

« C'est bon. Little Joey a traversé. Il y a une sorte de salle au fond. Je me lance.

— Je te suis. »

Costas replia l'écran, claqua la visière de son casque et activa le recycleur d'air. Il s'introduisit dans la mare et pénétra tête la première dans le boyau en battant furieusement des pieds. Ce qui était il y a peu une flaque indépendante prenait progressivement contact avec l'océan, et Jack sentait la poussée de la houle allant et venant. Il ferma sa visière, régla sa lampe frontale à intensité maximum et se glissa dans l'eau. Comme Costas, il n'avait pas chaussé ses palmes car il aurait besoin de ses pieds libres pour se caler sur les parois afin de résister à la pression. Il s'élança en avant et se laissa porter par le ressac sur quelques mètres. Le flux et le reflux allaient s'intensifier avec la marée, il savait qu'il allait devoir lutter durement au retour si une chance de revenir leur était donnée. Une dizaine de mètres plus loin, le tunnel s'étrécissait, les protubérances basaltiques des murs de part et d'autre accrochaient sa combinaison et l'inquiétude le gagna franchement. Cet étranglement était de nature à amplifier la force du courant et à transformer le passage en piège mortel lors de leur retour, chaque nouvelle vague pouvait les envoyer s'écraser contre les rochers.

Il éteignit sa lampe pour distinguer devant lui la tache de lumière émanant de Costas, estimant, à en juger par la distance, qu'il était arrivé au bout. S'il rebroussait chemin maintenant, ils seraient séparés l'un de l'autre, peut-être pour des heures. Il se coinça contre la paroi et attendit le reflux pour repartir en avant en s'agrippant aux saillies rocheuses jusqu'à ce que le courant s'inverse et qu'il s'arrime de nouveau aux murs. Il eut l'impression d'être pris dans un torrent et sa prise menaçait de lâcher quand le flux se calma. Puis il se coula dans le courant favorable et avança le plus loin possible, sachant qu'il n'allait pas tenir longtemps face à la puissance accrue des vagues à venir.

Il remarqua que le passage s'élargissait devant lui. Il trouva une prise dans les rochers et s'accrocha, mais cette fois le flux s'était considérablement assagi. Il s'engagea dans le reflux et parvint enfin à l'endroit éclairé par la lampe de Costas. Il fit surface dans une nouvelle baignoire en se tenant aux rochers pour garder son équilibre dans le courant qui allait et venait. Costas était au-dessus de lui et il lui tendit la main pour l'aider à sortir de l'eau.

« Ça va ?

— Les muscles endoloris, mais sain et sauf, répondit Jack en se hissant sur un rocher et restant à genoux pour reprendre son souffle. Nous ne réussirons jamais à reprendre ce chemin pour revenir avec la marée montante.

— Ce ne sera peut-être pas nécessaire. Lève ta visière et jette un coup d'œil. »

Jack éteignit sa lampe et déverrouilla son casque, libérant la visière. Il fut aussitôt assailli par le bruit de la mer – le fracas des vagues contre les rochers et le grondement venant du fond de la grotte –, et par l'odeur salée de l'air. Sur un côté de la chambre, une fissure oblique en hauteur ouvrait sur la lumière du jour.

« Je pense que nous sommes capables de grimper là-haut, dit Costas en élevant la voix pour couvrir le vacarme. Il doit y avoir moyen de sortir à l'air libre et nous pourrons contacter à la fois le *Seaquest* et Ben et son équipe. »

Jack se retourna vers l'arrière de la grotte. Il eut une soudaine réminiscence de son exploration de l'Atlantide quinze ans plus tôt, il se revit crapahutant dans la gueule du volcan dominant la cité vers le saint des saints, le sanctuaire où les prêtres avaient accompli les derniers rituels avant de rejoindre le rivage et de fuir l'envahissement de leur île par les flots dans des bateaux semblables à la barque découverte dans le désert quelques jours auparavant. Cependant une chose manquait dans ce sanctuaire, une chose qui avait trôné sur le piédestal central, une chose qu'il était peut-être sur le point de trouver des années plus tard de l'autre côté du globe. Il fut pris d'un étrange vertige, il eut la sensation de s'élever au-dessus de la scène et de regarder la paire qu'il formait avec Costas agir au ralenti, et, l'espace d'un instant, il se demanda s'il était dans la vraie vie ou dans un rêve. Puis il reprit pied dans la réalité et emboîta le pas à Costas qui se dirigeait vers un endroit au fond de la caverne où le basalte était moins accidenté et les rochers bulbeux. Ils s'accroupirent côte à côte devant un muret poli large d'un mètre. Au centre se dessinait, à peine perceptible, une surface rectangulaire où avait été creusée une cavité. Elle était fermée par une dalle de pierre noire d'une nature différente, semblable au basalte égyptien de la plaque trouvée dans les sables du désert.

L'alvéole large d'une main était tapissée de mousse. Jack entreprit avec précaution de dégager l'espace et sentit une autre découpe sous ses doigts. Costas activa sa console, Little Joey s'éleva dans les airs et s'approcha, un mince bec pointant sur son nez.

« Pousse-toi, il va te nettoyer ça », dit-il.

Jack s'exécuta. Le bec s'allongea, dirigé sur la cavité, et produisit un puissant jet d'air qui souffla les débris jusqu'au dernier. Puis Little Joey se recula, se posa entre les deux hommes et Jack reprit sa place. Il observa la forme de la cavité, abasourdi. Il avait devant lui le symbole de l'Atlantide, mais renversé.

« J'ai déjà vu ce dessin, dit-il. C'est le même, en miroir, que celui du joyau que nous avons aperçu dans le tombeau sous la pyramide et que chassent Maurice et Aïcha en ce moment. Et la dalle n'est pas un couvercle. C'est l'avant d'une boîte en pierre encastrée dans le mur, un coffret que les prêtres ont sans doute apporté d'Égypte.

— Stupéfiant qu'ils aient réussi à creuser le basalte comme ça.

— N'oublie pas qu'ils étaient égyptiens. Ils savaient travailler les roches dures. Et s'ils ont emprunté le passage qui mène à l'air libre, ils ont pu subsister plusieurs semaines dans l'île, voire des mois, en chassant et en cueillant leur nourriture, ce qui leur a laissé le temps de peaufiner leur cachette.

— Tu crois que notre trésor se trouve là ?

— Je crois que le joyau est la clé qui ouvre le coffret. Je comprends maintenant pourquoi Néfertiti et ses prêtres l'ont rapatrié dans le tombeau d'Akhenaton. C'est le dernier endroit auquel on penserait le trouver, et ils pouvaient le récupérer au besoin. Et peut-être aussi pour narguer Akhenaton, sachant qu'il serait encore vivant quelques heures après avoir subi le rituel d'Akhet-Rê et suffisamment conscient pour comprendre qu'il serrait dans la main non pas le symbole de son Aton bien-aimé mais celui d'une croyance beaucoup plus ancienne. Le choix de sa sépulture comme cachette parachevait la victoire définitive de l'ordre ancestral sur le culte qu'il avait tenté d'imposer.

— Il est temps de rejoindre la surface et de prendre contact avec le *Seaquest*. Nous avons besoin de savoir si Maurice et Aïcha ont déniché ce que nous voulons. »

Jack, assourdi par le bruit du ressac, contempla quelques moments encore la figure gravée. Soudain, Little Joey s'agita, bondissant sur place, et une lumière rouge se mit à clignoter. Jack entendit le clic caractéristique d'un pistolet et un canon se logea sous son oreille droite.

« Docteur Howard, fit une voix d'homme avec un fort accent. Et son larbin. Il semblerait que vous ayez mis la main sur ce que nous désirons. Pas un geste. »

24

Jack se figea, le regard braqué sur le muret poli. Costas et lui s'étaient préparés à une menace éventuelle en se munissant de Beretta, mais ils n'avaient rien vu venir, concentrés qu'ils étaient sur leur découverte, ni entendu, à cause du bruit de la mer dans la grotte. Macalister avait repéré l'hélicoptère ennemi, Jack et Costas pouvaient se douter qu'ils n'étaient pas seuls dans l'île. L'ouverture sur l'extérieur était un cadeau empoisonné, car si elle permettait de s'échapper, elle offrait également un point d'entrée à quiconque viendrait par le haut. L'homme reprit la parole d'une voix gutturale lourdement accentuée.

« Mettez vos mains derrière la tête, levez-vous et tournez-vous, lentement. »

Ils s'exécutèrent et firent face à leur agresseur. Il était costaud, avait le crâne rasé et des tatouages, était vêtu d'un treillis maculé de boue après son escalade et portait une kalachnikov AK-12 en plus du pistolet. Plus loin derrière lui se tenaient deux hommes devant la mare, les jambes écartées et également armés de fusils.

Jack remarqua du coin de l'œil que Costas tenait toujours la télécommande de Little Joey, à moitié dissimulée. Il capta son regard et désigna furtivement sa main gauche, sachant que Costas saurait lire dans ses pensées. Lanowski avait doté Little Joey d'un système de défense qui, quand il était activé, répliquait à un coup de feu dirigé vers lui. Il était capable de tracer la balle à l'approche et de repérer l'assaillant grâce à ses capteurs thermiques et UV. Il réagissait plus vite qu'un humain, qualité indispensable car sa réponse était déclenchée par le tir, il était réglé pour bondir de côté afin d'échapper au danger immédiat. Le programme était conçu pour protéger également l'opérateur, et c'était cette fonction dont ils avaient besoin sur-le-champ.

Tout se déroula en un clin d'œil. Little Joey s'éleva en bourdonnant et fila vers le fond de la grotte avant de faire face aux deux hommes en retrait. La diversion était suffisante pour que le chauve baisse un instant la garde, permettant à Costas de lui sauter dessus et d'envoyer valdinguer le pistolet. Au même moment, un des deux hommes tira sur Little Joey qui, touché au rotor, s'échoua sur les rochers en tournoyant, mais pas avant d'avoir fait feu en retour, atteignant l'un et l'autre qui s'écroulèrent. Costas sortit son Beretta et le pointa sur l'homme qui reculait en titubant.

« Votre gars a descendu mon drone, dit-il. Et je ne suis pas un larbin. »

Il visa la poitrine, puis les jambes. Une déflagration assourdissante éclata et l'homme s'effondra en poussant un grognement, touché à la cuisse. Il plaqua les mains sur la plaie, tentant d'arrêter le flot de sang qui coulait entre ses doigts. Costas fouilla dans sa ceinture porte-outils et lui lança un pansement et un sachet de poudre hémostatique.

« Appliquez-vous ça maintenant ou vous allez saigner à mort. Je suppose que vous saurez vous débrouiller. »

L'homme à terre versa la poudre sur la blessure qu'il banda étroitement, le visage tordu de douleur. Costas le poussa d'un coup de pied avant d'entraver ses poignets et ses chevilles.

« Nous vous enverrons quelqu'un dès que nous nous serons occupés de vos éventuels copains dans l'île.

— Vous n'irez pas loin, répliqua l'homme, le souffle court. Notre navire est sur le point de prendre le *Seaquest*. Nous détenons un otage. Rendez les armes et nous le libérerons. »

Costas s'accroupit à côté de lui.

« Et de qui est-il question ?

— Je ne dirai plus rien.

— Ça, c'est sûr. »

Costas sortit un petit rouleau de chatterton et en découpa un morceau qu'il colla sur la bouche de l'homme qui résistait et gigotait sur le sol. Puis il rejoignit Jack et tous deux ôtèrent leur combinaison, ajustèrent leurs sacs en bandoulière et vérifièrent le chargeur de leur Beretta.

« Tu as le récepteur radio de secours ? » demanda Jack.

Costas posa la main sur une poche d'épaule.

« Nous devrions pouvoir contacter Macalister dès que nous serons à la surface.

— Cette histoire d'otage m'inquiète, dit Jack. Un homme de Ben ?

— Je vois une autre possibilité.

— Tu penses à Jeremy, répondit Jack avec un regard sombre. Ça fait quarante-huit heures que je n'ai pas eu de ses nouvelles. Je n'aurais jamais dû le laisser à Rome juste sous le nez du père Rauscher.

— S'il est entre leurs mains, ils se sont retenus jusqu'à présent de se montrer trop agressifs. Ils voudront l'utiliser comme monnaie d'échange. Ils ignorent qu'un navire de la marine portugaise est bientôt à portée, ils ignorent que le *Seaquest* est doté d'un système de défense ultramoderne et ils ignorent que la première chose que Ben a faite en arrivant sur l'île a été de poster des tireurs d'élite qui seront en position quelle que soit la situation, otage ou pas.

— Croisons les doigts. Tu récupères Little Joey ?

— À mon avis, il est bien plus utile où il est. »

Jack regarda au fond de la grotte à l'endroit où Little Joey avait été descendu. Le drone avait escaladé un rocher en traînant son rotor endommagé et se tenait immobile, son œil braqué sur l'homme à terre, le canon de son arme pointé sur lui. Le seul signe de vie qu'il donnait était le voyant rouge qui clignotait à l'avant.

« Personne ne cherche noise à mon drone, dit Costas à la silhouette gisant sur le sol. Tentez un mouvement après notre départ et vous êtes mort. »

Jack jeta un coup d'œil sur les deux formes avachies devant la mare.

« Des mercenaires, dit Costas qui avait suivi son regard. L'hélicoptère H160 que le *Seaquest* a repéré se dirigeant vers l'île peut embarquer un équipage de dix hommes avec leur équipement, il faut nous attendre à trouver au moins cinq types là dehors. »

Ils se dirigèrent vers l'ouverture et entreprirent de gagner la surface, prenant appui dans leur escalade sur les saillies et les anfractuosités des rochers. La fissure s'était formée quand l'île avait jailli hors des flots et que la lave refroidie s'était figée, les arêtes vives du basalte polies par des siècles et des siècles d'eau de pluie. Ils aperçurent le ciel au-dessus de leur tête après vingt minutes d'efforts et aboutirent au pied d'une paroi quasiment verticale devant laquelle pendait une corde, manifestement laissée par les hommes qu'ils venaient d'affronter. Costas éprouva sa stabilité et s'en servit pour grimper en utilisant une série de corniches qui faisaient comme des marches. Jack le suivit de près et ils débouchèrent à l'air libre devant un talus herbeux qui jouxtait la lèvre basaltique de l'ouverture.

Jack resta un moment allongé dans l'herbe à reprendre son souffle et à faire le point sur la situation. Le cyclone qui avait poursuivi le *Seaquest* s'éloignait vers l'est, ses nuages noirs zébrés par des éclairs lointains, et le ciel bleu dominait à l'ouest où le soleil brillait. Le vent était presque totalement tombé avec le retour du beau temps, mais l'environnement restait bruyant avec le fracas des vagues et les cris des oiseaux qui tournoyaient dans l'air et plongeaient des falaises. Le sommet de l'île consistait en un plateau pelé de moins d'un kilomètre de large offrant peu de cachettes, hormis quelques affleurements rocheux. Ils étaient sortis de terre à proximité d'un des trois monts qui culminait à quelque cent cinquante mètres au-dessus du niveau de la mer et qui offrait une vue sur toute la superficie, à l'exception d'une partie dans une dépression au sud où se trouvait la station scientifique, unique structure de l'île. Comme il n'y avait pas d'hélicoptère en vue, Jack en conclut que le H160 et le Lynx s'étaient posés à cet endroit, et que les mercenaires restants s'y trouvaient également.

Jack prit le temps d'admirer la beauté austère du paysage qui offrait des points communs avec le Sahara occidental. Même flore, ici nourrie par le Gulf Stream, même lieu de passage, ici pour les oiseaux dans leurs migrations le long des côtes africaines et européennes, même impression de désolation sous les assauts d'une nature sauvage, et pourtant l'un et l'autre débordant de vie, des lieux où l'existence était dictée par la simplicité des éléments primaires, la lumière, le vent et la mer. De la même façon, la main de l'homme avait à peine apposé son empreinte sur cette île, qui pourtant abritait ce qu'il pensait être un héritage majeur de la civilisation à ses balbutiements.

Costas sortit le récepteur de sa poche et une petite lunette de sa ceinture porte-outils.

« Je comprends comment les mercenaires ont trouvé l'ouverture si peu de temps après avoir débarqué. Ce n'était pas très compliqué d'arpenter le plateau à la recherche de points d'accès à la mer, et ils ont eu la chance de vite tomber sur la fissure. Ou la malchance, au vu de la tournure des événements. »

Il pressa le bouton sur le côté du récepteur.

« De Costas à *Seaquest*. Vous me recevez ? À vous. »

Après une série de crachotements, la voix de Macalister se fit entendre.

« Reçu fort et clair. Quelle est votre position ? À vous. »

Costas le renseigna en quelques mots tandis que Jack et lui grimpaient les quelques mètres les séparant du sommet de la colline d'où ils auraient vue sur la mer à l'est. Le *Seaquest* mouillait à un mille au large, et le navire ennemi, à la même distance au-delà, fonçait vers lui.

« Je vous ai dans mon champ de vision, dit Costas. Grabuge à l'approche bâbord avant. À vous.

— On s'en occupe, répondit Macalister. Un bateau de la patrouille maritime de Madère et une frégate de la marine portugaise sont à moins de trente milles, sans compter deux Super Lynx de l'Esquadrilha de Helicópteros da Marinha d'ores et déjà dans les airs. Nous sommes dans les eaux territoriales, ils ont le droit de s'interposer, cependant ils se tiennent à distance et surveillent l'évolution de la situation de peur de provoquer une confrontation directe. Notre ennemi est forcément au courant de leur présence, ça ne l'empêche pas de se montrer très entreprenant. On dirait que quelque chose lui donne l'assurance qu'il s'en tirerait en nous attaquant. À vous.

— L'otage qu'il détient explique son attitude. S'il s'agit de la personne que nous croyons, nous ne pouvons pas demander l'assistance des Portugais tant que la menace qui pèse sur lui n'est pas levée. À vous.

— Tenez-moi informé. Ben fait silence radio car il est en plein affrontement et je ne contacte pas les deux tireurs d'élite pour ne pas révéler leur position. À vous. »

Un éclair rouge jaillit du navire ennemi.

« Missile à l'approche ! s'écria Costas.

— Repéré. Fin de communication. Terminé. »

Jack tira une lunette de sa ceinture et tous deux observèrent à la jumelle la scène qui se jouait. Le missile dessinait une courbe en fonçant sur le *Seaquest*, lequel effectuait un virage serré à bâbord en laissant derrière lui un sillage semi-circulaire.

« Macalister manœuvre pour réduire le profil métallique afin que la signature des paillettes qu'il va déployer soit assez importante pour tromper le missile, expliqua Costas. Le SRBOC, ou Super-arboc, Super Rapid Bloom Offboard Countermeasures, est un mortier à courte portée qui lance des leurres antiradars et infrarouges.

— Il y a aussi le Phalanx, dit Jack.

— Pour le cas où le missile est radioguidé, les leurres deviennent inopérants. Si le Phalanx le tient en joue, il n'a aucune chance de traverser l'orage de tungstène. Une bonne vieille mitrailleuse, à l'ancienne. »

Ils virent un panache de fumée s'élever du pont avant du *Seaquest* et un miroitement quand l'obus explosa ; un instant plus tard la détonation leur parvint, suivie d'une illumination dans l'air. Le missile poursuivit sa course vers le pont mais à une centaine de mètres de l'atteindre, il se désintégra dans une pluie de fragments qui se dispersèrent à la surface de l'océan. Avec un décalage arriva à leurs oreilles le staccato du Phalanx crachant plusieurs centaines de balles de 20 mm à la seconde.

« Merci la Navy, dit Jack. Un équipement assez onéreux pour un navire de recherche, mais ça vaut le coup.

— Et maintenant, la riposte, enchaîna Costas. En principe, le *Seaquest* n'est pas doté d'armes offensives, cependant nous avons quand même le bon vieux canon Bofors 40 mm L/70 et un stabilisateur gyroscopique dernier cri. Le Phalanx n'a pas la portée suffisante, à la différence du Bofors. »

Ils entendirent une succession de détonations tandis que le Bofors vidait son magasin de vingt-six projectiles. Jack orienta sa lunette vers le bateau ennemi et observa les petits geysers d'eau entourer la poupe où se trouvait le lance-missile, puis le canon ajusta sa cible et arrosa le pont avant avec des obus perforants à forte charge explosive. Une boule de feu s'éleva au-dessus du navire dans un nuage de fumée noire et les flammes ne tardèrent pas à lécher la passerelle.

« Ça a marché, dit Costas en baissant sa lunette tandis que leur parvenait le bruit de l'explosion. Et j'imagine qu'un second missile était sur son support, prêt à être lancé, et que c'est lui qui vient de partir en fumée. D'après Macalister, le navire est équipé d'un Oerlikon 20 mm, mais il n'a pas la portée suffisante pour toucher le *Seaquest*, et de toute façon il se trouve à l'avant, donc il est en train de griller. Menace éliminée. »

La radio émit un crachotement.

« Sans doute Macalister, dit-il en saisissant l'appareil. Tiens, non, c'est sur le canal 26. »

La radio crachota de nouveau et un homme à l'accent familier prit la parole.

« C'est un message pour le docteur Howard. Nous avons avec nous sur ce plateau un collègue à vous. Si vous tenez à lui, rejoignez-nous immédiatement sur le flanc sud de l'île. »

La communication fut aussitôt coupée. Jack regarda Costas, la mine lugubre.

« C'est Rauscher. J'ai reconnu sa voix. Il va falloir lui obéir. Ils doivent avoir Jeremy.

— Ils ne savent pas que nous avons dégommé les trois hommes dans la grotte.

— Peut-être attendaient-ils un signal radio et en absence de réponse ont-ils supposé que leurs hommes regardaient au mauvais endroit, alors ils ont cherché à nous contacter directement sur la fréquence ouverte.

— Allons-y, dit Costas. Plus vite nous nous montrerons, moins la menace pèsera sur Jeremy. »

Jack scruta le plateau pendant qu'ils approchaient, tentant d'évaluer les forces en présence. Il repéra Rauscher, incongru dans ses vêtements de ville, en face de lui Jeremy, tenu en respect par un homme en treillis qui pointait un fusil sur sa tempe. À une dizaine de mètres à l'écart, Ben et les membres de son groupe étaient agenouillés, les mains sur la tête, leurs armes posées à distance, et derrière eux deux autres mercenaires en tenue de camouflage armés de kalachnikovs AK-12.

« Je compte trois hommes armés, dit-il à voix basse. Ajoutés aux trois que nous avons laissés dans la grotte ainsi que Rauscher et Jeremy, ça fait un équipage complet pour un hélicoptère H160. Je ne vois personne d'autre.

— Quant à nos gars, j'en dénombre quatre sur les six de l'équipe, dit Costas, ce qui signifie que les deux tireurs d'élite sont dissimulés quelque part et toujours dans la partie. Les zones broussailleuses sont de bonnes planques et, dans un rayon de cinq cents mètres, les cibles sont faciles pour leurs fusils de précision AWM. Pour le moment, c'est notre seul atout, même s'ils ne suffisent pas pour éliminer ces salopards sans dégâts dans nos rangs. Ils pourraient descendre le type qui menace Jeremy et un autre, mais ça laisserait Rauscher et le quatrième sbire qui aurait le temps de vider son chargeur avant d'être abattu à son tour. Il va falloir trouver le moyen de détourner leur attention pour donner à nos snipers les quelques secondes dont ils ont besoin.

— Ben n'a pas eu d'autre choix que de se rendre quand il a vu que Jeremy était avec eux. Avec un peu de chance, ils ignorent la présence des tireurs d'élite. »

Jack et Costas s'approchèrent à moins de cinquante mètres du groupe. Un des deux mercenaires derrière Ben pointa son fusil sur eux.

« Vos armes par terre, dit-il dans un anglais heurté. Lentement. »

Ils s'exécutèrent et attendirent tandis que Rauscher s'avançait vers eux.

« Docteur Howard. Nous nous retrouvons. Vous nous avez menés à l'endroit où les prêtres ont caché l'orichalque voici plus de trois millénaires. D'autres ont essayé de mettre la main dessus il y a trois cent cinquante ans, dirigés par l'hérétique Kircher et ses acolytes, mais ils ont échoué. Si vous ne me remettez pas ce que vous avez trouvé, votre collègue le docteur Haverstock mourra sur-le-champ.

— Ils n'ont rien à perdre en le tuant, murmura Costas. Ils pourraient tout autant menacer Ben et son équipe. Il va falloir faire très attention aux mots que nous emploierons. »

Jack observait la scène, le cerveau en ébullition. Il pouvait dire à Rauscher que son navire était hors d'état et que la marine portugaise arrivait. Il pouvait lui dire que, trois siècles et demi plus tôt, les envoyés des prêtres n'avaient pas rejoint cette île car Cornelissen et Porrata s'étaient sacrifiés pour les entraîner vers la destruction dans les Ilhas Desertas. Il pouvait lui dire pour gagner du temps que Costas et lui n'avaient pas trouvé le coffret ni que le joyau était indispensable pour l'ouvrir. Cependant, chacune de ces réponses était de nature à briser l'équilibre précaire et à envenimer la situation.

« Dictez vos conditions, dit-il en élevant la voix pour couvrir le bruit de la mer. La sécurité de mon équipe importe plus que n'importe quel artefact.

— Je vais récupérer l'objet et m'en débarrasser en le balançant dans l'océan. Notre sacerdoce sera préservé et vous ne pourrez plus rien contre nous. Après quoi nous relâcherons le docteur Haverstock.

— J'ai besoin de savoir s'il va bien.

— Vous pouvez approcher. »

Jack s'avança avec prudence, Costas dans son sillage. Jeremy était pâle, la mine rebelle, et semblait indemne.

« Tu vas bien ? demanda Jack.

— Ça va. J'ai été traité correctement. Tout au moins jusqu'à ce que je fasse la connaissance du Russe qui me tient en joue et de ses copains. Rauscher et ses amis ont commis une grossière erreur en engageant ces truands. Ils sont pénétrés de l'idée romantique qu'ils sont les nouveaux guerriers d'Horus. Rauscher est complètement dépassé. »

L'homme saisit le poignet de Jeremy et lui tordit le bras dans le dos, provoquant un gémissement de douleur, avant de le lâcher et de le menacer de son arme en l'insultant en russe. Rauscher semblait nerveux.

« Ne lui faites pas de mal. C'est notre monnaie d'échange. »

L'homme écarta son fusil de la tête de Jeremy et le pointa sur le prêtre avant de le diriger de nouveau sur son otage.

« Restez en dehors de tout ça, mon père, baragouina-t-il d'une voix moqueuse. Nous prenons le relais. Ce que ces gens ont découvert a plus de valeur que le salaire que vous nous avez promis. »

La situation pouvait dégénérer à tout instant et Jack s'efforça de ramener le calme.

« Et Marco ? demanda-t-il. Il est sain et sauf ?

— C'est mon étudiant, dit Rauscher. Il n'a rien à voir là-dedans.

— Pas plus que Jeremy. Relâchez-le et prenez-moi à sa place. »

Le mercenaire aboya en russe sans bouger de sa position. Jeremy avait vu juste. Rauscher ne contrôlait plus rien. Il était seul, entouré de brutes sans foi ni loi, qui ne lui manifestaient aucun respect. Ça commençait à sentir très mauvais pour tout le monde, avec Jeremy désormais inutile et les autres tout autant sacrifiables, Rauscher, Jack, Costas, Ben et son équipe. Les tireurs d'élite ne pouvaient réagir qu'à ce qu'ils voyaient, et leur intervention n'empêcherait pas un massacre. Jack regarda Jeremy en songeant aux paroles de Rebecca la dernière fois qu'ils s'étaient vus juste avant son départ : « Ne le laisse pas se mettre en danger. » S'il arrivait quoi que ce soit à Jeremy, il ne se le pardonnerait jamais. Il ne voyait pas le moyen de désamorcer la situation, il fallait que quelque chose se produise, et vite, s'ils voulaient sortir de là vivants.

« Hélicos dans les airs, murmura Costas à Jack sans détourner la tête. Je les entends. Sans doute la marine portugaise. Ils volent au ras de la mer pour masquer leur approche. Ils ont dû prendre contact avec les tireurs d'élite afin de coordonner leur attaque. »

Soudain, le bruit se précisa et deux hélicoptères jaillirent des falaises dans un vacarme assourdissant de part et d'autre de l'île, soulevant un nuage de poussière tandis qu'ils prenaient position à une trentaine de mètres du sol. Ils arboraient sur leur fuselage la croix rouge du Portugal et l'inscription Esquadrilha de Helicópteros da Marinha, et de l'ouverture latérale des marins dirigeaient leurs mitrailleuses sur la scène en contrebas. Au même moment, un coup de feu retentit de quelque part sur le flanc de la butte et l'homme posté dans le dos de Jeremy s'effondra dans un geyser de sang, aussitôt suivi d'une seconde détonation, puis un des deux cerbères s'écroula également. Ben bondit et maîtrisa le dernier Russe en le plaquant sur le sol et en envoyant dinguer son fusil. Deux des membres de son équipe ramassèrent leurs armes et se précipitèrent vers Rauscher qui tomba sur ses genoux, puis à plat ventre, les mains derrière la nuque. Le dernier s'empara de Jeremy et l'emporta ventre à terre derrière un rocher où tous deux s'accroupirent. Les hélicoptères atterrirent, s'immobilisèrent sans couper leurs rotors, et vomirent chacun une demi-douzaine de soldats en tenue de combat qui se déployèrent aussitôt sur le plateau.

En un instant, ce fut terminé : Jeremy était à l'abri, le périmètre était sécurisé. Un des tireurs d'élite s'approcha rapidement et Ben lui prit sa radio des mains, passa un bref appel et se dirigea vers l'officier portugais à la tête du commando. Puis il rendit sa radio au sniper et rejoignit Jack et Costas au pas de course.

« Je viens d'avoir Macalister. Nous allons embarquer Rauscher et le Russe sans attendre. Le capitaine du navire portugais les veut aux fers à son bord et va mener une inspection complète de l'île pour s'assurer de sa sécurité. Après quoi vous pourrez reprendre vos activités là où vous les avez laissées.

— Vous trouverez un homme ficelé dans une grotte ainsi que deux corps, dit Jack. Le drone garde un œil sur eux.

— On s'en occupe. Costas, tu me montreras le chemin ?

— Entendu. Il faudrait des équipements d'escalade.

— Le Lynx les apportera du *Seaquest*.

— Macalister a-t-il évoqué des dégâts après l'attaque du missile ?

— Le flanc bâbord aura besoin d'un coup de peinture là où il a été aspergé par les éclats d'obus, sinon aucun dommage. L'autre navire n'a pas été aussi chanceux. C'était une épave carbonisée quand les Portugais l'ont arraisonné, ils ont récupéré quelques survivants dans un canot.

— Nous avons suivi la scène depuis le sommet de l'île, dit Jack.

— Marco a été déterminant dans cette affaire, poursuivit Ben. Rauscher mentait en prétendant qu'il n'était en rien concerné. Il l'a séquestré à Rome, mais Marco a réussi à s'échapper hier soir. Il a appelé l'UMI qui l'a mis en contact avec le *Seaquest* juste après l'immersion de vos Aquapods. Nous ne pouvions plus vous joindre, Costas et toi. Ce sont les informations qu'il a livrées sur les plans de Rauscher et la présence de mercenaires qui ont convaincu la marine portugaise d'intervenir. Il s'est enfui en compagnie de Teresa, l'amie de Jeremy des Archives nationales, elle aussi retenue prisonnière. Tous deux sont sains et saufs.

— Jeremy est au courant ?

— Je vais l'en informer.

— Je ne me réjouis pas des pertes subies par le navire ennemi, mais Rauscher est le seul responsable de leur présence, dit Jack. Quant aux mercenaires, je ne pense pas qu'ils manquent à grand monde.

— J'en ai reconnu certains recherchés par Interpol, dit Ben. Ce sont toujours les mêmes. Celui qui tenait Jeremy en joue est accusé de crimes de guerre en Syrie. Justice est faite. »

Costas et Ben se dirigèrent vers le Lynx tandis que Jack portait le regard vers l'endroit où un infirmier examinait Jeremy, qui leva le pouce pour indiquer qu'il se portait bien. Puis Jack considéra les prisonniers. L'officier portugais les avait menottés et les embarquait dans l'hélicoptère. En passant devant Jack, Rauscher s'arrêta.

« Prenez garde, dit-il. Ce que vous avez trouvé pourrait changer le visage de l'humanité. Nous servons la déesse, c'est vrai, mais nous ne sommes pas fous. Si l'orichalque apporte l'immortalité, vous transformerez l'être humain en dieu. S'il le soigne et lui assure une vie plus longue, alors nous étions dans l'erreur. La décision vous appartient. Espérons que vous prendrez la bonne. »

Jack l'observa qui s'éloignait sous bonne garde. Pour l'instant, Jeremy était sain et sauf, c'était tout ce qui comptait. La menace que faisait peser le culte remis au goût du jour d'une divinité de l'Égypte ancienne s'envolait en même temps que l'hélicoptère qui emmenait Rauscher et s'éloignait vers l'est. Un flux d'adrénaline courut dans ses veines quand l'archéologue en lui se réveilla en pensant aux extraordinaires découvertes de l'épave égyptienne et du coffret enchâssé dans le mur au fond de la grotte. Il savait ce qu'il lui restait à faire.

25

Vingt-quatre heures plus tard, l'île bourdonnait d'activité. Les hélicoptères faisaient la navette entre elle et les deux navires, le *Seaquest* et le bâtiment de la marine portugaise qui mouillait au large. L'épave incendiée des agresseurs avait été envoyée par le fond à coups de canon et les rescapés avaient rejoint les prisonniers à bord de la frégate. Une heure plus tôt, le Lynx avait amené du *Seaquest* Rebecca, Hiebermeyer et Aïcha qui avaient fait la traversée d'Égypte à Madère, et plus tôt dans la journée Maria, qui venait de Tenerife, ainsi que Françoise, quant à elle de Cornouailles. Une équipe dépêchée par le capitaine Macalister avait passé la matinée à récupérer les deux Aquapods, celui de Jack, dont le système de flottaison d'urgence s'était déclenché, il avait dérivé à deux milles des côtes vers le nord, entraîné par les courants. Le Russe blessé et les deux corps avaient été remontés de la grotte la veille au soir. Dès son arrivée, Françoise avait rejoint Costas et tous deux étaient descendus dans la caverne pour desceller le coffret de basalte et le remonter à la surface. Peu de temps avant l'arrivée des autres, ils l'avaient déposé au sommet de la butte d'où Jack et Costas avaient observé la bataille navale.

Ils étaient à présent installés avec Maria qu'ils avaient mise au courant des derniers développements, quand apparut, grimpant le versant de la colline à grandes enjambées, une silhouette familière, le pantalon en berne, sur le nez ses lunettes de l'Afrikakorps aux verres impénétrables, les joues mangées par une broussaille plus fournie que d'ordinaire. La vision de Maurice venant vers lui dans cet équipage remplissait toujours Jack de bien-être, la résurgence de leur jeunesse aventureuse qui le ramenait à leur première exploration ensemble. Il se leva et lui posa la main sur l'épaule.

« Splendides nouvelles d'Égypte, Maurice. J'ai eu Rebecca à ce sujet ce matin, mais la communication était mauvaise. Dis-m'en plus.

— Ça s'est passé hier après-midi, dit Hiebermeyer en levant ses lunettes sur des yeux brillants d'excitation. Le ministère nous a accordé l'autorisation de pomper le puits sous la pyramide dans lequel Costas et toi avez découvert l'entrée du tombeau d'Akhenaton. Il faut dire que nous avions mis au jour de nouvelles inscriptions en kufi datant du début de la période islamique, ce qui l'a mis dans d'excellentes dispositions. Ainsi fut fait, et lorsque nous avons atteint le fond du puits, Aïcha a réussi à se faufiler et à sortir le joyau. Elle arrive avec Rebecca pour nous l'apporter.

— C'est fantastique ! s'exclama Costas. Je bous d'impatience. Le boulot n'est pas terminé. »

Hiebermeyer désigna la caisse à ses pieds.

« C'est ça ? »

Jack opina du menton.

« Costas et Françoise ont placé le coffret dans une protection en bois pour le transport à la surface. J'attends que tout le monde soit là pour l'ouvrir.

— Même s'il ne contient rien, ça reste une fabuleuse découverte. Cette pièce est la preuve irréfutable que les Égyptiens de l'Antiquité ont navigué dans l'Atlantique. Tu as prévu de fouiller l'épave ?

— Et comment ! dit Jack. J'ai pris contact ce matin avec le CINAV, le Centre d'investigation maritime, et le CNANS, le Centre national d'archéologie nautique et subaquatique. Tous deux ont accueilli avec un vif intérêt ma proposition de collaboration dans le cadre du programme environnemental de l'UMI.

— Il se pourrait même que je m'essaie à la plongée, dit Hiebermeyer. C'est la première épave d'Égypte ancienne trouvée au-delà du delta du Nil. Je ne peux pas rater cette aubaine.

— Il y a comme qui dirait du courant là-dessous, et un léger problème avec un U-Boot, dit Costas. Tu ne peux plonger qu'en période de mortes-eaux. Et quand il n'y a pas de houle.

— On se croirait en Cornouailles, dit Hiebermeyer.

— Tu saisis la chance quand elle se présente.

— Comme l'égyptologie sous le régime actuel.

— Je suis heureux de ton retour en Égypte, dit Jack. Et des formidables découvertes que tu vas réaliser. »

Le capitaine Macalister s'approcha en compagnie d'un homme en uniforme de la marine portugaise.

« Je vous présente un vieil ami, dit-il, le *capitão de fragata* João Rodrigues Brandão. »

L'officier fit un pas vers Jack, la main tendue et un large sourire sur le visage.

« Docteur Howard, je suis enchanté de faire votre connaissance.

— Pareillement, répondit Jack en lui serrant la main. Appelez-moi Jack. Nous vous devons une fière chandelle. Sans l'intervention de vos hélicoptères, l'histoire n'aurait pas été la même.

— Une chance que nous nous trouvions dans les parages. La patrouille maritime de Madère menait une opération de routine autour des Ilhas Desertas et elle a intercepté un chalutier-usine qui croisait dans les eaux territoriales, si bien qu'elle a réclamé notre soutien, ce qui explique notre présence. Il est crucial de faire valoir notre souveraineté nationale, pas tant pour des questions de territoire que pour préserver le parc naturel marin.

— João et moi venons de discuter de la prochaine étape de notre projet environnemental, dit Macalister. J'ai pris langue avec Ephraim Jacobovich qui a proposé de financer une présence permanente de l'UMI, ce qui permettrait d'installer une unité de recherche dernier cri en appoint de la station scientifique.

— Dites-moi, demanda Costas à Brandão, avez-vous abandonné les pratiques de l'Inquisition ? Parce que Rauscher a permis que l'on braque une arme sur la tête de mon ami Jeremy. Personne ne peut s'en sortir impunément. »

L'officier lui lança un regard acéré.

« Je ne sais pas encore les causes de l'affrontement, sinon qu'il implique Jack Howard et l'UMI, et donc que la nouvelle va vite se diffuser. Ce que je sais, en revanche, c'est que ces gens ont mené une opération armée sur le sol portugais incluant un kidnapping et des menaces de mort. Officiellement, l'Inquisition est derrière nous, mais nous avons un régime pénitentiaire spécial qui fait croire qu'elle est toujours d'actualité. »

Jeremy apparut, soutenu par Aïcha et Rebecca qui l'aidèrent à s'asseoir. Il avait un bras en écharpe et Jack posa sur lui un œil soucieux.

« Tu vas bien ?

— Quelques bosses et des bleus, c'est tout. Je suis surtout en pétard de m'être fait enlever à Rome alors que tu m'avais conseillé de protéger mes arrières. Je me demande si j'ai la carrure pour faire partie de l'équipe.

— Bien sûr que oui. Ce genre de mésaventure nous arrive tout le temps.

— T'es le meilleur, ajouta Costas en lui mettant une main sur l'épaule. Je suis sincère. Tu plonges avec moi quand tu veux.

— Il faudrait que tu composes avec Little Joey, dit Jack. Il a des réactions imprévisibles en présence de geckos et d'araignées, comme son maître.

— Les geckos ne me posent aucun problème ! s'insurgea Costas.

— OK. C'est d'accord, dit Jeremy avec un sourire. Quelque part sous les tropiques, peut-être ?

— Mon île dans les Caraïbes demande des soins attentionnés, dit Costas. Depuis que j'ai découvert le programme de protection des tortues du lac Bardawil, je veux développer un projet similaire, la création d'une réserve protégée pour les tortues caouannes en période de ponte. J'ai besoin d'un coup de main, il s'agit de plonger et d'observer leur comportement. Cela dit, si je parviens à t'extraire de tes parchemins et autres rouleaux. Françoise a déjà donné son accord.

— C'est jouable pour moi, dit Jeremy qui leva les yeux sur Rebecca. Ou plutôt pour nous, j'espère.

— On verra, répondit Rebecca. Aïcha et moi avons du travail à terminer sur le site du lagon et j'ai prévu ensuite un nouveau séjour dans le camp de réfugiés. Après quoi je m'autoriserai peut-être un moment de répit.

— Bien reçu, dit Costas. Les boissons sont déjà au frigo.

— Dommage que Jacob ne soit pas parmi nous, dit Maria. Et Marco.

— Jacob monte la garde en Égypte, dit Aïcha. Le lagon a été inondé et la carcasse du bateau est maintenant sous l'eau, cependant il reste du boulot pour dégager le pilier et le site après la tempête de sable, et procéder aux relevés. Jacob a rencontré des problèmes avec le scan de son drone et n'avait que Little Joey à la bouche.

— Heureux de rendre service, dit Costas. Françoise et moi l'avons remonté hier soir de la grotte et il me tarde d'être à bord du *Seaquest* entouré de mes outils pour soigner ses plaies. Il pourra retourner dans le désert dès que l'hélico puis l'Embraer seront prêts à m'y emmener.

— Little Joey mérite une médaille, dit Françoise. Il vous a sauvé la mise là-dessous.

— Il n'est pas le seul, dit Jack. Les gars de Ben, les marins portugais, le capitaine Macalister. Un travail d'équipe, comme toujours.

— Quant à Marco, intervint Jeremy, je lui ai parlé ce matin. Il aurait bien aimé être présent parmi nous, mais il est absorbé nuit et jour par le sanctuaire d'Isis sous le temple, qu'il documente.

— Il doit faire attention, dit Jack. Les disciples de la déesse sont encore présents, Rauscher n'est que l'un d'eux, la cheville ouvrière de cette opération. La justice italienne n'a guère les moyens d'agir, ils n'ont pas de lien visible avec un quelconque délit. »

Jeremy brandit son smartphone, montrant la une d'un quotidien.

« Inutile de trop s'inquiéter. La presse a eu vent de la découverte du sanctuaire et de la perpétuation du culte d'Isis, les médias en font leurs choux gras. Que Marco ait un oncle dans les hautes sphères de la police romaine a certainement joué. Il a livré les noms des principaux acteurs de ce culte, ils sont pour la plupart démasqués.

— Les journaux vont adorer l'embaumement vivant, observa Maria.

— Je connais un détenu dans une de vos prisons sur lequel l'essayer, dit Costas à Brandão.

— Je crois que même l'Inquisition ne poussait pas jusque-là », répondit l'officier portugais en souriant.

Jeremy se tourna vers Jack.

« Au fait, tu t'en souviens, tu m'as dit à Rome que dissimuler le passé, ça ne marchait jamais, qu'il donnait un sens au présent, et je t'ai répondu que ça ferait une bonne devise pour l'UMI. Je me suis creusé la cervelle pour en donner une version en latin. J'ai choisi le latin médiéval, plus dans mes cordes que le latin classique. Voilà le résultat de mes cogitations : *Illuminat praeteritum melius futurum*, “Éclairer le passé pour un avenir meilleur”. »

Jack laissa son regard errer sur l’océan, sur la houle qui roulait d’ouest en est, sur l’écume des brisants de la côte. *Illuminat praeteritum melius futurum*.

« Ça me convient, dit-il. Je la vois bien au-dessus de l’entrée du vieux bâtiment sur le campus de l’UMI, sous l’ancre des Howard et le symbole de l’Atlantide.

— Première nouvelle, dit Rebecca. Je ne pense pas que la marque de l’Atlantide fasse partie du blason de la famille.

— Nous pouvons la revendiquer, tu ne crois pas ? Pas pour les armoiries de la famille Howard, mais pour celles de l’UMI.

— Cette devise ne concerne pas seulement l’exploration du passé, déclara Jeremy avec ferveur. Elle nous dit que nos découvertes, nos aventures, nous enrichissent et enseignent aux générations futures, qu’elles confèrent un sens du merveilleux qui est source d’inspiration et magnifie nos existences.

— Et parfois une trouvaille vient faire la différence, dit Rebecca en désignant la caisse.

— Dis-moi, Jack, sommes-nous arrivés au bout de la route ?

— Explique-toi.

— Je parle du contenu de ce coffret. L’immortalité. L’élixir de jouvence. On ne peut pas faire mieux. »

Jack considéra la boîte et ferma les yeux. Il sentait la caresse de la brise sur son visage, la chaleur du soleil. Il rouvrit les paupières et vit un puffin en vol stationnaire au-dessus des falaises scruter la surface de la mer, les plumes de ses ailes frissonnant dans le vent. Il songea à l'extraordinaire richesse de la vie sous-marine, les crustacés et les bancs de poissons qui se nourrissaient dans le courant, et plus bas les prédateurs qui attendaient leur tour dans la chaîne alimentaire. L'immortalité, tel un dieu, était le rêve d'un fou, mais si ce qu'ils avaient mis au jour pouvait soigner la maladie et soulager la souffrance, si quelque enseignement ancestral perdu permettait aux malheureux de retrouver goût à l'existence, alors ce qu'ils avaient accompli vaudrait la peine.

« Nous avons déjà trouvé l'élixir de jouvence, déclara Rebecca. Ce que nous avons fait dans le lagon, ce que nous avons vu ici. En protégeant des lieux tels que celui-ci. En participant à la sauvegarde de la vie. L'océan est notre avenir, notre immortalité à nous. »

Jack tourna le regard vers Costas.

« Quoi qu'il en soit, nous ne sommes pas au bout de la route. Il restera toujours des richesses à découvrir. Des pièces de huit en argent de l'Empire espagnol. De l'or portugais. Des trésors de pirates.

— Peut-être que tu me laisseras en prendre une part la prochaine fois que nous tomberons dessus.

— Il y a toujours cette bière que je te dois.

— Bien reçu. »

Françoise apparut hors de la fissure, déposa un rouleau de corde et ôta casque et harnais. À présent qu'ils étaient tous réunis, Costas s'empara d'un petit pied de biche et entreprit de défaire les lattes de bois de la caisse, révélant le basalte poli du coffret. Il fut bientôt complètement exposé, montrant la cavité gravée dans le couvercle et le symbole de l'Atlantide. L'objet était attrayant, noir, mystérieux, impénétrable, posé sur un rocher et surplombant la mer comme un coffre sacré.

Aïcha saisit son sac et en sortit avec précaution un objet enveloppé dans un linge. Elle le démaillota et le tendit à Hiebermeyer. Jack avait l'image du joyau entraperçu sous la pyramide gravée dans sa mémoire, et pourtant, en le voyant à présent de près, il avait le souffle coupé. Il avait la taille d'une main ouverte, était de forme lenticulaire, et portait sur une face le symbole de l'Atlantide en relief. Bien que tenu par Hiebermeyer dans la lumière du soleil, il demeurait opaque, comme s'il voulait révéler les contours du passé sans en donner le détail, comme si la vérité se cachait dans le royaume de l'imagination et de la conjecture.

Jack posa la main sur le coffret et fut parcouru par le frisson de connivence avec le passé qu'il ressentait toujours quand il touchait un artefact. L'inscription sur le joyau était la marque d'une civilisation disparue qui avait lancé sa carrière et l'avait amené aujourd'hui dans cette île.

Hiebermeyer plaça le joyau devant la serrure du coffret, vérifiant que l'un et l'autre correspondaient parfaitement. L'excitation s'empara de Jack, provoquée moins par ce que le coffret pouvait contenir que par sa vision de l'avenir, moins par le vieux rêve d'immortalité que par l'équipe réunie autour de lui, par leurs découvertes futures, par l'exaltation de participer à la même grande aventure. Il prit une profonde inspiration, leva les yeux sur les visages qui l'entouraient, puis sur Hiebermeyer.

« Bien. Allons-y. »

Note de l'auteur

Cet ouvrage est un prolongement de mon premier roman, *Atlantis*, et de sa suite, *Les Dieux d'Atlantis*, ainsi que de mes deux romans égyptiens, *Pharaon* et *Pyramide*. Dans *Atlantis*, Jack et Costas découvraient la mythique Atlantide dans les eaux de la mer Noire, et, dans *Les Dieux d'Atlantis*, ils obtenaient la preuve d'un exode de prêtres traversant l'Atlantique, portés par les courants. Les deux livres sont fondés sur des scénarios plausibles d'un point de vue archéologique et sont même devenus plus probants depuis leur parution. À la base d'*Atlantis*, il y a l'hypothèse que la mer Noire était séparée de la Méditerranée durant la dernière période glaciaire, que son niveau était plus bas qu'aujourd'hui et qu'elle s'est remplie brutalement lors de la rupture du Bosphore au VIe millénaire avant J.-C., provoquant une montée des eaux de plus de cent mètres qui submergea les communautés néolithiques installées le long du littoral. Il est possible que la région ait été le foyer de l'agriculture et de la langue indo-européenne, et j'émets dans mes romans l'idée que leurs pratiques ont été diffusées par l'exode des réfugiés de la mer Noire.

On peut envisager qu'ils aient également apporté un savoir-faire en architecture, comme le révèle le remarquable site de Göbekli Tepe datant du Néolithique précéramique, inscrit en 2018 par l'UNESCO dans la catégorie Patrimoine mondial, qui le cite comme « l'une des premières manifestations de l'architecture monumentale conçue par des humains ». Les cercles de pierre de ce site – situé non loin de ma cité fictive – présentent des piliers monolithiques en forme de T qui sont peut-être les figures divines de cette civilisation des premiers âges, mes « dieux d'Atlantis ». Mon symbole de l'Atlantide, deux traits verticaux coupés par une barre transversale d'où partent de petites lignes, s'inspire du disque de Phaistos crétois datant du IIe millénaire avant notre ère. Il montre des similitudes avec les symboles en H mis au jour sur les piliers de Göbekli Tepe parmi d'autres gravures en relief, incluant des représentations d'animaux, d'oiseaux, d'insectes, ainsi que des silhouettes humaines. Le site remonte au Xe ou IXe millénaire avant J.-C., et il a été suggéré que le signe en H pouvait être une forme archaïque du mot « dieu ».

La seule source connue de la légende de l'Atlantide figure dans deux dialogues de Platon, le *Critias* et le *Timée*. Si l'on admet le récit que donne Platon – que lui aurait rapporté Solon, qui lui-même le tenait de prêtres égyptiens – et que l'Atlantide a un fondement historique, alors l'envahissement par les flots de la mer Noire et l'existence d'une civilisation primitive suggérée par des sites tels que Göbekli Tepe sont des scénarios crédibles. Le présent récit s'inscrit dans le cadre de la civilisation minoenne de l'âge du bronze, qui elle-même fut dévastée par une catastrophe naturelle avec l'éruption du volcan de Santorin seize siècles avant notre ère. L'inondation de la mer Noire offre, outre le mythe de l'Atlantide, la base plausible des récits du Déluge dans l'Ancien Testament et dans *L'Épopée de Gilgamesh*, laquelle cite des divinités mésopotamiennes qui peuvent avoir été vénérées dans des sites tels que celui de Göbekli Tepe – une extraordinaire réalisation humaine, insoupçonnée jusqu'alors, plusieurs milliers d'années avant l'érection des premières pyramides égyptiennes et des mégalithes d'Europe occidentale.

Le poème épique raconte comment Gilgamesh rendit visite à son ancêtre Uta-Napishtim afin de découvrir le secret de la vie éternelle. Uta-Napishtim, lui-même immortel, le mit sur la piste d'une plante de jouvence sous la mer, mais Gilgamesh échoua dans sa quête. L'immortalité, ou l'extrême longévité, est un thème récurrent de nombreux mythes fondateurs, à l'instar des patriarches de l'Ancien Testament dont la durée de vie se compte en siècles. L'idée qu'un « élixir de jouvence » existe est de la même façon bien enracinée et continue de fasciner. Il n'est pas interdit de penser qu'une plante ou un minerai connu dans la préhistoire et oublié depuis ait pu ralentir les effets de l'âge, cependant le concept peut tout aussi bien trouver son origine dans la pratique de plantes hallucinogènes ou stimulantes aux propriétés régénératrices. Un thème commun est le conflit entre les humains aspirant à l'immortalité que les dieux leur refusent ; si la vie éternelle est promise après la vie sur cette terre, alors les prêtres exercent le contrôle sur les âmes en exigeant dévotion et obéissance aux dieux pour espérer l'atteindre, et, *a contrario*, le pouvoir du clergé serait réduit à néant si le secret de l'immortalité pouvait être découvert par les humains au cours de leur existence terrestre. C'est pourquoi on peut imaginer que des prêtres d'Isis en Égypte s'opposent à un « élixir de jouvence », une menace pour leur culte ainsi que pour leur autorité sur le peuple.

Cet « élixir » est ici l'orichalque, un métal atlante mentionné par Platon dans le *Critias* qui le décrit ainsi : « Une espèce dont nous ne possédons plus que le nom, mais qui était alors plus qu'un nom et qu'on extrayait de la terre en maints endroits de l'île, l'orichalque, le plus précieux, après l'or, des métaux alors connus[1]. » Il ajoute que les murs de l'acropole de la cité étaient revêtus « d'orichalque aux reflets de feu ». Le mot signifie « cuivre de la montagne », du grec *oros*, « montagne », et *chalkos*, « cuivre ». Dans ma fiction, la cité atlante s'élève à proximité d'un volcan en activité d'où le métal est extrait.

Le mot d'« orichalque » apparaît au VIIe siècle avant J.-C. dans les *Hymnes homériques* et dans Hésiode, toutefois sans mention de l'Atlantide et faisant probablement référence à un alliage de cuivre à l'aspect doré ; c'est le sens qui lui est donné plus tard dans l'Antiquité, par exemple pour qualifier le métal avec lequel étaient frappés sesterces et dupondius à Rome. Pline l'Ancien mentionne l'orichalque dans le Livre XXXIV de son *Histoire naturelle* comme un alliage de cuivre et d'une substance appelée « cadmie », sans doute du zinc, et il est possible qu'un traité pseudo-aristotélicien, le

1. Traduction d'Émile Chambry, Paris, Garnier-Flammarion, 1992.

De mirabilibus auscultationibus, y fasse référence en parlant d'un métal « blanc et très brillant, non par alliage d'étain, mais à cause d'une terre particulière avec laquelle il est combiné et fondu. On raconte que l'homme qui a découvert la recette ne l'a révélée à personne ». Quelle que soit la véritable nature de l'orichalque, l'idée que métaux et minerais possèdent des vertus thérapeutiques est largement diffusée dans l'Antiquité et Pline en commente abondamment les propriétés dans les Livres XXXIII et XXXIV de son *Histoire naturelle*.

J'imagine ici que l'orichalque est apporté en bateau de l'Atlantide par des hommes dont les noms sont tirés de l'Ancien Testament et de *L'Épopée de Gilgamesh*. Parmi eux, Shamash était celui du dieu-soleil des Mésopotamiens ; son sceau, une étoile d'où les rayons irradient, est un précurseur du symbole d'Aton choisi par le pharaon Akhenaton quand il adopta le monothéisme en rejetant les divinités anciennes. Dans la mythologie mésopotamienne, Uta-Napishtim est sommé par le dieu Enki de construire un navire destiné à recueillir humains et animaux afin de les préserver d'une gigantesque inondation provoquée par le dieu Enlil en colère contre les hommes. Dans une version précoce du récit du Déluge – sur une tablette cunéiforme du IIe millénaire avant J.-C. conservée au British Museum –, le protagoniste est nommé Atrahasis, « infiniment sage », terme que l'on rencontre dans la *Liste royale sumérienne* pour un roi antédiluvien.

Au cœur du récit d'Atrahasis, il y a la soif et la faim des dieux pendant l'inondation, que l'on peut aisément transposer aux occupants du bateau. Après un long séjour en mer, Atrahasis libère un corbeau, et quand il constate que l'oiseau ne revient pas, il sait qu'il approche d'une terre. Dans les histoires du Déluge, écrites plusieurs milliers d'années après l'envahissement de la mer Noire, la fusion des passagers du bateau et des dieux embarqués avec eux – dont Anu, Enlil et Enki, dieux mésopotamiens du ciel, du vent et de l'eau – fait partie intégrante de la narration et du processus de mythification, en particulier si ces navigateurs ont abordé un pays nouveau en montrant des caractéristiques, telles que l'extrême longévité, qui leur donnent une apparence surnaturelle.

L'épave aux agrafes de Mullion, le *Santo Christo di Castello*, existe réellement au large de la péninsule de Lizard en Cornouailles. La description qui en est faite dans le roman correspond à la réalité, y compris les objets que Jack découvre : je les ai moi-même mis au jour depuis ma plongée initiale sur le site en 2017. Les pièces documentaires sont également authentiques, parmi elles la requête envoyée par le capitaine Viviano au roi Charles II[1] et le courrier de William Paynter rendant compte des opérations de sauvetage et de récupération de la marchandise naufragée.

Lorsque je me suis rendu aux Archives nationales pour prendre connaissance de cette lettre, j'ai eu la chance d'être invité par le service Recherche à consulter les « Prize Papers », les documents saisis à bord

1. *Calendar of State Papers Domestic: Charles II*, vol. CLXIX, 83, août 1666.

des navires capturés par la marine anglaise ou par les corsaires. Je suis tombé sur un trésor, les papiers d'un second navire génois que l'on peut comparer au *Santo Christo di Castello*, le *Sacrificio d'Abram*, qui avait quitté Amsterdam quelques semaines auparavant durant l'été 1667 et qui fut arraisonné comme prise par les Anglais. Les témoignages offerts par ces deux navires étaient complémentaires, d'un côté les objets issus de la cargaison du *Santo Christo di Castello*, de l'autre le bon de chargement et autres documents du *Sacrificio d'Abram*, et je me suis aperçu qu'ils se rejoignaient quand j'ai découvert que de nombreux fournisseurs avaient réparti leurs marchandises entre les deux bateaux.

Les négociants, ainsi que les capitaines, Giovanni Lorenzo Viviano et Antonio Basso, possédaient chacun un monogramme avec lequel ils marquaient leurs possessions, y compris celui de Viviano décrit dans le roman. Grâce aux Prize Papers et autres archives à Gênes, à Amsterdam et en Espagne, j'ai amassé une abondante documentation sur les marchands impliqués et le patron de Viviano à Gênes, Francesco Sauli. Un extraordinaire bon de chargement mentionne une caisse de livres qui correspond exactement à la description qu'en donne Jeremy, y compris les ouvrages du jésuite érudit Athanase Kircher. Quand j'ai découvert que son *Mundus subterraneus* en faisait partie, je me suis souvenu que c'est dans ce livre que Kircher a publié sa fameuse carte de l'Atlantide. La graine était plantée, le scénario du roman pouvait se développer.

La plus belle trouvaille de la fouille de l'épave est la statuette du Christ dessinée par Guglielmo Della Porta, éminent sculpteur italien du XVIe siècle. J'ai découvert cette figurine en 2018 et je l'ai apportée à l'église Saint-Guénolé de Gunwalloe, à l'instar de Jack dans le roman. « L'église des Tempêtes », comme elle est nommée, présente des panneaux sur le jubé que l'on suppose issus du naufrage du *Saint-Anthony* en 1527. Une particularité étonnante de l'édifice est son clocher séparé dont la tour s'élève sur le côté du promontoire, au-delà de la fortification bâtie à l'âge du bronze, à l'endroit où la cellule de moine de saint Guénolé pourrait à l'origine s'être trouvée.

Francis Paynter était membre d'une famille de Cornouailles – dont le blason était un faisceau de trois lances – qui possédait des terrains sur la péninsule de Penwith, non loin de Land's End, depuis au moins le XVIe siècle et était impliquée dans l'activité minière. Rien ne laisse à penser que Francis Paynter était secrètement catholique, en revanche la noblesse cornouaillaise comptait des catholiques dans ses rangs et l'éventualité qu'un papiste soit installé sur le trône était source d'inquiétude pour le roi. La description de la mine d'étain dans le roman est fondée sur la réalité historique, en particulier le site de Botallack, près de St. Just. Dans son *Speculi Britanniae*, achevé en 1610, John Norden écrit que Botallack était un « petit hameau sur la côte de la mer d'Irlande, occupé essentiellement par les étainiers, où ils logeaient et prenaient leurs repas, étant proches de leurs mines[1] ». C'est la plus ancienne référence à une mine à Penwith ; bien que la documentation fasse

1. John Norden, *Speculi Britanniae Pars. An Topographical and Historical Description of Cornwall*, Londres, 1728, p. 35.

défaut pour Botallack avant les années 1720, il semble que le travail en profondeur existait bien avant cette date. Nombre de mines en Cornouailles s'enfoncent sous la surface de la mer et sous le plancher marin, et l'eau qui filtrait dans les niveaux inférieurs était pompée par des machines à vapeur développées au cours du XVIIIe siècle. La description de la mine visitée par Jack et Costas, avec ses puits et ses galeries effondrées, les outils abandonnés, les couleurs vives des affleurements de minerais, provient de mon expérience personnelle et l'exploration de mines abandonnées le long du littoral de Cornouailles.

Athanase Kircher était fasciné par les antiquités égyptiennes mises au jour à Rome, dont beaucoup sont associées au sanctuaire d'Isis et de Sérapis (Osiris) situé à côté du Panthéon. L'obélisque qui se dresse aujourd'hui piazza della Minerva fut découvert en 1665 sous le cloître du couvent des Dominicains ; l'obélisque de la piazza della Rotonda, exhumé au XIVe siècle, provient peut-être du même site, qui pourrait avoir fourni également des sculptures égyptiennes telles que des statues d'Isis, de lion, de babouin et de chat, ainsi qu'un pied de table en pierre. On ignore si Kircher a été l'instigateur des fouilles du cloître en 1665, mais son musée personnel se trouvait dans le Collège romain directement à l'aplomb du temple d'Isis et il ne fait guère de doute qu'il ait fréquenté le site dès le début des recherches pour y relever les hiéroglyphes et tenter de les interpréter. Il est possible que des explorations du sous-sol aient été entreprises à une époque où les fondations antiques étaient encore accessibles. Les canalisations sous le

Champ de Mars n'ont pas été cartographiées en détail à ce jour, mais des extensions et des rénovations ont été menées au XVIe siècle sur l'aqueduc de l'Aqua Virgo et ont pu se heurter aux structures romaines d'origine.

On ignore où la table isiaque a été découverte, peut-être sur le même site du temple d'Isis puisque la déesse en est l'élément central. Cette pièce remarquable a été acquise par le cardinal Bembo peu après 1527 et on peut l'admirer aujourd'hui au Musée égyptologique de Turin. Il s'agirait d'une création romaine d'après un modèle égyptien, cependant copiée sans souci de fidélité par un artiste qui ne lisait pas les hiéroglyphes. Kircher a étudié la table dans son *Œdipus Ægyptiacus* et n'a pu qu'échouer dans sa tentative de traduction. Ce faisant, toutefois, il s'est intéressé de près au seul symbole qui apparaissait clairement, la figure centrale d'Isis. Kircher, esprit ouvert qui ne distinguait pas les sciences et l'art, l'occulte et la raison, a vu un syncrétisme unissant une croyance antique et sa propre foi chrétienne, et il a pu déceler en Isis, comme en Aton, le dieu-soleil d'Akhenaton, l'expression d'un monothéisme auquel lui-même adhérait.

Comme il est précisé dans le roman, la lagune Sabkhat al-Bardawil située sur le littoral septentrional du Sinaï a connu ces dernières années une mortalité inquiétante des tortues marines qui venaient y déposer leurs œufs. Au cours de la Première Guerre mondiale, le lac – un vaste marais salant s'étendant sur près de cent kilomètres parallèlement à la côte – a vu passer la Force expéditionnaire égyptienne dans sa progression en Palestine au cours de la campagne menée contre l'Empire ottoman. Entre le 7 et le 9 mai 1916, les Néo-Zélandais du Canterbury Mounted Rifles, régiment de l'ANZAC (*Australian and New Zealand Army Corps*), eurent pour mission de creuser une brèche entre la mer et l'extrémité orientale du lac « afin d'inonder le Bardawil pour offrir au canal de Suez une protection supplémentaire, mais le sable envahissait l'ouverture à mesure qu'elle était creusée et le projet fut abandonné[1] ». L'historique régimentaire indique le lieu, Mahamdiya, et note que, le 8 mai, l'excavation fut menée par le 10e escadron Nelson – information du plus haut intérêt pour moi qui ai vécu quatre ans dans ma jeunesse à Nelson, dans l'île du sud de la Nouvelle-Zélande. L'épave découverte dans la lagune est fictive, pour autant la côte est depuis longtemps considérée comme un lieu où l'activité préhistorique pourrait être mise au jour, et les soldats ont manifesté leur fascination pour les pièces archéologiques qu'ils rencontraient, notamment des auges antiques, particulièrement bienvenues pour des troupes montées pour qui l'abreuvage des chevaux dans le désert posait un réel problème[2].

La « tourbière serbonienne » – le lac Bardawil – est mentionnée par Hérodote dans le Livre II des *Histoires*, par Diodore de Sicile dans le Livre I de la *Bibliothèque historique* – « un lac, assez étroit mais merveilleusement profond et d'une longueur de quelque deux cents stades, qui est connu sous le nom de Serbonis et qui présente

1. Lieutenant-colonel C. G. Powles, *The History of the Canterbury Mounted Rifles 1914-1918*, Auckland, Whitcombe & Tombs, 1928, p. 97.

2. C. G. Powles, *op. cit.*, p. 121.

des dangers insoupçonnés… » –, et par Milton dans *Le Paradis perdu*, dont la première édition date de 1667, l'année du naufrage du *Santo Christo di Castello*.

Les gravures égyptiennes de la période prédynastique les mieux connues figurent sur la « Palette du champ de bataille » datée du IVe millénaire avant J.-C. et conservée au British Museum. Le bas-relief montre des prisonniers et des victimes d'une bataille attaqués par des bêtes sauvages ; dans le dos d'un des détenus, une sorte de support a pour coiffe un faucon, représentation archaïque de l'oiseau qui sera associé à Horus et que l'on retrouve dans l'image du dieu à tête de faucon de la période pharaonique. Une seconde pièce remarquable de cette époque reculée est le couteau en silex, dont un exemplaire fameux est exposé au British Museum, le couteau Pitt-Rivers, avec sa lame taillée à la pression et les belles gravures d'oiseaux et d'animaux sauvages sur son manche en ivoire. Une note du catalogue explique que ce genre de couteau « devait être réservé à une élite pour un usage très particulier ». L'hypothèse selon laquelle il pouvait être utilisé dans des opérations d'embaumement est étayée par l'étude en 2018 d'une momie conservée à Turin, datée du IVe millénaire avant J.-C., parmi les plus anciennes qu'on ait jamais trouvées, qui révèle des marques d'embaumement artificiel.

L'idée que mon pilier préhistorique de fiction dans le désert, avec ses sculptures du Néolithique comme celles de Göbekli Tepe, puisse porter également une inscription en arabe archaïque est fondée sur les nombreux exemples que l'on peut voir sur des monuments antiques, y compris les pyramides. Une des plus anciennes inscriptions arabes découvertes en Égypte, postérieure à la conquête musulmane, est une plaque funéraire datée de 652 (an 31 de l'Hégire) conservée au musée du Caire, et je me suis inspiré de sa formulation pour le roman.

Diego Cornelissen et Giovanni Battista Porrata, les deux marchands de Cadix, ont réellement existé. Leur monogramme CP surmonté d'une croix figure sur les connaissements du *Sacrificio d'Abram*, et on sait qu'ils faisaient commerce avec les Canaries et les Açores. Les Ilhas Selvagens – les îles Sauvages – sont un petit archipel situé à mi-chemin entre les deux, et la forme de l'un des îlots, Selvagem Grande, correspond parfaitement à celle donnée par Kircher sur la carte fictive que Jack et Costas découvrent au fond de la mine.

La possibilité qu'un agent nazi se soit installé à Fuerteventura, la plus méridionale des îles Canaries, est légitimée par un document de 1947 émanant du bureau madrilène de l'Office of Strategic Services qui révèle qu'un certain Gustav Winter est un « agent allemand dans les îles Canaries responsable de postes d'observation équipés d'émetteurs sans fil et de l'approvisionnement des U-Boots ». Le récit romancé de l'aventure du U-182 commandé par le *Kapitänleutnant* Nicolai Clausen est calqué sur des faits réels, si ce n'est qu'on ignore s'il a survécu aux grenades sous-marines lancées par le destroyer américain *USS Mackenzie* au large de Madère le 16 mai 1943. Parmi les disparus figuraient deux capitaines de navires marchands détenus dans le sous-marin après le torpillage de leurs bâtiments. L'un d'eux, le capitaine Angus MacLennan du *SS Aloe*, était à bord du U-Boot depuis près de six semaines quand il a été coulé. L'officier des transmissions du roman est purement fictionnel.

Les chasseurs de trésors ont fouillé l'île à au moins cinq reprises depuis le début du XIXe siècle, en quête de l'or des pirates. Jack et Costas ne sont donc pas les premiers, même si le trésor qu'ils cherchent a une valeur bien plus grande que ce que leurs prédécesseurs pouvaient imaginer.

Le lecteur trouvera des informations historiques et des images en rapport avec le présent roman sur le site www.davidgibbins.com.

Composition et mise en pages
Nord Compo à Villeneuve-d'Ascq

Pour plus d'information :

#lisez engagé !
www.lisez.com

Imprimé sur du papier issu de forêts gérées durablement.

Imprimé en France par MAURY IMPRIMEUR
en novembre 2024
N° d'impression : 280732

POCKET – 92, avenue de France, 75013 Paris

S33315/01